KB069277

THE
SILKWORM

실크웜

2

로버트 갤브레이스 지음 | 김선형 옮김

문학수첩

28

……그거야말로 (다른 무엇보다도) 내가 적수의 면전에 무기를 처음 치켜든 이래로 가장 치명적이고 위험한 원정이었다……
- 벤 존슨, 《십인십색》

다음 날 아침 5시, 목도리를 둘둘 감고 장갑을 끼고 나온 로빈은 새벽 첫 지하철을 탔다. 머리칼은 눈에 젖어 반짝거렸고, 어깨엔 작은 배낭을 맨 채 주말을 보낼 짐 가방을 들고 있었다. 가방속에는 컨리프 부인의 장례식에 필요할 검은 드레스와 코트, 구두가 챙겨져 있었다. 데본까지 왕복 여행을 하고 돌아와 집에 들를 시간까지 날 것 같지는 않아서 렌터카를 반납한 뒤 곧장 킹스크로스 역으로 갈 생각이었다.

텅 비다시피 한 객차에 앉아 로빈은 앞으로 맞게 될 하루에 대한 자신의 감정이 엇갈린다는 걸 깨달았다. 지배적인 감정은 흥분이었다. 스트라이크가 차드를 인터뷰하는 데에는 틀림없이 결코 미룰 수 없는 결정적인 이유가 있을 터였다. 로빈은 이제 상사의 판단과 육감을 굳게 믿게 되었다. 이것 역시 매튜의 짜증을 유발하는 한 가지 원인이었다.

매튜······. 검은 장갑을 끼고 곁에 놓인 가방 손잡이를 잡고 있던 로빈의 손가락에 저도 모르게 힘이 들어갔다. 그녀는 매튜에게 계속 거짓말을 하고 있었다. 로빈은 매튜에게 충실한 연인이었고, 함께한 9년의 세월 동안 단 한 번도 거짓말을 한 적이 없었다, 적어도 최근까지는. 일부는 생략과 배제의 거짓말이었다. 매튜가 수요일 밤에 전화로 그날 어떤 일을 했느냐고 물었는데, 그녀는 하루 일과를 엄청나게 편집한 판본으로 간결하게 축약해서 들려주었다. 그래서 스트라이크와 함께 퀸이 살해당한 집에 갔던 사실도 생략하고, 알비온 펍에서 한 점심식사도 생략했으며, 당연히 스트라이크의 무거운 팔을 어깨에 짊어지고 웨스트브롬턴 역사의 육교를 건넌 것도 말하지 않았다.

그렇다고 대놓고 거짓말하지 않은 것도 아니었다. 바로 어젯밤만 해도 매튜는 스트라이크와 마찬가지로 하루 휴가를 내고 기차 시간을 당겨 출발하면 어떠냐고 물었다.

"그러려고 해봤어." 미처 생각도 하기 전에 거짓말이 그녀의 입에서 매끄럽게 술술 흘러나왔다. "다 만석이래. 날씨 때문인가 봐, 그렇지? 승용차가 위험할까 봐 다들 기차로 가려는 모양이야. 난 그냥 처음 계획대로 야간열차로 갈래."

'안 그럼 뭐라고 해?' 로빈은 검은 차창에 비치는 자신의 굳은 얼굴을 마주 보며 생각했다. '버럭 성질을 낼 텐데.'

사실을 말하자면 그녀는 데본에 가고 싶었다. 스트라이크를 돕고 싶었다. 유능하게 일을 처리하고 조사하는 과정에서 조용하지만 크나큰 만족감을 얻고 있었지만, 그래도 컴퓨터 앞에서 벗어나 밖으로 나가고 싶었다. 그게 잘못된 일일까? 매튜는 그렇게 생각했다. 그건 그가 예측했던 일이 아니었다. 매튜는 그녀가 지금보다 월급을 두 배는 더 주는 광고회사나 기업체 인사부에 가기를 바랐다. 런던은 생활비가 너무 많이 들었다. 매튜는 더 큰 아파트를 원했다. 그녀는 이렇게 생각하지 않을 수 없었다. 혹시 그가 경제적인 면에서 부담을 느껴서……

게다가 스트라이크도 있었다. 익숙한 좌절감이 덮쳐 가슴속에 단단한 응어리가 맺혔다. '누구 다른 사람을 채용해야겠군요.' 미래의 파트너에 대해 워낙 여러 번 얘기를 듣다 보니까, 로빈의 마음속에서는 그 사람이 뭔가 신화적인 자리를 차지하게 될 것만 같았다. 탤거스 로드의 범죄현장 밖에서 보초를 서고 있던 경찰처럼 짧게 깎은 머리에 말괄량이 같은 얼굴을 한 여자. 그 여자는 로빈과 달리 모든 면에 유능하고 숙달되어 있을 테고, 매튜처럼 (깜깜한 밤, 덜컹거리는 소리들만 귓전에 들려오는, 환하게 불 밝혀진 텅 빈 전철에 앉아서 처음으로 로빈은 이 말을 마음속으로 내뱉었다) 귀찮은 약혼자한테 매여 있지도 않을 테고.

그러나 매튜는 그녀 인생의 축, 고정된 핵심이었다. 그녀는 그를 사랑했다. 언제나 그를 사랑했었다. 그는 그녀가 인생 최악의 시기를 보낼 때도 떠나지 않고 그녀 곁에 남아 있었다. 다른 젊은 청년들이었다면 그럴 때 미련 없이 떠나버렸을 텐데. 그녀는 매튜와 결혼하고 싶었고 또 그럴 작정이었다. 그저 예전에는 근본적인 충돌을 겪어본 적이 없었다는 게 문제였다. 단 한 번도. 그녀의 일자리, 스트라이크 곁에 남기로 한 그녀의 결정, 스트라이크라는 사람 자체, 그 모든 것들이 두 사람의 관계에 돌연변이 변수를 도입했다. 위협적이고 새로운 어떤 변수를……

로빈이 렌트한 도요타 랜드크루저가 차이나타운의 Q-파크 주차장에 전날 밤부터 주차되어 있었다. 주차장이 전혀 없는 덴마크 스트리트에서 그나마 가까운 주차장이었다. 로빈은 여행 가방을 오른손에 들고, 제일 굽이 낮은 말쑥한 단화를 신고 미끄러지고 발을 헛디뎌가며 어둠 속을 서둘러 걸어 다층 건물로 향했다. 더 이상 매튜에 대해서는 생각하지 않을 작정이었다. 스트라이크와 단둘이 여섯 시간 동안이나 같이 있으려고 이렇게 떠나는 그녀의 모습을 보면 그가 뭐라고 할지도. 로빈은 가방을 트렁크에 넣고, 운전석에 편안히 앉아 내비게이션을 조정하고, 실내 난방을 가동해서 얼음처럼 차가운 차 안을 따뜻하게 데우기 위해 엔진 시동을 걸어두었다.

스트라이크는 그답지 않게 정시에 오지 않았다. 로빈은 계기판을 숙지하면서 시간을 때웠다. 그녀는 차가 좋았고, 원래 운전을 즐겼다. 열 살 무렵에는, 누가 핸드브레이크를 대신 풀어주기만 하면 삼촌의 농장에서 트랙터를 몰고 다닐 수 있었다. 매튜와 달리 그녀는 한 번에 운전면허를 땄다. 그렇지만 이제는 이 일로 그를 놀리면 안 된다는 걸 알고 있었다.

백미러에 인기척이 비쳐 그녀는 고개를 들었다. 검은 양복 차림의 스트라이크가 바지 자락을 올려 묶어 핀으로 고정한 채 목발을 짚고 힘겹게 다가오고 있었다.

로빈은 체하기라도 한듯, 위장 깊은 데서 울컥 맺히는 느낌을 받았다. 예전에 이미, 그것도 지금보다 훨씬 심란한 상황에서 본 적이 있는 절단된 다리 때문이 아니라, 스트라이크가 의족을 포기하고 공공장소에 나온 모습을 그때 처음 보았기 때문이었다.

그녀는 차에서 내렸지만 스트라이크가 험악하게 인상을 쓰는 바람에 금방 후회했다.

"잘 생각했네요. 사륜구동을 렌트하다니." 그는 말없이 그녀에게 다리에 대한 얘기는 한마디도 꺼내지 말라는 경고를 보냈다.

"네, 이런 날씨에는 그게 좋을 거 같아서요." 로빈이 말했다.

그는 조수석으로 돌아갔다. 로빈은 절대 부축의 손길을 내밀면 안 된다는 걸 알고 있었다. 도움과 연민의 제안을 모조리 거부하는 텔레파시라도 쓴 듯 스트라이크의 주변에 형성된 배타구역을 온몸으로 느낄 수 있었지만, 로빈은 도와주지 않으면 그가 차에 타지 못할까 봐 걱정이 되었다. 스트라이크는 목발을 뒷좌석에 던지고 잠시 위태롭게 균형을 잡고 서 있는가 싶더니, 이전까지 로빈이 한 번도 본 적 없는 상반신의 힘을 과시하며 순조롭게 몸을 들어 올려 차내에 안착했다.

로빈은 황급히 차에 다시 뛰어 올라가 문을 닫고 안전벨트를 맨 후 후진해서 주차 공간을 벗어났다. 로빈의 도움에 대한 스트라이크의 선제적 거부가 두 사람 사이에 장벽처럼 가로놓여 있었다. 그리고 로빈이 느끼던 연민에 조금도 마음의 틈을 내어주지 않는 스트라이크에 대한 꼬인 원망이 더해졌다. 그녀가 언제 호들갑을 떨며 오지랖을 부리거나 엄마 노릇을 하려 했던가? 기껏해야 진통제를 건네주었을 뿐인데…….

스트라이크는 자기가 비합리적으로 굴고 있다는 걸 알았지만, 그걸 의식하자 오히려 더 짜증스러워졌다. 아침에 일어났을 때는 통통 붓고 열이 올라 끔찍하게 쑤시는 무릎에 억지로 의족을 끼우려는 시도가 멍청하기 짝이 없는 바보짓이라는 게 무척이나 분명했다. 그는 어쩔 수 없이 어린애처럼 엉덩이를 깔고 앉아 계단을 내려와야 했다. 빙판이 된 채링크로스 로드를 목발로 건너다 보니 캄캄한 영하의 날씨를 무릅쓰고 이른 아침부터 나온 행인들의 시선을 감수해야 했다. 이런 상태로 되돌아오는 건 죽기보다 싫었지만, 이 모든 게 자기가 꿈속의 스트라이크처럼 온전한 몸이 아니라는 걸 잠시 깜박 잊은 대가였다.

최소한 로빈이 운전을 해줘서 다행이라는 걸, 스트라이크는 절감하고 있었다. 여동생인 루시는 운전대를 잡으면 주의 산만하고 믿음직하지 못했다. 샬럿이 렉서스를 몰 때면 스트라이크는 온몸이 욱신거릴 정도였다. 빨간불에 가속해서 지나가고 일방통행 도로를 역주행하지 않나, 담배를 피우면서 동시에 휴대전화로 수다를 떨다가 자전거 타고 가는 사람들이나 주차된 차들의 문이 열릴 때 간발의 차로 스쳐가기 일쑤였다. 그때, 노란 흙먼지 길에서 바이킹이 터진 이후로 스트라이크는 전문가가 아닌 사람이 운전하는 차를 타는 게 힘들었다.

오랫동안 침묵을 지키던 로빈이 말했다.

"배낭에 커피 있어요."

"뭐라고요?"

"배낭요. 보온병에. 진짜로 꼭 필요할 때가 아니면 중간에 정차하면 안 될 거 같아서요. 그리고 비스킷도 들었어요."

전면 유리창의 와이퍼들이 얼어붙은 눈발을 사각거리며 헤쳐 길을 닦고 있었다.

"당신 정말 기가 막히게 신기한 사람이란 말이죠." 스트라이크의 경계심이 허물어지고 있었다. 그는 아침식사를 하지 못했다.

가짜 다리를 붙이려다 실패하고, 양복바지를 고정할 핀을 찾아 헤매고, 어딘가에 파묻혀 있는 목발을 꺼내서 아래층으로 내려오는 데까지 그가 생각했던 시간의 두 배가 걸렸던 것이다. 로빈은 자기도 모르게 조그맣게 미소를 지었다.

스트라이크는 커피를 따라 마시고 쇼트브레드 쿠키 몇 조각을 먹었다. 허기가 가라앉을수록 낯선 차를 능숙하게 다루는 로빈의 솜씨에 대한 찬탄도 더해갔다.

"매튜는 무슨 차를 몰아요?" 보스턴메이너 고가를 질주하고 있을 때 그가 물었다.

"차 없어요." 로빈이 말했다. "런던에서는 차를 몰지 않아요."

"아, 그럴 필요가 없죠." 스트라이크는 이 말을 하면서, 자기가 로빈에게 합당한 월급을 줬다면 한 대 정도는 굴릴 수 있을 텐데, 라고 속으로 생각했다.

"그런데 대니얼 차드한테는 무슨 질문을 할 생각이세요?" 로빈이 물었다.

"물어볼 거야 많죠." 스트라이크는 짙은 색 양복에 묻은 쿠키 부스러기를 털어내며 말했다. "일단, 퀸과 불화가 있어서 멀어졌는지, 만약 그랬다면 무슨 문제 때문이었는지. 도대체 왜 퀸이— 완전히 싸가지 없는 인간이었긴 하지만—자기 밥줄을 쥐고 있는 사람을 공격했는지 이해가 안 된단 말입니다. 소송이 걸리면 퀸을 작살낼 수 있을 만큼 돈이 많은 사람을 말이에요."

스트라이크는 쿠키를 한참 동안 우물우물 씹다가 삼키고 덧붙였다.

"제리 월드그레이브의 말처럼 퀸이 그 글을 썼을 때 정말로 극심한 신경쇠약을 겪고 있었다면, 한심한 판매량을 탓할 수 있는 사람 아무한테나 분풀이를 했을 수도 있지만요."

스트라이크가 전날 엘리자베스 태슬과 점심식사를 하는 사이에 《봄빅스 모리》를 다 읽은 로빈이 말했다.

"정신적으로 문제가 있는 사람이라기에는 글이 무척 일관성 있지 않아요?"

"문법적으로야 멀쩡할지 모르겠지만 내용이 존나 미친 게 아니라고 할 사람은 찾기 힘들걸요."

"다른 글도 다 마찬가지던데요."

"다른 책 중에도 《봄빅스 모리》만큼 미친 건 없어요." 스트라이크가 말했다. "《호바트의 죄》와 《발자크 형제》는 둘 다 플롯이 있으니까요."

"이것도 플롯이 있어요."

"그래요? 아니면 봄빅스가 여기저기 다 돌아다니는 관광 상품처럼 각양각색의 사람들에 대한 수많은 공격들을 편리하게 한데 엮는 수단은 아닐까요?"

굵은 눈이 빠른 속도로 펑펑 쏟아지는 와중에 두 사람은 히스로행 출구를 지났다. 소설의 온갖 그로테스크한 설정들에 대한 이야기를 나누고 황당한 논리의 비약들이며 말도 안 되는 부조리를 떠올리고 같이 웃으면서. 자동차 전용도로 양편에 늘어선 나무들이 흡사 슈거파우더를 잔뜩 뿌려놓은 케이크 장식처럼 보였다.

"어쩌면 퀸은 400년쯤 늦게 태어났는지도 몰라요." 스트라이크가 여전히 쿠키를 먹으며 말했다. "엘리자베스 태슬이 말해줬는데, 여자로 위장된 독 바른 해골이 나오는 제임스 1세 시대의 복수극이 있다더군요. 추정컨대 누가 그 해골과 섹스를 하고 죽겠죠.
그렇게 다르지는 않은 게, 팔루스 임푸디쿠스가 준비를 하고—."

"하지 마세요." 로빈이 반쯤 웃음을 터뜨리고 반쯤은 소스라치
며 말했다.

그러나 스트라이크가 말을 뚝 끊은 건 그녀의 항의 때문도, 그
어떤 혐오감 때문도 아니었다. 그 말을 하는 순간 잠재의식 깊은
곳에서 무언가가 번쩍 명멸했던 것이다. '누군가 말해줬는데……
누군가가 말했어……' 그러나 기억은 연못 수초 속으로 사라져버
리는 치어처럼 감질나는 한 줄기 번득임으로 사라졌다.

"독 바른 해골이라." 스트라이크는 잡힐 듯 잡히지 않는 기억을
포착하려 애쓰며 중얼거렸지만, 이미 기억은 사라져버린 지 오래
였다.

"그리고 어젯밤에 《호바트의 죄》도 다 읽었거든요." 로빈은 비
실비실 달리고 있는 프리우스를 추월하며 말했다.

"벌칙을 너무 좋아하는 거 아니에요?" 스트라이크는 비스킷을
여섯 개째 집어 들며 말했다. "그렇게 즐기는 줄 몰랐네."

"즐겁지 않았어요. 읽다 보면 나아질까 싶었는데 그렇지도 않
더라고요. 전부 다—."

"아이가 문학적 야심을 방해한다는 이유로 유산을 하게 되는
임신한 양성인의 이야기죠." 스트라이크가 말했다.

"읽으셨군요!"

"아뇨. 엘리자베스 태슬이 말해준 거예요."

"거기 피 묻은 자루가 나와요." 로빈이 말했다.

스트라이크는 곁눈질로 창백한 로빈의 옆모습을 바라보았다.

그녀는 심각한 눈으로 전방의 도로를 주시하면서 백미러를 흘끔 흘끔 확인하고 있었다.

"안에 뭐가 들었어요?"

"유산한 아기요." 로빈이 말했다. "끔찍해요."

스트라이크는 갈림길을 지나 메이든헤드로 나가는 동안 이 정보를 곱씹어 생각했다.

"이상하군요." 마침내 그가 말했다.

"엽기적이죠." 로빈이 말했다.

"아니, 이상해요." 스트라이크가 재차 우겼다. "퀸이 자기 복제를 하고 있어요. 《호바트의 죄》에서 차용해 《봄빅스 모리》에서 쓰고 있는 게 두 개째거든요. 양성인간이 둘, 피 묻은 자루가 둘. 왜죠?"

"글쎄요." 로빈이 말했다. "정확히 똑같지는 않아요. 《봄빅스 모리》에서는 피 묻은 자루가 양성인간의 것이 아니고 그 속에 유산한 아기가 들어 있지도 않으니까……. 어쩌면 자기가 고안해낸 설정이 막다른 데 왔는지도 몰라요." 그녀가 말했다. "혹시 《봄빅스 모리》가 그의 모든 아이디어들을 태우는 최후의 모닥불 같은 것 아니었을까요?"

"그의 경력을 화장하는 장례의 모닥불이었던 거죠."

스트라이크는 창밖 풍경이 차츰 더 시골스러워지는 사이 깊은 생각에 잠겼다. 나무와 나무의 간극들 너머로 광활한 눈밭이 보였다. 진주처럼 은은하게 빛나는 잿빛 하늘 아래 겹겹이 쌓인 흰색들이 펼쳐져 있었고, 여전히 눈발은 거세게 날리며 자동차 위로 떨어졌다.

"있잖아요." 스트라이크가 마침내 입을 열었다. "난 여기 두 가지 대안이 있다고 생각해요. 퀸이 정말로 신경쇠약 증세가 생겨서 자기가 뭘 하고 있는지조차 파악 못 하고 《봄빅스 모리》가 걸작이라고 믿었든지, 아니면 아예 할 수 있는 한 최악의 말썽을 부릴 작정을 하고 있었고 자기 복제도 이유가 있어서 한 것이든지요."

"어떤 이유요?"

"그게 단서인 거죠." 스트라이크가 말했다. "자신의 다른 작품들을 교차 인용함으로써 다른 사람들로 하여금 자기가 《봄빅스 모리》로 전하고자 하는 의미를 파악할 수 있게 도와주는 겁니다. 중상이나 명예훼손으로 걸리지 않으면서 할 말을 다 하려는 거예요."

로빈은 눈 내리는 고속도로에서 시선을 떼지 않았지만, 머리를 그가 있는 쪽으로 기울이며 얼굴을 찌푸렸다.

"전부 다 철저히 의도적이었다고 생각하시는 거예요? 애초부터 이 난리통을 일으키고 싶어 했던 거라고?"

"찬찬히 생각해보면 말이죠." 스트라이크가 말했다. "책 한 권도 제대로 팔리지 않는 이기적인 철면피한테는 그리 나쁜 사업계획이 아니에요. 할 수 있는 한 최대로 문제를 일으켜서 런던 전역에 가십으로 회자되고, 법적 조치를 취하겠다는 협박도 들어오고, 숱한 사람들의 심기를 건드리고, 유명한 작가의 치부를 간접적으로 위장해서 폭로하고…… 그러고는 찾아서 영장을 내밀 수도 없는 데로 사라져버리는 겁니다. 그리고 미처 누가 말릴 새도 없이 전자책으로 출간해버리는 거죠."

"하지만 엘리자베스 태슬이 출판을 거부했을 때 노발대발했잖아요."

"그랬을까요?" 스트라이크는 생각에 잠겨 말했다. "아니면 시늉만 했을까요? 그 책을 읽으라고 그렇게 종용한 건 공공장소에서 거하게 한판 붙을 채비를 하고 있었기 때문이 아닐까요? 듣자하니 퀸은 어마어마한 노출증 환자 같단 말입니다. 그는 로퍼차드에서 자기 책을 충분히 홍보하지 않는다고 생각했어요. 그 얘기는 리어노라한테 들었죠."

"그러니까 엘리자베스 태슬과 만났을 때부터 식당을 박차고 뛰쳐나오겠다고 작정하고 있었다고요?"

"그럴 수도 있죠." 스트라이크가 말했다.

"그리고 탤거스 로드로 가고?"

"아마도."

이제는 해가 중천에 떠서 서리 덮인 나무 꼭대기가 반짝반짝 빛나고 있었다.

"그리고 원하던 걸 얻었잖아요, 안 그래요?" 스트라이크가 말하는 동안, 수천 개의 얼음 조각들이 차창을 가로질러 현란하게 반짝였다. "아마 아무리 애써도 그보다 더 훌륭한 홍보는 못 할 겁니다. BBC 뉴스에 자기가 나올 때까지 살아남지 못해서 그렇지."

문득 스트라이크가 숨죽여 내뱉었다. "아, 씨발."

"왜 그러세요?"

"비스킷을 내가 다 먹어버려서…… 미안해요." 스트라이크는 진심으로 잘못을 뉘우쳤다.

"괜찮아요." 로빈은 그런 그가 은근히 귀엽고 재미있었다. "전 아침 먹었어요."

"난 못 먹었거든요." 스트라이크가 솔직하게 털어놓았다.

따뜻한 커피를 마시고 토론을 하면서 그의 생각에 대한 로빈의 현실적인 조언을 듣는 사이 마음이 편해져서, 다리 얘기만 나오면 진저리를 치던 스트라이크의 태도도 누그러졌다.

"빌어먹을 의족을 채울 수가 없더라고요. 무릎이 죽도록 부었어요. 아무래도 병원에 가서 진찰을 받아야겠어요. 이 정도로 오는 데까지 진짜 오래 걸렸는데."

그녀도 짐작했던 바지만 솔직히 말해줘서 고마웠다.

그들은 골프 코스를 지나쳤다. 보드라운 하얀 벌판에 골프 깃발들이 삐죽삐죽 튀어나와 있었고, 물을 채운 자갈 웅덩이들은 이제 겨울 햇살을 받아 무광의 주석 빛깔로 보였다. 스윈든에 가까워지고 있을 때 스트라이크의 휴대전화가 울렸다. 번호를 확인하고 (잠시 그는 니나 라셀즈가 재다이얼로 전화를 건 게 아닐까 생각했었다) 스트라이크는 발신자가 학교 동창 일사라는 걸 알았다. 그리고 6시 반에 리어노라 퀸에게서 걸려온 부재중 전화가 또 있었다는 걸 보고 불길한 예감에 사로잡혔다. 한창 목발과 씨름하며 채링크로스 로드를 걷던 시각이었다.

"일사, 안녕. 무슨 일 있어?"

"사실 한두 가지가 아니야." 말소리가 아주 작고 멀게 들렸다. 운전 중이라는 걸 알 수 있었다.

"리어노라 퀸이 수요일에 전화했어?"

"그래, 오늘 오후에 만났어. 그리고 방금 다시 통화했고. 오늘 아침에 너하고 통화하려고 했는데 연결이 안 됐다고 하더라."

"그래, 내가 오늘 일찍 출근해서 아마 놓쳤나 봐."

"허락을 받고 말하는 건데—."

"무슨 일인데?"

"심문한다고 불려갔어. 지금 서로 가고 있는 길이야."

"젠장." 스트라이크가 말했다. "젠장, 뭐 갖고 있는 게 있대?"

"리어노라 말로는 경찰이 부부의 침실에서 사진들을 발견했대. 퀸이 침대에 묶이는 걸 좋아했고 일단 묶이면 또 사진 찍히는 걸 즐겼나 봐." 일사는 지극히 무미건조해서 신랄하게 들리는 말투로 말했다. "그 여자가 이런 얘기를 꼭 정원 가꾸기 설명하듯이 해주더라고."

런던 중심부의 혼잡한 교통 흐름 소리가 희미하게 배경음으로 들려왔다. 고속도로에서는 제일 시끄러운 소음이라고 해봤자 쉭쉭 오가는 유리창 와이퍼 소리, 강력한 엔진이 이따금 푸르르 떨리는 소리, 그리고 휘몰아치는 폭설 속에서 가끔씩 무모하게 추월하는 차가 내는 쌩쌩 소리뿐이었다.

"사진들을 없애버리는 센스 정도는 있을 줄 알았는데." 스트라이크가 말했다.

"증거인멸을 제안하는 그런 소리는 못 들은 걸로 해줄게." 일사가 짐짓 엄격한 척하며 말했다.

"그 사진들은 빌어먹을 증거도 못 돼." 스트라이크가 말했다. "미치겠네, 진짜. 당연히 두 사람은 화려한 변태 성생활을 했겠지. 안 그러면 리어노라가 퀸 같은 남자를 어떻게 붙잡아두겠어? 안스티스는 사고방식이 너무 깨끗해. 그게 문제라고. 그 친구는 선교사 같은 체위만 아니면 모조리 범죄적 경향을 드러내는 증거라고 생각한다니까."

"아니, 형사의 성적 습관에 대해서 뭘 그렇게 잘 알아?" 일사가 놀리며 말했다.

"아프가니스탄에서 내가 차량 뒤로 끌어서 살려준 장본인이니까 그렇지." 스트라이크가 툭 뱉었다.

"오." 일사가 말했다.

"안스티스는 리어노라를 짜 맞춰 잡으려고 작정하고 있어. 더러운 사진들이라…… 그쪽에서 가진 게 그게 다라면—."

"다는 아니야. 퀸네 집에 비밀 창고가 있다는 거 알았어?"

스트라이크는 긴장해서 귀를 쫑긋 세웠다. 갑자기 걱정이 되었다. 혹시 그가 틀렸나? 완전히, 철저히 틀린 건가?

"알았냐고?" 일사가 물었다.

"뭐가 나왔대?" 장난기가 싹 걷힌 목소리로 스트라이크가 물었다. "내장은 아니지?"

"방금 뭐라고 그랬어? '내장은 아니지'라고 들었는데!"

"뭐가 나왔느냐고?" 스트라이크는 고쳐 말했다.

"몰라. 가서 알아봐야지."

"체포된 건 아니지?"

"단순한 심문 같던데. 하지만 경찰은 그 여자가 범인이라고 확신해. 딱 봐도 알겠더라. 그런데 그 여자는 상황이 얼마나 심각해지고 있는지 모르는 거 같아. 나한테 전화했을 때도 자기 딸을 이웃에게 맡겨서 딸내미 기분이 나쁘다는 얘기만—."

"그 딸은 스물네 살이고 학습장애가 있어."

"아…… 딱하네." 일사가 말했다. "있잖아, 나 거의 다 왔거든. 끊어야겠다."

"새로운 소식 있으면 알려줘."

"뭐가 금방 나올 거라고 기대하지는 마. 내 느낌에 한참 걸릴 거 같아."

"씨발." 스트라이크는 전화를 끊으며 또 말했다.

"무슨 일이에요?"

후면 차창에 '아기가 타고 있어요'라는 표지를 붙인 혼다 시빅을 추월하려고 거대한 유조차가 서행 차선에서 빠져나왔다. 스트라이크는 거대한 은제 총알 같은 차체가 빙판길 위를 가속해 질주하느라 흔들리는 모습을 바라보다가 로빈이 속력을 낮춰 안전 거리를 좀 더 확보하는 걸 보고 내심 감탄했다.

"경찰이 리어노라를 소환해서 심문한대요."

로빈이 놀라 숨을 몰아쉬었다.

"침실에 묶여 있는 퀸의 사진들을 찾아냈고, 또 비밀 창고에서 뭘 발견했대요. 하지만 일사도 그게 뭔지는 몰라요."

스트라이크에게 전에도 닥쳤던 일이었다. 고요에서 대재앙으로 순식간에 급변하는 정황. 느려지는 시간. 모든 감각이 갑자기 팽팽하게 당겨져 비명을 지른다.

유조차의 차체가 꺾이고 있었다.

스트라이크는 "브레이크!"라고 절규하는 자기 목소리를 들었다. 지난번에 죽음을 피하려고 그가 했던 일이었다.

그러나 로빈은 액셀을 있는 힘껏 밟았다. 자동차가 포효하며 앞으로 튀어나갔다. 추월할 공간이 없었다. 유조차는 옆으로 넘어져 빙판 위에서 빙글 돌았다. 시빅이 유조차를 들이받고 전복되어 지붕으로 미끄러져 갓길로 밀려 나갔다. 골프 한 대와 벤츠 한 대가 충돌해서 서로 꽉 맞물린 채 가속을 받아 유조차 트럭 쪽으로 미끄러져 오고 있었다.

그들의 차는 갓길 도랑을 향해 전력 질주했다. 로빈은 전복된 시빅을 몇 센티미터 간격을 두고 아슬아슬하게 스쳤다. 스트라이크는 거친 땅을 고속으로 질주하는 랜드크루저의 도어핸들을 꼭 잡았다. 도랑에 처박혀 전복될 수도 있었다. 유조차의 꽁무니가 치명적으로 그들을 향해 미끄러졌지만, 차의 속도가 빨랐기 때문에 간발의 차이로 피했다. 차가 엄청나게 펄쩍 뛰는 바람에 스트라이크는 머리를 천장에 부딪혔고, 정신 차린 두 사람은 아무 데도 다친 데 없이 멀쩡하게 연쇄충돌이 일어난 반대편 차선을 달리고 있음을 깨달았다.

"이런, 제기랄—."

그녀는 자유롭게 차를 제어하며 마침내 브레이크를 밟고 있었다. 갓길에 차를 세운 그녀의 얼굴은 핏기를 잃고 차창을 때리는 눈발처럼 새하얘져 있었다.

"저 시빅 안에 아이가 타고 있었는데."

그리고 스트라이크가 뭐라고 한마디 할 새도 없이 로빈은 밖으로 나가 차문을 쾅 닫고 사라졌다.

그는 뒷좌석 쪽으로 몸을 기울여 목발을 잡으려고 안간힘을 썼다. 장애를 이렇게 날카롭게 실감한 적은 처음이었다. 간신히 목발을 자기 자리로 끌어당기는 데 성공했을 때 사이렌 소리가 들렸다. 눈이 덮인 후면 차창으로 실눈을 뜨고 바라보던 그는 멀리서 깜박이는 파란색 불빛을 보았다. 경찰이 벌써 와 있었다. 그는 도움은커녕 방해만 되는 외다리였다. 욕설을 내뱉으며 목발을 도로 던져버렸다.

10분 뒤 로빈이 다시 차로 돌아왔다.

"괜찮아요." 가쁜 숨을 몰아쉬며 그녀가 말했다. "어린아이는 무사해요. 카시트에 잘 타고 있었어요. 트럭 운전사는 피범벅이지만 의식은 있어요."

"당신은 괜찮아요?"

그녀는 약간 떨고 있었지만 그의 말에 미소를 지었다.

"네, 멀쩡해요. 죽은 아이를 보게 될까 봐 무서웠어요."

"그럼 됐어요." 스트라이크는 깊은 숨을 몰아쉬며 말했다. "젠장. 그렇게 운전하는 건 어디서 배웠어요?"

"아, 고급 운전 강의를 두세 번 들었죠." 로빈은 어깨를 으쓱하며 젖은 머리칼을 눈가에서 쓸어 넘겼다.

스트라이크는 그녀를 빤히 쳐다보았다.

"그게 언제예요?"

"대학 중퇴하고 얼마 안 됐을 때죠. 저는…… 힘든 시기를 보내느라 바깥출입을 별로 하지 않았어요. 차는 원래 좋아했고요. 그냥 뭐든 할 일이 없을까 궁리하다가 해본 거예요."

그녀는 안전벨트를 채우고 시동을 걸며 말했다. "가끔 집에 가면 농장에 들러서 운전 연습을 해요. 삼촌이 경작지를 갖고 계신데, 그곳에서 운전하게 해주시거든요."

스트라이크는 여전히 그녀를 뚫어져라 쳐다보고 있었다.

"출발하기 전에 잠깐 기다렸다 가지 않아도 되겠—."

"네, 경찰들한테 이름하고 주소는 주고 왔어요. 얼른 가야죠."

그녀는 기어를 변속하고 능숙하게 고속도로로 진입했다. 스트라이크는 그녀의 차분한 옆얼굴에서 시선을 뗄 수가 없었다. 그녀의 눈길은 다시 전방의 도로에 고정되었고, 운전대를 잡은 손은 자신감 넘치고 느긋했다.

"군대의 방어 운전자들 중에도 그만큼 못 하는 사람 많이 봤어요." 그가 말했다. "포화 속에서 대피로를 만드는 훈련을 받는 장군 운전병들 말이에요." 그는 도로를 완전히 꽉 막고 있는 전복된 차량들을 흘끗 뒤돌아보았다. "아직도 우리가 어떻게 저기서 빠져나올 수 있었는지 이해가 안 되네요."

하마터면 사고가 날 뻔했는데도 꿈쩍도 않던 로빈은 이런 찬사와 감사의 말에 그만 난데없이 울고 싶은 기분이 되었다. 그러나 엄청난 의지력으로 감정을 꾹꾹 누르고 살짝 웃음만 터뜨린 후 그녀가 말했다.

"내가 브레이크를 밟았으면 우리 차는 미끄러져서 곧장 유조차를 들이받았을 거예요, 그거 아세요?"

"알아요." 스트라이크도 웃었다. "내가 왜 그런 소리를 했는지 모르겠네." 그는 거짓말을 했다.

29

왼쪽으로 길이 하나 있네,
죄 지은 양심에서 나와
불신과 두려움의 숲으로 이어지는 길이 —
- 토머스 키드,《스페인의 비극》

교통사고에 준하는 대사건이 있었는데도 스트라이크와 로빈은
12시가 조금 지난 시각에 티버튼의 데본셔로 들어왔다. 로빈은
위성 내비게이션의 지시를 따라 눈부시게 하얀 눈이 두껍게 쌓인
조용한 시골집들을 지나쳐 부싯돌 빛깔의 강을 가로지르는 작은
다리를 건너고 예상외로 화려한 16세기 교회를 지나 시내 반대편
언저리에 도달했다. 그곳에는 전기로 작동하는 현관문이 길가에
서 약간 물러선 곳에 점잖게 자리하고 있었다.
  데크슈즈처럼 생긴 신발에 오버사이즈 코트를 입은 잘생긴 필
리핀 청년이 이 문들을 완력으로 밀어 열려고 하고 있었다. 랜드
크루저를 본 그가 로빈에게 차창을 내리라고 수신호를 했다.
  "얼어붙었어요." 그는 간결하게 말했다. "잠깐만 기다리세요."
  그들은 5분 정도 정차한 채 기다렸고, 마침내 청년은 얼어붙은
현관문을 떼어내고 밤새 꾸준히 쌓인 눈을 치워 문이 열릴 자리를

마련했다.

"집까지 태워드릴까요?" 로빈이 물었다.

그는 스트라이크의 목발이 놓인 뒷좌석으로 올라탔다.

"차드 씨 친구분이십니까?"

"우리를 기다리고 계실 겁니다." 스트라이크가 애매하게 말했다.

랜드크루저는 밤새도록 내려 산더미처럼 쌓인 파삭파삭한 눈을 손쉽게 뚫고 나아가 길고 구불구불한 사유지 진입로를 따라 올라갔다. 길가에 늘어선 철쭉의 반들거리는 진초록 잎사귀들이 눈짐을 지지 않겠다고 거부하고 있어서, 올라가는 길은 온통 흑과 백으로 보였다. 하얗고 보슬보슬한 진입로 위로 빽빽한 녹음의 벽이 우거져 있었다. 로빈의 눈앞에 아주 작은 빛의 반점들이 나타나기 시작했다. 아침 먹은 후로 아주 오랜 시간이 지났고, 게다가 스트라이크가 비스킷을 혼자 다 먹어버렸으니까.

멀미도 좀 나고 약간 현실감도 떨어지는 그런 상태는 도요타에서 내려 타이스반 하우스를 올려다볼 때까지 계속되었다. 저택은 한쪽 벽까지 바짝 붙어 있는 녹음 짙은 숲가에 서 있었다. 그들 앞에 우뚝 서 있는 거대한 타원형 구조물은 모험심 넘치는 건축가의 손에 개조된 것이었다. 지붕 절반이 투명 유리로 교체되었고, 나머지 절반은 태양광 패널로 뒤덮인 듯 보였다. 환한 연회색 하늘을 배경으로 투명하게 골조만 보이는 건물을 올려다보자 로빈은 현기증이 더 심해졌다. 스트라이크의 전화기에서 본 섬뜩한 사진이 연상되었던 것이다. 유리와 불빛으로 가득한 암굴 같은 공간에 누워 있던 퀸의 훼손된 사체.

"괜찮아요?" 스트라이크가 걱정스럽게 물었다. 로빈의 안색이 몹시 창백했다.

"괜찮아요." 그의 눈에 비친 영웅적인 모습을 망치고 싶지 않았던 로빈이 말했다. 허파 한가득 싸늘한 공기를 들이마시고 나서, 그녀는 목발을 짚고도 놀랄 만큼 동작이 민첩한 스트라이크를 얼른 뒤쫓아서 현관으로 이어지는 자갈길을 걸었다. 차를 얻어 탄 젊은이는 말 한마디 없이 어딘가로 사라졌다.

대니얼 차드가 직접 문을 열어주었다. 그는 스탠드칼라가 달린 연노랑 실크 소재의 헐렁한 셔츠와 여유 있는 리넨 바지를 입고 있었다. 스트라이크와 마찬가지로 목발을 짚었는데, 왼발과 정강이에는 두툼한 외과용 보족기와 스트랩을 달고 있었다. 차드는 텅 비어 덜렁거리는 스트라이크의 바지 자락을 내려다보았고, 뼈 아픈 몇 초 동안 차마 시선을 돌리지 못했다.

"선생님만 문제가 있는 건 아니었지요." 스트라이크가 악수를 청하며 말했다.

그 소소한 농담은 민망하게 실패했다. 차드는 웃지 않았다. 회사 파티 때 그를 에워싸고 있던 어색함과 낯섦의 후광이 여전히 묻어 있었다. 그는 눈도 맞추지 않고 스트라이크의 손을 잡고 흔들었고, 환영한답시고 이런 인사말을 했다.

"오전 내내 그쪽에서 약속을 취소하기만 기다렸지요."

"아뇨, 잘 왔습니다." 스트라이크가 굳이 쓸데없이 말했다. "여기는 제 조수 로빈입니다. 운전을 해줬죠. 저 혹시—."

"그럼요. 눈 오는데 밖에서 기다리시면 안 되죠." 온기라고는 찾아볼 수 없는 말투로 차드가 말했다. "들어오세요."

그는 목발을 짚고 문지방 너머 반들반들하게 광택 처리된 꿀빛 원목마루로 그들을 안내했다.

"죄송하지만 구두 좀 벗어주시겠습니까?"

검은 머리를 틀어 올린 땅딸막한 중년 필리핀 여인이 오른편 벽돌 벽에 달린 스윙도어를 열고 나타났다. 머리에서 발끝까지 검은 옷을 차려입은 여인은 손에 든 하얀 리넨 가방 두 개에 스트라이크와 로빈의 신발을 받아 담으려는 모양이었다. 로빈은 구두를 건네주었는데, 그러고 나니 발바닥에 닿는 원목마루가 그대로 느껴지면서 이상하게 무방비가 된 느낌이었다. 스트라이크는 그저 외다리를 딛고 가만 서 있기만 했다.

"아." 차드가 또 빤히 쳐다보며 말했다. "아니, 내 생각에는…… 스트라이크 씨는 그냥 신발을 신고 계시는 게 낫겠어요, 네니타."

여자는 말을 한마디도 하지 않고 부엌으로 물러났다.

왠지 모르지만 타이스반 하우스의 실내는 로빈이 느끼는 불쾌한 현기증을 오히려 증폭시켰다. 어마어마하게 넓은 실내를 분할하는 벽이 하나도 없었다. 강철과 유리 재질의 나선형 계단을 올라가면 나오는 2층은 높은 천장에 두꺼운 강철 케이블로 연결되어 매달려 있었다. 검은 가죽 소재로 보이는 차드의 거대한 더블베드가 저 높이 보였고, 그 위 벽돌 벽에는 철조망으로 만든 거대한 십자가 같은 것이 걸려 있었다. 어지럼증이 심해지는 바람에 로빈은 황급히 시선을 내렸다.

저층의 가구는 대부분 흰색이나 검은색 가죽 큐브들로 이루어져 있었다. 수직 강철 라디에이터들이 일부러 단순하게 만든 듯한 원목과 금속 소재의 책장들과 어우러져 설치되어 있었다. 가구가 별로 없는 방에서 가장 특징적인 요소는 실물 크기의 하얀 대리석 천사 조각상이었다. 천사상은 바위 위에 앉아 있었고, 부분적으로 해부되어 두개골 절반과 내장 일부, 그리고 다리뼈가 노출되어 있었다. 도저히 시선을 돌릴 수 없어 계속 바라보던 로빈은 천사의 젖가슴이 버섯의 균습을 닮은 원형 근육 위에 자리 잡은 지방 알갱이들의 더미로 표현되어 있다는 걸 보지 않을 수 없었다.

그 해부된 인체의 모형이 순도 100퍼센트의 차가운 돌덩어리로 만들어진 마당에 욕지기를 느끼는 건 우스꽝스러운 일이었다. 생명이 없는 허연 대리석은, 스트라이크의 휴대전화에 저장된 썩어가는 시신과는 닮은 데가 하나도 없었다. '그런 생각은 하지 말자…….' 그녀는 스트라이크한테 비스킷 하나 정도는 남겨두라고 말했어야 했다. 그녀의 인중과 두피에 식은땀이 송골송골 맺혔다.

"정말 괜찮아요, 로빈?" 스트라이크가 날카롭게 물었다. 로빈은 두 남자의 얼굴 표정으로 보아 자기 안색이 싹 바뀌어 자칫, 생각만 해도 끔찍스럽지만, 혼절하기 일보 직전으로 보였다는 걸 깨달았다. 스트라이크에게 방해가 되고 있다는 생각에 부끄러움까지 더해졌다.

"죄송합니다." 그녀는 감각이 없는 입술로 말했다. "너무 오래 운전을 해서…… 물 한 잔만 마셔도 될지……."

"어— 물론이죠." 차드는 마치 물 공급이 부족한 듯 말했다. "네니타?"

검은 옷의 여자가 다시 나타났다.

"여기 젊은 숙녀분께서 물 한 잔 드시고 싶답니다." 차드가 말했다.

네니타가 로빈에게 따라오라는 손짓을 했다. 부엌에 들어서는 로빈의 귀에 출판사 사장의 목발이 원목마루에 부딪혀 부드럽게 턱 턱 소리를 내는 게 들렸다. 강철 소재의 마감과 회반죽이 발린 벽, 그리고 아까 태우고 올라온 젊은 청년이 커다란 냄비를 쿡쿡 쑤시고 있는 모습이 잠깐 눈앞을 스치는가 싶더니 어느새 로빈은 나지막한 스툴에 앉아 있었다.

로빈은 자기가 괜찮은지 보려고 차드가 뒤따라온 줄 알았지만, 네니타가 손에 차가운 유리잔을 쥐어주는 순간 저 위쪽 다른 데서 그의 목소리가 들려왔다.

"현관문을 고쳐줘서 고맙네, 매니."

젊은 청년은 대답하지 않았다. 로빈은 차드의 철컹거리는 목발이 멀어지더니 부엌문이 휙 열렸다 닫히는 소리를 들었다.

"제 잘못입니다." 스트라이크는 출판사 사장이 돌아오자 말했다. 정말로 죄책감을 느끼고 있었다. "로빈이 길에서 먹을 음식을 싸 왔는데 제가 다 먹어버렸거든요."

"네니타한테 먹을 걸 좀 드리라고 하죠." 차드가 말했다. "좀 앉으실까요?"

스트라이크는 따뜻한 원목 마룻바닥에 어른어른 비치는 대리석 천사상을 지나쳐 그를 따라갔다. 목발 네 개를 짚고 방 끝으로 간 그들을 검은 철제 페치카가 내뿜는 따뜻한 온기가 반겨주었다.

"멋진 곳입니다." 스트라이크는 커다란 검은색 가죽 큐브에 앉으며 목발을 곁에 내려놓았다. 칭찬은 사실 진심이 아니었다. 그는 실용적인 편안함을 선호하는 취향이었는데 차드의 집은 순전히 겉만 번드르르 화려해 보였다.

"그래요, 건축가들과 긴밀히 협력해 작업했죠." 차드가 열의를 살짝 내비치며 말했다. "저기 스튜디오하고 수영장이 있습니다." 그는 눈에 잘 띄지 않는 문들을 가리키며 말했다.

차드 역시 자리를 잡고 앉아, 스트랩을 채운 보족기로 끝나는 두툼한 다리를 쭉 폈다.

"어쩌다 그렇게 되셨습니까?" 스트라이크는 부러진 다리 쪽으로 고갯짓을 하며 물었다.

차드는 목발 끝으로 철제와 유리로 된 나선형 계단을 가리켰다.

"아프셨겠는데요." 스트라이크는 추락의 높이를 가늠하며 말했다.

"부러지는 소리가 실내 전체에 울려 퍼지더군요." 차드는 희한하게 신나하면서 말했다. "실제로 그런 소리를 귀로 들을 수 있을 거라고는 생각도 못 했어요."

"홍차나 커피 드시겠습니까?"

"홍차를 주시면 좋겠습니다."

스트라이크는 차드가 다치지 않은 발로 자기 자리 옆에 놓인 작은 동판을 밟는 걸 보았다. 살짝 압력을 가하자 매니가 다시 부엌에서 나왔다.

"홍차 좀 주게, 매니." 차드가 보통 때의 태도에서 찾아볼 수 없는, 두드러지게 따뜻한 말씨로 말했다. 청년은 변함없이 뾰루퉁한 표정으로 다시 사라졌다.

"성미가엘 산입니까?" 스트라이크는 페치카 근처에 걸려 있는 작은 그림을 가리키며 물었다. 판자 같은 것에 그린 걸로 보이는 소박한 회화였다.

"알프레드 월리스 작품이에요." 차드는 또 슬그머니 불타는 열의를 비치며 말했다. "형태의 간결함이…… 원초적이고 순수하죠. 우리 아버지께서 잘 아시던 분입니다. 월리스는 70대가 되어서야 진지하게 회화에 손대기 시작했죠. 콘월 아십니까?"

"거기서 자랐습니다." 스트라이크가 말했다.

그러나 차드는 알프레드 월리스에 대한 얘기에 더 흥미가 있었다. 그는 그 화가가 노년에야 진정한 천직 — 프랑스어로 메티에(métier)라고 말했다 — 을 찾았다는 얘기를 재차 하더니 화가의 작품세계까지 해설하기 시작했다. 스트라이크는 그 화제에 전혀 관심을 보이지 않았지만 그는 눈치채지 못했다. 차드는 눈을 마주치는 걸 좋아하지 않았다. 출판사 사장의 시선은 그림에서 실내의 거대한 벽돌 이곳저곳을 미끄러지다가 우연히 스트라이크 쪽을 일별하게 되는 것처럼 보였다.

"뉴욕에서 방금 돌아오셨지요?" 스트라이크는 차드가 숨을 고르는 사이 물었다.

"사흘 동안 컨퍼런스가 있었습니다, 네." 차드의 활활 타오르던 열의는 부스스 꺼졌다. 말투에서 어쩐지 뭔가 판에 박힌 말들을 읊조리는 분위기가 느껴졌다. "힘든 시기라서요. 전자책 기기들이 판도를 바꾸고 있어요. 책 많이 읽으십니까?" 그는 스트라이크를 똑바로 겨냥해 물었다.

"가끔요." 스트라이크가 말했다. 아파트에 굴러다니는 낡은 제임스 엘로이 책을 끝까지 읽으려고 작정한 지 벌써 4주일이 되어가고 있지만, 대체로 밤이 되면 너무 피곤해서 집중할 수가 없었다. 제일 좋아하는 책은 층계참에 놓아둔 풀지 않은 짐 상자들 속에 들어 있었다. 20년 된 책이었는데 펼쳐보지 않은 지 아주 오래되었다.

"우리는 독자가 필요합니다." 대니얼 차드가 불쑥 말을 뱉었다. "독자는 늘고, 작가는 줄어야죠."

스트라이크는 '뭐, 적어도 작가 한 사람은 처치하셨잖아요'라고 대꾸하고 싶은 걸 꾹 참았다.

매니가 다리가 달린 투명한 퍼스펙스 강화유리 쟁반을 들고 나타나 고용주 앞에 내려놓았다. 차드는 허리를 굽혀 홍차를 하얀 도자기 머그잔에 따랐다. 스트라이크는 이 집의 가죽 가구들에서는 자신의 사무실 소파처럼 짜증스러운 삐걱삐걱 소리가 나지 않는다는 걸 깨달았는데, 생각해보면 열 배도 넘는 돈을 주고 샀을 테니 당연한 일이었다. 차드의 손등은 회사 파티 때처럼 쓰라리고 아파 보였고, 1층 바닥에 부착된, 아래에서 머리 위쪽을 비추는 환한 조명 아래서 보니 멀리서 볼 때보다 늙어 보였다. 대략 예순 살 정도로 보였는데, 검고 푹 꺼진 눈과 매부리코 그리고 얇은 입술은 여전히 멀끔했다.

"우유를 깜박 잊고 가져오지 않았군요." 차드가 쟁반을 살피며 말했다. "우유 드십니까?"

"네." 스트라이크가 말했다.

차드는 한숨을 쉬면서, 마루의 동판을 누르는 대신 목발과 멀쩡한 한 발에 의지해 부엌으로 직접 갔다. 뒤에 남은 스트라이크는 생각에 잠겨 그의 뒷모습을 바라보았다.

니나는 교활하다고 묘사했지만, 함께 일한 사람들은 대니얼 차드가 별난 사람이라고 했다. 《봄빅스 모리》에 대해 통제 불능으로 격분했다는 얘기를 들었을 때 스트라이크는 판단력이 의심스러운 과민한 남자의 반응이 아닐까 생각했었다. 차드가 출판사 기념 파티에서 웅얼거리며 연설할 때 좌중에서 흘러나온 민망하고 창피스러운 분위기를 떠올렸다. 이상한 사내였다, 속내를 읽기 힘든…….

스트라이크의 시선이 어쩌다 보니 위로 향했다. 대리석 천사상 너머 높다란 투명 천장으로 눈이 부드럽게 떨어지고 있었다. 눈이 쌓이는 걸 막기 위해 유리에 온열 처리가 되어 있는 모양이라고, 스트라이크는 결론을 내렸다. 그러자 거대한 돔형 유리창 밑에서 꽁꽁 묶여 창자가 꺼내지고 불에 타 썩어가던 퀸의 기억이 다시 돌아왔다. 로빈과 마찬가지로 스트라이크 역시 갑자기 타이스반 하우스의 높은 유리 천장이 불쾌하리만큼 연상을 자극한다는 걸 알게 되었다.

차드가 다시 부엌에서 스윙도어를 밀고 나와 목발을 짚고 마루를 가로질러 왔다. 한 손에는 작은 밀크저그가 아슬아슬하게 들려 있었다.

"왜 여기로 오시라고 했는지 궁금하실 텐데요." 다시 자리에 앉아 두 사람이 마침내 차를 한 잔씩 손에 들자 차드가 말을 꺼냈다. 스트라이크는 경청하는 얼굴로 표정을 바꾸었다.

"믿을 수 있는 사람이 필요합니다." 차드는 스트라이크의 답을 기다리지 않고 말했다. "회사 밖에 있는 사람으로요."

스트라이크를 향해 쏘아보듯 눈길을 한번 주더니, 그는 다시 안전하게 알프레드 윌리스를 바라보기 시작했다.

"제 생각에는……." 차드가 말했다. "제가 오언 퀸이 혼자 일하지 않았다는 걸 알게 된 유일한 사람이 아닐까 하는데요. 그는 공모자가 있었습니다."

"공모자요?" 차드가 반응을 기대하는 눈치라서 스트라이크가 결국 한마디 거들었다.

"네." 차드가 은밀하게 말했다. "아, 그럼요. 그러니까 말이죠, 《봄빅스 모리》의 문체는 오언의 것이지만, 누군가 다른 사람이 또 붙었어요. 도와준 사람이 있단 말입니다."

누렇게 뜬 안색이던 차드의 얼굴이 상기되었다. 그는 자기 옆에 놓인 목발의 손잡이를 잡더니 만지작거렸다.

"이걸 입증할 수 있다면, 경찰이 관심을 가지겠지요?" 차드는 간신히 스트라이크의 얼굴을 똑바로 쳐다보며 말했다. "오언이 《봄빅스 모리》에 쓰인 내용 때문에 죽었다면, 공모자도 죄가 있지 않을까요?"

"죄가 있다고요?" 스트라이크가 그의 말을 되풀이했다. "이 공모자가 퀸을 설득해서 책 속에 어떤 내용을 넣게 했고, 처음부터 그 제3자가 살의로 보복해오기를 바랐단 말씀입니까?"

"저는…… 글쎄요, 잘 모르겠습니다." 차드가 얼굴을 찌푸리며 말했다. "정확히 그런 일이 일어날 거라는 예상은 못 했을지 모르지만, 엄청난 소란을 피울 의도는 분명히 있었겠지요."

목발을 잡고 있는 손에 힘이 들어가면서 손등 뼈가 하얗게 질렸다.

"퀸에게 조력자가 있었다고 생각하시는 이유는 뭡니까?" 스트라이크가 물었다.

"오언이 《봄빅스 모리》에서 시사한 내용 중에는 누가 정보를 흘리지 않았다면 그가 절대 알 수 없는 것들이 들어 있어요." 차드는 이제 석조 천사의 옆구리를 응시하고 있었다.

"제 생각에는 경찰이 공모자에게 관심을 갖는다면 주로……." 스트라이크가 천천히 말했다. "그 사람이 살인자에 대한 단서를 갖고 있는지에 대해서일 겁니다."

그 말은 진실이었지만, 한편으로는 차드에게 한 남자가 엽기적인 정황에서 살해되었음을 상기시키는 수단이기도 했다. 살인자의 정체는 차드에게 그리 큰 중요성을 갖지 못하는 것 같았다.

"그렇게 생각하십니까?" 차드가 희미하게 미간을 찌푸리며 말했다.

"네." 스트라이크가 말했다. "그렇습니다. 그리고 책에 나오는 몇 군데 애매한 부분들의 의미를 밝혀줄 수 있다면 공모자한테 관심을 갖겠지요. 경찰이 따를 수밖에 없는 이론 중 하나는《봄빅스 모리》에서 퀸이 폭로한 내용이 새어 나가는 걸 막기 위해 누군가 퀸을 살해했다는 가설이거든요."

대니얼 차드는 얼어붙은 표정으로 스트라이크를 빤히 쳐다보았다.

"그래요. 저는…… 맞습니다."

스트라이크는 출판사 사장이 목발을 짚고 일어서서 몸을 흔들거리며 앞뒤로 몇 발자국 서성이는 모습을 보고 좀 놀랐다. 스트라이크가 수년 전, 초기에 셀리오크 종합병원에서 받았던 임시 재활치료 운동을 우스꽝스럽게 패러디한 모습 같았다. 스트라이크는 차드의 몸이 좋다는 걸 처음 알았다. 이두박근이 실크 소매밑에서 꿈틀거렸다.

"그렇다면 살인자는―." 차드는 말머리를 꺼내다가, "뭐요?" 하고 스트라이크의 어깨 너머를 노려보며 날카롭게 쏘아붙였다.

로빈이 훨씬 건강해진 낯빛으로 부엌에서 나온 참이었다.

"죄송합니다." 그녀는 발걸음을 딱 멈추고 불안하게 말했다.

"이건 비밀 얘기입니다." 차드가 말했다. "아니, 미안해요. 죄송한데 다시 부엌으로 가주시겠습니까?"

"전― 알겠습니다." 로빈이 황망해하며 돌아섰다. 스트라이크는 그녀가 상처받았다는 걸 알았다. 로빈은 스트라이크를 향해 뭔가 말해달라는 듯 표정으로 호소했지만 그는 아무 말도 하지 않았다.

로빈의 등 뒤로 스윙도어가 닫히자 차드가 화를 내며 말했다. "아까 무슨 말을 하려던 건지 다 잊어버렸어요. 완전히―."

"살인자에 대해 뭔가 얘기하려고 하셨어요."

"그래요. 그렇죠." 차드가 미친 사람처럼, 다시 목발에 매달려 앞뒤로 흔들거리며 서성거리기 시작했다. "그러면 살인자는, 그 쪽에서 공모자에 대해 알게 된다면, 그 사람도 표적으로 삼을 수 있다는 뜻인가요? 그리고 어쩌면 이미 그런 일이 일어났는지도……." 차드는 스트라이크에게라기보다 혼잣말에 가깝게 말했다. 시선은 값비싼 원목마루에 못 박혀 있었다. "아마도 그래서 그게…… 그렇군."

스트라이크에게서 가장 가까운 벽에 난 작은 유리창으로는 근처 숲의 시커먼 전경만 보일 뿐이었다. 검은색을 배경으로 하얀 얼룩들이 몽롱하게 나리고 있었다.

"배신." 차드가 느닷없이 말했다. "그게 저한테는 그 무엇보다 쓰라린 아픔입니다." 그는 심란하게 쿵쿵거리며 서성이던 발걸음을 멈추고 돌아서서 탐정을 바라보았다.

"만일, 내가 의심하고 있는 오언의 조력자를 알려주고 그 증거를 나한테 갖다달라고 부탁하면, 당신에게는 그 정보를 경찰에 넘겨야 할 의무가 있는 겁니까?"

예민한 질문이라고 스트라이크는 생각했다. 그는 아침에 서두르느라 제대로 수염을 깎지도 못하고 나온 턱을 멍하니 손으로 쓰다듬었다.

"당신이 가진 의혹의 진위를 입증해달라고 제게 의뢰하는 거라면……." 스트라이크는 느릿느릿 말했다.

"그래요." 차드가 말했다. "그겁니다. 확실히 해두고 싶어요."

"그렇다면 아닙니다. 제가 무슨 일을 하는지 경찰에 알릴 의무는 없습니다. 그러나 공모자가 있었다는 사실을 제가 캐냈는데 그가 퀸을 죽였을 가능성이 있어 보이면—아니면 누가 한 짓인지 안다고 생각되면—당연히 경찰에 알려야 한다는 의무감을 느끼게 되겠지요."

차드는 다시 큼지막한 가죽 큐브 하나를 차지하고 앉다가 목발을 떨어뜨리는 바람에 마룻바닥에 부딪혀 우당탕 소리가 났다.

"빌어먹을." 그의 불쾌감이 주변의 수많은 견고한 표면들에 부딪혀 공명하는 사이 그는 허리를 굽혀 광택 원목 표면에 흠집이 나지 않았는지 확인했다.

"퀸 부인도 제게 누가 남편을 죽였는지 알아봐 달라고 청탁했다는 걸 아십니까?" 스트라이크가 물었다.

"그 비슷한 얘기는 들은 것 같군요." 차드는 아직도 티크 원목

마루에 상한 데가 있는지 살펴보고 있었다. "그게 이런 쪽의 수사 노선에 방해가 되지는 않잖습니까?"

놀랄 만한 자기중심주의라고, 스트라이크는 생각했다. 제비꽃이 그려진 카드에 쓰여 있던 차드의 글씨를 생각했다. "필요한 것이 있으면 무엇이든 꼭 알려주십시오." 아마 비서가 불러주는 문구를 그대로 받아 적었을 것이다.

"그 공모자로 추정되는 사람이 누군지 말씀해주실 수 있으신가요?" 스트라이크가 물었다.

"이거 굉장히 괴로운 일이군요." 차드는 중얼거렸다. 그의 눈길이 알프레드 월리스 그림에서 대리석 천사를 지나 나선형 계단을 스쳤다.

스트라이크는 아무 말도 하지 않았다.

"제리 월드그레이브입니다." 차드가 말했다. 그는 스트라이크를 슬쩍 쳐다보더니 곧 다시 눈길을 돌렸다. "그리고 제가 의심하는 이유도 말씀드리죠. 어떻게 아는지. 그의 행동은 벌써 몇 주일 전부터 이상했어요. 처음 눈치챈 건 《봄빅스 모리》건으로 내게 전화했을 때였습니다. 퀸이 무슨 짓을 했는지 말해주더군요. 그런데 당혹스러워하지도 않고 사과나 변명 한마디도 없었어요."

"월드그레이브가 퀸이 쓴 글에 대해 사과하리라고 예상하셨던 건가요?"

그 질문에 차드는 놀라는 기색이었다.

"글쎄요, 오언은 제리가 맡은 작가였으니까요. 그러니까 네, 오언이 그— 그런 식으로 나를 묘사한 데 대해서 뭔가 유감을 표할 거라 기대했습니다."

그리고 스트라이크의 주체할 수 없는 상상력은 또 한 번 초자연적인 빛을 발산하고 있는 죽은 청년의 시체를 굽어보며 서 있는 벌거벗은 팔루스 임푸디쿠스를 눈앞에 보여주었다.

　　"월드그레이브 씨와 불화가 있으신 건가요?" 그는 물었다.

　　"제리 월드그레이브에게는 엄청난 자제심을 보여줬어요. 상당히 절제하고 있었죠." 차드가 직접적인 질문을 회피하며 말했다. "1년 전 치료시설에 갔을 때도 월급을 전액 지급했습니다. 아마 다른 사람들 같으면, 나보다 훨씬 신중한 사람 같으면 중립을 지켰을 상황에서도, 그래요, 그 사람 편을 들어줬지요. 제리의 개인적인 불행은 내가 초래한 게 아닙니다. 원망을 품고 있긴 하겠죠. 그래요, 아무리 부당하다 해도 확실히 원망하는 마음은 있다고 봅니다."

　　"뭐에 대한 원망 말씀이지요?" 스트라이크가 물었다.

　　"제리는 마이클 팬코트를 좋아하지 않아요." 차드는 페치카에서 활활 타오르는 불길에 시선을 두고 말했다. "마이클은 음, 오래전에 제리의 아내 페넬라한테 수작을 걸었었어요. 그리고 사실, 제가 마이클에게 헤어지라고 경고했죠. 제리와의 우정 때문에. 그렇다니까요!" 차드가 고개를 끄덕이며, 자기가 취한 행동의 기억에 몹시 감명받은 눈치로 말했다. "내가 마이클에게 매정하고 현명하지도 못한 짓이라고 말했어요. 아무리 상태가……. 왜냐하면 마이클이, 그러니까 상처한 지 그리 오래되지 않아서요. 마이클은 청하지도 않은 제 조언을 그리 달가워하지 않았어요. 오히려 기분이 상했죠. 그래서 다른 출판사를 찾아 떠나버렸어요. 이사회에서 몹시 기분 나빠했지요." 차드가 말했다. "마이클을 다시 구슬려서 영입하는 데 20년도 더 걸렸어요. 하지만 이 많은 세월이 지났는데⋯⋯." 차드의 훤한 대머리 정수리는 그저 유리, 광택이 나는 목재, 그리고 강철 사이에서 또 하나의 반사적 표면에 불과했다. "제리가 개인적인 악감으로 회사 정책을 좌우 하려 들 수는 없죠. 마이클이 로퍼차드로 돌아오기로 한 이후로, 제리는 아주 작정하고 나— 나를, 수백 가지 소소한 방법을 동원 해서 내 발을 걸어 넘어뜨리려 하고 있습니다. 실제로 내가 생각 하는 사건의 전모는 이렇습니다."

차드는 스트라이크의 반응을 살피려는 듯 이따금씩 그를 흘끔거 렸다. "제리가 오언에게 마이클의 계약 건을 말해줬던 겁니다. 우 리가 숨기려던 기밀인데 말입니다. 오언은 물론 사반세기 동안 팬 코트와 원수지간으로 지내왔지요. 오언과 제리는 그래서 이⋯⋯ 이 끔찍한 책을 조작하기로 한 거죠. 그 책에서 마이클과 나를⋯⋯ 그런 역겨운 중상모략으로 몰아넣어서 마이클과의 계약에서 관심 을 돌리고, 우리 두 사람 모두와 회사 그리고 또 둘이서 욕하고 싶 은 사람들한테 복수를 하려고 했던 겁니다. 그리고 무엇보다 의미 심장한 건 말입니다." 차드의 목소리가 이제 허공을 뚫고 메아리 치고 있었다. "제리에게 원고를 안전한 데 넣고 잠가두라고 명백 히 지시했는데도, 그는 마음만 있으면 아무나 읽을 수 있도록 방 치했단 말입니다. 그리고 런던 전역에서 가십으로 회자되도록 확 실히 한 후에야 사표를 내고 내 꼴을 멍하니—."

"월드그레이브가 언제 사표를 냈습니까?" 스트라이크가 물었다.

"그저께요." 차드는 이 말을 하고 곧장 막무가내로 돌진했다. "내가 퀸을 같이 고소하고 법적으로 대처하자고 하자 굉장히 께

름칙한 반응을 보이더군요. 그 자체만 봐도—."

"아마 변호사들을 끌고 들어와 봤자 오히려 책에 대한 관심만 더 끌 거라고 본 건 아닐까요?" 스트라이크가 제안했다. "월드그레이브도《봄빅스 모리》에 등장하지 않습니까?"

"아, 그거 말입니까?" 차드가 킬킬 웃었다. 스트라이크가 그에게서 처음 보는 유머의 표식이었는데 그 효과는 몹시 불쾌했다. "만사를 액면 그대로 받아들이시면 안 되죠, 스트라이크 씨. 오언은 '그것'에 대해서는 전혀 몰랐어요."

"무엇 말이죠?"

"커터라는 인물은 제리가 직접 창조한 겁니다. 세 번째 읽을 때 깨달았지요." 차드가 말했다. "아주, 아주 영악해요. 겉으로 보기에는 제리 자신에 대한 공격처럼 보이지만 사실 페넬라에게 고통을 주기 위한 방법이죠. 그 두 사람은 여전히 부부 사이지만 아시다시피 몹시 불행합니다. 몹시 불행한 결혼이죠.

그래요, 다시 읽다 보니 다 보이더군요." 차드가 말했다. 공중에 걸려 있는 천장의 스포트라이트들이 고개를 끄덕이는 그의 대머리에 물결처럼 빛을 반사했다.

"오언은 커터라는 인물을 쓰지 않았어요. 페넬라를 잘 알지도 못하는걸요. 그 옛날 사건에 대해서도 몰랐어요."

"그러면 그 피 묻은 자루와 난쟁이는 정확히 뭐—."

"그건 제리한테서 알아내세요." 차드가 말했다. "그자가 당신한테 털어놓게 만들어요. 내가 그놈을 도와 중상모략을 퍼뜨려야 할 이유가 뭐죠?"

"궁금했던 게 있습니다." 스트라이크는 순순히 그 방면의 조사를 포기하며 말했다. "마이클 팬코트는 퀸과 그렇게 사이가 나쁜데, 왜 퀸이 있는 출판사라는 걸 알면서 로퍼차드로 옮기기로 한 겁니까?"

짧은 침묵이 흘렀다.

"우리는 오언의 차기작을 출판할 법적인 의무가 전혀 없었습니다." 차드가 말했다. "남들보다 먼저 원고를 살펴볼 권리가 있었을 뿐이죠. 그게 답니다."

"그러면 제리 월드그레이브가 퀸에게, 팬코트의 비위를 맞춰야 하니 출판사가 곧 그와는 계약을 해지할 거라는 얘기를 전해줬을 거라 이 말입니까?"

"그래요." 자기 손톱을 물끄러미 내려다보면서 차드가 말했다. "그렇게 생각합니다. 그리고 지난번에 만났을 때 내가 오언의 심기를 건드렸으니, 내가 그를 내칠 수도 있다는 얘기를 들었다면 예전에 내게 품었던 의리의 마지막 흔적까지 싹 사라져버렸을 수도 있지요. 그래도 영국의 모든 출판사들이 그를 포기했을 때 내가 받아줬는데ㅡ."

"어떻게 퀸의 심기를 건드리셨죠?"

"아, 그가 마지막으로 사무실에 왔을 때였어요. 딸을 데리고 왔더군요."

"올랜도?"

"버지니아 울프 소설에 나오는 주인공의 이름을 땄다고 하더군요." 차드는 잠시 망설였다. 눈빛이 번득이며 스트라이크를 향했다가 다시 자기 손톱으로 돌아갔다. "그 애는ㅡ 딱히 정상은 아니더군요. 그 딸 말입니다."

"정말입니까?" 스트라이크가 말했다. "어떤 점에서요?"

"정신적으로요." 차드가 웅얼거렸다. "내가 예술 부서에 갔을 때 그 부녀가 들어왔습니다. 오언은 딸에게 구경을 시켜주려고 한다고 했어요. 대체 자기가 뭐라고 그랬는지는 모르지만 말입니다. 하지만 오언은 뭐 언제나 자기 집처럼…… 어찌나 당당하고 자기중심적인지 참 언제 봐도 대단하다고밖에…….

딸이 표지 시안 하나를―더러운 손으로―집어 들었어요. 내가 그 애 손목을 잡아서 망가뜨리지 못하게 했습니다―." 그는 허공에 대고 시늉을 해 보였다. 거의 신성모독에 가까운 짓거리를 기억하는 그의 얼굴에 불쾌감이 선연히 떠올랐다. "그러니까, 뭐 본능적인 동작이었습니다. 자료를 보호해야 한다는 생각 말이죠. 하지만 그 아이는 굉장히 화를 내더군요. 난리법석이 났어요. 굉장히 창피스럽고 불편했습니다." 차드는 회상 속에서도 괴로워 어쩔 줄 몰랐다. "그 애는 거의 히스테리 발작을 일으켰어요. 오언은 노발대발 화를 냈지요. 물론 그건 내 잘못입니다. 그것과, 마이클 팬코트를 로퍼차드로 다시 영입한 것도요."

"《봄빅스 모리》에 묘사된 이들 중에서 누가 가장 화를 내어 마땅하다고 생각하십니까?" 스트라이크가 물었다.

"정말로 모르겠습니다." 차드가 말했다. 잠시 아무 말도 하지 않다가 그가 말했다. "글쎄요, 엘리자베스 태슬도 기생충처럼 그려진 자기 모습을 보고 기분이 좋았을 것 같지는 않군요. 그 수많은 세월 동안 오언이 주정뱅이 바보 꼴이 되지 않도록 파티에 못 가게 구슬리고 달래고 한 걸 생각하면 말입니다. 미안하지만," 차드가 싸늘하게 말했다. "그래도 엘리자베스에 대해서는 안됐다는 마음이 별로 들지 않아요. 그 책을 읽지도 않고 내보낸 장본인이 니까. 범죄에 준하는 부주의죠.”

“원고를 읽은 다음에 팬코트와 연락을 취하셨습니까?” 스트라 이크가 물었다.

“퀸이 무슨 짓을 했는지 그도 알아야 했으니까요.” 차드가 말했 다. “지금까지는 그나마 나한테서 소식을 들은 게 낫죠. 그는 막 파리에서 프레보스트 상을 받고 귀국한 참이었습니다. 그래서 구 구절절하게 토를 달지 않고 단도직입적으로 말해줬습니다.”

“반응이 어떻던가요?”

“마이클은 호락호락한 사람이 아닙니다.” 차드가 무뚝뚝하게 내뱉었다. “걱정하지 말라고 하더군요. 그리고 오언은 우리보다 자기 자신한테 더 큰 화를 입힌 거라고 했어요. 마이클은 적대관 계를 즐기는 경향이 있죠. 완벽하리만큼 차분했어요.”

“퀸이 그 책에서 팬코트에 대해 한 말이라든가, 뭘 암시하고 있 다든가, 그런 얘기를 당사자에게 한 적이 있습니까?”

“당연하죠.” 차드가 말했다. “다른 사람한테서 듣게 할 수는 없 었으니까요.”

“그런데 기분 나쁜 기색이 아니었다고요?”

“이렇게 말하더군요. ‘최후의 한마디는 내가 하게 될 거요, 대 니얼. 최후의 말은 내 거라고.’”

“그 말을 어떻게 이해했습니까?”

“아, 뭐, 마이클은 유명한 자객이니까요.” 차드는 희미하게 미 소를 띠고 말했다. “잘 고른 단어 다섯 개만 있으면 누구든 산 채 로 살을 발라버릴 수—. 아, 내가 ‘자객’이라고 한 건,” 차드는 느

44

닷없이 우스꽝스러우리만큼 불안해하며 말했다. "당연히 문학적
인 비유로—."

"당연하지요." 스트라이크가 그를 안심시켰다. "팬코트에게도
힘을 합쳐 퀸에게 법률적으로 대처하자고 제안했나요?"

"마이클은 그런 문제를 해결하는 수단으로라면 재판정을 경멸
하는 사람이에요."

"고(故) 조셉 노스 씨를 아시지요, 네?" 스트라이크는 평범한
대화를 하듯 자연스럽게 그 이름을 꺼냈다.

차드의 얼굴 근육이 팽팽하게 굳었다. 시커멓게 변해가는 피부
아래 가면이 있었다.

"아주— 그건 굉장히 오래전 일인데요."

"노스가 퀸의 친구분이셨죠, 아닙니까?"

"제가 조 노스의 소설을 거절했습니다." 차드가 말했다. 얇은
입술이 달싹거렸다. "내가 한 일은 그게 다예요. 다른 출판사 대
여섯 군데에서도 똑같이 거절했습니다. 상업적으로 말하자면 실
수였어요. 사후에 작품이 상당한 성공을 거두었으니까요." 그는
경멸조로 덧붙여 말했다. "물론 마이클이 대대적으로 개작을 했
을 거라 생각합니다."

"퀸은 선생님이 친구의 책을 거절했다고 원망했습니까?"

"그래요, 그랬죠. 그 문제로 굉장히 시끄럽게 굴었어요."

"하지만 그래도 로퍼차드로 왔잖습니까?"

"조 노스의 책을 거절한 건 개인적 감정과 전혀 상관이 없습니
다." 차드는 잔뜩 상기된 얼굴로 말했다. "오언도 결국은 그 사실
을 이해하게 되었고요."

또 한 번 불편한 정적이 흘렀다.

"그러니까…… 선생은 이, 이런 부류의 범죄자를 찾아달라는 청탁을 받으면," 차드는 티 나게 노력하며 화제를 바꿨다. "경찰과 협력합니까? 아니면—."

"아, 그럼요." 스트라이크는 최근 경찰 쪽에서 보여준 적의를 짓궂게 떠올리면서도 차드가 이렇게 편리하게 자기 손에 놀아나 준다는 사실에 신이 났다. "런던 시 경찰청 쪽에 훌륭한 연락통이 있지요. 그쪽에서는 선생님의 행적에 별로 걱정할 거리가 없다고 보는 것 같습니다." 희미하게 대명사에 강세를 실으며 그가 말했다.

그 도발적이고 위태로운 표현이 완벽하게 효과를 발휘했다.

"경찰이 내 행적을 살펴봤다고요?"

차드는 겁에 잔뜩 질린 소년처럼 말했다. 그는 자기방어적으로 냉정을 가장할 배짱조차 없었다.

"글쎄요, 아시다시피 《봄빅스 모리》에 묘사된 사람은 누구나 경찰의 조사를 받게 되어 있지요." 스트라이크는 아무렇지도 않게 말하면서 홍차를 홀짝였다. "그리고 퀸이 아내를 버리고 책을 챙겨 가출한 5일 이후에 여러분이 한 모든 일들도 경찰의 관심사에 오르게 됩니다."

그러자 차드가 당장 큰 소리로 자기 행적을 되짚어보기 시작하는 바람에 스트라이크는 무척 만족했다. 자기 마음을 진정시키기 위해서 그러는 게 분명했다.

"글쎄요, 전 17일경까지는 그 책에 대해서 전혀 알지 못했습니다." 그는 칭칭 동여맨 발을 또 노려보며 말했다. "제리가 전화를 걸었을 때는 여기 내려와 있었고…… 곧장 런던으로 다시 올라갔어요. 매니가 운전을 해줬습니다. 집에서 그날 밤을 보냈고, 매니와 네니타가 그 사실은 확인해줄 수 있습니다. 월요일에 사무실에서 변호사들과 만나고, 제리와 얘기를 하고…… 그날 밤에는 디너파티에 갔었어요. 노팅힐에 친한 친구들이 있어서…… 그리고 다시 매니가 운전하는 차를 타고 집에 돌아왔습니다. 수요일에 뉴욕에 가야 했기 때문에 화요일에는 일찍 잠자리에 들었고…… 13일까지는 뉴욕에 있었고…… 14일에는 하루 종일 집에 있었고…… 15일에는…….”

차드의 중얼거림이 시들해지더니 조용해졌다. 아마 스트라이크에게 변명을 해봤자 아무 소용 없다는 사실을 새삼 깨달은 모양이었다. 그가 탐정에게 던진 날카로운 눈길에 갑자기 경계심이 비쳤다. 차드는 돈으로 동맹을 사고 싶어 했던 것이다. 그러나 스트라이크는 그가 그런 관계가 지닌 양면의 칼날 같은 본질에 문득 눈을 떴다는 걸 알 수 있었다. 스트라이크는 걱정하지 않았다. 이미 이 인터뷰에서 예상보다 훨씬 더 많은 걸 얻었던 것이다. 지금 내쳐진다고 해봤자 잃을 건 고작 돈뿐이었다.

매니가 다시 마루를 가로질러 터벅터벅 걸어왔다.

“점심 드시겠습니까?” 그는 무뚝뚝하게 차드에게 물었다.

“5분 후에.” 차드는 웃으며 말했다. “먼저 스트라이크 씨에게 작별 인사를 해야 하네.”

고무창이 달린 신발을 신은 매니는 성큼성큼 걸어 나갔다.

“뾰루퉁해 있어요.” 차드는 불편하게 반쯤 웃다 말다 하면서 스트라이크에게 말했다. “저들은 여기 내려와 있는 걸 싫어합니다.

런던을 더 좋아하죠."

그는 마룻바닥에서 목발을 집어 들고 몸을 일으켜 세웠다. 스트라이크는 좀 더 힘들게 그를 따라했다.

"그리고 어— 퀸 부인은 어떻습니까?" 두 사람이 다리 셋 달린 희귀생물처럼 흔들흔들하며 다시 현관문으로 가고 있는데, 차드가 뒤늦게 해야 할 일을 해치우는 태도로 물었다. "덩치 큰 빨강 머리 여자죠, 네?"

"아니에요." 스트라이크가 말했다. "깡말랐어요. 새치가 많은 머리고요."

"아." 차드는 별로 관심이 없다는 듯 말했다. "내가 만난 사람은 다른 사람이군요."

스트라이크는 부엌으로 들어가는 스윙도어 옆에서 잠시 멈춰 섰다. 차드 역시 몹시 기분이 상한 얼굴로 그 옆에 섰다.

"죄송하지만 제가 이제 볼일이 있어서요, 스트라이크 씨—."

"저도 그렇습니다." 스트라이크가 유쾌하게 말했다. "그렇지만 조수를 두고 가면 나중에 고맙다는 소리를 못 들을 것 같군요."

차드는 자기가 그렇게 하대하며 내보냈던 로빈의 존재를 까맣게 잊고 있었던 게 틀림없었다.

"아, 그렇죠, 그럼요. 매니! 네니타!"

"화장실에 계세요." 땅딸막한 여자가 로빈의 구두가 든 리넨 가방을 들고 부엌에서 나와 말했다.

기다리는 시간은 희미하게 불편한 기운이 감도는 정적 속에서 지나갔다. 마침내 로빈이 돌처럼 싸늘하게 굳은 표정으로 나와 다시 구두를 신었다.

현관문이 열리고 스트라이크가 차드와 악수를 나누는 사이 차가운 공기가 흘러 들어와 그들의 따스한 얼굴을 아리게 때렸다. 로빈은 아무 말 없이 곧장 차로 이동해 운전석에 올라탔다.

매니가 두꺼운 코트를 입고 다시 나타났다.

"제가 같이 내려가겠습니다." 그가 스트라이크에게 말했다. "대문을 확인해보려고요."

"얼어붙었으면 그분들이 초인종을 눌러서 집으로 연락하면 돼, 매니." 차드가 말했다. 그러나 젊은이는 들은 척도 하지 않고 아까처럼 뒷좌석에 올라탔다.

세 사람은 침묵 속에서 다시 내리는 눈을 헤치고 흑백의 진입로를 따라 내려갔다. 매니가 들고 온 리모컨을 누르자 대문이 어렵지 않게 스르륵 미끄러져 열렸다.

"고마워요." 스트라이크가 뒷좌석에 앉은 그를 바라보려 몸을 돌리며 말했다. "추운데 걸어 올라가야 하다니 걱정이네요."

매니는 코웃음을 치더니 차에서 내려 문을 쾅 닫았다. 로빈이 1단으로 막 기어를 변속하는데 매니가 스트라이크 쪽 창문 앞에 나타났다. 로빈은 브레이크를 밟았다.

"네?" 스트라이크가 차창을 내리며 물었다.

"저는 그를 밀지 않았습니다." 매니가 매섭게 말했다.

"뭐라고 하셨죠?"

"계단 밑으로요." 매니가 말했다. "내가 밀어서 떨어진 게 아니에요. 그가 거짓말하고 있는 겁니다." 스트라이크와 로빈은 놀라서 그를 뚫어져라 쳐다봤다.

"제 말 믿으십니까?"

"네." 스트라이크가 말했다.

"좋아요, 그럼." 매니가 그들을 보고 고개를 끄덕이며 말했다. "그럼 됐어요."

그는 돌아서서 고무 밑창 신발 탓에 이따금씩 미끄러지면서 저택으로 다시 올라갔다.

30

……진심 어린 우정과 믿음으로, 내 자네에게 나의 계획을 말해주지.
솔직히 말해서, 그리고 터놓고 한 사람이 다른 사람에게 말하건대……
– 윌리엄 콩그리브, 《사랑에는 사랑으로》

스트라이크가 우기는 바람에 그들은 티버튼 휴게소에 있는 버
거킹에 들러 점심을 먹기로 했다.

"고속도로를 타기 전에 뭘 좀 먹어야 해요."

로빈은 거의 한마디도 하지 않고 그를 따라 안으로 들어갔다.
심지어 매니가 얼마 전에 한 충격적인 주장에 대해서도 아무 말이
없었다. 스트라이크로서는 그녀의 그런 싸늘한, 약간은 억울한
희생양인 양 하는 태도가 전적으로 놀라운 건 아니었지만 이제는
좀 조바심이 생기고 있었다. 그가 쟁반을 들고 동시에 목발을 짚
을 수는 없었기 때문에 그녀가 두 사람 몫의 버거를 사기 위해 줄
을 섰다. 그리고 그녀가 작은 포마이카 식탁에 음식이 잔뜩 놓인
쟁반을 내려놓자 그는 긴장을 흩트리려 애쓰며 말을 꺼냈다.

"저기, 내가 차드에게 당신을 아랫사람 취급하지 말라고 한마
디 해주길 바랐던 건 아는데요."

"안 그랬어요." 로빈은 자동적으로 그의 말을 반박했다. (그가 그런 말을 입 밖에 내어 하는 걸 듣고 있자니 떼쓰는 어린아이가 된 기분이 들었다.)

"뭐 마음대로 해요." 스트라이크는 짜증스럽게 어깨를 으쓱해 보이고는, 첫 번째 버거를 한입 크게 베어 물었다.

그들은 1, 2분쯤 불편하게 서걱거리는 침묵 속에서 먹기만 했지만, 결국 로빈의 천성적인 솔직함이 다시 고개를 들고 말았다.

"좋아요, 그랬어요, 조금은요." 그녀가 말했다.

기름기 줄줄 흐르는 음식에 마음도 누그러지고 솔직한 시인에 감동도 받은 스트라이크가 말했다. "그때는 썩 훌륭한 정보들을 빼내고 있던 중이었어요, 로빈. 신나서 유창하게 불고 있는 취재원한테 시비를 걸면 안 되는 거예요."

"아마추어처럼 굴어서 죄송해요." 그녀는 또 새삼스럽게 상처를 받아버렸다.

"아, 제발 좀." 그가 말했다. "누가 당신한테ー."

"절 고용한 의도가 뭐예요?" 그녀가 갑자기 따져 묻는 바람에, 포장을 푼 햄버거가 쟁반으로 툭 떨어졌다.

몇 주 동안 저변에서 끓던 원망이 갑자기 경계를 넘어 터져버렸다. 무슨 소리를 듣게 되더라도 상관없었다. 진실을 원할 뿐이었다. 그녀는 타이핑이나 하고 접객이나 하는 사람인가, 아니면 뭔가 그 이상의 존재일까? 스트라이크 곁에 남아 궁핍에서 빠져나오게 도와준 대가가 고작 하인들처럼 한쪽에 비켜서 있기나 하는 걸까?

"의도?" 스트라이크는 그녀를 빤히 쳐다보며 말했다. "무슨 뜻이에요, 의도라니?"

"전 그래도—내 생각에는 그래도 조금은—조금은 훈련 같은 걸 시켜줄 생각인 줄 알았다고요." 분홍빛 뺨에 부자연스러우리만큼 반짝이는 눈으로 로빈이 말했다. "전에는 두세 번 그런 얘기를 하셨는데, 갑자기 요즘 들어 누구 다른 사람을 들인다는 둥 그런 소리를 하잖아요. 감봉도 감수했고," 그녀는 떨리는 목소리로 말했다. "훨씬 돈을 많이 주는 일자리들도 다 거절했어요. 그래서 저는 저한테—."

그토록 오랫동안 억눌러왔던 분노가 터져 나오자 그녀는 눈물이 날 것 같았지만 절대로 울지 않겠노라 작정하고 있었다. 스트라이크 곁에 있는 모습을 줄곧 상상해왔던 허구의 파트너는 절대 울지 않을 것이다. 그 강단 있는 전직 여경은 어떤 위기가 닥쳐도 터프하고 감정을 내보이지 않을 테니까……

"제가 생각했던 건 저를—. 그냥 전화 받는 일만 하게 될 거라고는 생각하지 못했다고요."

"그냥 전화받는 일만 하는 게 아니에요." 첫 번째 햄버거를 방금 다 먹어치우고, 무겁게 눈살을 찌푸린 채 분노와 씨름하는 그녀를 지켜보고 있던 스트라이크가 말했다. "이번 주에도 나와 함께 살인 용의자의 집들을 조사했어요. 그리고 바로 아까도 고속도로에서 우리 두 사람 모두의 목숨을 구했어요."

그러나 로빈은 굴하지 않을 기세였다.

"나를 계속 고용하면서 뭘 기대했던 거죠?"

"무슨 특별한 계획이 있었는지는 잘 모르겠군요." 스트라이크는 느릿느릿하게, 하지만 진심과 다른 말을 뱉었다. "이 일을 이

렇게까지 진지하게 생각하고 있는 줄은 몰랐어요. 훈련을 받고
싶어 하고—."

"내가 어떻게 진지하지 않을 수가 있겠어요?" 로빈이 큰 소리
로 따져 물었다.

작은 식당의 한 모퉁이에 앉아 있던 4인 가족이 그들을 빤히 쳐
다보았다. 로빈은 그들이 안중에도 없었다. 갑자기 주체할 수 없
이 화가 났다. 길고 추웠던 여정, 스트라이크가 음식을 혼자 다 먹
어버렸던 일, 제대로 운전할 수 있다는 걸 알고 그가 놀라워했던
것, 차드의 하인들하고 같이 주방으로 추방되었던 일, 그리고 이
제 와서 이런—.

"나한테 그 인사부 일이 제안한 봉급의 '절반' 밖에 주지 않잖아
요! 내가 왜 남았다고 생각해요? 내가 도와줬잖아요. 룰라 랜드리
사건을 해결할 수 있게 내가 도왔다고요—."

"알았어요." 스트라이크가 손등에 털이 북슬북슬한 커다란 손
을 치켜들었다. "좋아요, 말해줄게요. 하지만 앞으로 듣게 될 얘
기가 마음에 들지 않더라도 내 탓은 하지 말아요."

그녀는 얼굴이 벌겋게 달아오른 채로, 음식에는 손도 대지 않고
플라스틱 의자에 등을 꼿꼿이 세우고 앉아서 그를 노려보았다.

"처음 고용했을 때는 훈련을 시켜줄 생각이었어요. 강좌를 듣
게 해줄 돈은 없었지만 그럴 여유가 생길 때까지는 현장에서 일하
면서 배울 수 있을 거라고 생각했죠."

다음에 나올 얘기를 듣기 전에는 절대 누그러지지 않겠다고 결
심하고 있던 로빈은 아무 말도 하지 않았다.

"당신은 이 일에 소질이 굉장히 많아요." 스트라이크가 말했다.

"그렇지만 당신은 이 일을 하는 걸 싫어하는 남자와 결혼할 거잖아요."

로빈은 입을 떡 벌렸다 다시 다물었다. 예상도 못한 일격을 맞자 그만 말할 능력조차 잃고 말았던 것이다.

"날마다 정시에 퇴근하고—."

"아니에요!" 로빈은 머리끝까지 화가 치밀었다. "혹시 모르시나 본데, 지금 여기 있기 위해서 휴가를 반납했다고요. 데본까지 운전을 해서 데려다주고—."

"그 남자가 없으니까." 스트라이크가 말했다. "그 사람이 알 리 없으니까 그런 거죠."

완전히 말려들었다는 느낌이 점점 강해졌다. 그녀가 매튜에게 거짓말했다는 사실을, 굳이 거짓말까지는 아니더라도 어쨌든 제대로 얘기하지 않았다는 걸 스트라이크는 어떻게 알았을까?

"그렇다 하더라도, 그게 사실이든 아니든 말이에요," 그녀는 떠듬떠듬 말했다. "그건 내가 알아서 할 일이에요. 내가 어떤 직업을 갖든 매튜가 결정할 일이 아니라고요."

"나는 샬럿과 만났다 헤어졌다 하면서 16년을 사귀었어요." 스트라이크는 두 번째 햄버거를 집어 들며 말했다. "대개 헤어진 상태였지만. 그녀는 내 직업을 끔찍하게 싫어했어요. 그래서 우리가 계속해서 헤어졌던 거죠. 뭐, 우리가 계속 헤어졌던 이유 중 하나였죠." 그는 신중을 기해 정직하게 말을 고쳤다. "천직이라는 걸 도저히 이해하지 못했어요. 그런 사람들이 있어요. 그런 사람들에게 일이라는 건 기껏해야 사회적 위상이나 월급봉투에 불과할 뿐이죠. 그 자체로 가치 있는 게 아니에요."

그는 무섭게 노려보는 로빈의 눈빛을 받으며 버거 포장지를 벗기기 시작했다.

"나는 오랜 근무시간을 함께할 수 있는 파트너가 필요해요." 스트라이크가 말했다. "주말에 일을 해도 괜찮은 사람. 매튜가 당신 걱정을 하는 것도 탓할 수는 없—."

"걱정하지 않아요."

그 말은 로빈이 미처 생각을 하기도 전에 입 밖으로 나와버렸다. 스트라이크의 말이면 무조건 반박하고 싶었던 방어욕구 때문에 그만 불쾌한 진실을 발설해버린 것이다. 솔직히 매튜는 상상력이 거의 결여된 사람이었다. 룰라 랜드리의 살인자에게 찔려 피범벅이 된 스트라이크의 모습을 본 적도 없었다. 심지어 꽁꽁 묶여 내장이 제거된 오언 퀸의 사체에 대한 그녀의 묘사마저도 스트라이크와 연관된 얘기를 들을 때면 반사적으로 뿜어져 나오는 독한 질투의 기운으로 인해 흐릿하게 번져 보이는 눈치였다. 로빈의 직업에 대한 그의 반감은 보호본능과는 아무런 상관도 없었지만 로빈은 그때까지 그 사실을 절대 인정하지 않고 있었다.

"위험할 수 있어요, 내가 하는 일은." 스트라이크는 또 햄버거를 어마어마하게 크게 한입 베어 물며 말했다. 마치 그녀가 한 말은 못 들었다는 듯이.

"저는 꽤 쓸모가 있었잖아요." 로빈이 말했다. 입안이 메말라 있기도 했지만, 목소리는 그보다 더 잠겨 있었다.

"그건 알아요. 로빈이 없었다면 지금 여기까지 오지도 못했을 거예요." 스트라이크가 말했다. "아르바이트 소개 회사의 실수에 나만큼 고마워하는 사람도 없을 겁니다. 정말 믿을 수 없을 만큼 잘해줬어요, 난 아마— 젠장 제발 울지 말아요. 저 집 식구들이 벌써 입을 떡 벌리고 구경하고 있단 말입니다."

"개뿔도 상관 안 해요." 로빈이 종이냅킨 한 무더기에 대고 말하는 바람에 스트라이크는 웃음을 터뜨렸다.

"그게 원하는 바라면," 그는 그녀의 붉은 금빛 정수리를 보고 말했다. "내가 돈이 좀 생기면 감시에 관한 강좌를 듣게 해줄게요. 하지만 파트너로 훈련을 받는다면, 나로서는 매튜가 좋아하지 않을 만한 일을 시켜야 될 때가 있을 거예요. 내가 할 말은 그게 다예요. 어떻게든 일이 돌아가게 만들어야 하는 건 당신이에요."

"해낼 거예요." 로빈은 악을 쓰고 싶은 충동을 억누르려 안간힘을 쓰며 말했다. "그게 내가 원하는 거예요. 그래서 남은 거라고요."

"그러면 씨발 제발 기운 차리고 햄버거 좀 먹으라고요."

로빈은 목에 커다란 응어리가 복받쳐 먹기가 힘들었다. 마음이 몹시 어지러웠지만 날아갈 듯 기분이 좋기도 했다. 그녀가 잘못 알았던 게 아니었다. 스트라이크는 자기 안에 있는 그 무언가를 그녀에게서도 보았던 것이다. 두 사람은 그저 월급봉투를 위해서 일하는 그런 사람들이 아니었다…….

"그러면 대니얼 차드 얘기 좀 해주세요." 그녀가 말했다.

그가 얘기하는 동안 오지랖 넓은 4인 가족이 자기네 짐을 챙겨 나갔다. 그들은 나가면서도 끝까지 확실히 파악되지 않는 커플을 향해 은밀한 눈길을 던졌다. (연인들의 사랑싸움이었나? 가족 간의 다툼? 어떻게 그렇게 신속하게 해결이 됐지?)

"편집증에 약간 괴짜고, 강박적으로 자기중심적이에요." 스트라이크가 5분 후 결론을 내렸다. "그렇지만 뭔가 있을 수도 있어요.

제리 월드그레이브가 퀸과 공동 작업을 했을 가능성도 있고. 한편으로는 차드를 참고 참다 못해 사표를 썼을 수도 있어요. 내가 보기에도 같이 일하기가 쉬운 사람은 아니던데. 커피 마실래요?"

로빈이 슬쩍 시계를 보았다. 눈이 그치지 않고 있었다. 고속도로에서 정체에 걸리면 요크셔행 열차를 놓칠까 봐 겁이 났지만, 아까의 대화 이후 이 일에 얼마나 진지하게 헌신하는지 보여주리라 결심한 참이라서 그녀는 좋다고 대답했다. 어쨌든 여전히 그를 마주 보고 앉은 이 자리에서 스트라이크에게 하고 싶은 말들이 있기도 했다. 그의 반응을 살필 수 없는 운전석에서 이 말을 하면 그렇게 흡족하지 못할 테니까.

"저도 차드에 대해서 발견한 게 있어요." 그녀는 커피 두 잔과 스트라이크가 먹을 애플파이를 들고 자리에 돌아와서 말했다.

"하인들한테 뭐 좀 들은 게 있어요?"

"아니요." 로빈이 말했다. "제가 주방에 있는 동안 그 사람들은 저한테 거의 한마디도 하지 않았어요. 둘 다 굉장히 기분이 나빠 보였어요."

"차드 말로는 그들이 데본을 싫어한다더군요. 런던을 더 좋아한다고. 두 사람은 누나와 동생인가요?"

"어머니와 아들 같던데요." 로빈이 말했다. "여자를 마무라고 부르더라고요."

"아무튼요, 제가 화장실에 가겠다고 했는데 직원용 화장실이 예술 작업실 바로 옆에 있더라고요. 대니얼 차드는 해부학에 대해 굉장히 조예가 깊었어요." 로빈이 말했다. "레오나르도 다 빈치의 해부학 드로잉 프린트가 벽에 가득 붙어 있고 한쪽 구석에는 해부학 모형도 있었어요. 왁스로 만든 거라서 섬뜩하더라고요. 그런데 이젤에는……" 그녀가 말했다. "남자 하인 매니를 아주 상세하게 묘사한 소묘가 놓여 있더군요. 누드로 바닥에 누워 있는 모습으로요."

스트라이크가 마시던 커피를 내려놓았다.

"그거 굉장히 흥미로운 정보인데요." 그는 천천히 말했다.

"자기가 층계 밑으로 상사를 밀어 떨어뜨린 게 아니라는 매니의 장담에 굉장히 흥미로운 측면의 조명을 던지고 있죠."

"그 사람들은 당신이 온 걸 정말로 탐탁지 않아 했어요." 로빈이 말했다. "하지만 그건 제 잘못이었을지도 몰라요. 당신이 사립 탐정이라고 말해줬는데, 네니타는 이해를 못 했어요. 매니처럼 영어를 잘하지 못하더라고요. 그래서 제가 일종의 경찰이라고 설명해줬죠."

"그래서 그들은 차드가 나를 초대해서 매니가 자기한테 폭력을 행사하고 있다고 털어놓은 줄 알았군요."

"차드가 그런 말을 하던가요?"

"아뇨, 한마디도요." 스트라이크가 말했다. "월드그레이브가 저질렀다고 추정하는 배신 행위에 대한 걱정이 훨씬 더 많더군요."

화장실에 다녀온 후 그들은 다시 추위 속으로 나섰고, 밀어닥치는 눈발 때문에 가느다랗게 실눈을 뜨고 주차장을 가로질러야 했다. 도요타 지붕에 벌써 얇게 서리가 깔려 있었다.

"킹스크로스 역까지 제시간에 갈 수 있겠죠?" 스트라이크가 시계를 확인하며 말했다.

"고속도로에서 문제가 생기지 않으면요." 로빈이 차문 안쪽의 목제 테두리를 슬며시 만지면서 말했다.

두 사람이 M4로 막 진입했을 때는 안내기기마다 기상 경보가 떠 있었고, 속도제한이 60까지 떨어져 있었다. 그때 스트라이크의 휴대전화가 울렸다.

"일사? 무슨 일이야?"

"안녕, 콤. 그래도 최악은 아니야. 체포를 하지는 않았지만 취조 강도는 굉장히 높았어."

스트라이크는 로빈도 들을 수 있도록 휴대전화를 스피커폰으로 연결했고, 두 사람이 똑같이 집중하느라 미간을 찌푸리고 함께 경청하는 사이 자동차는 차창에 회오리바람처럼 몰아치는 눈발을 뚫고 달렸다.

"경찰에서는 그녀라고 생각하는 게 확실해." 일사가 말했다.

"근거는 뭐래?"

"기회." 일사가 말했다. "그리고 태도. 스스로에게 도무지 도움이 안 되는 태도야. 심문당하는 걸 몹시 불만스러워하는 데다 계속 네 얘기를 하니까 그쪽에서도 성질을 내게 되지. 진짜 범인이 누군지 네가 찾아줄 거라고 말했어."

"젠장, 빌어먹을." 스트라이크가 분통을 터뜨렸다. "그런데 그 창고에서는 뭐가 나왔대?"

"아, 그래, 그거. 쓰레기 더미 속에서 불에 타고 피 얼룩이 있는 누더기 조각이 나왔나 봐."

"참 대단한 거 찾았네." 스트라이크가 말했다. "몇 년쯤 거기 묵었을 수도 있어."

"과학수사 팀이 찾아내겠지만 나도 그렇게 생각해. 아직 내장도 못 찾았으니까 별 대단한 건 아니지."

"내장에 대해 알고 있어?"

"이제는 세상 사람들 모두 내장 얘기를 알고 있어, 콤. 뉴스에 나왔거든."

스트라이크와 로빈이 재빨리 시선을 교환했다.

"언제?"

"점심때. 조만간 그게 터질 줄 알고 경찰이 리어노라를 소환한 거 같아. 다들 아는 상식이 되기 전에 그 여자한테서 뭐라도 쥐어 짜내려고 말이야."

"정보를 흘린 건 그놈들 중 하나야." 스트라이크가 화를 내며 말했다.

"그거 심각한 비난인데."

"나불거리는 대가로 경찰에게 돈을 주는 기자한테서 들은 얘기야."

"꽤 재밌는 사람들하고 친한가 봐?"

"하는 일이 이러니 어쩔 수 없지. 알려줘서 고마워, 일사."

"천만에. 그 여자가 감옥에 들어가지 않게 잘해봐, 콤. 나 그 여자가 굉장히 마음에 들어."

"누구예요?" 일사가 전화를 끊자 로빈이 물었다.

"콘월 학교 동창이에요. 변호사죠. 런던에서 사귄 제 친구하고 결혼했어요." 스트라이크가 말했다. "리어노라한테 일사를 붙여 줬어요. 이유는— 씨발."

모퉁이를 돌아서는데 어마어마하게 밀린 차들의 후미가 늘어서 있었다. 로빈은 브레이크를 밟아 푸조 뒤에 정차했다.

"씨발." 스트라이크는 로빈의 굳은 옆얼굴을 보며 되풀이해 말했다.

"또 사고가 났나 봐요." 로빈이 말했다. "번쩍거리는 경광등이 보여요."

그녀의 상상 속엔 전화를 걸어 못 간다고, 야간열차를 놓쳤다고 말할 때 매튜의 얼굴이 떠올랐다. 어머니의 장례식……. 대체 장례식을 놓치는 사람이 어디 있단 말인가? 이미 거기 가 있어야 했다. 맷의 아버지 댁에 가서 예식 준비를 돕고 부담을 좀 덜어주어야 했다. 짐 가방은 벌써부터 그녀 방에 놓여 있어야 했고, 장례식에 입을 옷은 다림질해서 옷장에 걸어놓았어야 했다. 다음 날 아침에 멀지 않은 교회까지 얼른 걸어갈 수 있도록 모든 채비를 해놓았어야 했다. 미래의 시어머니인 컨리프 부인이 땅에 묻히고 있는데, 그녀는 스트라이크와 눈 속에 차를 몰고 나오는 쪽을 선택했다. 그리고 이제 매튜의 어머니가 영원히 안장될 교회에서 300킬로미터 이상 떨어진 곳에서 오도 가도 못하게 발목이 잡히고 말았다.

'그이는 나를 절대 용서하지 않을 거야. 이걸 하느라고 장례식을 놓치면 그이는 절대 용서하지 않을 거야…….'

어째서 그런 선택을 해야만 했을까, 그것도 다른 날도 아니고 하필 오늘? 어째서 날씨가 이렇게 나빠야 했던 걸까? 로빈은 속이 메슥거릴 정도로 불안감에 사로잡혔지만 차들은 꼼짝도 하지 않았다.

스트라이크는 아무 말도 하지 않고 라디오를 켰다. 테이크댓의 사운드가 자동차를 가득 메웠다. 과거에 없던 진보의 도래를 노

래하고 있었다. 음악이 로빈의 신경을 긁었지만 그녀는 아무 말
도 하지 않았다.

늘어선 차들이 1미터쯤 전진했다.

'아, 제발 하느님, 제시간에 킹스크로스에 가게 해주세요.' 로
빈은 머릿속으로 기도했다.

45분가량 눈 속을 설설 기어가다 보니 오후의 햇살이 순식간에
이울어갔다. 밤기차가 출발하는 시각까지 광활한 대양처럼 넉넉
하게 펼쳐져 있던 시간이 로빈에게는 급속히 물이 빠지는 수영장
물처럼 느껴졌다. 그 안에서 곧 그녀는 무인도에 버려진 사람처
럼 혼자 남게 될 것이다.

이제 저 앞에 사고 현장이 보였다. 경찰, 경광등, 만신창이가 된
폴로 한 대.

"시간에 맞출 수 있어요." 교통경찰의 수신호에 맞춰 전진할 차
례를 기다리고 있는데, 라디오를 켠 뒤 처음으로 스트라이크가
입을 열었다. "시간이 빡빡하긴 하지만 맞춰 갈 수 있을 겁니다."

로빈은 대답하지 않았다. 그의 잘못이 아니라, 전부 그녀 잘못
이라는 걸 알고 있었다. 그는 하루 휴가를 내라고 했었다. 데본까
지 같이 가겠다고 고집을 부린 건 오히려 그녀였다. 오늘 기차에
남은 좌석이 없다고 매튜에게 거짓말한 것도 그녀였다. 컨리프
부인의 장례식을 놓치느니 차라리 런던에서 해러게이트까지 내
내 입석으로 서서 갔어야 했다. 스트라이크는 16년 동안 샬럿과
사귀었다 헤어졌다를 반복했는데, 결국 일 때문에 결별했다. 로
빈은 매튜를 잃고 싶지 않았다. 어째서 이런 짓을 했을까, 어째서
스트라이크에게 운전을 해주겠다고 했을까?

차량 통행은 빽빽하고 느렸다. 5시경 그들은 레딩 외곽의 러시아워 정체를 뚫고 기어가다가 다시 서고 말았다. 스트라이크는 라디오 뉴스를 틀었다. 로빈은 퀸의 살인에 대해 뭐라고 하는지 신경 쓰고 싶었지만, 마음이 이미 요크셔에 가 있었다. 마음으로는 이미 그녀와 집 사이에 놓인 수많은 차량들과 무자비하게 아득한 눈 덮인 거리를 훌쩍 뛰어넘어버린 것처럼.

"경찰은 오늘, 6일 전 배런즈 코트의 주택에서 사체로 발견된 작가 오언 퀸이 출간되지 않은 유고에 나오는 주인공과 동일한 수법으로 살해당했다고 발표했습니다. 아직 이 사건으로 체포된 용의자는 없습니다. 수사를 지휘하고 있는 리처드 안스티스 경사는 오늘 오후 기자회견을 가졌습니다."

스트라이크는 안스티스의 말투가 딱딱하고 긴장되어 있다는 걸 눈치챘다. 이 정보를 이런 식으로 발표하고 싶지는 않았던 거다.

"우리는 퀸의 마지막 소설에 접근할 수 있었던 사람들 모두를 조사할—."

"퀸 씨가 정확히 어떻게 살해당했는지 말씀해주실 수 있겠습니까, 경사님?" 한 남자가 열띤 목소리로 물었다.

"우리는 과학수사 팀에서 최종적인 보고서가 나오기를 기다리고 있습니다." 여기자가 안스티스의 말허리를 뚝 끊었다.

"살인자가 퀸 씨의 사체 일부를 제거했다는 게 사실입니까?"

"퀸 씨의 내장 일부가 현장에서 사라졌습니다." 안스티스가 말했다. "우리는 다방면으로 수사를 진행하고 있지만, 어떤 정보라도 있다면 알려주시기를 부탁드립니다. 이것은 끔찍스러운 범죄이며 우리는 범죄자가 극도로 위험한 인물이라고 보고 있습니다."

"또 그러면 안 돼." 로빈이 절박하게 말하는 바람에 스트라이크가 고개를 들어보니 붉은색 빛이 벽처럼 앞을 가로막고 있었다. "또 사고가 나면 안 돼요……"

스트라이크는 손바닥으로 툭 쳐서 라디오를 끄더니 차창을 내리고 몰아치는 눈 속으로 고개를 내밀었다.

"아니에요!" 그가 외쳤다. "어떤 차가 미끄러져서 갓길에 처박혔어요. 금세 다시 움직일 겁니다." 그는 로빈을 안심시켰다.

그러나 장애물을 치우는 데 그로부터 40분이 더 걸렸다. 세 차선이 모두 꽉 막혀서 다시 차들이 가기 시작했을 때도 기어가다시피 해야 했다.

"나 아무래도 못 갈 거 같아요." 간신히 런던 외곽에 도착했을 때는 로빈의 입술이 바짝바짝 타고 있었다. 10시 20분이었다.

"갈 수 있어요." 스트라이크가 말했다. "그 빌어먹을 물건 꺼버립시다." 그는 내비게이션을 쾅 소리가 나도록 쳐서 껐다. "그리고 저 출구로 나가지 말아요."

"하지만 제가 내려줘야 하잖―."

"난 신경 쓰지 말아요. 데려다주지 않아도 됩니다. 다음에 좌회전―."

"그리로 가면 안 돼요, 일방통행이잖아요!"

"좌회전!" 스트라이크는 운전대를 붙잡고 버럭 고함을 질렀다.

"그러지 말아요, 위험하단―."

"이 뒈질 장례식에 못 가고 싶어요? 꽉 밟아요! 첫 번째에서 우회전―."

"우리 지금 어디 있는 거예요?"

"다 생각이 있어서 그래요." 스트라이크가 실눈을 뜨고 눈 속을 살피며 말했다. "직진해요. 내 친구 닉의 아버지가 택시 운전사예요. 그분이 몇 가지 가르쳐준 게 있어요. 다시 우회전! 빌어먹을 진입금지 표시는 무시해요. 이런 날씨의 밤중에 누가 저기서 나온다고 그래요? 직진해서 신호등에서 좌회전해요!"

"킹스크로스 역에 그냥 두고 갈 수는 없잖아요!" 그녀는 맹목적으로 그의 지시를 따르며 말했다. "이 차는 운전 못 해요. 어떡하려고 그래요?"

"차 따위는 잊어버려요. 내가 어떻게든 알아서 할 테니까. 저기 위, 두 번째에서 우회전해요."

11시 5분 전, 세인트판크라스의 탑들이 눈발 사이로 천국의 풍경처럼 로빈의 눈앞에 나타났다.

"정차하고, 내려서 뛰어요." 스트라이크가 말했다. "기차 타면 전화해요. 못 타면 그냥 여기 있을 테니까."

"고마워요."

그리고 그녀는 가버렸다. 눈밭을 달려가는 그녀의 손에 들린 짐 가방이 덜렁거렸다. 스트라이크는 어둠 속으로 사라지는 그녀를 지켜보다가, 역사의 젖은 바닥에 살짝 미끄러지는 그녀의 모습을 상상했다. 넘어지지는 않을 테고, 미친 듯이 플랫폼을 찾아 주위를 둘러보겠지……. 그녀는 지시대로 차를 이차선 연석에 두고 갔다. 그녀가 기차를 잡으면 그는 운전도 못 하는 렌터카에 탄 채 이러지도 저러지도 못하고 덩그마니 홀로 남게 되리라. 게다가 렌터카는 보나마나 금세 견인될 게 뻔했다.

세인트판크라스 역 시계의 금색 침들이 가차 없이 11시를 향해 이동했다. 스트라이크는 마음의 눈으로 쾅 소리를 내며 닫히는 열차의 문들을 보았다. 로빈이 플랫폼을 질주해 달려가고 있고, 붉은 금발이 나부낀다…….

1분이 지났다. 그는 시선을 역사 출입구에 못 박은 채 기다렸다. 그녀는 다시 나타나지 않았다. 그래도 그는 기다렸다. 5분이 지났다. 6분이 지났다.

그의 휴대전화가 울렸다.

"시간 맞춰 탔어요?"

"아슬아슬하게요. 막 떠나려던 참이었어요. 코모란, 고마워요, 정말 진심으로……."

"천만에요." 그는 주위의 어두운 빙판길과 점점 깊이 쌓이는 눈을 둘러보며 말했다. "잘 다녀와요. 나도 이제 여기서 나가야겠네요. 내일 잘하고요."

"고마워요!" 그가 전화를 끊는 순간 그녀가 말했다.

스트라이크는 그녀에게 갚을 빚이 많았다. 목발을 잡으려고 손을 뻗으며 스트라이크는 생각했다. 하지만 그렇다고 해서 하나밖에 없는 다리로 눈 쌓인 런던을 가로질러 가야 할 아득한 앞길이나, 시내 한가운데에 렌터카를 버려두고 간 대가로 지불해야 할 두둑한 벌금이 크게 달가워질 리 없었다.

31

위험, 모든 위대한 정신의 원동력.

-조지 채프먼, 《버시 댐보이스의 복수》

대니얼 차드라면 덴마크 스트리트의 작은 다락방을 좋아했을 리가 없다고, 스트라이크는 생각했다. 오래된 토스터나 책상 스탠드 같은 것에서 원초적인 매력을 느끼거나 한다면 또 몰라도 말이다. 그러나 다리가 하나밖에 없는 스트라이크 같은 사람에게는 장점도 많았다. 토요일 아침까지도 무릎은 의족을 끼울 만한 상태가 못 되었지만 주위의 모든 물건이 손만 뻗으면 닿는 거리에 있었다. 조금 멀어봤자 잠시 한쪽 다리로 깡충거리면 그만이었다. 냉장고에는 먹을 것이 있었고, 뜨거운 물과 담배도 있었다. 이렇게 김이 잔뜩 서린 창문과 창틀 너머 내리는 함박눈을 보고 있는 오늘, 스트라이크는 이 방에 진심 어린 애정을 느꼈다.

아침식사 후, 침대 옆 탁자로 쓰는 상자 위에 진한 홍차 한 잔을 올려놓고서 담배를 물고 침대에 누운 그는 인상을 찌푸리고 있었다. 화가 나서가 아니라 집중하기 위해서였다.

'엿새째인데 아무것도 없다니.'

퀸의 몸에서 사라진 내장의 행방에 대해서도 알 수 없었고, 용의자를 점찍어줄 부검 결과도 없었다(정체불명의 머리카락 한 가닥이나 지문 하나만 나왔어도 어제 리어노라를 공연히 심문할 필요는 없었을 테니까). 퀸이 죽은 직후 그 집에 들어간 인물을 보았다는 이야기도 더 나오지 않았다(경찰은 그것이 두꺼운 안경을 쓴 이웃의 착각이라고 생각한 것일까?). 살해 도구도, 탤거스 로드에 뜻밖에 찾아온 사람을 찍은 방범카메라 화면도, 새로 파헤쳤다 덮은 흙을 발견하고 수상쩍게 여긴 산책자도, 검은 부르카에 싸여 썩어가는 내장 더미를 발견했다는 신고도, 퀸의 《봄빅스 모리》 원고 노트가 담긴 여행가방의 흔적도 없었다. 아무것도 나오지 않았다.

엿새째라니. 스트라이크는 여섯 시간 만에 살인범을 잡아낸 적도 있었다. 물론 분노와 절망으로 성급하게 저지른 범죄였고, 혈액과 함께 단서가 콸콸 쏟아져 나왔고, 공범들이 당황하거나 무능해 주위 모두에게 거짓말을 흘려놓은 경우이긴 했지만.

퀸의 살해는 달랐다. 훨씬 더 기묘하고 사악한 사건이었다.

머그를 입에 갖다 대던 스트라이크는 휴대전화 사진처럼 선명하게 그 시체를 다시 떠올렸다. 무대의 한 장면과 다를 바 없었다.

로빈에게 훈계를 늘어놓긴 했지만 스트라이크로서도 자문하지 않을 수 없었다. 왜 그런 짓을 한 것일까? 복수? 광기? 은폐(무엇을)? 염산에 지워져 부검결과는 부정확했고, 사망 시각도 확실하지 않았으며, 범행 현장에 드나드는 순간은 아무도 보지 못했다. 정교한 계획. 모든 세부사항을 철저하게 고려해 저지른 일이었다. 엿새 동안 단 하나의 실마리도 찾지 못한 스트라이크는 몇 가지 단서가 있다는 안스티스의 말을 믿지 않았다. 물론, 옛 친구는 스트라이크에게 빠지라고, 신경 쓰지 말라고 진심으로 경고했으니 정보를 더 이상 나눠주지 않을 것이다.

스트라이크는 낡은 스웨터에서 멍하니 담뱃재를 털어내면서 새 담배를 꺼내 다 피운 담배에서 불을 옮겨 붙였다.

"우리는 범죄자가 극도로 위험한 인물이라고 보고 있습니다"라고 안스티스는 기자들에게 말했다. 스트라이크가 보기에는 너무나 당연하면서도 이상하게 진실을 오도하는 진술이었다.

그리고 한 가지 기억이 떠올랐다. 데이브 폴워스의 18세 생일에 있었던 모험의 기억이었다.

폴워스는 스트라이크의 가장 오랜 친구였다. 아기 때부터 서로 알고 지낸 사이였다. 어린 시절, 그리고 청소년 시절 내내 스트라이크는 어머니의 변덕 탓에 콘월을 정기적으로 떠났다가 되돌아왔고, 그럴 때마다 두 사람은 다시 친해졌다.

데이브에게는 10대에 호주로 떠나 백만장자가 된 숙부가 있었다. 그는 조카에게 18세 생일을 기념해 친구와 함께 호주로 놀러 오라고 했다.

10대 소년 둘이 지구 반대편으로 날아갔다. 어린 시절을 통틀어 그들에게는 그것이 최고의 모험이었다. 그들은 유리와 반들거리는 목재로 지어지고, 거실에는 바가 딸린 해변 저택에서 지냈다. 눈부신 햇살 아래 다이아몬드처럼 빛나는 바다가 펼쳐져 있었고, 바비큐 꽂이에는 엄청나게 큰 분홍빛 새우를 구웠다. 호주 사람들의 억양, 맥주, 또 맥주, 콘월에서는 결코 볼 수 없는 가무잡잡한 피부색의 금발 소녀들, 그리고 데이브의 진짜 생일에는 상어.

"상어는 먼저 공격하는 경우에만 위험하지." 스쿠버 다이빙을 좋아하는 케빈 삼촌이 말했다. "만지지 마라, 알겠지? 거칠게 굴지 말고."

하지만 바다를 좋아하고, 고향에서 서핑과 낚시, 세일링을 하던 데이브 폴워스에게는 거친 행동이 일상이었다.

멍하게 생기 없는 눈과 날카로운 이빨을 가진 타고난 포식자. 두 사람이 그 위로 헤엄치며 그 미끈한 아름다움에 감탄하고 있었을 때, 스트라이크는 검정지느러미 상어의 무관심한 태도를 똑똑히 보았다. 가만히 놔두었더라면 녀석은 푸른 바다 속으로 헤엄쳐 가버렸을 텐데, 데이브가 손을 대보기로 했던 것이다.

그 상처는 아직도 남아 있었다. 상어는 그의 팔뚝 살점을 깔끔하게 떼어 갔고, 오른손 엄지손가락의 감각은 일부만 남았지만 업무 능력에는 아무런 영향도 주지 않았다. 데이브는 현재 브리스톨에서 공무원으로 일하고 있었으며, 스트라이크가 고향에서 그를 만나 둠바를 마시는 빅토리아 인에서는 사람들이 그를 '첨'*이라고 불렀다. 고집 세고 무모하고 스릴을 좋아하는 그는 여전히 여가시간에 스쿠버 다이빙을 했다. 그러나 대서양의 상어들은 건드리지 않았다.

스트라이크의 침대 위 천장에 미세한 금이 가 있었다. 그 전에는 보지 못하던 것이었다. 해저에 드리운 그림자와 불현듯 솟구치는 검은 피, 소리 없이 비명을 지르며 몸부림치던 데이브를 떠

---

* chum, '친구'라는 뜻과 '(낚시의) 밑밥'이라는 뜻이 있다.

올리며, 그는 그 금을 눈으로 훑었다.

오언 퀸의 살인범도 그 상어와 같다고 스트라이크는 생각했다. 이 사건의 용의자들은 미치광이처럼 덤비며 무차별적으로 죽이는 살인자가 아니었다. 그중 누구에게도 알려진 폭력 전과는 없었다. 살인 사건이 일어났을 때 흔히 그렇듯 과거의 경범죄를 추적하다 보면 용의자를 만나게 된다거나 굶주린 사냥개에게 던져줄 내장 꾸러미처럼 핏자국 얼룩진 과거를 감추고 있는 사람이 등장하는 그런 일은 없었다. 이 범인은 더 희귀하고, 더 이상한 생명체였다. 충분히 도발당하기 전까지는 본성을 감추는 동물. 오언 퀸은 데이브 폴워스처럼 무모하게 잠정적인 살인자를 건드리고는 끔찍한 일을 당한 것이다.

스트라이크는 누구에게나 살인 욕구가 있다는 번지르르한 말을 여러 차례 들어보았지만, 그것이 사실이 아님을 알고 있었다. 살인이 쉽고 즐거운 사람은 분명히 따로 있다. 그는 그런 사람을 몇 명 만나보았다. 남의 생명을 끝장내도록 훈련받을 수 있는 사람들은 수백만에 달한다. 스트라이크 자신도 그중 하나였다. 인간은 이익을 위해서나 방어를 위해서 우발적으로 살인을 한다. 그리고 다른 대안이 불가능해 보일 때 상대를 피 흘리게 하는 능력을 스스로에게서 발견한다. 하지만 아무리 극심한 압박을 받아도 그럴 수 없는 사람들, 자신의 이익을 추구하지 못하고, 기회를 잡지 못하고, 최후의 가장 큰 금기를 깨지 못하는 사람들도 있었다.

스트라이크는 오언 퀸을 묶고 때리고 배를 가른 능력을 과소평가하지 않았다. 그것을 해낸 사람은 아무에게도 들키지 않고 목적을 달성하고 증거를 성공적으로 제거한 뒤, 남의 눈에 띌 만큼 괴로워하지도 죄책감을 드러내지도 않는 능력이 있었다. 이 모든 사실에 미루어 범인은 위험한 인물임을, 지극히 위험한 인물임을 알 수 있었다. 단, 누군가가 자극했을 때만이다. 범인이 발각되거나 의심받는다고 생각하지 않는 동안에는 주위의 누구도 위험하지 않았다. 하지만 다시 건드린다면…… 아마도 오언 퀸이 건드렸던 그곳을 다시 건드린다면…….

"젠장." 스트라이크는 황급히 옆에 놓인 재떨이에 담배를 버렸다. 자기도 모르는 사이 담뱃불에 손가락이 닿았던 것이다.

그렇다면 다음에는 어떻게 할까? 범죄로부터 밖으로 나가는 자취가 없다면, 범죄로 '향하는' 자취를 좇아야 한다고 스트라이크는 생각했다. 퀸의 죽음 이후에 남은 단서가 이상할 정도로 없다면, 그의 마지막 며칠을 살펴보아야 했다.

스트라이크는 전화기를 들고 쳐다보며 한숨을 푹 쉬었다. 그가 찾는 첫 번째 정보를 구할 방법이 달리 있을까, 자문했다. 그는 머릿속으로 지인 목록을 길게 훑어보았고, 떠오르는 것마다 바로바로 내버렸다. 결국 원래의 선택이 가장 가능성이 높다는 달갑지 않은 결론에 봉착했다. 배다른 동생 알렉산더가 그 선택이었다.

두 사람은 같은 유명인 아버지를 가졌지만, 한집에서 산 적은 없었다. 알은 스트라이크보다 아홉 살 어렸고, 조니 로커비의 적자였으므로, 다시 말해 둘의 인생에서 겹치는 지점은 하나도 없었다. 알은 스위스에서 사립 교육을 받았으며, 지금은 어디에서 지내는지 알 수 없었다. 로커비의 LA 저택에서 지내는지, 어느 랩 가수의 요트를 타고 있는지, 로커비의 셋째 부인이 시드니 출신이니 호주의 백사장에 있는지.

하지만 이복형제들 중 누구보다도 알은 형과 가까이 지내고 싶어 했다. 스트라이크의 다리 한 쪽이 날아간 뒤, 알이 병원으로 찾아온 일도 기억했다. 어색했지만, 돌이켜보면 감동적인 만남이었다.

알은 우편으로 전할 수도 있는 로커비의 제안을 직접 알려주려고 셸리오크로 찾아왔었다. 스트라이크가 탐정 사업을 시작하는 데 재정적인 도움을 주겠다는 것이었다. 알은 그 제안이 아버지의 이타심을 보여주는 증거라고 생각하며, 당당히 전했다. 스트라이크는 그런 것이 아니라고 확신했다. 그는 로커비나 주위의 조언자들이, 훈장을 받고 제대한 상이용사가 기삿거리를 팔까 봐 신경을 곤두세운 것이라고 추측했다. 선물로 그의 입을 틀어막을 수 있을 것이라고 생각했다고.

스트라이크는 아버지의 돈을 거부했고, 그 후 대출을 신청한 모든 은행에서 거절당했다. 그는 끔찍이도 싫었지만 결국 알에게 전화를 걸어 돈을 거저 받거나 아버지와 만나는 일은 하지 않겠으나, 다만 돈을 빌릴 수 있을지 물었다. 그 요청이 몹시 불쾌했던 모양이었다. 그 후, 로커비의 변호사는 가장 지독한 은행만큼이나 철저하게, 스트라이크의 상환금을 매달 꼬박꼬박 챙겨 갔다.

스트라이크가 로빈을 채용하지 않았더라면 돈은 벌써 갚았을 것이다. 그는 크리스마스 전까지는 돈을 모두 갚고 조니 로커비와의 관계를 청산하기로 결심했고, 그 때문에 일주일에 7일, 하루에 여덟아홉 시간씩 일하게 된 것이었다. 이 모든 상황 탓에 동생에게 부탁을 하려고 전화하기는 더욱 불편해졌다. 스트라이크는 알이 사랑하는 아버지에 대해 보이는 충성심을 이해할 수 있었지만, 두 사람의 대화에서 로커비가 등장하는 순간에는 항상 긴장이 감돌았다.

알의 전화는 서너 차례 울리더니 결국 음성사서함으로 넘어갔다. 스트라이크는 실망과 안도를 동시에 느끼면서 알에게 전화해달라는 짧은 메시지를 남기고 끊었다.

아침식사 이후 세 번째 담배에 불을 붙이면서 스트라이크는 다시 천장의 금을 살폈다. 범죄로 향하는 흔적은…… 살인범이 원고를 보고 그것이 살인의 청사진이 될 수 있다고 생각한 시점에 달려 있었다.

그리고 그는 다시 한 번, 마치 손안에 든 카드 패라도 되는 것처럼 용의자들을 하나씩 살피면서 가능성을 점검해보았다.

《봄빅스 모리》가 자신에게 일으킨 분노와 고통을 감추지 않는 엘리자베스 태슬. 전혀 읽지 않았다고 한 캐스린 켄트. 퀸이 10월에 책의 일부를 읽어준, 정체불명의 피파2011. 5일에 원고를 받았지만, 차드의 말을 믿는다면 한참 전부터 그 내용을 알았던 제리 월드그레이브. 7일까지 원고를 보지 못했다고 하는 대니얼 차드. 차드에게서 그 책에 대해 들은 마이클 팬코트. 물론 크리스천 피셔가 런던 곳곳에 보낸 메일을 통해 그 책의 가장 외설스러운 부분을 몰래 보고 키득거린 숱한 사람들이 있었지만, 스트라이크는 피셔나 태슬 사무실의 젊은 랠프, 또는 니나 라셀스에게는 전혀 근거가 없다고 판단했다. 《봄빅스 모리》에 등장하지도 않았고, 퀸을 알지도 못했기 때문이다.

스트라이크는 오언 퀸에 의해 삶을 조롱당하고 왜곡당한 사람들을 더 세심하게 살펴야 한다고 생각했다. 알에게 전화할 때보다 아주 조금 더 의욕적으로, 그는 전화번호부를 뒤져 니나 라셀스에게 전화를 걸었다.

짧은 통화였다. 니나는 반가워했다. 물론 오늘 밤에 만나도 좋으며, 자신이 식사 준비를 하겠다고 했다.

제리 월드그레이브의 사생활이나 문학 저격수라는 마이클 팬코트의 평판에 대해 좀 더 캐낼 다른 방법은 떠오르지 않았다. 하지만 의족을 착용하는 고통스러운 과정은 달갑지 않았다. 내일 아침, 니나 라셀스가 헛된 희망을 품고 내미는 손길에서 벗어나는 데 필요한 노력은 두말할 나위도 없었다. 하지만 떠나기 전 아스널 대 아스톤빌라의 경기가 있었다. 진통제와 담배, 베이컨과 빵도 있었다.

스트라이크는 움직이고 싶지도 않았고 축구와 살인 사건만 생각하고 있었기 때문에 매서운 추위를 무릅쓰고 나온 쇼핑객들이 음반 가게, 악기 가게, 카페를 드나드는 거리를 내려다볼 생각을 하지 못했다. 만약 그가 밖을 내다보았다면 6번지와 8번지 사이 벽에 기대서서 검은 외투를 입고 모자를 눌러쓴 마른 체격의 사람이 자신의 집을 올려다보고 있는 것을 보았을 것이다. 물론 그의 시력이 아무리 좋아도, 길고 섬세한 손가락 사이로 리듬에 맞춰 움직이는 스탠리 나이프는 알아보지 못했을 테지만.

32

일어나시오, 나의 선한 천사여
그 성스러운 노랫소리에 내 팔꿈치를 두드리는
악령이 쫓겨나고……
─토머스 데커, 《고귀한 스페인 병사》

로빈의 어머니가 모는 낡은 랜드로버는 타이어에 스노체인까지 감고 있었음에도 요크 역에서 마삼까지 힘겹게 움직였다. 와이퍼가 만드는 부채꼴 창문을 통해 로빈에게 어린 시절부터 익숙한 길이 보였다가 사라지곤 했다. 몇 년 만에 최악의 겨울이라 길도 변해 있었다. 눈은 가차 없이 내렸고 평소라면 한 시간이면 충분할 거리를 세 시간 가까이 걸려서 도착했다. 장례식을 놓치고 말 거라고 생각한 순간도 여러 차례 있었다. 하지만 결국 로빈은 매튜에게 전화를 걸어 거의 다 왔다고 전할 수 있었다. 매튜는 아직도 한참 먼 데 발이 묶인 사람들도 있고, 케임브리지에서 출발한 숙모는 결국 못 오실 것 같다고 했다.

집에 도착한 로빈은 달려와 침 흘리며 환영인사를 하려는 래브라도를 피한 다음, 위층 자기 방으로 달려가 검은 드레스와 코트를 다림질도 하지 않고 꺼내 입고, 급하게 신느라 올이 풀린 스타

킹을 버리고 새 것을 꺼내 신은 후 부모님과 형제들이 기다리는
아래층 현관으로 달려 내려갔다.

그들은 검은 우산을 들고 로빈이 초등학교 시절 날마다 오르던
완만한 언덕을 올라 양조장의 거대한 굴뚝을 등지고서 작은 고향
마을의 옛 심장부였던 작은 광장을 지났다. 토요 장터는 취소되
었다. 그날 아침 광장을 지난 몇 안 되는 용감한 사람들의 발자국
이 깊게 패여 있었다. 발자국은 검은 외투 차림의 조문객들이 모
여 있는 교회로 향해 있었다. 광장 주위 빛바랜 금색의 조지 왕조
시대 주택 지붕은 빛나는 얼음 장식을 얹고 있었고, 눈은 여전히
내리고 있었다. 파도처럼 끊임없이 밀려오는 눈보라가 공동묘지
의 커다란 사각형 묘비들을 파묻었다.

가족이 성마리아 교회 문 앞으로 다가가 이상하게 이교도적인
느낌을 주는 9세기의 둥근 십자가 잔해를 지나가는 사이, 로빈은
몸을 떨었다. 그리고 마침내 아버지, 누나와 함께 현관에 서 있는
매튜를 보았다. 검은 슈트를 입은 그는 창백했지만 심장이 쿵 내
려앉을 정도로 잘생긴 얼굴이었다. 로빈이 그와 눈을 맞추려는데
어떤 젊은 여자가 팔을 뻗더니 그를 안았다. 로빈은 매튜의 옛 대
학 친구, 세라 셰드록을 알아보았다. 그녀의 인사는 그 상황에는
좀 부적절할 정도로 도발적이었지만, 로빈은 야간열차를 놓치기
10초 전에 타고 왔으며 일주일 가까이 매튜를 만나지도 못한 자
신이 그런 걸 못마땅해할 권리가 없다고 느꼈다.

"로빈." 매튜는 로빈을 보더니 간절한 목소리로 불렀다. 그리고
악수를 청하는 세 사람을 그냥 지나치고 다가와 팔을 벌렸다. 포
옹하는 사이 로빈은 눈시울이 뜨거워졌다. 따지고 보면, 이것이

진정한 삶이었다. 매튜와 가정…….

"앞에 가서 앉아." 매튜가 이렇게 말했고 로빈은 가족을 교회 뒤쪽에 남겨두고 맨 앞줄 좌석, 매튜의 자형 옆에 앉았다. 그는 무릎에 갓난아기 딸을 안고서 로빈에게 무뚝뚝하게 고개를 끄덕여 인사했다.

아름답고 오래된 교회였다. 로빈은 초등학교 시절 가족과 함께 크리스마스, 부활절, 추수감사절 예배에 늘 참석했던 이곳을 잘 알고 있었다. 그녀는 낯익은 물건을 하나하나 살펴보았다. 높이 성단소* 아치 위로는 조슈아 레이놀즈 경(또는 적어도 조슈아 레이놀즈 학파의 일원)이 그린 그림이 있었는데, 로빈은 마음을 가라앉히려고 노력하면서 그 그림을 바라보았다. 소년 천사가 멀리 금빛을 발하는 십자가를 바라보는, 흐릿하고 신비로운 분위기의 그림…… 정말로 누가 그린 걸까? 레이놀즈일까, 아니면 무슨 복사본일까? 그러다 로빈은 컨리프 부인을 애도하는 대신 끊임없는 호기심을 발동시킨 것이 죄스러워졌다.

몇 주 뒤면 이곳에서 결혼을 하게 될 거라고 생각했었다. 웨딩드레스가 빈 방 옷장에 걸려 있는데, 은빛 손잡이가 달린 컨리프 부인의 새카만 관이 통로를 지나오고…… 오언 퀸은 아직도 시체 보관소에 있으며…… 그의 썩고 타버린, 내장이 도려내진 시체는 아직 빛나는 관도 얻지 못했다니…….

'그 일은 생각하지 말자.' 매튜가 곁에 다가와 앉아 온기가 느껴지자 로빈은 단단히 다짐했다.

* 교회 예배 때 성직자와 합창대가 앉는 제단 옆 자리.

지난 24시간 동안 너무나 여러 가지 사건이 있어서 로빈은 이곳, 집에 와 있다는 사실을 믿기 어려웠다. 그와 스트라이크는 전복된 대형 트럭을 향해 돌진하고 입원했을 수도 있었으니까……그 운전사는 피투성이였고…… 컨리프 부인은 아마 상처 하나 없이 실크로 안을 댄 관에……. '그 생각은 하지 말자니까.'

로빈의 두 눈에서 세상을 편안하고 부드럽게 보는 관점이 사라진 것 같았다. 묶인 채 내장이 도려내진 시체를 보고 나면 세상을 보는 방식이 바뀌는 것일지도 모른다.

로빈은 기도 때 조금 늦게 무릎을 꿇었다. 꽁꽁 언 무릎 아래 십자수를 놓은 무릎 방석이 거칠게 느껴졌다. '가엾은 컨리프 부인…….' 하지만 매튜의 어머니는 로빈을 별로 좋아하지 않았었다. '상냥한 마음을 가져야지. 비록 그게 사실이라고 해도 말이야.' 로빈은 자기 자신을 타일렀다. 컨리프 부인은 매튜가 한 여자친구에게 그토록 오래 매여 있는 것을 달갑게 여기지 않았다. 부인은 젊은이들이 이 사람 저 사람 사귀면서 실컷 즐기는 것이 좋다고, 로빈이 듣는 데서 대놓고 말했다. 컨리프 부인에게는 대학을 중퇴한 로빈이 마음에 차지 않았던 것이다.

마마두크 와이빌 경의 석상이 겨우 30센티미터 떨어진 곳에서 로빈을 마주하고 있었다. 성가를 부르기 위해 로빈이 일어났을 때도 제임스 1세 시대의 옷차림을 한 석상은 등신대 크기로 우뚝 서서 모인 사람들을 바라보고 있었다. 그의 아내는 똑같은 자세로 그 아래 누워 있었다. 그들이 어울리지 않는 자세로, 대리석 몸뚱이를 편안하게 하도록 팔꿈치에 쿠션을 깔고 있는 모습이 이상하게 현실적이었다. 그들 위로는 죽음과 유한성을 상징하는 세모꼴의 벽면이 있었다. '죽음이 우리를 갈라놓을 때까지.' 그러자 로빈의 생각이 또 엉뚱한 곳으로 흘러가기 시작했다. 그녀 자신과 매튜가 죽을 때까지 영원히 함께 묶여 있다면…… '아니, 묶여 있는 것이 아니라…… 묶여 있다고 생각하지 마. 대체 왜 그러는 거니?' 로빈은 지쳐 있었다. 기차 안은 더웠고, 많이 흔들렸다. 기차가 눈 때문에 움직이지 못할까 봐 걱정이 되어, 로빈은 내내 자지도 못했다.

매튜가 로빈의 손을 꼭 잡았다.

눈이 펑펑 내리는 가운데, 장례는 품위를 지키는 선에서 최대한 빠르게 진행되었다. 묘지 앞에 남아 있는 사람은 아무도 없었다. 눈에 띄게 덜덜 떠는 사람은 로빈만이 아니었다.

모두 컨리프 집안의 큰 벽돌집으로 돌아가 반가운 온기를 느끼며 이 사람 저 사람과 이야기를 나눴다. 늘 목소리가 큰 편인 컨리프 씨는 마치 파티라도 연 것처럼 사람들에게 인사를 건네며 잔을 채우고 있었다.

"보고 싶었어." 매튜가 말했다. "자기가 없으니까 끔찍했어."

"나도." 로빈이 말했다. "빨리 오고 싶었어."

또 거짓말.

"수 이모가 주무시고 갈 거야." 매튜가 말했다. "자기네 집으로 갈까 했는데. 잠깐 나가 있는 것도 괜찮을 것 같고. 이번 주 내내 여기서……."

"좋아. 그렇게 하자." 로빈은 컨리프 씨의 집에 있지 않아도 된다는 사실이 반가워 그의 손을 꼭 쥐며 말했다. 로빈이 느끼기에 매튜의 누나는 대하기가 어려웠고 컨리프 씨는 고압적이었다.

'하지만 하룻밤 정도는 참을 수도 있잖아.' 로빈은 엄하게 자신에게 말했다. 어쩐지 부당한 도피처럼 느껴졌다.

그래서 그들은 광장에서 가까운 로빈의 집 엘라코트 하우스로 돌아왔다. 매튜는 로빈의 가족을 좋아했다. 그는 슈트를 청바지로 갈아입고 로빈의 어머니가 저녁 식탁 차리는 것을 도우면서 즐거워했다. 체격이 좋은 엘라코트 부인은 로빈처럼 붉은 금발을 대충 올리고서 매튜를 상냥하고 부드럽게 대해주었다. 부인은 여러 가지 취미와 관심거리를 가진 사람으로, 현재는 방송통신대학교에서 영문학을 공부하고 있었다.

"공부는 어떠세요, 린다?" 매튜가 오븐에서 무거운 캐서롤 접시를 꺼내주며 물었다.

"웹스터를 공부하는 중이야. 《몰피 공작부인》을 보고 있어. '그리고 나는 미쳐가고 있지.'"

"어렵죠?" 매튜가 물었다.

"그 책에서 인용한 말이야. 어머나!" 부인이 서빙 스푼을 요란하게 내려놓으며 말했다. "그 말을 들으니까 생각났네. 벌써 시작했겠다."

부인은 주방 반대쪽으로 달려가 집에 늘 구비되어 있는 《라디오 타임스》를 집어 들었다.

"아니다, 9시에 시작하네. 마이클 팬코트 인터뷰를 보고 싶거든."

"마이클 팬코트요?" 로빈이 돌아보며 물었다. "왜요?"

"그 사람이 여러 가지 복수 비극에 영향을 많이 받았대." 로빈의 어머니가 말했다. "매력에 대해 설명해줄 것 같아서 말이야."

"이거 봤어?" 로빈의 막냇동생 조너선이 어머니 심부름으로 구멍가게에서 우유를 사 갖고 돌아왔다. "1면에 났어, 롭. 내장이 꺼내진 작가 말이야—."

"존!" 엘라코트 부인이 날카롭게 말했다.

어머니가 아들을 꾸짖은 건 혹시라도 로빈의 일 이야기가 나오면 매튜가 싫어할 거라 생각했기 때문이 아니라 장례식이 끝난 마당에 변사한 사람 얘기를 하는 게 도리가 아니기 때문임을 로빈은 잘 알고 있었다.

"왜요?" 무엇이 적절한 행동인지 잘 모르는 조너선은 이렇게 말하면서 《데일리 익스프레스》를 로빈에게 들이밀었다.

기자들이 상황을 알게 되자 퀸은 신문 1면을 장식하고 있었다.

'호러 작가 자신의 살인극을 쓰다.'

'호러 작가라니, 그 사람은 호러 작가도 아니었는데. 하지만 헤드라인으로는 잘 썼네.' 로빈은 생각했다.

"누나네 탐정이 이 사건을 풀 거 같아?" 조너선이 신문을 훑어보며 물었다. "또 경찰들한테 본때를 보여주나?"

로빈은 조너선의 어깨 너머로 기사를 읽어나가다가 매튜와 눈이 마주치자 뒤로 물러났다.

스튜와 구운 감자로 식사를 하는 동안, 주방 구석 낡은 의자에 던져놓은 로빈의 핸드백에서 진동음이 들려왔다. 로빈은 무시했다. 식사를 마치고 매튜가 예의바르게 어머니를 도와 식탁을 치우는 때가 되어서야 로빈은 가서 문자를 확인했다. 놀랍게도 스트라이크의 전화를 놓친 것이었다. 식기세척기에 접시를 넣느라 바쁜 매튜의 눈치를 살핀 후 로빈은 음성사서함 번호를 눌렀다.

'한 개의 새 메시지가 있습니다. 오늘 오후 7시 20분 수신.'

통화중이었지만 치직거리는 소음만 들릴 뿐 아무 말도 없었다.

그러더니 쿵 하는 소리, 멀리서 스트라이크가 고함치는 소리가 났다.

"아니, 안 돼, 빌어먹을—."

고통스러워 지르는 소리였다.

침묵. 치직거리는 소리. 정확히 알 수 없는 부스럭거리며 끄는 소리. 요란한 숨소리, 끄는 소리, 그러더니 전화가 끊어졌다.

로빈은 전화기를 귀에 댄 채 깜짝 놀라 서 있었다.

"왜 그러니?" 아버지가 나이프와 포크를 한 손에 쥐고 서랍장으로 가려다 말고 안경 너머로 물었다.

"그게— 제 상사에게 아무래도 사고가— 그가 사고를 당한 것 같아요."

로빈은 떨리는 손으로 스트라이크의 번호를 눌렀다. 곧장 음성 사서함으로 연결되었다. 매튜는 불쾌감을 감추지 않는 표정으로 부엌 가운데서 그녀를 바라보고 있었다.

33

여자들이 먼저 사랑을 구해야 한다면 힘든 운명이지!
-토머스 데커와 토머스 미들턴, 《정직한 창녀》

15분 전 휴대전화를 땅에 떨어뜨렸을 때 자신도 모르게 무음 모드로 전환시켜버린 탓에 스트라이크는 로빈의 전화를 받지 못했다. 전화기가 손에서 미끄러지면서 엄지손가락이 로빈의 번호를 누른 것 역시 그는 알지 못했다.

그 일은 그가 건물을 막 나서던 때 일어났다. 현관문이 등 뒤에서 쾅 닫혔을 때 (어쩔 수 없이 부른 택시의 답신을 기다리느라) 휴대전화를 손에 들고 있었는데 검은 코트를 입은 키 큰 사람이 어둠 속에서 그를 향해 달려 나왔던 것이다. 모자와 스카프 밑으로 하얀 얼굴색만 어렴풋이 보이는 그 여자는 그를 향해 정통으로 나이프를 겨누고서, 전문성은 없지만 단호한 태도로 달려들었다.

여자를 상대하려고 자세를 잡던 스트라이크는 또 미끄러질 뻔했지만 이내 문을 붙잡고 균형을 찾았다. 그러나 그만 휴대전화를 떨어뜨렸다. 누군지는 몰라도 그 여자 때문에 이미 무릎을 다친 것에 분하고 놀란 스트라이크는 고함을 질렀다. 여자는 아주 잠시 상황을 살피다 다시 한 번 달려들었다.

스탠리 나이프를 쥔 손을 향해 지팡이를 휘두르다가 그의 무릎이 다시 한 번 삐끗했다. 그는 아파서 고함을 질렀고, 여자는 자기도 모르는 사이 그를 찌른 줄 알았는지 뒤로 물러나더니 깜짝 놀라 달아났다. 눈 속으로 달아난 여자를 스트라이크는 쫓지 못했고, 화가 나서 어쩔 줄 모르며 눈 속에 떨어진 전화기를 더듬어 찾을 수밖에 없었다.

'망할 놈의 다리!'

로빈이 전화를 걸었을 때, 그는 느릿느릿 기어가는 택시 안에서 통증 때문에 진땀을 흘리고 있었다. 추격자의 손에서 반짝이던 세모 모양의 칼날에 찔리지 않은 것이 그나마 작은 위안이었다. 니나의 집으로 출발하기 전에 어쩔 수 없이 의족을 끼운 무릎은 또다시 심하게 아팠고, 미친 스토커를 쫓아갈 수 없는 처지가 너무나 분했다. 살면서 여자를 때리거나 일부러 상처를 준 적은 결코 없었지만 어둠 속에서 다가오는 나이프를 보자 그런 원칙은 사라져버렸다. 스트라이크가 검은 코트 주머니에 나이프를 숨긴 채 어깨를 웅크리고 토요일 밤 거리를 걷는 여자가 있는지 보려고 자꾸 몸을 뒤치자, 택시 운전사는 씨근거리는 덩치 큰 손님의 얼굴을 백미러로 흘끔거리며 긴장했다.

택시는 금색 술이 달린 거대하고 섬세한 은빛 선물 꾸러미 같은 옥스퍼드 스트리트의 크리스마스 불빛들 사이를 미끄러지듯 달렸다. 기분을 망친 스트라이크는 저녁 데이트를 앞두고도 전혀 기쁘지 않았다. 로빈이 자꾸만 전화를 걸었지만 휴대전화가 옆

좌석에 던져놓은 코트 주머니 속에 들어 있는 터라 스트라이크는 진동을 느끼지 못했다.

"안녕하세요." 니나가 현관문을 열면서 약속 시간보다 30분이나 늦게 찾아온 그를 향해 겨우 웃어 보였다.

"늦어서 미안합니다." 스트라이크는 다리를 절며 문턱을 넘었다. "집에서 나오다가 사고가 있었습니다. 다리가……."

그는 외투를 입고 그 자리에 선 순간에야 아무것도 가져오지 않았다는 사실을 깨달았다. 와인이나 초콜릿을 가져왔어야 했건만. 니나가 커다란 눈으로 그의 빈손을 쳐다보고 있었다. 니나는 매너가 좋았고, 스트라이크는 문득 자신이 초라해졌다.

"게다가 사놓은 와인도 깜빡 잊고 왔군요." 그는 거짓말을 했다. "엉망이네요. 날 쫓아내는 게 좋겠어요."

니나가 마지못해 웃었을 때, 스트라이크는 전화기 진동을 느끼고 아무 생각 없이 꺼내버렸다.

로빈. 토요일에 그녀가 전화한 이유를 알 수 없었다.

"미안합니다." 그가 니나에게 말했다. "꼭 받아야 하는 전화예요. 조수가—."

니나의 미소가 사라졌다. 그녀는 돌아서서 안으로 들어가버렸고 스트라이크만 코트 차림으로 덩그러니 남았다.

"로빈?"

"괜찮아요? 무슨 일이에요?"

"어떻게—."

"음성메시지가 왔는데 당신이 공격당하는 소리가 녹음되어 있었어요!"

"젠장, 내가 전화를 했었나? 전화를 떨어뜨렸을 때였나 보군. 맞아, 그거였어요."

5분 뒤, 로빈에게 무슨 일이 있었는지 설명을 마친 그는 코트를 걸고 고개를 푹 숙인 채 거실로 들어갔다. 2인용 식탁이 차려져 있었다. 스탠드의 불이 켜져 있었고, 깔끔하게 청소된 공간 곳곳에 생화 장식이 되어 있었다. 그리고 마늘 타는 냄새가 강하게 풍겼다.

"미안해요." 니나가 접시를 들고 돌아왔을 때, 스트라이크가 다시 말했다. "나도 출퇴근이 정확한 직업을 가졌으면 좋겠군요."

"와인 마셔요." 니나가 차갑게 말했다.

굉장히 익숙한 상황이었다. 그가 늦고, 다른 일에 신경 쓰고, 격식을 차리지 않는 것에 짜증이 난 여자와 마주 앉아 있는 일이 얼마나 많았던가. 하지만 여기서는 적어도 서로 언성을 높이지는 않았다. 만약 그가 샬럿과 한 약속에 늦고, 도착하자마자 다른 여자 전화를 받았더라면 샬럿은 와인에 취한 얼굴로 포크를 집어 던졌을 것이다. 그렇게 생각하니 스트라이크는 니나를 더 상냥하게 대하게 되었다.

"탐정들은 데이트 상대로 쓰레기죠." 그가 앉으며 말했다.

"'쓰레기'까지야." 니나는 마음이 누그러져 대답했다. "마음에 들지 않는다고 버릴 수는 없는 직업이겠죠."

니나는 커다란 생쥐 같은 눈으로 스트라이크를 바라보고 있었다.

"어젯밤에 당신이 나오는 무서운 꿈을 꿨어요."

"즐거운 대화를 시작하고 있군요." 스트라이크가 이렇게 말하자 니나가 웃었다.

"아니, 사실 당신이 나온 꿈이라기보다는, 우리가 함께 오언 퀸의 창자를 찾고 있었어요."

니나는 와인을 한 모금 마시더니 그를 쳐다보았다.

"찾았습니까?" 스트라이크는 대화를 가볍게 유지하려고 이렇게 물었다.

"네."

"어디서요? 지금 같아서는 어떤 단서라도 붙잡고 싶은 심정인데."

"제리 월드그레이브의 책상 맨 아래 서랍에서요." 니나가 이렇게 말했고, 부르르 온몸을 떨고 싶은 것을 참는 것 같았다. "정말 끔찍했어요. 서랍을 열었더니 피랑 내장이 들어 있었고…… 당신이 제리를 때렸어요. 너무 리얼해서 잠에서 깼어요."

니나는 음식에는 손도 안 대고 와인만 더 마셨다. (음식에 마늘이 너무 많이 들어가긴 했지만, 배가 고팠던) 스트라이크는 푸짐하게 몇 입을 떠먹다가, 자신이 그녀의 말에 너무 공감해주지 않았다는 걸 깨달았다. 그는 급히 입에 든 것을 삼키고 말했다.

"으스스하군요."

"어제 뉴스 때문이에요." 니나는 그를 바라보며 말했다. "아무도 몰랐어요. 그 사람이 그렇게 죽은 건 아무도 몰랐어요, 《봄빅스 모리》처럼요. 당신도 이야기해주지 않았잖아요." 니나의 말에서 비난하는 기색이 느껴졌다.

"그럴 수 없었습니다." 스트라이크가 말했다. "그런 정보를 내놓는 건 경찰이 담당해야 하니까요."

"오늘 《데일리 익스프레스》 1면에 났어요. 그 사람, 오언이 좋아했을 거예요. 헤드라인 기사가 되다니. 하지만 오언이 읽지는 않았으면 좋겠네요." 니나가 스트라이크를 살짝 쳐다보며 말했다.

스트라이크는 예전에도 이렇게 꺼림칙해하는 상대를 만나본 적이 있었다. 어떤 사람들은 그가 본 것, 한 것, 만진 것을 알고 나면 움츠러들었다. 마치 그에게서 죽음의 냄새가 나기라도 하는 것처럼. 군인이나 경찰한테 끌리는 여자들은 늘 있었다. 그들은 남자가 보거나 행사한 폭력에서 간접적인 스릴과 육감적인 감흥을 느꼈다. 혐오감을 느끼는 여자들도 있었다. 니나는 전자인 줄 알았지만 실제로 잔인한 사건을 마주하고 가학성과 정신질환을 보고 나니 결국 후자에 속하는 부류임을 깨달은 것이 아닐까, 스트라이크는 추측했다.

"어제는 회사에서 전혀 즐겁지가 않았어요." 니나가 말했다. "그 소식을 듣고 나니 말이에요. 그러니까, 그 사람이 그렇게 살해당했다면, 살인범이 그 책을 따라했다면…… 용의자는 정해져 있잖아요? 이젠 아무도 《봄빅스 모리》를 두고 웃지 않아요. 그건 확실해요. 예전에 마이클 팬코트가 만든 플롯이랑 비슷해요. 비평가들이 너무 소름끼친다고 했던 때……. 그리고 제리는 사표를 냈어요."

"들었습니다."

"이유를 모르겠어요." 니나는 흥분해서 말했다. "로퍼차드에 얼마나 오래 있었는데. 그 사람도 제정신이 아니에요. 자꾸 화를 내고. 평소에는 정말 상냥한 사람인데 말이에요. 게다가 술도 다시 마시고 있어요. 폭음을 해요."

니나는 여전히 아무것도 먹지 않았다.

"퀸과 가까운 사이였습니까?" 스트라이크가 물었다.

"생각보다 가까웠던 모양이에요." 니나가 천천히 말했다. "꽤 오래 함께 일했거든요. 오언이 제리를 미치게 했어요. 오언은 모두를 미치게 했지만요. 하지만 제리는 정말로 속이 상했나 봐요. 확실해요."

"퀸이 편집 쪽에서 하는 일을 좋아할 것 같지는 않군요."

"가끔은 까다롭게 군 것 같아요." 니나가 말했다. "하지만 제리는 이제 오언한테 욕 한마디 못 하게 해요. 신경쇠약 이론에 집착하고 있어요. 파티에서 그 얘기 들었죠? 제리는 오언에게 정신질환이 있다고, 《봄빅스 모리》가 그 사람 잘못이 아니라고 생각해요. 그리고 그 책을 내놓았다고 엘리자베스 태슬한테 아직도 엄청나게 화를 내고 있어요. 그 여자가 며칠 전에 다른 작가 이야기를 하러 왔는데―."

"도커스 펜젤리 말인가요?" 스트라이크가 묻자 니나는 짧게 웃음을 터뜨렸다.

"설마 그런 책은 안 읽죠? 젖가슴이 들썩거리고 배가 난파되는?"

"한 번 들었더니 이름이 잊히지 않던데요." 스트라이크가 씩 웃으면서 말했다. "월드그레이브 이야기를 계속해보세요."

"리즈가 들어와서 자기 사무실을 지나가는 걸 보고는 바로 방문을 쾅 닫았어요. 알잖아요, 유리문인데 아주 깨지는 줄 알았다니까요. 정말이지 쓸데없는 짓이고, 너무 대놓고 그래서 모두 깜짝 놀랐어요. 리즈도 퀭하던데요." 니나가 덧붙였다. "그 리즈 태슬이. 꼴이 엉망이더라고요. 평소라면 제리의 방으로 밀고 들어가서 그렇게 무례하게 굴지 말라고 따졌을 텐데—."

"그랬을까요?"

"그걸 몰라요? 리즈 태슬의 성질머리는 전설적이에요."

니나는 시계를 보았다.

"오늘 저녁에 마이클 팬코트가 텔레비전에서 인터뷰를 해요. 녹화하려고요." 니나는 두 사람의 잔에 와인을 다시 채웠다. 여전히 요리에는 손도 대지 않았다.

"봐도 괜찮은데요." 스트라이크가 말했다.

니나는 계산적인 표정으로 그를 쳐다보았다. 스트라이크가 이곳에 온 것이 니나 자신의 머릿속을 뒤지기 위해서인지, 날씬하고 소년 같은 몸을 원해서인지 가늠하는 눈치였다.

그의 전화기가 또 울렸다. 스트라이크는 전화를 받았을 때 초래할 불쾌감과 제리 월드그레이브에 대한 니나의 의견보다 더 유용한 소식일 가능성 사이를 몇 초 동안 저울질했다.

"미안해요." 그는 이렇게 말하고 주머니에서 전화기를 꺼냈다. 동생 알이었다.

"콤!" 잡음 사이로 그가 말했다. "전화 잘 받았어, 형!"

"그래." 스트라이크가 감정을 죽이며 말했다. "잘 지냈어?"

"잘 있지! 뉴욕에 있어. 방금 메시지 받았어. 뭐가 필요해?"

그는 스트라이크가 뭔가 원할 때만 전화한다는 것을 알고 있었지만, 니나와 달리 그 사실이 싫지 않은 모양이었다.

"이번 금요일에 저녁식사 어떤지 궁금해서." 스트라이크가 말했다. "하지만 뉴욕에 있으면—."

"수요일에 가니까 괜찮아. 어디로 예약할까?"

"그래." 스트라이크가 말했다. "리버 카페가 좋겠다."

"거기로 할게." 알은 이유도 묻지 않고 말했다. 아마 스트라이크가 훌륭한 이탈리아 요리를 좋아한다고 생각하는 모양이었다. "시간은 문자로 보낼게. 그때 봐!"

스트라이크는 전화를 끊고 곧바로 사과하려고 했지만 이미 니나는 주방으로 가버리고 없었다. 분위기는 완전히 싸늘하게 굳어버렸다.

34

오, 주여! 제가 무슨 말을 했습니까? 불운한 혀 같으니!
— 윌리엄 콩그리브, 《사랑에는 사랑으로》

"사랑은 신기루입니다." 텔레비전 화면에서 마이클 팬코트가 말했다. "신기루, 착각, 망상이지요."

로빈은 낡아서 처진 소파에 매튜와 어머니 사이에 앉아 있었다. 래브라도는 난로 앞 바닥에 엎드려 자다가 꼬리로 한 번씩 러그를 툭툭 건드렸다. 이틀 동안 거의 자지 못한 데다 며칠째 뜻밖의 스트레스와 감정 소모를 겪고 난 로빈은 졸렸지만 마이클 팬코트에게 집중하려고 노력했다. 옆에서는 팬코트가 웹스터에 대한 과제에 도움이 될 만한 말을 해줄 것이라고 기대하는 엘라코트 부인이 노트와 펜을 무릎에 놓고 앉아 있었다.

"그렇습니다." 인터뷰 진행자가 말을 시작했지만, 팬코트가 가로막고 계속 말했다.

"우리는 서로를 사랑하지 않습니다. 우리는 서로에 대해 갖고 있는 생각을 사랑합니다. 이 사실을 이해하거나 거기에 대해 생각할 수 있는 사람은 드뭅니다. 사람들은 창조력에 대해 맹목적인 믿음을 갖고 있습니다. 모든 사랑은 궁극적으로 자기애입니다."

엘라코트 씨는 난로와 개에게 가장 가까운 안락의자에 머리를 기대고 잠들어 있었다. 그는 안경을 콧등에 걸친 채, 조용히 코를 곯았다. 로빈의 형제 셋은 모두 집에서 슬그머니 빠져나갔다. 토요일 밤이었기 때문에 그들의 친구들이 광장에 자리한 베이호스 펍에서 기다리고 있었다. 존은 장례식 때문에 대학에서 돌아왔지만, 누이의 약혼자 때문에 형제들과 난롯가의 구리 테이블에 앉아 블랙십 맥주 마시는 일을 포기해야 한다고는 생각하지 않았다.

로빈은 매튜가 그들을 따라 나서고 싶었지만 그래서는 안 된다고 느낀 것이 아닐까 짐작했다. 그래서 그는 집에서라면 절대 보지 않았을 문학 프로그램 앞에 앉아 있었다. 둘만 있었다면 매튜는 로빈에게 묻지도 않고 이 부루퉁한 얼굴의 남자가 훈계조로 하는 말에 그녀가 관심을 가질 리가 없다고 단정하고는 채널을 돌려버렸을 것이다. 마이클 팬코트를 좋아하기란 쉽지 않다고 로빈은 생각했다. 입술 생김새와 눈썹을 보면 우월감을 타고난 사람 같았다. 유명한 사회자도 약간 긴장한 표정이었다.

"그러면 그것이 신작의 주제—."

"주제 가운데 하나죠, 네. 주인공이 아내를 단순히 상상해서 만들었음을 알게 된 때, 자신의 어리석음을 자책하는 대신 자신을 속였다고 믿는 실제 여자를 벌주려고 합니다. 그의 복수욕이 플롯을 추진하지요."

"아하." 로빈의 어머니가 펜을 들며 조용히 말했다.

"많은 사람들은, 아마도 대부분은," 인터뷰 진행자가 말했다. "사랑이 순수한 이상이며 이타심의 근원이라고—."

"자신을 정당화하는 거짓말이기보다는 말이죠." 팬코트가 말했다. "우리는 섹스와 동반자가 필요한 포유동물이며, 생존과 생식을 위해 가족이라는 울타리를 구합니다. 우리는 가장 원초적인 이유에서 소위 연인이라는 존재를 고릅니다. 제 주인공이 배 모양의 여성을 선호하는 이유는 자명하다고 생각합니다. 그 연인은 한 차례 도움을 준 부모처럼 웃거나 그와 비슷한 냄새를 풍기고, 나머지는 모두 투사된 것, 만들어진 것이죠—."

"우정은—." 인터뷰 진행자가 약간 필사적인 태도로 말했다.

"제 남성 친구들 중 아무하고나 섹스를 할 수 있었다면 훨씬 더 행복하고 생산성 높은 삶을 살았을 겁니다." 팬코트가 말했다. "불행히도 저는 아무리 결실이 없다 해도, 여성을 원하도록 프로그램되었습니다. 그래서 저는 한 여인이 다른 이들보다 더 매력적이고, 저의 필요와 욕구에 더 잘 맞는다고 생각합니다. 저는 복잡하고 매우 고등하며 상상력 뛰어난 생물이고, 가장 원초적인 근거로 내린 결정을 정당화하고 싶어 합니다. 이것이 우리가 1천 년 동안 듣기 좋은 헛소리로 감춰온 진실입니다."

로빈은 (그가 결혼했다는 사실이 기억났으므로) 팬코트의 부인은 대체 이 인터뷰를 어떻게 생각할지 궁금했다. 옆에서 엘라코트 부인이 노트에 몇 자를 적었다.

"복수에 대해서는 이야기를 하지 않네." 로빈이 중얼거렸다.

어머니는 노트를 보여주었다. '진짜 재수 없다'라고 적혀 있었다. 로빈이 키득거렸다.

옆에서 매튜는 조녀선이 의자에 버리고 간 《데일리 익스프레스》 쪽으로 몸을 기울이고 있었다. 그는 오언 퀸의 이름 옆에 스트라이크의 이름이 서너 차례 나오는 앞의 세 장을 넘기고 중심가 상점 체인에서 클리프 리처드의 크리스마스 노래를 금지했다는 기사를 읽기 시작했다.

"여성을 묘사하는 방식 때문에 비난을 받고 계신데ㅡ."

"지금 이야기하는 동안에도 비평가들이 바퀴벌레처럼 펜을 가지러 달려가는 소리가 들리는군요." 팬코트는 미소를 짓는 듯 입술을 비틀며 말했다. "비평가들이 저나 제 작품에 대해 하는 소리만큼 관심 없는 일도 없습니다."

매튜는 신문 한 페이지를 넘겼다. 로빈은 쓰러진 유조차와 완전히 뒤집힌 혼다 시빅, 부서진 메르세데스를 찍은 사진을 곁눈질로 보았다.

"저 사고에 우리도 낄 뻔했어!"

"뭐?" 매튜가 말했다.

무심결에 그렇게 말해버린 것이다. 머리가 얼어붙어 버렸다.

"M4 도로에서 난 사고인데." 매튜는 로빈이 이 사고를 당할 뻔했다고 착각했다고, 도로를 알아보지 못한다고 놀리듯이 말했다.

"어, 어, 맞아." 로빈은 사진 아래 글자를 좀 더 자세히 보는 척하면서 말했다.

하지만 매튜가 그제야 무슨 말인지 알아듣고 인상을 찌푸렸다.

"어제 자동차 사고를 당할 뻔했던 거야?"

그는 팬코트의 인터뷰를 보고 있는 엘라코트 부인에게 방해되지 않도록, 조그맣게 말하고 있었다. 머뭇거리는 건 치명적이었다. 선택해야 했다.

"응, 그랬어. 걱정시키지 않으려고 말하지 않았어."

매튜는 로빈을 빤히 쳐다보았다. 로빈의 옆에서 어머니가 또 메모를 하고 있는 것이 느껴졌다.

"여기?" 매튜가 사진을 가리켰고 로빈은 고개를 끄덕였다. "M4 도로에는 왜?"

"코모란이 인터뷰하러 가는데 운전을 해줬어."

"여성에 대해서, 선생님의 여성관에 대해서—." 인터뷰 진행자가 말했다.

"인터뷰가 대체 어디였는데?"

"데번." 로빈이 말했다.

"데번이라고?"

"또 다리를 다쳤거든. 혼자서는 갈 수 없었어."

"그래서 데번까지 운전을 했다고?"

"응, 맷. 내가 운전을 해서—."

"그래서 어제 못 온 거였어? 데번에—."

"맷, 물론 그런 건 아니야."

매튜는 신문을 내던지더니 벌떡 일어나 걸어 나갔다.

로빈은 속이 메슥거렸다. 돌아서 문을 보았다. 매튜는 쾅 소리가 나게 문을 닫지는 않았지만, 아버지가 자다가 몸을 움직이며 중얼거리고, 개가 깨어날 정도로 확실히 닫았다.

"놔둬라." 어머니가 시선은 화면에 고정시킨 채 조언했다.

로빈은 어쩔 줄 몰라 획 돌아섰다.

"코모란이 데번에 가야 했는데, 한쪽 다리로는 운전을 할 수가 없었어요—."

"나한테는 변명할 필요 없어." 엘라코트 부인이 말했다.

"하지만 맷은 내가 어제 집에 올 수 없었던 이유를 거짓으로 말했다고 생각해요."

"거짓말을 한 거니?" 어머니가 여전히 마이클 팬코트만 쳐다보면서 물었다. "앉아라, 론트리. 안 보인다."

"음, 일등석 표를 끊었다면 올 수는 있었어요." 개가 하품을 하고 몸을 뻗더니 다시 난로 앞자리에 엎드리는 사이, 로빈이 인정했다. "하지만 이미 야간열차 표를 산걸요."

"네가 그 인사부 자리에 들어갔다면 돈을 얼마나 더 벌었을지, 맷은 늘 그 이야기를 하더구나." 어머니는 텔레비전 화면을 보면서 말했다. "그나마 푼돈이라도 아낀 걸 좋아할 줄 알았는데. 자, 조용히 해라. 복수 이야기를 듣고 싶으니까."

인터뷰 진행자는 질문을 완성하려고 애쓰고 있었다.

"하지만 여성이 관련되는 경우에, 선생님은 항상 현재의 관습을, 소위 정치적 공정성을 지키지 않으셨고, 여성 작가들에 관한 말씀이 특히—."

"또 그 얘깁니까?" 팬코트는 손으로 무릎을 탁 쳤다(인터뷰 진행자는 눈에 보일 정도로 깜짝 놀랐다). "위대한 여성 작가는 거의 예외 없이 아이가 없다고 했습니다. 사실이지요. 그리고 여성은 대체로 어머니가 되고 싶은 욕망 덕분에 문학을, 진정한 문학을 창조하는 데 필요한 외곬의 집중력을 발휘할 수가 없습니다. 한마디도 철회하지 않겠습니다. 그건 사실이니까요."

로빈은 맷을 따라가 아무 잘못도 하지 않았다고 설득하고 싶은 마음과 그런 설득이 필요하다는 사실에 화를 내고 싶은 마음 사이에서 갈등하며 손에 낀 약혼반지를 만지작거렸다. 맷은 자기 직업 때문에 해야 할 일이 있다면 그게 늘 최우선이었다. 그래서 늦었다거나 런던 반대편에 갔다 오느라 저녁 8시에 귀가했다고 해서 사과한 적은 한 번도 없었다.

"제가 하려던 말은," 인터뷰 진행자가 급히 어색한 미소를 지으며 말했다. "이 책이 그런 비평가들에게 생각할 여지를 준다는 겁니다. 여주인공이 매우 깊이 있게, 진정한 공감을 가지고 그려진 것 같습니다. 물론," 그는 노트를 내려다보더니 다시 고개를 들었다. 로빈은 그의 예민한 신경을 느낄 수 있었다. "유사성을 지적할 수도 있겠습니다. 젊은 여성의 자살을 그리는 데 있어서, 선생님은 분명—."

"멍청한 사람들이 내가 첫 번째 아내의 자살을 전기적으로 서술했다고 생각할 것이라고 말입니까?"

"아, 그 부분은 분명, 그 부분은 분명 의문을 야기할 거라고—."

"그럼 이렇게 말해두겠습니다." 팬코트는 이렇게 말하고 잠시 멈췄다.

그들은 햇빛 비치는 잔디밭을 내다보는 기다란 창문 앞에 앉아 있었다. 로빈은 그 프로그램을 언제 촬영했는지 잠시 궁금했다. 분명 눈이 오기 전이었겠지만, 매튜가 그녀의 머릿속을 장악하고 있었다. 나가서 그를 찾아야 했지만, 어쩐지 소파에서 일어날 수가 없었다.

"에프— 엘리가 죽었을 때," 팬코트가 입을 열었다. "그 사람이 죽었을 때—."

클로즈업은 너무나 거슬렸다. 그가 눈을 감자 눈가의 작은 주름들이 깊어졌다. 네모난 손이 얼굴을 가렸다.

마이클 팬코트가 우는 것 같았다.

"사랑이 신기루, 착각이라더니." 엘라코트 부인이 펜을 내려놓으면서 한숨을 쉬었다. "별로 쓸모가 없는 인터뷰로구나. 피가 튀는 이야기를 원했다고요, 마이클. 유혈낭자 복수극 말이야."

로빈은 더 이상 가만있을 수 없어 일어나 거실 문으로 향했다. 정상적인 상황이 아니었다. 매튜의 어머니가 묻힌 날이었다. 로빈이 사과하고, 보상을 해야 했다.

35

선생님, 우리는 누구나 실수를 하게 되어 있습니다. 그것을 인정한
다면, 더 이상 사과는 필요 없습니다.
— 윌리엄 콩그리브, 《노총각》

이튿날, 일요일자 신문들은 오언 퀸의 인생과 작품에 대한 객관
적인 평가와 그의 죽음이 지니는 으스스하고 고딕적인 성격 사이
에서 적절한 균형을 찾아내려고 분투했다.

《선데이 타임즈》의 1면 칼럼은 "때때로 흥미롭고, 최근에는 자
기 패러디로 전향했으며, 동시대 작가들에 비해 덜 부각되었지만
유행을 따르지 않는 자신만의 길을 간 작가"라고 설명하더니 '새
디스트의 청사진: 10-11면'에 훨씬 더 흥미진진한 기사를 약속
했다. 케네스 홀리웰의 작은 사진 옆에는 '책과 작가들: 문학 속
의 살인마들, 문화 3면'이라고 적혀 있었다.

"그의 살인에 영감을 주었다고 알려진 원고에 관한 소문이 런
던 문학계에 퍼지고 있다." 《옵저버》는 독자들에게 이렇게 알려
주었다. "고상한 품위를 지키지 않기로 결정한다면, 로퍼차드는
당장 베스트셀러를 내게 될 것이다."

"변태 작가 섹스 게임 도중 내장이 도려내어지다."《선데이 피플》은 이렇게 단언했다.

니나 라셀스의 집에서 나와 돌아가는 길에 스트라이크는 눈 쌓인 보도에 지팡이를 짚고서는 보이는 신문을 모두 샀다. 그러나 한꺼번에 다 들기는 쉽지 않았다. 덴마크 스트리트로 힘겹게 걸어가던 그는 간밤의 공격자가 다시 나타난다면 매우 거추장스럽겠다는 생각을 했다. 하지만 그 여자는 보이지 않았다.

그날 저녁, 스트라이크는 의족을 떼어내고 침대에 누워 감자튀김을 먹으면서 기사를 모두 읽었다.

기자들이 왜곡시키는 렌즈를 통해 사실을 보면 상상력이 자극되었다. 끝으로 《뉴스 오브 더 월드》에 실린 컬페퍼의 기사("측근에 따르면 퀸은 부인에게 결박당하기를 좋아했으며, 부인은 변태 작가가 별장으로 갔다는 사실을 몰랐다고 주장한다")를 다 읽은 스트라이크는 침대에서 신문들을 밀어낸 뒤 침대 옆에 놓아두는 수첩을 집어들고 이튿날 할 일을 적어두었다. 할 일이나 질문에 안스티스의 첫 글자는 적지 않았지만, '서점 남자'와 'MF 촬영일?' 항목에는 R자를 써놓았다. 그리고 로빈에게 이튿날 아침 검은 코트를 입은 키 큰 여자를 잘 찾아보고 그 여자가 있으면 덴마크 스트리트로 들어서지 말라고 문자를 보냈다.

이튿날 로빈은 지하철에서 잠시 걸어오는 동안 그렇게 생긴 사람이 없는 것을 확인하고서 아침 9시에 사무실로 들어섰다. 스트라이크가 로빈의 책상에 앉아 컴퓨터를 쓰고 있었다.

"어서 와요. 밖에 아무도 없어요?"

"네." 로빈이 코트를 걸며 말했다.

"매튜는 어때요?"

"괜찮아요." 로빈은 거짓말을 했다.

스트라이크를 데번까지 태워다주기로 한 결정을 놓고 싸운 여파가 아직 가시지 않았다. 클라팜으로 돌아오는 동안 자동차 안에서 논쟁이 계속 끓어오르다 반복적으로 폭발을 일으켰다. 울고 잠을 못 잔 탓에 로빈의 눈은 아직도 부어 있었다.

"힘들겠죠." 스트라이크는 모니터를 바라보면서 중얼거렸다. "어머니의 장례식이."

"음." 로빈은 주전자를 채우러 가면서 스트라이크가 하필 그날 매튜에게 공감하기로 한 것에 짜증을 느꼈다. 그가 비이성적인 놈이라는 사실을 확인받고 싶은 날이건만.

"뭐 보세요?" 로빈이 스트라이크 옆에 찻잔을 놓으면서 물었다. 스트라이크는 고맙다고 중얼거렸다.

"마이클 팬코트 인터뷰를 언제 찍었는지 찾아보고 있어요." 그가 말했다. "토요일 밤 텔레비전에 나왔어요."

"그거 봤어요." 로빈이 말했다.

"나도 봤어요." 스트라이크가 말했다.

"거만한 자식." 로빈이 인조가죽 소파에 앉으면서 말했다. 무슨 영문인지 소파에서 방귀 뀌는 소리가 나지 않았다. 체중 탓인가 하고 스트라이크는 생각했다.

"죽은 아내 이야기를 할 때 재미있는 거 눈치챘어요?" 스트라이크가 물었다.

"사랑이 환상이고 어쩌고 헛소리를 하더니 악어의 눈물이 좀 지나치던데요." 로빈이 말했다.

스트라이크는 로빈을 다시 쳐다보았다. 격렬한 감정을 겪고 난, 희고 섬세한 피부였다. 부은 눈도 사연을 이야기했다. 마이클 팬코트에 대한 로빈의 적대감에는 다른, 좀 더 가까운 대상이 따로 있다고 그는 짐작했다.

"꾸며낸 거라고 생각했어요?" 스트라이크가 말했다. "나도 그랬는데."

그는 시계를 보았다.

"30분 후에 캐럴라인 잉글스가 올 거예요."

"남편이랑 화해한 줄 알았는데요?"

"상황이 달라졌어요. 주말 동안 남편 전화에서 본 문자 때문에 만나고 싶다고. 그래서," 스트라이크는 책상에서 몸을 일으키며 말했다. "그 여자가 무슨 일로 왔었는지 기억하는 척 보이도록 사건 기록을 살펴봐야 하니까, 그 인터뷰를 언제 찍었는지 알아봐 줘요. 그다음에는 퀸의 편집자랑 점심 약속이 있어요."

"그리고 캐스린 켄트의 아파트 옆 병원에서 의료 폐기물을 언제 처리하는지 알아낸 게 있어요." 로빈이 말했다.

"계속해요." 스트라이크가 말했다.

"전담 회사에서는 매주 화요일에 수거한다고 해요. 그쪽에 연락해봤더니," 로빈이 이렇게 말했고, 스트라이크는 로빈의 한숨 소리에 질문 결과가 어떤지 알 수 있었다. "사건 후 화요일에 수거한 백에서 이상한 점이나 평상시와 다른 점은 없었다고 해요. 제 생각엔, 인간 내장을 눈치채지 못했다는 건 좀 말이 안 되는 것 같아요. 보통 솜이나 바늘 같은 것이고, 모두 특수 백에 밀봉되어 있다고 했어요."

"하지만 확인은 해봐야 하니까." 스트라이크가 기운을 잃지 않으려고 애쓰며 말했다. "모든 가능성을 확인하는 거, 그게 탐정의 일이고요. 어쨌든 눈길도 괜찮으면 또 할 일이 있어요."

"밖에 나가는 건 좋아요." 로빈이 당장 밝은 표정으로 말했다. "뭔데요?"

"퀸을 8일에 봤다고 하는 퍼트니 서점의 남자." 스트라이크가 말했다. "그 사람이 휴가에서 돌아왔을 거예요."

"가볼게요." 로빈이 말했다.

로빈은 스트라이크가 탐문 조사 훈련을 시키고 싶어 한다는 사실에 대해 매튜와 주말 동안 이야기하지 못했다. 장례식 전에는 그런 이야기가 적절하지 못했고, 싸운 토요일 밤 후로는 매튜의 화를 돋울까 봐 하지 못했다. 오늘 로빈은 거리로 나가 조사하고, 캐내고, 집으로 가서 매튜에게 무슨 일을 했는지 아무렇지도 않게 이야기하고 싶었다. 그가 정직한 태도를 원했으니, 로빈도 정직하게 말해줄 생각이었다.

빛바랜 금발의 캐럴라인 잉글스는 그날 아침 스트라이크의 사무실에서 한 시간 넘게 있었다. 그녀가 눈물범벅이 되긴 했지만 단호한 표정으로 돌아갔을 때, 로빈은 스트라이크에게 전할 소식을 갖고 있었다.

"팬코트의 인터뷰는 11월 7일에 찍었어요." 로빈이 말했다. "BBC에 전화로 확인했어요. 한참 걸렸지만, 결국 알아냈어요."

"7일이라." 스트라이크가 되풀이해 말했다. "일요일이군요. 어디서 찍은 거예요?"

"촬영 팀이 추 매그나의 집으로 찾아갔대요." 로빈이 말했다. "인터뷰에서 뭘 봤는데 이렇게 관심을 갖는 거예요?"

"다시 봐요." 스트라이크가 말했다. "유튜브에서 찾을 수 있는지 봐요. 그때 알아보지 못했다면 놀라운 일인데."

로빈은 자존심이 상했다. 옆에 있던 매튜가 M4 도로의 사고에 대해 캐묻던 것이 기억났다.

"심슨스에 가야 하니 옷을 갈아입을 거예요." 스트라이크가 말했다. "문 잠그고 같이 나가죠?"

40분 뒤, 지하철역에서 두 사람은 헤어졌다. 로빈은 퍼트니의 브리들링스턴 서점으로, 스트라이크는 스트랜드의 레스토랑으로 걸어갈 생각이었다.

"요즘 택시를 너무 많이 타서요." 그가 로빈에게 중얼거렸다. 금요일 밤에 타고 나갔다가 발이 묶였던 도요타 랜드크루저를 처리하는 데 돈이 얼마나 들었는지 말하고 싶지는 않았다. "시간도 많고."

로빈은 지팡이에 기대 심하게 다리를 절며 걸어가는 스트라이크를 잠시 쳐다보았다. 형제 셋과 함께 살면서 그들을 관찰하며 컸기 때문에 로빈은 여자가 염려하면 남자들이 아니라고 반응하는 경우가 잦다는 사실을 유난히 잘 알고 있었지만, 스트라이크가 무릎을 저렇게 험하게 쓰면 얼마나 더 버티다 며칠을 꼼짝 못하고 앓아눕게 될지 걱정되었다.

점심때가 다 되었고, 워털루로 가는 전철 안에서 로빈의 맞은편에 앉은 두 여자는 크리스마스 쇼핑거리가 가득 담긴 쇼핑백을 무릎 사이에 놓고는 시끄럽게 수다를 떨었다. 전철 바닥은 젖어서 지저분했고 공기는 젖은 옷과 지저분한 몸에서 나는 냄새로 답답했다. 로빈은 휴대전화로 마이클 팬코트의 인터뷰를 보려고 했지만 잘 되지 않았다.

브리들링스톤 서점은 퍼트니의 중심가에 있었고, 구식 유리창은 천장부터 바닥까지 새책과 헌책이 섞여 수평으로 가득 쌓여 있었다. 로빈이 기분 좋은 책 냄새가 나는 공간으로 들어서자 종이 땡그랑 울렸다. 천장까지 쌓아놓은 책들이 가득한 선반에 사다리가 두 개 세워져 있었다. 천장에 매달린 전구가 불을 밝히고 있었는데, 어찌나 아래까지 내려와 있는지 스트라이크라면 머리를 부딪쳤을 것 같았다.

"안녕하세요!" 큼지막한 트위드 재킷을 입은 노신사가 유리문이 달린 사무실에서 온몸을 삐걱거리며 나왔다. 그가 다가오자 강한 체취가 느껴졌다.

로빈은 간단한 질문 목록을 미리 정해두었으므로 오언 퀸 책이 있는지 곧바로 물었다.

"아! 아!" 그가 다 안다는 듯 말했다. "갑자기 왜 이렇게 관심을 갖는지, 묻지 않아도 알겠군요!"

세속과 담 쌓은 곳에서 사는 사람들답게 자만심으로 가득한 그는 로빈을 가게 안쪽으로 안내하면서 청하지도 않았는데 퀸의 문체와 가독성에 대해 강의를 시작했다. 단 2초 만에, 로빈이 퀸의 책을 찾는 까닭은 오로지 그가 최근에 살해당했기 때문이라고 확신하는 표정이었다. 물론 사실이긴 했지만 로빈은 짜증이 났다.

"《발자크의 형제들》 있어요?"

"그럼 《봄빅스 모리》를 찾지는 않는군요." 그가 떨리는 손으로 사다리를 옮기며 말했다. "젊은 기자 셋이 그 책을 찾으러 왔더군요."

"기자들이 왜 여길 오나요?" 그가 낡은 구두 위로 겨자색 양말을 드러내고 사다리를 오르는 사이, 로빈이 아무것도 모르는 척 물었다.

"퀸 씨가 죽기 직전에 여기서 책을 샀거든요." 노인이 로빈에게서 2미터 가까이 떨어진 높이까지 올라가서 책을 살피며 말했다. "《발자크의 형제들》이라, 《발자크의 형제들》…… 여기 있을 텐데, 그렇지, 한 권이 분명히 있는데……."

"그 사람이 정말로 여기에 왔었어요?" 로빈이 물었다.

"그럼, 바로 알아봤죠. 내가 조셉 노스를 아주 좋아했는데, 두 사람이 헤이 페스티벌에서 같은 행사에 나왔거든요."

그는 발걸음을 옮길 때마다 떨면서 사다리를 내려왔다. 로빈은 그가 떨어질까 봐 겁이 났다.

"컴퓨터를 확인해보지요." 그는 숨을 몰아쉬며 말했다. "여기 《발자크의 형제들》이 분명히 있을 겁니다."

로빈은 노인이 마지막으로 오언 퀸을 본 것이 80년대 중반이라면, 그를 다시 알아봤을 가능성이 의심스럽다고 생각하면서 그를 따라갔다.

"알아보지 못하셨을 리가 없죠." 로빈이 말했다. "저도 사진을 본걸요. 티롤 외투를 입고, 아주 독특하게 생겼던데요."

"눈 색깔이 달라요." 노인이 20년은 되었음 직한 매킨토시 클래식 초기 모델 모니터를 들여다보며 말했다. 상자처럼 커다랗고, 토피 조각처럼 뭉툭한 키보드가 딸린 베이지색 컴퓨터였다.

"가까이 보면 알아볼 수 있지요. 한쪽은 갈색, 한쪽은 파란색이에요. 경찰이 제 관찰력과 기억력에 놀란 것 같더군요. 전쟁 중에 정보요원으로 일했거든요."

그는 만족한 미소를 지어 보였다.

"맞아요, 한 권이 있군요. 헌책입니다. 이쪽으로 오세요."

그는 책이 가득 아무렇게나 들어 있는 통 쪽으로 걸어갔다.

"그건 경찰에게 아주 중요한 정보였겠네요." 로빈이 뒤따라가며 말했다.

"그럼요." 그가 으쓱해하며 말했다. "사망 시각. 그래요, 그가 8일까지는 살아 있었다고 확인해줄 수 있었지요."

"여기 그분이 뭘 하러 왔는지는 기억하지 못하시겠죠?" 로빈이 살짝 웃으면서 말했다. "그분이 뭘 읽었는지 알고 싶어서요."

"아, 그럼요. 기억하지요." 노인이 곧바로 말했다. "소설 세 권을 사 갔지요. 조너선 프랜즌의《자유》, 조슈아 페리스의《이름 없는 자들》, 그리고…… 그리고 세 번째는 잊었네. 휴가를 간다고 읽을거리가 필요하다고 했어요. 디지털 현상에 대해서 이야기를 했는데, 그 사람이 나보다 전자책 리더에 더 관용적이더군요. 여기 어디에……." 그가 통을 뒤지며 중얼거렸다. 로빈도 내키지 않지만 함께 뒤졌다.

"8일이라고 하셨죠?" 로빈이 물었다. "8일이었다는 걸 어떻게 그렇게 확실히 아세요?"

로빈이 생각하기에는 이 어둠침침하고 퀴퀴한 공간 속에서는 날짜 감각도 흐려질 것 같았기 때문이었다.

"월요일이었습니다." 그가 말했다. "기분 좋은 시간이었어요.

조셉 노스 이야기를 나눴거든요. 퀸 씨에게 소중한 기억들이 많이 남아 있더라고요."

로빈이 노인에게 그 월요일이 8일이라고 생각하는 까닭은 묻지 않았지만, 더 이상의 질문을 꺼내기 전에 노인은 반가움에 소리를 지르면서 통 바닥에서 오래된 페이퍼백 한 권을 끄집어냈다.

"여기 있군요. 여기 있어요. 있을 줄 알았다니까."

"전 날짜를 늘 잊어버려요." 전리품을 가지고 계산대로 돌아가면서 로빈이 거짓말을 했다. "지금 조셉 노스 책은 아무것도 없으시죠?"

"한 권밖에 없지요." 노인이 말했다. "《표적을 향하여》. 그거 한 권 있어요. 내가 개인적으로 제일 좋아하는 책인데……."

그리고 그는 다시 사다리로 향했다.

"전 항상 날짜가 헷갈려요." 겨자색 양말이 다시 드러날 때, 로빈이 용감하게 밀어붙였다.

"그러는 사람이 많지요." 그가 잘난 체하듯 말했다. "하지만 나는 재구성 추론의 달인이지요, 하하. 월요일에는 항상 새로 우유를 사는데, 우유를 사 갖고 돌아왔을 때 퀸 씨가 가게에 도착했기 때문에 기억하는 겁니다."

노인이 머리 위에서 책장을 살피는 동안 로빈은 기다렸다.

"그날 저녁, 대부분 월요일에 하듯이 내 친구 찰스의 집에 갔기 때문에 그날이 월요일인 걸 기억한다고 경찰한테 말했어요. 특히, 찰스한테 오언 퀸이 서점에 온 이야기를 했고, 그날 천주교로 개종한 주교 다섯 명 이야기를 한 것을 똑똑히 기억했거든. 찰스는 성공회의 설교자거든요. 그 사건에 대해 감회가 깊었지요."

"그렇군요." 그런 사건이 있었던 날짜를 확인해보자고 기억해 두면서, 로빈이 말했다. 노인은 노스의 책을 찾아서 천천히 사다리를 내려왔다.

"그리고 또 기억하는 게 있어요." 노인이 갑자기 열의를 보이며 말했다. "찰스가 독일의 슈말칼덴에서 하룻밤 사이에 나타난 싱크홀 사진도 보여줬지요. 신기하더군요. 전쟁 중에 내가 슈말칼덴 근처에 주둔했거든요. 맞아요…… 그날 저녁에 퀸이 서점에 온 이야기를 하는데, 그 친구가 말을 막았지요. 작가한테 별 관심이 없거든. '자네 슈말칼덴에 있었지?' 그 친구가 말했어요." 마디가 굵은 두 손이 계산대에서 바삐 움직였다. "그리고 거대한 구멍이 나타났다고…… 다음 날 신문에 나온 신기한 사진들을 보여 줬습니다."

"기억이란 놀라운 것이지요." 노인이 로빈에게 책 두 권이 든 갈색 종이봉투를 건네고 10파운드 지폐를 받으면서 만족한 표정으로 말했다.

"그 싱크홀, 저도 기억해요." 로빈이 또 거짓말을 했다. 노인이 꼼꼼히 잔돈을 세고 있는 사이, 로빈이 전화를 꺼내 버튼을 몇 개 눌렀다. "네, 여기 있네요…… 슈말칼덴…… 이렇게 큰 구멍이 갑자기 생기다니 놀라운 일이네요."

"하지만 그건, 11월 1일에 있었던 일이에요. 8일이 아니고." 로빈이 노인을 바라보며 말했다.

노인이 눈을 껌뻑였다.

"아니, 8일이었어요." 그는 착각할 리 없다는 듯, 확신에 차서 말했다.

"하지만, 여기 보세요." 로빈이 작은 화면을 보여주었다. 그는 안경을 머리 위로 올려 쓰고 그것을 보았다. "오언 퀸이 찾아온 일이랑 싱크홀 이야기를 같이 하신 게 분명하세요?"

"착오가 있었군요." 그는 《가디언》지 웹사이트에 대해서인지, 자신에 대해서인지, 로빈을 향해서인지 분명치 않게 중얼거렸다. 그리고는 로빈에게 전화를 돌려주었다.

"기억이―."

"됐습니까?" 노인은 허둥거리며 큰 소리로 말했다. "그럼 안녕히 가세요, 안녕히."

늙은 에고이스트가 기분이 상해 고집을 부린다는 것을 안 로빈은 땡그랑거리는 종소리와 함께 가게에서 나왔다.

36

스캔들 씨, 그가 말한 이 문제에 대해 당신과 의논한다면 매우 기쁘
겠습니다. 그가 한 말은 굉장히 난해하고 상징적입니다.

— 윌리엄 콩그리브, 《사랑에는 사랑으로》

스트라이크는 제리 월드그레이브가 점심식사 겸 만남을 제안
하기에는 '심슨스―인―더―스트랜드'가 좀 이상한 장소라고 생
각했었는데, 웅장한 석조 건물과 회전문, 황동 장식과 천장에 매
달린 조명을 보고 있자니 궁금증이 더욱 커졌다. 타일을 깐 입구
는 체스 모티프로 장식되어 있었다. 아무리 오래된 런던의 건물
이라지만 그로서는 한 번도 들어가본 적이 없었다. 스트라이크는
그곳이 부유한 사업가들과 교외 거주자들이 거한 식사를 하러 오
는 장소라고 생각했었다.

하지만 로비를 지나자 스트라이크는 곧 편안해졌다. 18세기 신
사 전용 체스클럽이었던 심슨스는 스트라이크에게 친숙한 계급
과 질서, 엄격한 예의범절을 느끼게 해주는 곳이었다. 이곳은 여
자들의 조언 없이 남자들끼리 정한 듯, 어둡고 질펀한 클럽 스타
일의 색깔로 이루어져 있었다. 술 취한 신사가 기댈 수 있는 두꺼

운 대리석 기둥과 튼튼한 가죽 의자가 있었고, 외투를 받아주는 여직원을 지나 이중문 너머에는 짙은 색의 목재 패널로 장식된 레스토랑이 보였다. 군대에 있을 때 자주 다니던 장교 식당에 온 듯했다. 연대 깃발과 여왕의 초상화만 있으면 정말 친숙하게 느껴질 것 같았다.

튼튼한 나무 등받이가 달린 의자, 눈처럼 흰 테이블보, 거대한 쇠고기가 놓인 은쟁반. 벽 쪽의 2인용 테이블에 앉으면서 스트라이크는 로빈이라면 이곳을 어떻게 생각할지, 이런 전통주의의 과시를 재미있어할지 언짢아할지 궁금했다.

10분 동안 앉아서 기다리고 있는데 월드그레이브가 근시인 눈으로 식당 안을 두리번거리며 나타났다. 스트라이크가 손을 들자 월드그레이브는 불안정한 발걸음으로 테이블로 다가왔다.

"안녕하세요, 안녕하세요. 반갑습니다."

그의 옅은 갈색 머리카락은 그 어느 때보다도 엉망이었고, 구겨진 재킷 깃에는 치약이 묻어 있었다. 작은 테이블을 가로질러 옅은 포도주 냄새가 스트라이크에게 날아왔다.

"만나주셔서 감사합니다." 스트라이크가 말했다.

"아닙니다. 돕고 싶어요. 여기로 오시라고 한 게 실례가 안 됐다면 좋겠군요. 여길 고른 건, 제가 아는 사람과 마주칠 일이 없기 때문이에요. 예전에 아버지를 따라 한 번 왔던 곳입니다. 하나도 바뀐 게 없는 것 같군요."

뿔테 안경 너머 월드그레이브의 동그란 두 눈이 짙은 목재 패널 위로 묵직하게 장식된 석고 조각을 훑어보았다. 오랫동안 담배연기에 변색된 것 같은 황토색 목재였다.

"동료들은 근무시간으로 족하시죠?" 스트라이크가 물었다.

"그 사람들이 잘못한 건 없어요." 제리 월드그레이브가 잔을 들어 올려 웨이터에게 흔들어 보이며 말했다. "하지만 지금은 분위기가 험악하거든요. 레드와인 한 잔 주세요." 그는 손짓에 답한 젊은이에게 말했다. "아무거나 상관없어요."

하지만 앞섶에 작은 나이트 체스 말 자수를 한 웨이터는 감정을 꾹 억누르는 표정으로 말했다.

"와인 담당 웨이터를 보내드리겠습니다, 손님." 그리고 그는 물러났다.

"여기 들어오면서 문 위에 시계 봤어요?" 월드그레이브가 다시 잔을 들어 올리며 스트라이크에게 물었다. "1984년에 처음으로 여자가 여기 들어왔을 때 멈췄다고들 해요. 여기 사람들끼리 주고받는 농담이죠. 그리고 메뉴에는 '차림표'라고 적혀 있어요. '메뉴'라고 쓰지 않고. 불어라고 그러는 거예요. 아버지는 그런 걸 좋아하셨어요. 내가 옥스퍼드에 들어간 다음에 여기 데려오셨죠. 외국 음식을 싫어하셨거든요."

스트라이크는 월드그레이브가 불안해하는 것을 느낄 수 있었다. 상대방의 그런 태도는 익숙했다. 월드그레이브에게 퀸이 자기 살인의 청사진을 쓰는 것을 도와주었는지 물어보기 적당한 시점은 아니었다.

"옥스퍼드에서 뭘 전공하셨습니까?"

"영문학요." 월드그레이브가 한숨을 내쉬며 말했다. "아버지는 그건 꼭 참고 계셨어요. 내가 의학을 공부하길 바라셨죠."

월드그레이브의 오른손 손가락이 테이블보 위에서 아르페지오를 연주했다.

"사무실 분위기가 굳어 있겠군요?" 스트라이크가 물었다.

"그렇게 말할 수도 있겠죠." 월드그레이브가 다시 와인 담당 웨이터를 찾아 둘러보며 말했다. "오언이 어떻게 죽었는지 알게 되고 나서 다들 가라앉아 있어요. 책을 읽지 않아서 결말을 모르는 척, 얼간이들처럼 메일을 지우고들 있지. 이제는 그게 그렇게 웃기지도 않아요."

"전에는 우스웠습니까?" 스트라이크가 물었다.

"어…… 그랬죠. 오언이 치고 빠진 줄 알았을 때는 그렇게 생각했어요. 사람들은 힘 있는 사람들이 놀림 당하는 걸 좋아하잖아요? 둘 다 인기가 없었거든요. 팬코트나 차드나."

와인 담당 웨이터가 와서 월드그레이브에게 리스트를 건넸다.

"한 병을 시킬까요?" 월드그레이브가 리스트를 훑어보면서 말했다. "당신이 내는 거지요?"

"네." 스트라이크는 대답했지만, 겁나지 않는다고 하면 거짓말이었다.

월드그레이브는 샤또 레종가를 주문했는데, 스트라이크가 몹시 불안한 마음으로 보니 50파운드에 육박하는 와인이었다. 하지만 리스트에는 200파운드 가까이 하는 것들도 있었다.

"그럼." 와인 웨이터가 물러나자 월드그레이브가 불쑥 허세를 부리며 말했다. "아직 단서가 없어요? 누가 했는지 알아요?"

"아직입니다." 스트라이크가 말했다.

불편한 침묵이 흘렀다. 월드그레이브는 땀이 맺힌 코 밑에 잔을 들어올렸다.

"미안해요." 그가 중얼거렸다. "어이없는 방어기제가 발동해서. 도무지 — 믿을 수가 없어요, 그런 일이 있었다니. 믿을 수가 없어."

"모두들 그렇습니다." 스트라이크가 말했다.

월드그레이브가 자신감을 얻어 말을 시작했다.

"오언이 스스로 했다는 미친 생각을 떨쳐버릴 수가 없어요. 오언이 직접 한 거라고."

"정말입니까?" 스트라이크가 월드그레이브를 찬찬히 뜯어보며 말했다.

"그럴 수 없다는 것은 압니다. 그건 알아요." 월드그레이브의 손이 테이블 가장자리를 훌륭한 솜씨로 두드렸다. "너무나, 너무나 극적이잖아요, 그가 죽은 방식이. 너무, 너무나 기괴하고. 그리고…… 끔찍하지만, 작가가 책을 홍보하기에 가장 좋은 방법이죠. 참, 오언은 홍보를 몹시 좋아했어요. 불쌍한 오언. 나한테 이렇게 말한 적이 있었어요. 농담이 아니에요. 아주 진지하게, 애인에게 인터뷰를 시키는 걸 좋아한다고 했어요. 그러면 사고 과정이 명징해진다고. '마이크로는 뭘 쓰는데?'라고 물었어요, 놀리려고요. 그랬더니 그 바보 같은 친구가 뭐라고 했는지 알아요? '주로 볼펜을 쓰지. 아무거나 옆에 있는 걸로.'"

월드그레이브는 흐느끼는 소리로 웃음을 터뜨렸다.

"불쌍한 자식." 그가 말했다. "불쌍하고 멍청한 자식. 결국 완전히 미친 거 아니에요? 아, 엘리자베스 태슬이 만족하면 좋겠군요. 그 친구를 그렇게 놀려먹더니."

원래의 웨이터가 수첩을 가지고 돌아왔다.

"뭘 들겠어요?" 편집자는 근시처럼 차림표를 읽으면서 스트라이크에게 물었다.

"쇠고기요." 트롤리가 테이블 주위를 돌면서 은 쟁반에서 쇠고기를 잘라주는 것을 보았던 스트라이크가 말했다. 요크셔푸딩*을 먹어본 지도 오래되었다. 숙모와 숙부를 만나러 세인트마위스에 갔던 이후로 처음이었다.

월드그레이브는 도버솔**을 시켰고, 와인 담당 웨이터가 오고 있는지 또 목을 빼고 살폈다. 그가 병을 들고 다가오자 월드그레이브는 눈에 띄게 안도하면서 의자에 편안히 자리를 잡았다. 잔이 채워지자 그는 서너 모금을 마신 뒤 응급치료를 받은 사람처럼 한숨을 내쉬었다.

"엘리자베스 태슬이 퀸을 놀렸다고 하셨습니다." 스트라이크가 말했다.

"예?" 월드그레이브는 오른손을 귀에 대며 말했다.

스트라이크는 그의 한쪽 청력 장애를 기억하고 있었다. 레스토랑에 사람들이 들어차면서 시끄러워지고 있었다. 그는 좀 더 큰 소리로 다시 물었다.

"아, 예." 월드그레이브가 말했다. "맞아요, 팬코트를 놓고 그랬죠. 그 둘은 팬코트의 나쁜 짓을 곱씹기 좋아했어요."

"나쁜 짓이라뇨?" 스트라이크가 물었고, 월드그레이브는 와인을 더 마셨다.

"팬코트는 몇 년째 두 사람 욕을 하고 다녔어요." 월드그레이브는 무심결에 구겨진 셔츠 사이로 가슴을 긁더니 와인을 더 마셨

* 짭짤한 맛을 가진 푸딩으로 로스트비프와 함께 즐겨 먹는다.
** 도버해협에서 잡히는 넙치의 일종.

다. "오언은 죽은 아내를 패러디한 소설 때문에, 그리고 리즈는 오언과 사귄다고. 참, 팬코트가 리즈 태슬을 떠났다고 뭐라고 한 사람은 아무도 없었어요. 꼬였고, 싸가지 없는 여자거든요. 이제 의뢰인도 둘밖에 안 남았어요. 아마 저녁 무렵이면 자기가 잃은 게 얼마나 되는지 계산하면서 시간을 보낼 거예요. 팬코트의 인세 15퍼센트면 큰돈이에요. 부커 시상식 만찬이며, 영화 시사회며……. 이제 볼펜을 가지고 혼자서 인터뷰하는 퀸이랑 도커스 펜젤리의 뒷마당에서 탄 소시지나 먹는 처지가 되었죠."

"탄 소시지가 있었던 건 어떻게 아십니까?" 스트라이크가 물었다.

"도커스가 이야기해줬어요." 벌써 첫 잔을 비우고 둘째 잔을 채우던 월드그레이브가 말했다. "도커스는 리즈가 왜 그 회사 창립 기념일 파티에 가지 않았는지 알고 싶어 했어요. 《봄빅스 모리》 이야기를 해줬더니 도커스는 리즈더러 상냥하다고 하더군요. 상냥하다고. 오언의 책에 뭐가 있었는지 몰랐을 거라고. 남의 감정을 상하게 한 적이 없고, 파리 새끼 한 마리 못 죽인다나? 허!"

"동감하지 않으십니까?"

"당연히 동감하지 않죠. 리즈 태슬의 사무실에서 일을 시작한 사람들을 만나봤어요. 꼭 납치당해 몸값이 걸린 사람들처럼 말해요. 남을 괴롭히고. 성질머리가 더러워요."

"엘리자베스 태슬이 퀸에게 그 책을 쓰게 했다고 생각하십니까?"

"글쎄, 직접적으로 그런 건 아니에요." 월드그레이브가 말했다. "하지만 사람들이 시샘을 하거나 자기 일을 제대로 하지 않아서 베스트셀러 작가가 되지 못했다고 착각하는 작가를 리즈랑 붙여봐 봐요. 그 여자는 화가 나고 억울해서 어쩔 줄 모르면서 팬코트가 두 사람을 망하게 했다고 떠들어대는데, 그런데 그가 완전히 미쳐버린 게 놀라운 일일까요? 리즈는 그 책을 제대로 읽을 생각도 하지 않았어요. 그가 죽지 않았다면, 제대로 당했을 거예요. 어리석은 미치광이가 팬코트만 때려눕히진 않았을 거 아닙니까? 그 여자도 잡으러 갔을 것이고, 하하! 망할 대니얼도, 나도, 모두 다 잡으러 다녔을 거예요. 모두 다."

스트라이크가 아는 다른 알코올중독자들과 마찬가지로, 제리 월드그레이브는 와인 두 잔으로 취해버렸다. 갑자기 동작이 둔해졌고, 태도는 대담해졌다.

"엘리자베스 태슬이 퀸에게 팬코트를 공격하라고 부추겼다고 생각하십니까?"

"의심의 여지가 없어요." 월드그레이브가 말했다. "전혀."

"하지만 엘리자베스 태슬을 만났을 때, 퀸이 팬코트에 대해서 쓴 내용은 거짓말이라고 했는데요." 스트라이크가 말했다.

"예?" 월드그레이브는 다시 귀에 손을 대고 말했다.

"태슬은 퀸이 《봄빅스 모리》에 팬코트에 대해 쓴 내용이 거짓이라고 했습니다." 스트라이크가 큰 소리로 말했다. "부인을 자살하게 만든 패러디를 쓴 건 팬코트가 아니라고 했습니다. 그건 퀸이 썼다고."

"그 얘기가 아니에요." 월드그레이브는 스트라이크가 둔하게 군다는 듯, 고개를 저으면서 말했다. "그게 아니라— 아니, 그만 둡시다. 됐어요."

그는 이미 반 병 이상 마신 상태였다. 알코올에 자신감이 약간 생겨났다. 스트라이크는 밀어붙이면 술꾼의 고집만 끌어낼 뿐임을 알고서 물러났다. 손잡이를 한 손으로 가볍게 잡고, 그가 원하는 곳으로 흘러가도록 두는 편이 나았다.

"오언은 날 좋아했어요." 월드그레이브가 스트라이크에게 말했다. "맞아요. 나는 그 친구를 다루는 법을 알았지. 그 친구 허영심을 건드려주면, 원하는 건 뭐든지 시킬 수 있었어요. 30분쯤 칭찬하다가 한 가지 더 바꿔달라고 하고. 그 방법뿐이었어요. 오언은 내 감정을 상하게 하고 싶어 하지 않았어요. 제대로 생각을 못했던 것뿐이지. 어리석은 녀석 같으니. 텔레비전에 다시 나가고싶어 했어요. 모두가 자길 싫어한다고 생각했고. 불장난을 하는 줄도 모르고서. 정신병이었어요."

월드그레이브는 의자에 기대다가 뒷자리에 앉은 과하게 차려입은 여자와 뒤통수를 부딪쳤다. "미안합니다! 미안합니다!"

그 여자가 어깨 너머로 쳐다보는 사이, 그는 의자를 당겨 앉다가 테이블보 위의 식기를 흔들어놓았다.

"그러면 커터는 뭡니까?" 스트라이크가 물었다.

"네?" 월드그레이브가 말했다.

이번에 월드그레이브가 귀에 손을 대는 것은 시늉뿐이었다고, 스트라이크는 확신했다.

"커터는—."

"커터. 당연히 편집자죠." 월드그레이브가 말했다.

"그리고 당신이 물에 빠뜨리려고 한 자루랑 난쟁이는요?"

"상징이에요." 월드그레이브는 잘난 체 손을 흔들다 와인 잔을 엎을 뻔했다. "그 친구 생각 중에서 내가 지운 거, 내가 삭제하고 싶어 했던 잘 쓴 문장 같은 거. 그 친구 속이 상했지."

미리 준비한 질문을 수없이 들어본 스트라이크는 그 대답이 지나치게 적절하고, 지나치게 유창하며, 지나치게 빠르다고 생각했다.

"그것뿐입니까?"

"음." 월드그레이브가 웃으면서 말했다. "난쟁이를 익사시킨 일은 없어요. 그런 뜻으로 묻는 거라면 말이에요."

술꾼들은 인터뷰하기 어려웠다. 특수수사대 시절에는 술에 취한 용의자나 목격자가 드물었다. 알코올중독자 소령의 딸이 독일의 학교에서 성적 학대 경험을 밝힌 일이 기억났다. 스트라이크가 그 가족의 집에 도착했을 때 소령은 깨진 술병을 휘둘렀고, 스트라이크가 그를 제압했다. 하지만 와인 담당 웨이터가 돌아다니는 이곳 민간인 세상에서 얌전하게 취한 편집자가 그냥 가버리면 스트라이크가 막을 방법이 없었다. 그는 커터에 대해 이야기할 기회가 다시 나오기를, 월드그레이브가 그 자리에 앉아 계속 이야기하기를 바랄 따름이었다.

트롤리가 스트라이크 곁으로 당당하게 굴러왔다. 월드그레이브가 주문한 도버솔이 차려지는 사이, 스코틀랜드 쇠고기의 갈빗대 한쪽이 격식에 맞추어 잘라졌다.

'석 달 동안 택시는 타지 말자.' 스트라이크는 요크셔푸딩과 감자, 순무가 가득 쌓인 접시를 보고 군침을 삼키며 단단히 다짐했다. 반병이 훌쩍 넘게 와인을 비운 월드그레이브는 어쩌다 생선이 자기 앞에 놓이게 된 건지 모르겠다는 표정으로 접시를 쳐다보더니 손가락으로 조그만 감자를 집어 입에 넣었다.

"퀸이 원고를 제출하기 전에 쓰고 있던 내용을 상의했습니까?"

스트라이크가 물었다.

"절대 그런 일은 없어요." 월드그레이브가 말했다. "《봄빅스 모리》에 대해서 말해준 것이라고는 누에가 좋은 글을 쓰려면 고난을 겪어야 하는 작가에 대한 은유라는 것뿐이었어요. 그게 다였어요."

"조언이나 도움을 구한 적이 없습니까?"

"아뇨, 없어요. 오언은 늘 자기가 제일 잘 안다고 생각했어요."

"보통 그렇습니까?"

"작가들은 다 달라요." 월드그레이브가 말했다. "하지만 오언은 가장 열심히 감추는 축에 속했어요. 마지막이 되어서야 공개하는 걸 좋아했죠. 극적인 걸 하도 좋아해서."

"책을 받은 다음에 어떻게 하셨는지 경찰에서 물어봤을 겁니다." 스트라이크가 가볍게 말했다.

"아, 다 끝났지요." 월드그레이브는 무관심하게 말했다. 무모하게도 그는 남겨두라고 했던 도버솔의 등뼈를 발라내려고 애쓰고 있었지만, 진전이 없었다. "금요일에 원고를 받았어요. 일요일까지는 보지도 않았고―."

"출장 가시기로 되어 있었죠?"

"파리요." 월드그레이브가 말했다. "창립기념일 주말이라서. 하지만 가지 않았어요."

"무슨 일이 생겼습니까?"

월드그레이브는 남은 와인을 잔에 따랐다. 하얀 테이블보에 검은 액체가 몇 방울 떨어져 번졌다.

"히스로 공항으로 가는 길에 싸움이 났어요. 아주 심한 싸움이 없어요. 되돌아서 집으로 갔어요."

"힘들었겠군요." 스트라이크가 말했다.

"몇 년째 그런 상태예요." 윌드그레이브는 도버솔과의 불공평한 싸움을 포기하고 나이프와 포크를 던졌다. 요란한 소리에 주위 손님들이 쳐다보았다. "조조는 다 컸어요. 더 이상 의미가 없어요. 갈라설 겁니다."

"유감입니다." 스트라이크가 말했다.

윌드그레이브는 뚱한 표정으로 어깨만 으쓱이고는 와인을 더 마셨다. 뿔테 안경 렌즈에는 손자국이 가득했고, 셔츠 깃은 더럽고 낡아 있었다. 그는 그런 문제에 익숙한 사람, 옷을 입은 채 자는 사람의 모양새를 하고 있다고 스트라이크는 생각했다.

"싸운 뒤에 곧장 집으로 가셨지요?"

"집이 크거든요. 원하지 않으면 서로 안 보고 지낼 수 있어요."

와인 방울이 새하얀 테이블보에서 새빨간 꽃잎처럼 번지고 있었다.

"검은 자국. 이걸 보니 그게 생각나는군요." 윌드그레이브가 말했다. "《보물섬》 말이에요. 검은 자국. 그놈의 책을 읽은 모두가 수상한 거죠. 모두가 모두를 곁눈질하고 있어요. 결말을 아는 사람은 전부 용의자예요. 내 사무실에 경찰이 찾아오고, 모두 쳐다보고……."

그는 스트라이크의 질문으로 돌아가서 말했다. "나는 일요일에 읽었어요. 리즈 태슬한테 내가 그 여자를 어떻게 생각하는지 말했고. 그리고 인생은 계속되었어요. 오언은 전화를 받지 않았고요. 신경쇠약에 걸린 게 아닐까 했어요. 나도 처리할 문제가 있었으니

까. 대니얼 차드는 길길이 뛰었고……. 다 관두라고 해요. 사표를
냈어요. 지겨워요. 비난이나 해대고. 더 이상은 싫어요. 직원들이
다 보는 앞에서 고함을 치는 짓거리도. 더 이상은 안 당해요."

"비난요?" 스트라이크가 물었다.

질문의 기술은 테이블 축구 게임을 솜씨 좋게 손가락으로 튕기
는 것과 비슷했다. 갈팡질팡하는 상대를 정확하게 톡 쳐서 움직
이는 것이었다. (스트라이크는 70년대에 아스널 팀 세트를 갖고 있었
다. 그는 데이브 폴워스가 갖고 있던 플리머스 아가일즈 축구팀을 상대
했고, 둘은 데이브 어머니의 깔개 위에 배를 깔고 엎드려서 놀았다.)

"댄은 내가 오언한테 자기 이야기를 했다고 생각해요. 멍청한
인간 같으니. 세상이 모르는 줄 아는 거죠. 벌써 몇 년째 이야깃거
리였는데. 오언한테 내가 말해줄 필요도 없었어요. 모두가 안다
고요."

"차드가 게이라는 것 말입니까?"

"게이든 아니든…… 억누르고 있어요. 댄이 자기가 게이라는
걸 아는지는 모르겠어요. 하지만 예쁘장한 젊은이들을 좋아하고,
그들을 누드로 그린 그림을 좋아해요. 다들 아는 일이에요."

"당신도 그리겠다고 했습니까?" 스트라이크가 물었다.

"아뇨." 월드그레이브가 말했다. "수년 전에 조 노스가 말해줬
어요. 아!"

그는 와인 웨이터와 눈을 마주쳤다.

"이거 한 잔 더 주세요."

그가 병을 시키지 않아서 스트라이크는 감사했다.

"죄송합니다, 손님. 그건 잔으로는—."

"그럼 아무거나요. 레드로. 아무거나."

"몇 년 전에 있었던 일이에요." 월드그레이브는 이야기를 계속했다. "댄이 조한테 모델이 되어달라고 했어요. 조는 꺼지라고 했고. 오래전부터 다 아는 얘기였다니까요."

그는 다시 뒤로 기대다가 뒷자리의 덩치 큰 여자와 부딪쳤다. 그 여자는 재수 없게도 그때 수프를 먹고 있어서, 함께 식사하던 사람이 지나가던 웨이터를 불러 불평했다. 웨이터는 월드그레이브에게 다가오더니 미안하다는 듯, 그러나 확실한 어조로 말했다.

"의자를 당겨주시겠습니까, 손님? 뒤에 앉아 계신 분께서―."

"미안해요, 미안해요."

월드그레이브는 스트라이크 쪽으로 다가오더니 팔꿈치를 테이블에 얹고 헝클어진 머리를 뒤로 넘기면서 크게 말했다.

"멍청한 짓을 한 거지."

"누가 말입니까?" 오랜만에 먹는 최고의 식사가 끝나 아쉬운 마음으로 스트라이크가 물었다.

"댄 말이에요. 망할 놈의 회사를 다 차려놓고…… 평생 굴리고 있으면서…… 원하는 게 그거라면 시골에 살면서 일꾼이나 그리라고 해요. 다 지겹다니까요. 내…… 내 회사를 시작하겠어."

월드그레이브의 전화가 울렸다. 전화를 찾느라 한참 걸렸다. 그는 안경 너머로 전화 건 사람의 번호를 확인했다.

"무슨 일이니, 조조?"

레스토랑에 사람이 많았지만, 스트라이크는 대답을 들을 수 있었다. 외마디의 비명 소리가 멀리서 들려왔다. 월드그레이브는 겁에 질린 표정을 지었다.

"조조? 너—?"

하지만 그 순간, 상냥하고 동그란 얼굴이 스트라이크가 믿을 수 없을 정도로 뻣뻣해졌다. 월드그레이브의 목에서 핏줄이 불거졌고, 입술이 양쪽으로 늘어나면서 흉측한 목소리가 튀어나왔다.

"지랄하지 마!" 그가 이렇게 말하는 소리에 주위 테이블에서 식사를 하던 50명이 대화를 멈추고 고개를 돌렸다. "조조 번호로 전화하지 마! 그래, 이 술주정뱅이야. 내 말 들었잖아. 내가 씨발 너하고 결혼해서 술을 마시는 거다!"

월드그레이브 뒤에 앉아 있던 과체중 여인이 화가 나서 돌아보았다. 웨이터들도 노려보았다. 그중 한 명은 너무나 정신이 팔려 일본인 사업가의 접시에 요크셔푸딩을 놓다가 멈춘 상태였다. 점잖은 신사 클럽이라도 주정뱅이들이 소란을 피우는 일이 없지는 않았겠지만, 모든 것이 너무나 영국적이고 침착하며 고루한 이곳, 짙은 색 목재 패널과 유리 샹들리에와 차림표 사이에서는 싸움이 더욱 놀라울 수밖에 없었다.

"그래, 씨발 그게 누구 탓인데?" 월드그레이브가 고함쳤다.

그는 비틀거리며 일어났고, 그러다 뒤에 앉은 불운한 여인과 또 부딪쳤지만 이번에는 불평이 나오지 않았다. 레스토랑은 조용해졌다. 월드그레이브는 와인 한 병에 추가로 시킨 한 잔을 마저 마시지 못한 채 전화기에다 대고 욕설을 퍼부으면서 레스토랑에서 나갔고, 오도 가도 못하고 테이블에 갇힌 스트라이크는 술을 주체하지 못하는 사람이 저지른 짓을 못마땅하게 여기는 자기 자신이 재미있다고 생각했다.

"계산 부탁합니다." 스트라이크는 가장 가까운 곳에서 입을 벌리고 있는 웨이터에게 말했다. 그는 차림표에서 본 스포티드딕*을 맛보지 못한 것이 아쉬웠지만, 가능하면 월드그레이브를 붙잡아야 했다.

스트라이크는 손님들이 중얼거리며 곁눈질하는 사이 돈을 내고 테이블에서 일어나 지팡이를 짚고서 휘청거리는 월드그레이브를 뒤따라갔다. 지배인의 노한 표정과 월드그레이브가 문 앞에서 고함치는 소리로 미루어, 식당에서 나가달라는 권유를 받은 모양이었다.

스트라이크가 나가보니 편집자는 문 왼쪽 차가운 벽에 기대서 있었다. 펑펑 내리는 눈이 쌓여 길은 얼어 있었고, 사람들은 귀까지 목도리를 감고 있었다. 웅장하고 화려한 배경이 사라지자 월드그레이브는 더 이상 살짝 부스스한 학자처럼 보이지 않았다. 술에 취해 꾸깃꾸깃 지저분한 몰골로 커다란 손에 가려진 전화기에 대고 욕설을 내뱉는 그는 정신질환이 있는 노숙자 같았다.

"씨발 내 잘못이 아니라고, 이 멍청한 년아! 내가 그놈의 걸 썼냐고, 내가? 그럼 그 여자랑 이야기를 해. 알겠어? 네가 안 하면 내가…… 나한테 협박하지 마, 이 망할 년아…… 네가 다리만 안 벌렸으면…… 내 말 들었잖아—."

월드그레이브가 스트라이크를 발견하고는 잠시 놀라 서 있다가 전화를 끊었다. 당황한 그의 손에서 전화기가 미끄러져 눈 쌓인 길에 떨어졌다.

"젠장." 제리 월드그레이브가 말했다.

---

* 말린 과일이 든 케이크.

늑대는 다시 양으로 돌아갔다. 그는 맨손으로 발 주위의 눈 속을 뒤져 전화기를 찾았고, 그러다 안경을 떨어뜨렸다. 스트라이크가 안경을 집어주었다.

"고마워요. 고마워요. 아까는 미안해요. 미안……."

월드그레이브가 안경을 다시 쓸 때, 푸석한 뺨에 눈물이 보였다. 금이 간 전화기를 주머니에 쑤셔 넣은 그는 탐정을 향해 절망한 표정을 지어 보였다.

"내 인생을 망쳐놨어요, 그 책이." 그가 말했다. "오언이…… 한 가지는 신성하게 여긴다고 생각했어요. 부녀 사이 한 가지는……."

월드그레이브는 또 됐다는 듯 손짓을 하더니 돌아서 만취 상태로 비틀거리면서 걸어갔다. 만나기 전에 그는 이미 적어도 한 병은 마시고 나왔을 것이라고, 스트라이크는 짐작했다. 따라가도 별 소득이 없을 것 같았다.

월드그레이브가 크리스마스 쇼핑을 하러 나온 사람들을 지나 눈보라 속으로 사라지는 모습을 보면서 스트라이크는 팔뚝을 다급하게 잡는 손을 떠올렸다. 엄격한 남자의 목소리, 더 화난 젊은 여자의 목소리. "엄마가 비틀거려요. 왜 잡아주지 않는 거예요?"

코트 깃을 올리던 스트라이크는 그제야 그 의미를 알 것 같았다. 가방에 든 난쟁이와 커터의 모자 아래 난 뿔. 그리고 그중에서도 가장 잔인한 부분, 익사시키려 했던 시도의 의미를.

37

……도발을 당해 분노하면 나는 참을성과 이성을 한데 어우러지게
할 수가 없다.
– 윌리엄 콩그리브, 《이중거래자》

스트라이크는 더러운 은빛의 하늘 아래 사무실을 향해 출발했
다. 급속히 쌓이는 눈 속에서 두 발이 힘겹게 움직이고 있었다. 눈
발이 여전히 빠른 속도로 쏟아지고 있었다. 손댄 음료라곤 물밖
에 없지만 그래도 기름지고 훌륭한 음식에 약간 취한 기분이었
다. 지금 그가 느끼는 이 부자가 된 듯한 헛된 기분을 월드그레이
브도 사무실에서 술을 마시고 있던 오전에는 잠시 맛보았을 것이
다. 심슨스-인-더-스트랜드와 덴마크 스트리트의 외풍 심한
그의 작은 사무실 사이의 거리는 건강하고 장애가 없는 성인이라
면 아마 걸어서 15분 정도 걸릴 것이다. 스트라이크의 무릎은 여
전히 쓰라리고 과로로 피로했지만, 그는 방금 일주일치 식비 예
산이 넘는 돈을 한 끼에 다 써버리고 나온 참이었다. 그는 펑펑
쏟아지는 눈을 피해 고개를 푹 숙이고 담배에 불을 붙이면서, 브
리들링스톤 서점에서 로빈이 뭘 찾아냈을까 생각하며 비수로 찌

르는 듯 시린 추위를 헤치고 절뚝거리며 걸어갔다.

리시움 극장의 세로로 홈이 파인 기둥들을 지나 걷던 스트라이크는 대니얼 차드는 제리 월드그레이브가 퀸이 그 책을 쓰는 데 도움을 주었다고 확신하고 있는 반면 월드그레이브는 엘리자베스 태슬이 퀸의 악감을 북돋워 활자로 터져 나오게 만들었다고 생각한다는 사실을 곰곰 생각해보았다. 이런 것들이 단순히 전이된 분노의 사례일 뿐일까? 퀸이 소름끼치게 살해당함으로써 진짜 범인을 잡을 수 없게 된 차드와 월드그레이브가 좌절된 분노를 쏟아낼 산 제물을 찾고 있는 걸까? 아니면 그들이 감지한 대로 《봄빅스 모리》에 제3자의 영향력이 개입되어 있는 걸까?

웰링턴 스트리트의 코치앤드호시스 펍의 진홍빛 전면부는 가까이 다가가던 스트라이크에게 엄청난 유혹의 손길을 뻗쳤다. 이제는 지팡이도 혹사당하고 있었고 무릎도 불만을 터뜨리고 있었다. 온기, 맥주, 그리고 편안한 의자……. 그러나 일주일에 세 번이나 펍에 가서 점심식사를 하다니, 그가 맛 들여선 안 될 버릇이었다. 제리 월드그레이브는 그런 행동이 결국 어떤 결과를 초래하는지 객관적인 교훈을 몸소 보여주지 않았는가.

그래도 지나치면서 동경의 눈길을 유리창 너머로 던지지 않을 수는 없었다. 황동 맥주 펌프를 타고 흐르는 불빛과 그보다 느슨한 양심을 지닌 쾌활한 남자들…….

그의 한쪽 시야에 그녀가 잡혔다. 큰 키에 검은 코트 차림, 구부정한 자세, 주머니에 찔러 넣은 손, 그의 뒤를 따라 질척한 인도를 따라 종종걸음치고 있었다. 토요일 밤에 만났던 그의 스토커이자 습격 미수자였다.

스트라이크의 발걸음은 전혀 흔들림이 없었고, 그녀를 보려고 돌아서는 짓도 하지 않았다. 이번에는 게임을 하는 게 아니었다. 굳이 멈춰 서서 그녀의 아마추어 같은 미행 스타일을 시험하지도 않을 작정이었고, 그녀를 발견했다는 눈치를 주지도 않을 작정이었다. 어깨 너머를 살피지도 않고 그는 계속 걸어갔고, 남녀를 막론하고 오로지 그만큼 감시 대처에 숙련된 전문가들만이 아무렇지도 않게 마침 도움이 되는 곳에 자리 잡은 유리창들이며 상을 반사하는 황동 명패들을 살피는 시선을 포착했을 것이다. 오로지 그런 전문가들만이 무관심으로 가장한 팽팽한 경계를 인식했을 것이다.

대부분의 살인자들은 무턱대고 덤비는 아마추어들이었다. 그리고 그래서 덜미를 잡히곤 했다. 토요일 밤에 한판 맞장을 떴는데도 끈덕지게 따라붙다니 엄청난 무모함의 소유자였고, 이거야말로 호주머니에 칼을 숨기고 뒤따라오는 여자를 겉으로는 전혀 모르는 척 웰링턴 스트리트를 유유하게 계속 걷고 있는 스트라이크가 믿는 구석이었다. 러셀 스트리트를 건너면서 그녀는 '마르케스 오브 앵글지'에 들어가는 척 슬며시 시야에서 사라졌지만 곧 다시 나타나 사무실 구역의 네모난 기둥들을 들락날락하며 몸을 숨기고 문간에 잠복해 그가 계속 전진하도록 지켜보았다.

스트라이크는 이제 무릎의 통증을 거의 느끼지도 못했다. 190센티미터에 육박하는 거구가 고도로 농축된 잠재력 덩어리로 변해 있었다. 이번에 그녀에게는 유리한 점이 없었다. 무방비 상태에 있는 그를 급습할 수도 없었다. 여자에게 계획이 있기나 한지 모르지만, 있다면 그건 기회가 생기면 최대한 활용한다는 정도일 거라고 스트라이크는 짐작했다. 도저히 지나칠 수 없는 기회를 만들어주는 건 스트라이크에게 달린 일이었다. 그리고 그녀가 성공하지 못하게 막아야 했다.

로열 오페라 하우스의 고전적인 현관 지붕 앞, 그녀는 늘어선 기둥과 조각상들을 지나 엔델 스트리트에서 낡은 공중전화 박스에 들어갔다. 분명 용기를 가다듬고, 그가 그녀의 미행을 알아채지 못했음을 재차 확인하기 위해서였을 것이다. 스트라이크는 보속을 전혀 바꾸지 않고 앞만 보고 걸었다. 그녀는 자신감을 갖고 다시 사람이 북적이는 인도로 나와 캐리어백을 흔들며 걷는 근심 가득한 행인들을 뚫고 그의 뒤를 좇았고, 이런저런 문들로 재빨리 들어갔다 나왔다 하며 길이 좁아지자 그와의 거리를 좁혔다.

사무실이 가까워지자 그는 결단을 내렸다. 덴마크 스트리트에서 왼쪽으로 돌아 플릿크로프트 스트리트로 들어간 것이다. 그 길은 덴마크 플레이스로 이어져서, 밴드 공연 전단지들이 잔뜩 붙어 있는 어두운 골목을 지나 다시 그의 사무실로 돌아오게 되어 있었다.

여자는 감히 실행을 할 것인가?

골목길로 들어서자 발소리가 축축한 벽에 메아리쳤고, 그는 눈에 띄지 않을 만큼 조금 발걸음을 늦췄다. 그리고 다가오는 그 여자의 소리가 들렸다. 그를 향해 돌진하고 있었다.

멀쩡한 왼발을 축으로 빙글 돌아 그가 지팡이를 날렸다. 팔을 가격당한 여자가 비명을 질렀다. 스탠리 나이프가 그녀의 손에서 툭 떨어져 돌벽을 치고 되튀어 나와 아슬아슬하게 스트라이크의 눈을 피해 날아갔다. 이제 그는 무시무시한 악력으로 여자를 움켜쥐어 비명을 지르게 만들고 있었다.

그는 괜한 영웅심에 그녀를 구하러 달려드는 사람이 있을까 봐 걱정이 되었지만 아무도 나타나지 않았다. 이제는 속도가 절대적으로 필요했다. 그녀는 생각보다 훨씬 힘이 셌고 맹렬하게 저항하며 그의 사타구니를 차고 얼굴을 할퀴려 들고 있었다. 몸을 조금 더 효율적으로 움직여 그는 그녀에게 헤드락을 걸었고, 그러자 그녀의 발이 축축한 골목길 땅바닥에서 미끄러지며 허둥거렸다.

여자가 팔에 낀 채 꿈틀거리며 깨물려고 악을 쓰는 사이, 스트라이크는 허리를 굽혀 칼을 집어 들었다. 그 바람에 여자는 땅으로 끌려가다가 자칫 발을 헛디딜 뻔했다. 스트라이크는 여자 때문에 들고 갈 수 없는 지팡이를 버리고 여자를 질질 끌어 덴마크 스트리트로 나왔다.

그는 빨랐고, 여자는 버둥거리느라 지쳐서 고함칠 여력도 없었다. 짧고 추운 길에는 쇼핑객이 전혀 없었고 채링크로스 로드를 지나가던 행인들은 스트라이크가 여자를 완력으로 끌고 짧은 길을 지나 검은 문 앞까지 오는 동안 아무도 이상한 점을 발견하지 못했다.

"들어가야 해요, 로빈! 빨리!" 그는 인터콤에 대고 소리를 질렀고, 로빈이 삐 소리와 함께 문을 열자마자 바깥 현관을 지나쳐 들어와 문을 쾅 닫았다. 여자를 질질 끌고 금속 계단을 오르는 동안 오른쪽 무릎이 격렬하게 항의를 했고 여자는 고래고래 악을 쓰기 시작했다. 비명 소리가 계단통을 타고 무섭게 메아리쳤다. 스트라이크는 아래층 사무실에 근무하는 뚱한 괴짜 그래픽 디자이너의 유리문 뒤에서 인기척을 보았다.

"그냥 싸움 좀 하는 겁니다!" 그는 추적자를 위층으로 끌고 가면서 유리문을 향해 버럭 고함을 쳤다.

"코모란? 이게 무슨—. 어머나 세상에!" 로빈이 층계참에서 내려다보면서 말했다. "이러면— 대체 뭐 하는 거예요? 여자를 놔줘요!"

"방금 이 여자가 나를, 씨발 또 칼로 찌르려고 했다고요." 스트라이크가 헐떡거렸다. 그리고 마지막으로 엄청난 힘을 다해 그는 추격자를 문지방 너머로 강제로 던져 넣었다. "문 잠가요!" 그가 로빈에게 소리치자 그녀는 황급히 그들 뒤로 돌아가서 순순히 그 말을 따랐다.

스트라이크는 여자를 인조가죽 소파 위로 던졌다. 후드가 뒤로 벗겨지자 길고 창백한 얼굴, 커다란 갈색 눈과 어깨까지 치렁치렁하게 늘어뜨린 숱 많은 곱슬머리가 드러났다. 손가락은 뾰족한 진홍빛 손톱으로 끝나고 있었다. 채 스무 살도 안 되어 보였다.

"개새끼! 이 개새끼야!"

그녀는 일어나려 했지만 스트라이크가 죽일 것처럼 노려보며 그녀를 굽어보고 서 있는 걸 보더니 마음을 고쳐먹고 다시 소파에 털썩 주저앉아 하얀 목덜미를 주물렀다. 그가 움켜쥔 흔적이 짙은 분홍색 자국으로 남아 있었다.

"나를 왜 칼로 찌르려고 했는지 말해줄 생각 있나?" 스트라이크가 물었다.

"씨발 엿이나 먹어!"

"그거 독창적이네." 스트라이크가 말했다. "로빈, 경찰을 불러—."

"안 돼애애애애!" 검은 옷의 여자가 울부짖는 개처럼 외쳤다. "저 사람이 날 다치게 했어요." 그녀는 숨이 턱에 차서 로빈에게 말하며, 모든 걸 포기한 듯 비참하게 상의를 잡아당겨 탄탄한 하얀 목덜미에 난 손자국들을 보여주었다. "저 사람이 날 질질 끌고 오고, 잡아당겼다고ㅡ."

로빈은 수화기를 든 채로 스트라이크를 바라보았다.

"나를 왜 미행한 거지?" 스트라이크는 숨찬 소리로 물었다. 그녀 위로 우뚝 버티고 선 그의 말투가 위협적이었다.

여자는 겁먹은 척 찍찍 소리 나는 쿠션들 사이로 움츠러들었지만 여전히 전화기에 손가락을 대고 있던 로빈은 여자의 공포에서 짐짓 꾸민 흔적을 감지했다. 몸을 뒤틀어 그에게서 벗어나려는 여자의 움직임에서 육감적인 느낌이 속살거리고 있었다.

"마지막 기회를 주지." 스트라이크가 으르렁거렸다. "대체 왜?"

"그 위에서 대체 무슨 일이에요?" 바로 아래층 층계참에서 시비 거는 듯한 질문이 들려왔다.

로빈이 스트라이크와 눈을 마주쳤다. 그녀는 황급히 달려가 잠긴 문을 열고 재빨리 층계참으로 나갔고, 스트라이크는 이를 악물고 한쪽 주먹을 쥔 채로 포로를 지키고 있었다. 그는 팬지처럼 보랏빛 그늘이 진 커다란 검은 눈동자 뒤로 도와달라고 소리를 지를까 하는 생각이 떠올랐다가 희미하게 사그라지는 것을 보았다. 덜덜 떨면서 여자가 울기 시작했지만 여전히 이빨을 드러내고 있어서, 스트라이크는 그 눈물에 설움보다는 분노가 더 많이 깃들어 있을 거라 생각했다.

"다 괜찮아요, 크라우디 씨." 로빈이 외쳤다. "그냥 좀 싸움이 붙어서요. 너무 시끄럽게 굴어서 죄송해요."

로빈이 사무실로 들어와 다시 문을 잠갔다. 여자는 소파에 뻣뻣하게 앉아 있었다. 얼굴에 눈물이 줄줄 흐르고 있었으며 매 같은 손톱으로 의자 끝을 꼭 움켜쥐고 있었다.

"다 집어치워." 스트라이크가 말했다. "말할 생각이 없는 거 같으니까, 경찰을 부르자고."

여자는 그의 말을 믿는 게 분명했다. 전화기를 가지러 두 걸음도 채 가지 않았는데 여자가 흐느끼기 시작했다.

"말리고 싶었던 거예요."

"내가 뭘 하는데 말려?" 스트라이크가 물었다.

"모르는 척하지 말아요!"

"씨발 나하고 지금 장난치자는 거야?" 스트라이크가 커다란 두 주먹을 불끈 쥐고 그녀를 향해 허리를 굽히며 버럭 소리 질렀다. 이제는 손상된 무릎 부위에서 쓰라린 통증이 극심하게 느껴졌다. 애초에 넘어져서 인대를 또 다치게 만든 게 이 여자였다.

"코모란." 로빈이 단호하게 말하며, 두 사람 사이에 슬며시 끼어들어 그를 한발 물러서게 했다. "이봐요." 그녀가 소녀에게 말했다. "내 말 잘 들어요. 왜 이런 짓을 했는지 말해주면 혹시 경찰에—."

"지금 설마 빌어먹을 농담 하는 거죠?" 스트라이크가 말했다. "저 여자가 날 두 번이나 찌르려고—."

"신고하지 않을 수도 있어요." 로빈은 큰 소리로 꿋꿋이 말했다.

여자가 벌떡 일어나 문 쪽으로 달아나려 했다.

"아니, 안 되지." 스트라이크가 재빨리 로빈을 돌아 움직여 공격자의 허리를 붙잡아 전혀 부드럽지 않은 손길로 다시 소파에 앉혔다. "당신 누구야?"

"이제 그쪽에서 날 아프게 하잖아요!" 여자가 소리를 질렀다. "정말로 다쳤단 말이야. 내 갈비뼈! 폭행죄로 잡아넣을 거야, 이 개새끼야—."

"그러면 피파라고 부르지, 그럴까?" 스트라이크가 말했다.

전율의 신음 소리에 이은 악의에 찬 눈길.

"당신? 당신? 씨발—."

"그래, 그래, 엿을 먹어라." 스트라이크가 짜증스럽게 말했다. "이름 대."

여자의 가슴이 묵직한 코트 밑에서 들썩거렸다.

"내가 진실을 말한다 해도 그게 진실인지 당신이 어떻게 알 건데?" 여자는 밭은 숨으로 말하며 계속 반항했다.

"확인할 때까지 여기 잡아둘 거야." 스트라이크가 말했다.

"납치야!" 여자의 목소리는 부두 노동자처럼 거칠고 시끄러웠다.

"시민 체포지." 스트라이크가 말했다. "당신이 씨발 칼침을 놓으려고 했잖아. 자, 젠장 마지막으로 묻는데—."

"피파 미질리." 그녀가 내뱉었다.

"이제 말이 좀 통하네. 신분증 있어?"

또 한 번 숨죽여 욕설을 퍼부으며 그녀는 한 손을 주머니에 넣어 버스 카드를 꺼내 그에게 휙 던졌다.

"여기는 필립 미질리라고 쓰여 있는데."

"아니야, 씨발."

내포된 의미를 깨닫는 스트라이크의 얼굴을 보면서 로빈은 방 안에 깔린 긴장감에도 불구하고 갑자기 웃음을 터뜨리고 싶은 충동을 느꼈다.

"에피코이네." 피파 미질리가 무섭게 화를 내며 말했다. "못 알아들었어? 너무 어려워서 못 알아먹겠냐, 이 머저리 천치야?"

스트라이크가 눈을 들어 그녀를 보았다. 할퀸 손자국이 선한 목에 목울대가 툭 튀어나와 있었다. 그녀는 다시 손을 호주머니에 찔러 넣었다.

"내년이면 서류상으로 완전히 피파가 될 거야." 여자가 말했다.

"피파." 스트라이크가 한 번 더 읊었다. "'당신을 위해 염×할 고문대 손잡이를 돌리죠.' 그걸 쓴 게 당신이지, 안 그래?"

"아." 로빈이 이제야 이해했다는 듯 길게 한숨을 내쉬었다.

"어머나, 진짜 똑똑하시네요, 부치 씨." 피파가 악의적인 흉내를 내며 말했다.

"캐스린 켄트를 사적으로 알아, 아니면 그냥 사이버상의 친구야?"

"왜? 캐스 켄트를 아는 것도 죄야?"

"오언 퀸은 어떻게 알게 됐어?"

"그 개새끼 얘기는 하고 싶지 않아." 그녀의 가슴이 들썩거렸다. "그놈이 나한테 한 짓…… 나한테 그런 짓을……. 아닌 척…… 거짓말을 하고…… 씨발 거짓말쟁이 개새끼……."

또 새삼스럽게 눈물이 두 뺨을 타고 흘러내렸고, 그녀는 정신을 놓고 히스테리를 부리기 시작했다. 진홍빛 손톱이 달린 손가락으로 머리카락을 쥐어뜯고, 두 발로 바닥을 구르며, 대성통곡을 하면서 앞뒤로 몸을 흔들었다. 스트라이크는 불쾌한 표정으로 그녀를 바라보다가 30초 후에 말했다.

"젠장. 당장 입 다물지ㅡ."

그러나 로빈이 눈빛으로 그를 제압하고 책상 위의 상자에서 티
슈를 한 움큼 뜯어 피파의 손에 쥐어주었다.

"고, 고마워요ㅡ."

"차나 커피 마실래요, 피파?" 로빈이 친절하게 물었다.

"커…… 피…… 주세……."

"방금 저 여자가 날 빌어먹을 칼로 찌르려 했다고요, 로빈!"

"글쎄요, 성공은 못 했잖아요?" 로빈이 바쁘게 주전자를 올리
며 말했다.

"무능력은," 스트라이크는 못 믿겠다는 말투로 말했다. "씨발
법적으로 전혀 변호 요건이 되지 못한다고요!"

입을 헤벌리고 이런 대화를 듣고 있던 피파를 그가 다시 에워
쌌다.

"어째서 나를 미행한 거지? 내가 뭘 한다고 막겠다는 거야? 그
리고 경고하는데, 여기 로빈이 징징 우는 걸 봐준다고ㅡ."

"당신이 그 여자 밑에서 일하잖아!" 피파가 소리를 빽 질렀다.
"그 속이 배배 꼬인 나쁜 년, 그 과부 말이야! 지금은 그 여자가
퀸의 돈을 갖고 있지, 안 그래? 우리도 당신이 무슨 일을 하도록
고용됐는지 알고 있어, 우리가 씨발 머저리인 줄 알아!"

"우리가 누구야?" 스트라이크가 물었지만 피파의 검은 눈이
다시 스르르 문 쪽을 향했다. "하느님께 맹세하는데……" 스트라
이크가 말했다. 심한 시련에 들었던 무릎이 이제 너무 심하게 쑤
셔서 이를 갈 수밖에 없었다. "씨발 한 번만 더 저 문 쪽으로 뛰면

내가 경찰을 불러서 증언할 거고, 네놈이 살인미수로 잡혀가는 꼴을 기꺼이 지켜볼 거야. 그리고 그 안에 들어가면 넌 진짜 재미없을 거야, 피파." 그가 말했다. "아직 수술 안 받았잖아."

"코모란!" 로빈이 날카롭게 말했다.

"사실을 진술하는 거예요." 스트라이크가 말했다.

피파는 다시 소파에서 움츠러들어 숨김없는 공포의 눈빛으로 스트라이크를 노려보고 있었다.

"커피요." 로빈이 책상 뒤에서 나와 손톱을 길게 기른 손에 머그를 쥐어주며 단호하게 말했다. "그냥 이 모든 일이 어떻게 된 건지 저 사람한테 말해줘요. 제발요, 피파. 말을 해요."

피파는 불안정하고 공격적인 모습이었지만, 로빈은 안쓰러운 마음을 지울 수가 없었다. 소녀는 칼날을 들고 사립탐정에게 달려드는 일의 결과가 어떻게 될지 전혀 생각지도 않았던 게 틀림없었다. 로빈은 자신의 남동생 마틴의 자질이 극단적으로 드러난 형태일 거라고 추정할 수밖에 없었다. 마틴은 예지력이라고는 찾아볼 수도 없고 위험을 워낙 좋아해서 나머지 형제들을 다 합쳐놓은 것보다 더 자주 외상병동을 찾는 걸로 가족들 사이에서 악명이 높았다.

"우리를 모함하려고 그 여자가 당신을 고용한 거 알아." 피파가 목 쉰 소리로 말했다.

"누구야." 스트라이크가 으르렁거렸다. " '그 여자'는 누구고 '우리'는 또 누구야?"

"리어노라 퀸!" 피파가 말했다. "그 여자가 어떤 인간인지 또 어떤 짓까지 할 수 있는지 우리는 알고 있다고! 그 여자는 우리를 미워해, 나하고 캐스를. 우리를 잡기 위해서는 무슨 짓이든 할 여자야. 그 여자가 오언을 살해하고 우리한테 덮어씌우려 하고 있단 말이야! 어디 맘대로 그렇게 쳐다보라지!" 그녀는 눈썹이 숱 많은 헤어라인에 가 닿도록 눈을 치켜뜬 스트라이크를 보고 외쳤다. "그년은 미친 암캐야, 끔찍스럽게 질투심이 강하다고. 오언이 우리를 만나는 걸 못 참아서 이제 당신까지 고용해 여기저기 찔러보고 다니면서 우리한테 불리한 증거들을 찾고 있잖아!"

"정말로 이런 편집증적인 헛소리를 믿고 있는지는 모르겠는데—."

"지금 무슨 일이 벌어지고 있는지 우리는 알고 있어!" 피파가 악을 썼다.

"입 닥쳐. 네가 나를 미행하기 시작했을 때는 살인자 말고는 아무도 퀸이 죽었다는 사실을 알지 못했어. 너는 내가 시체를 발견하던 날 내 뒤를 밟았고 그 전에도 일주일 동안 리어노라를 미행했잖아. 왜지?" 그리고 여자가 대답하지 않자 스트라이크는 했던 말을 또 했다. "마지막 기회를 주지. 어째서 리어노라네 집에서부터 나를 미행한 거야?"

"당신을 따라가면 그가 있는 곳으로 가게 될 줄 알았어." 피파가 말했다.

"그가 어디 있는지 왜 알고 싶었는데?"

"그래야 씨발 그 인간을 죽일 수가 있으니까!" 피파가 고함을 쳤고, 로빈은 피파 역시 마틴처럼 자기 자신을 보호하는 데는 전혀 관심이 없다는 인상을 재차 확인했다.

"그러면 왜 그를 죽이고 싶었지?" 스트라이크는 여자가 지극히 평범한 얘기를 했을 뿐인 것처럼 말했다.

"왜냐하면 그 빌어먹을 끔찍한 책에서 우리한테 한 짓 때문이지! 당신도 알잖아. 읽어봤잖아. 에피코이네─. 개새끼, 그 개새끼가─."

"젠장 진정 좀 해! 그러니까 그때는 너도 《봄빅스 모리》를 읽어봤다 이건가?"

"그래, 당연히 읽었지─."

"그러면 그때부터 퀸의 우편함에 똥을 넣기 시작한 거야?"

"똥에는 똥으로!" 그녀가 외쳤다.

"위트 있네. 그 책은 언제 읽었어?"

"캐스가 우리에 대한 부분들을 전화로 읽어줘서 내가 직접 갔고─."

"부분 부분 읽어준 게 언젠데?"

"캐스가 지, 집에 와서 도어매트 위에 놓여 있는 원고를 봤을 때. 완성된 원고였어. 그거 때문에 문이 잘 열리지 않을 정도였으니까. 그놈이 쪽지와 함께 문틈으로 원고를 넣고 갔어." 피파 미질리가 말했다. "그래서 캐스가 나한테 보여줬어."

"쪽지에 뭐라고 쓰여 있었지?"

"'우리 두 사람을 위한 복수의 시간이야. 행복하길 바라! 오언' 이라고 쓰여 있었어."

"우리 두 사람을 위한 복수의 시간?" 스트라이크가 얼굴을 찌푸리며 말했다. "그게 무슨 뜻인지 알아들었어?"

"캐스는 절대 말하려 하지 않았지만, 난 캐스가 이해했다는 걸 알 수 있었어. 충격으로 제정신이 아니었어." 가슴을 들썩이며 피파가 말했다. "캐스는— 캐스는 정말 좋은 사람이야. 당신은 몰라. 나한테는 엄— 엄마 같은 사람이란 말이야. 우리는 오언의 글쓰기 강좌에서 만났고 우리는 마치— 꼭—." 피파는 숨을 참더니 낑낑 울기 시작했다. "그놈은 개새끼였어. 자기가 무슨 글을 쓰고 있는지 우리한테 숨기고 거짓말을 했어. 그리고 또— 만사가 거짓말—."

피파는 또 울기 시작했다. 통곡을 하고 흐느껴 울었다. 로빈은 크라우디 씨가 걱정이 되어 부드럽게 말했다.

"피파, 그 사람이 무슨 거짓말을 했는지 우리한테 말해봐요. 코모란은 진실을 원할 뿐이에요. 아무도 모함할 생각이 없어요."

피파가 자기 말을 들었는지, 그 말을 믿는지 로빈은 알 수가 없었다. 아마 그저 격해진 감정을 달래주고 싶었을 뿐인지도 모른다. 그러나 피파는 부르르 떨며 숨을 내쉬더니 폭포수처럼 말을 쏟아냈다.

"그 사람은 내가 둘째 딸 같다고 했어요, 나한테 그런 소리를 했다고요. 그래서 난 모든 걸 다 말해줬어요, 그놈은 우리 엄마가 나를 내버렸다는 것도 알고 다 안다고요. 그리고 또 나— 나는 내 삶에 대해 쓴 내 책을 보여줬고, 그랬더니 치— 친절하게 흥미를 가지면서 추— 출판하는 걸 도와주겠다고 캐스하고 나, 우리 둘 다한테 자기 새, 새 책에 나온다면서 내가 '아— 아름다운 길 잃은 영혼'이라고 했어요. 나한테 그놈이 그딴 소리를 했다고요." 피파가 헐떡거리며 계속 재게 입을 놀렸다. "그러고는 어느 날, 전화로 한 대목을 읽어줬는데 그건— 그건 아름다웠어요. 그런데 내가— 이— 읽어보니 그놈이— 그딴 걸 써서……. 캐스는 완전히 제정신을 잃고…… 그 동굴…… 하피와 에피코이네…….”

“그래서 캐스린이 집에 와보니 그 원고가 도어매트 위에 있었다는 거야?” 스트라이크가 말했다. “어디서 왔는데 ― 직장에서?”

“죽어가는 언니하고 호스피스에 같이 있다가.”

“그런데 그게 언제라고?” 스트라이크가 세 번째로 물었다.

“그게 언제든 무슨 상관이라고 ―.”

“씨발 내가 상관한다잖아!”

“9일이었나요?” 로빈이 물었다. 그녀는 캐스린 켄트의 블로그를 컴퓨터에 띄웠다. 피파가 앉은 자리에서 보이지 않는 각도로 스크린을 미리 조정해두었다. “혹시 그게 9일 화요일이었을까요, 피파? 본파이어 나이트 다음 날인 화요일?”

“그게…… 네, 그랬던 것 같아요!” 피파는 로빈이 운 좋게 맞춘 걸 놀라워하는 눈치가 역력했다. “네, 캐스는 본파이어 나이트 때 앤절라가 많이 아프다면서 갔어요 ―.”

“그게 본파이어 나이트였다는 걸 어떻게 알지?” 스트라이크가 물었다.

“오언이 캐스한테 그 ― 그날 밤 못 만난다고 했으니까. 딸하고 폭죽놀이를 해야 한다고.” 피파가 말했다. “그래서 캐스가 머리 끝까지 화가 났어. 그놈이 떠날 거라고 했었으니까! 캐스한테 약속을 했다고, 이제야 마침내 그 여편네와 헤어지겠다고 약속을 해놓고서는 말을 바꿔서 불꽃놀이나 해야 한다고 ― 그 지진 ―.”

그녀는 중간에 입을 다물었지만 스트라이크가 대신 말을 맺어주었다.

"그 지진아하고?"

"그냥 농담일 뿐이야." 피파는 부끄러운 얼굴로 중얼거렸다. 말한마디 잘못해놓고 스트라이크를 찌르려고 했던 것보다 훨씬 더후회하는 낯빛이었다. "그냥 나하고 캐스 사이에서만 하는 말이야. 오언이 아내와 헤어지고 캐스와 살지 못하는 핑계로 항상 자기 딸을 내세워서……."

"캐스린은 그날 밤에 퀸과 만나는 대신 뭘 했지?" 스트라이크가 물었다.

"내가 캐스 집으로 갔는데 그때 앤절라의 병세가 많이 악화됐다는 전화를 받은 거야. 캐스는 떠났지. 앤절라는 암에 걸렸어. 온몸에 다 퍼졌다고 했어."

"앤절라는 어디 있었지?"

"클라팜의 호스피스 병원에."

"캐스린은 거기까지 어떻게 갔어?"

"그게 뭐가 중요해?"

"그냥 빌어먹을 질문에 대답이나 하라고, 알았어?"

"몰라— 지하철이겠지, 뭐. 그러고는 사흘 동안 앤절라하고 함께 있었어. 침상 옆 바닥에 매트리스를 깔고 자면서. 병원에서는 앤절라가 금방이라도 죽을 수 있다고 했거든. 하지만 앤절라는 계속 버텼고, 그래서 캐스는 깨끗한 옷가지를 가지러 집에 왔는데 그때 도어매트에 널려 있던 원고를 보게 된 거야."

"어째서 캐스가 화요일에 집에 왔다고 확신하는 거죠?" 로빈이 묻자, 똑같은 질문을 하려던 스트라이크가 놀라서 그녀를 바라보았다. 그는 서점의 노인과 독일의 싱크홀에 대해서는 알지 못했다.

"왜냐하면 화요일 밤마다 내가 상담 전화 받는 일을 하니까."
피파가 말했다. "그리고 거기 있는데 캐스가 미— 미친 듯이 전
화를 걸어댄 거야. 원고를 순서대로 맞추고 우리에 대해 뭐라고
썼는지 읽어서—."

"글쎄, 뭐 다 재밌는 얘기네." 스트라이크가 말했다. "왜냐하면
캐스린 켄트는 경찰에 《봄빅스 모리》를 읽은 적이 없다고 진술했
거든."

공포에 질린 피파의 표정은, 다른 상황에서라면 아마 재미있었
을 것이다.

"씨발. 당신네들 나를 속였지!"

"그래, 너 정말 야무져서 절대 속아 넘어가지 않더라." 스트라
이크가 말했다. "꿈도 꾸지 마." 그는 일어나려 하는 그녀 위를 떡
가로막고 섰다. "그놈은 또— 똥 같았어!" 피파는 무력한 분노로
이글이글 끓어올랐다. "사람을 이용하는 놈이었다고! 우리 작품
에 관심이 있는 척하면서 내내 우리를 이용했어, 그 거— 거짓말
쟁이 개— 개새끼가……. 난 그놈이 우리 인생이 어떤 건지 아는
줄 알았어. 나한테 추— 출판 계약을 하게 도와주겠다고 마— 말
했단 말이야—."

스트라이크는 갑자기 피로감이 물밀 듯 밀려와 기운이 쫙 빠지
는 느낌이었다. 이 미친놈을 활자로 보게 되면 꼴이 어떨까?

"놈은 그냥 날 달달하게 구슬릴 생각만 하고 있었던 거야. 그래
서 내밀한 생각과 감정들을 술술 다 털어놓게. 그리고 캐스는—
캐스에게 놈이 한 짓을 당신은 이해 못 해— 그 여편네가 놈을 죽
여서 다행이지! 안 그랬으면—."

"대체 왜……." 스트라이크가 물었다. "아내가 퀸을 죽였다고 계속 말하는 거지?"

"캐스한테 증거가 있으니까!"

짤막한 침묵.

"어떤 증거?" 스트라이크가 물었다.

"알고 싶으시겠지!" 피파가 히스테리를 부리듯 큰 소리로 깔깔 깔 웃어 젖혔다. "꿈 깨셔!"

"증거가 있다면 왜 경찰에 가져가지 않았지?"

"동정심 때문이지!" 피파가 외쳤다. "당신 같은 자는 그런 마음—."

"대체 왜—." 유리문 밖에서 애원하는 목소리가 들려왔다. "아직까지 이렇게 악을 쓰고 있는 거요?"

"아, 빌어먹을." 스트라이크는 아래층에서 올라와서 얼굴을 유리창에 바짝 붙이고 있는 크라우디 씨의 흐릿한 실루엣을 보며 말했다.

로빈이 문을 열어주러 갔다.

"정말 죄송합니다, 크라우디—."

피파가 찰나의 순간 소파에서 뛰어내렸다. 스트라이크가 손을 뻗어 잡으려 했지만 달려드는 순간 무릎을 부딪치는 바람에 끔찍하게 아팠다. 크라우디 씨를 제치고 그녀는 쿵쾅거리며 계단을 내려가 사라져버렸다.

"그냥 둬요!" 스트라이크는 로빈이 그녀 뒤를 쫓아 뛰어갈 태세를 갖추고 있는 걸 보고 외쳤다. "적어도 그 여자 칼은 내가 갖고 있으니까."

"칼?" 크라우디 씨가 낑낑 앓는 소리를 냈고, 두 사람은 족히 15분을 그에게 매달려 집주인을 찾아가지 말라고 설득해야만 했다. (룰라 랜드리 사건 이후로 이어진 세간의 주목 때문에 그래픽 디자이너는 불안증에 시달렸다. 그는 혹시 또 다른 살인자가 스트라이크를 찾아올까 봐, 그리고 잘못해서 다른 사무실을 찾아 들어올까 봐 두려움에 떨며 살고 있었다.)

"젠장. 미치겠네 진짜." 크라우디를 달래서 내보내는 데 가까스로 성공한 후 스트라이크가 말했다. 그는 소파에 털썩 주저앉았다. 로빈이 컴퓨터 의자를 가져와 앉았고 두 사람은 몇 초 동안 서로 빤히 얼굴을 마주 보고 있다가 폭소를 터뜨리고 말았다.

"좋은 경찰 나쁜 경찰 수법을 우리 꽤 괜찮게 했어요." 스트라이크가 말했다.

"저는 가짜로 한 거 아니에요." 로빈이 말했다. "진짜로 좀 불쌍하다는 생각이 들었어요."

"그런 거 같았어요. 습격이나 받는 나는 어땠겠어요?"

"정말로 찌르고 싶었던 걸까요, 아니면 역할 놀이 같은 거였을까요?" 로빈이 회의적으로 물었다.

"현실보다는 그 생각 자체를 좋아했을 수는 있죠." 스트라이크가 인정했다. "문제는, 전문가에게든 자기 드라마에 빠진 미친놈에게든 칼에 찔리면 똑같이 죽는다는 거예요. 그런데 나를 죽이면 얻을 수 있다고 생각한 게—."

"엄마의 사랑요." 로빈이 조용히 말했다.

스트라이크는 그녀를 물끄러미 쳐다봤다.

"친어머니한테서 절연을 당했어요." 로빈이 말했다. "그리고 아마도 호르몬 제제를 먹고 또 상상하기도 싫은 온갖 다른 걸 먹으면서 수술을 받을 때까지 끔찍하게 외상이 남는 시간을 보내고 있을 시기예요. 그런데 새 가족이 생겼다고 생각했잖아요, 네? 퀸과 캐스린 켄트가 새로운 부모라고 생각했던 거예요. 우리한테도 퀸이 자기를 둘째 딸로 여긴다고 했고, 퀸도 그녀를 캐스린 켄트의 딸로 책에 등장시켰죠. 하지만 《봄빅스 모리》에서 그는 그녀가 반은 남성 반은 여성이라는 사실을 세계에 폭로했어요. 또 자식으로서 느끼는 애정의 배후에는 결국 퀸과 자고 싶은 욕망이 숨어 있다고 암시했죠." 로빈이 말했다.

"새아버지가 엄청나게 큰 실망을 안겨준 거예요. 그러나 새어머니는 여전히 선하고 사랑을 주는 사람이죠. 그런데 그녀 역시 배신을 당했으니까 피파는 두 사람 모두를 위해 응징에 나선 거예요."

스트라이크가 놀라 멍하니 찬탄의 표정을 짓고 있는 걸 보고 로빈은 도저히 회심의 미소를 참을 수 없었다.

"대체 왜 그 심리학 학위를 포기한 겁니까?"

"사연이 길어요." 로빈이 컴퓨터 모니터 쪽으로 눈길을 돌렸다. "그렇게 나이가 많지 않던데……. 스무 살? 그 정도 되어 보이죠?"

"대충 그렇게 보이더군요." 스트라이크도 동의했다. "퀸이 사라지고 난 뒤의 행적을 물어볼 기회가 없었던 게 아쉽네요."

"그 애가 한 건 아니에요." 로빈이 그를 돌아보며 확신을 갖고 말했다.

"그래요, 아마 그 말이 맞을 거예요." 스트라이크가 한숨을 쉬었다. "아무리 그래도 내장을 도려낸 마당에 우편함에 개똥을 쑤셔 넣는 짓거리는 좀 많이 김빠지고 치졸하게 느껴질 테니까."

"그리고 계획이나 효율성 쪽으로는 별로 강점이 없어 보이죠?"

"그것도 아주 곱게 말해준 거죠." 그가 동의했다.

"피파 문제로 경찰을 부를 거예요?"

"모르겠어요. 어쩌면. 하지만," 스트라이크는 이마를 쳤다. "젠 장…… 빌어먹을 책에서 대체 왜 노래를 부르고 있는지 그걸 알아내지 못했군요!"

"저는 알 거 같은데요." 로빈은 잠시 맹렬한 기세로 타이핑을 하더니 그 결과를 컴퓨터 모니터에 띄워 보여주었다. "목소리를 부드럽게 만들려고 노래하는 거예요. 성전환 수술을 받는 사람을 위한 보컬 훈련이죠."

"그게 다일까요?" 스트라이크가 못 믿겠다는 듯 말했다.

"무슨 소리를 하고 싶은 거예요? 기분 나빠하는 사람이 잘못이라고요?" 로빈이 말했다. "그러지 말아요. 오언은 정말로 사적인 문제를 공공연하게 놀림감으로 만든 거란 말—."

"내 말은 그런 뜻이 아니에요." 스트라이크가 말했다.

그는 생각에 잠겨 미간을 찌푸리고 창밖을 바라보았다. 눈이 펑펑 내려 급속도로 쌓이고 있었다.

한참 뒤 그가 말했다.

"브리들링스톤 서점 일은 어떻게 됐어요?"

"아, 맞다. 잊어버릴 뻔했네요!"

그녀는 서점 직원 얘기를 하면서 그가 11월 1일과 8일을 혼동했다고 말했다.

"멍청한 영감탱이." 스트라이크가 말했다.

"그건 좀 심한 말 같은데요." 로빈이 말했다.

"잘난 척이 심하지 않았어요? 월요일은 늘 똑같다는 둥, 항상 월요일에는 친구 찰스한테 간다는 둥……."

"하지만 그게 성공회 주교의 밤인지 아니면 싱크홀이 생긴 날 밤인지 어떻게 알아내죠?"

"퀸이 가게로 들어온 얘기를 하는데 찰스가 말을 끊고 싱크홀 얘기를 했다고 주장했다는 거죠?"

"그렇게 말했어요."

"그렇다면 퀸이 8일이 아니라 1일에 가게에 들렀을 가능성이 높아요. 노인네가 그 두 가지 정보를 연결된 걸로 기억하고 있잖아요. 지독한 멍청이가 혼동한 거지. 퀸이 실종되고 난 다음에 자기가 퀸을 봤던 쪽으로 하고 싶었던 거예요. 자기가 사망 시각을 결정하는 데 도움이 될 수 있기를 바란 거라고요. 그래서 잠재의식이 살인의 시점을 감안해서 일이 그 월요일에 일어났을 근거를 찾은 거지. 아무도 퀸의 행적에 관심이 없었던 일주일 전의 뜬금없는 월요일이 아니라 말이죠."

"그래도 여전히 이상한 점이 있어요. 퀸이 그에게 했다고 주장하는 말이 이상하지 않아요?" 로빈이 물었다.

"그래요, 이상해요." 스트라이크가 말했다. "휴가를 떠나기 전에 읽을거리를 사야 한다……. 그러니까 엘리자베스 태슬과 말다툼하기 나흘 전부터 이미 떠날 계획을 세우고 있었다는 거죠? 그 오랜 세월 끔찍하게 싫어하면서 피해 다녔던 탤거스 로드로 갈 생각을 그때부터 하고 있었던 걸까요?"

"안스티스한테 이 얘기를 해줄 건가요?" 로빈이 물었다.

스트라이크는 짓궂게 코웃음을 쳤다.

"아뇨, 안스티스한테는 말해주지 않을 겁니다. 8일이 아니라 1일에 퀸이 거기 갔다는 진짜 증거도 없잖아요. 뭐, 게다가 안스티스하고 나하고 사이가 최고로 좋은 건 아니기도 하고."

또 한참 동안 이어진 침묵 뒤에 마침내 스트라이크가 꺼낸 말에 로빈은 화들짝 놀라고 말았다.

"마이클 팬코트하고 얘기를 좀 해봐야겠어요."

"왜요?" 그녀가 물었다.

"이유가 한두 가지가 아니에요." 스트라이크가 말했다. "월드그레이브가 점심 먹으면서 나한테 해준 얘기도 있고. 그 사람 에이전트나 어디든 찾을 수 있는 연락처에 전화 좀 해보겠어요?"

"네." 로빈이 잊지 않도록 메모하며 말했다. "있잖아요, 저 그 인터뷰를 방금 다시 봤는데도 이해가—."

"다시 봐요." 스트라이크가 말했다. "집중해서. 생각을 좀 해봐요."

그는 다시 침묵에 잠겼고, 천장만 노려보고 있었다. 생각의 흐름을 끊고 싶지 않아 로빈은 마이클 팬코트의 대표 연락처를 찾으려고 컴퓨터로 일을 시작했다.

마침내 스트라이크가 키보드 두드리는 소리 너머로 말했다.

"캐스린 켄트가 갖고 있다는, 리어노라가 범인이란 증거가 뭘까요?"

"아마 별거 아니지 않을까요." 찾아낸 검색 결과에 집중하며 로빈이 대답했다.

"그런데 '동정심에서' 그 증거를 내놓지 않고 있다……."

로빈은 아무 말도 하지 않았다. 팬코트의 에이전시 웹사이트를 낱낱이 살펴보며 연락처를 찾고 있었다.

"그게 그냥 히스테리를 부리다가 막 던진 헛소리이기를 바라봅시다." 말은 그렇게 했지만, 스트라이크는 걱정이 되었다.

38

그렇게 작은 종이에
파멸이 숨어 있을 줄이야……
– 존 웹스터, 《하얀 악마》

불륜을 저질렀을 가능성이 있는 개인비서 브로클허스트 양은
여전히 감기 때문에 거동이 어렵다고 주장하고 있었다. 스트라이
크의 고객인 그녀의 애인은 이게 지나치다고 생각했고, 탐정 역
시 그의 생각에 동의하는 쪽이었다. 다음 날 아침 7시, 스트라이
크는 코트와 목도리와 장갑으로 온몸을 꽁꽁 싸매고 배터시에 소
재한 브로클허스트 양의 아파트 맞은편 후미진 그늘에 자리를 잡
고 앉아서 추위가 손끝 발끝을 파고들자 늘어지게 하품을 하고서
는 오던 길에 맥도널드에서 사 온 에그 맥머핀 세 개 중 두 개째를
먹었다.

남동부 전역에 강도 높은 기상주의보가 내려져 있었다. 짙푸른
눈이 이미 거리 전체를 두툼하게 뒤덮고 있었고 그날 처음 조심스
럽게 날리기 시작한 눈송이가 별빛 없는 밤하늘에서 표표히 날리
고 있었다. 그는 기다리면서 가끔 발끝을 꼼지락거려 아직 감각이

있는지 확인하곤 했다. 아파트 주민들이 한 사람씩 출근을 시작했다. 사람들은 미끄러지고 발을 헛디디며 지하철역으로 걸어가거나 힘겹게 자동차로 기어 올라탔다. 자동차 배기 소음이 숨죽은 정적 속에서 유별나게 시끄럽게 들렸다. 내일이나 되어야 12월이 시작하는데도 벌써 크리스마스트리 세 그루가 거실 창 너머로부터 스트라이크를 향해 반짝거리고 있었다. 주황빛, 에메랄드빛, 형광파랑빛 조명들이 요란하게 깜박거리는 와중에 스트라이크는 브로클허스트 양의 아파트 창문에 시선을 못 박고 벽에 기대서서 이런 날씨에 그녀가 과연 집을 나설지 말지 혼자 내기를 걸고 있었다. 무릎은 여전히 죽도록 아팠지만 눈 덕분에 나머지 세상이 느려져서 그의 보속에 맞춰졌다. 그는 브로클허스트 양이 10센티미터 이하의 힐을 신는 걸 본 적이 없었다. 이런 날씨에서라면 그보다도 거동이 불편한 게 당연할지도 모르겠다.

지난주에는 퀸의 살인자를 추적하는 일 때문에 다른 모든 사건들이 뒷전으로 물러났지만, 사업을 접을 생각이 아닌 이상 다른 일거리들도 진척시켜야만 했다. 브로클허스트 양의 애인은 탐정의 일처리가 마음에 들면 숱한 다른 일거리들까지 스트라이크에게 던져줄 만한 부자였다. 그 사업가는 젊은 금발이라면 사족을 못 썼고, 그래서 지금까지 금발 처녀들한테 연달아 거액의 돈과 값비싼 선물들을 뜯기고는 금세 차이거나 배신당했다(처음 만났을 때 그가 스트라이크에게 거리낌 없이 털어놓은 내용이다). 그는 사람 보는 눈을 키울 생각이 전혀 없어 보였기 때문에, 스트라이크는 앞으로도 수많은 브로클허스트 양들을 미행하며 두둑이 돈을 벌 수 있을 거라 예상했다. 아마 그의 고객을 흥분시키는 건 바로 배신인지도 모른다고, 스트라이크는 생각했다. 얼음처럼 싸늘한 공기를 뚫고 그의 숨결이 구름처럼 뭉게뭉게 피어올랐다. 그런 남자들을 스트라이크는 예전에도 본 적이 있었다. 창녀에게 빠져 죽고 못 사는 부류의 남자들에게서 가장 적나라하게 드러나는 취향이었다.

9시 10분 전, 커튼이 살짝 흔들렸다. 심드렁하게 늘어져 있던 그의 태도만 봐서는 상상하기 힘들 정도로 민첩하게, 스트라이크는 곁에 숨겨두고 있던 나이트비전 카메라를 치켜들었다.

브로클허스트 양의 모습이 잠시 어두컴컴한 눈 덮인 거리에 잠시 노출되었는데 브라와 팬티 차림이었다. 사실 확대수술을 한 젖가슴은 받쳐주는 역할이 별 필요가 없긴 했지만 말이다. 침실의 어둠 속에서 맨가슴을 드러낸 올챙이배의 남자가 그녀 뒤로 걸어 나오더니 한쪽 젖가슴을 손으로 감싸 쥐었고, 대가로 낄낄 웃음 섞인 책망을 샀다. 두 사람은 돌아서서 침실로 들어갔다.

스트라이크는 카메라를 내리고 수작업의 성과를 확인했다. 그가 포착한 것 중 가장 결정적으로 혐의를 입증할 사진에는 남자의 손과 팔의 윤곽선이 선명하게 드러났고 웃으면서 고개를 돌리는 브로클허스트 양의 얼굴이 찍혀 있었지만 그녀를 포옹한 남자의 얼굴은 그림자에 가려져 있었다. 스트라이크는 남자가 곧 출근을 할 거라 짐작하고 카메라를 안쪽 호주머니에 잘 챙겨두며 느리고 귀찮은 추적을 시작할 준비를 마친 뒤 세 번째 맥머핀을 먹기 시작했다.

아나나 다를까, 9시 5분 전에 브로클허스트 양의 현관문이 열리더니 애인이 나왔다. 나이와 돈 많아 보이는 외모 말고는 지금의 상사와 닮은 데가 전혀 없었다. 남자는 말쑥한 가죽 메신저 백을 가슴을 가로질러 사선으로 메고 있었다. 깨끗한 셔츠 한 장과 치약이 들어가고도 남을 만큼 넉넉한 크기였다. 스트라이크는 최근 들어 이런 걸 하도 많이 봐서 그 가방만 보면 '간통남의 외박용 가방'이라는 생각이 절로 떠올랐다. 커플은 문간에서 프렌치 키스를 즐겼지만, 워낙 아린 추위와 브로클허스트 양이 온몸에 50그램 무게도 안 되는 천을 걸쳤다는 사실 때문에 짧게 끊어야 했다. 그리고 그녀는 실내로 후퇴했고 올챙이배는 클라팜정션 역을 향해 출발했다. 벌써부터 휴대전화에 대고 뭐라고 말하고 있었는데, 보나마나 눈 때문에 지각할 거라고 핑계를 대고 있을 터였다. 스트라이크는 그가 20미터 정도 먼저 갈 때까지 기다리고 있다가 은닉처에서 나와 로빈이 친절하게도 덴마크 플레이스까지 가서 주워다 준 지팡이를 짚고 걷기 시작했다.

손쉬운 미행이었다. 올챙이배는 전화 통화에 온통 정신이 팔려 아무 데도 관심이 없었던 것이다. 그들이 20미터 간격을 두고 함께 라벤더 힐의 완만한 경사를 내려가는 사이 눈이 또 꾸준히 내리기 시작했다. 올챙이배는 수제 구두를 신고 있어 여러 번 미끄러질 뻔했다. 역사에 도착해서 스트라이크는 여전히 수다를 떨고 있는 올챙이배를 따라 수월하게 같은 객차에 탔고, 문자를 확인하는 척하면서 휴대전화로 남자의 사진을 찍었다.

그 와중에 로빈에게서 진짜 문자가 도착했다.

마이클 팬코트의 에이전트가 방금 전화로 답을 줬어요. MF는 기쁘게 만나주겠대요! 지금은 독일에 있는데 6일에 돌아온다

고 하고요. 그루초 클럽이 어떠냐고 하는데 시간은 아무 때나
괜찮죠? Rx.

'참 신기하기도 하지.' 덜컹거리며 열차가 워털루 역으로 진입
하는 사이 스트라이크는 생각했다. 《봄빅스 모리》를 읽은 사람들
은 왜 하나같이 그에게 말을 못 해서 안달인 걸까. 예전에도 용의
자들이 탐정과 일대일로 마주 보고 앉아 있을 기회를 이렇게 덜컥
덜컥 붙잡고 덤벼들었던 적이 있던가? 그리고 그 유명하신 마이
클 팬코트 님께서는 오언 퀸의 사체를 발견한 사립탐정하고 인터
뷰를 해서 얻을 이득이 대체 뭐지?
　스트라이크는 올챙이배를 바로 뒤따라 하차해 워털루 역사의
젖어서 미끄러운 타일 바닥을 건너 인파를 헤치고 미행을 했다.
머리 위 역사의 천장은 크림색 대들보와 유리창으로 되어 있어 어
쩐지 타이스반 하우스를 연상시켰다. 다시 바깥의 추위 속으로
나온 올챙이배는 여전히 아무것도 모른 채 휴대전화에 대고 주절
거리고 있었고 스트라이크는 양편으로 시커먼 눈 더미가 쌓여 있
는 질척거리고 위태로운 인도를 따라 그의 뒤를 좇았다. 유리와
콘크리트로 된 네모난 오피스 빌딩들 사이로, 추레한 코트를 걸
치고 개미 떼처럼 복작복작 분주한 금융계 종사자들 틈을 들락날
락하면서. 그러다 마침내 올챙이배는 제일 큰 오피스 빌딩 중 한
군데의 주차장으로 들어서서 자기 자가용이 틀림없어 보이는 차
쪽으로 걸어갔다. 보아하니 BMW를 브로클허스트 양의 아파트
밖에 주차하는 것보다는 그냥 사무실에 두고 가는 쪽이 현명하다
고 판단한 모양이었다. 편리하게 자리 잡고 있던 레인지로버 뒤

에 숨어서 지켜보던 스트라이크는 호주머니에 든 휴대전화가 진동하는 걸 느꼈지만 괜한 주목을 끌고 싶지 않아 묵살했다. 올챙이배는 자기 명의의 주차공간이 있었다. 트렁크에서 몇 가지 물건을 챙긴 그는 건물로 들어갔고, 뒤에 남은 스트라이크는 유유자적하게 디렉터들의 이름이 적혀 있는 벽 쪽으로 걸어가 고객에게 더 정확한 정보를 주기 위해 올챙이배의 이름과 성, 그리고 직책까지 사진에 담았다.

그리고 스트라이크는 곧장 사무실로 발걸음을 돌렸다. 지하철을 타고 나서야 휴대전화를 확인한 그는 받지 못한 전화가 제일 오래된 친구, 상어에게 물어뜯긴 데이브 폴워스한테서 온 거라는 사실을 깨달았다.

폴워스는 고릿적부터 스트라이크를 '디디'라고 부르는 버릇이 있었다. 사람들은 대개 이것이 그의 덩치를 아이러니하게 지칭하는 별명인 줄 알지만 (초등학교 내내 스트라이크는 학년에서 가장 큰 소년이었고 대개는 상급 학년들보다도 더 컸다) 사실은 행상인처럼 떠도는 어머니의 라이프스타일 때문에 학교에 끝도 없이 나왔다 말았다 하는 데서 유래했다. 그래서 오래전 작고 새된 목소리의 데이브 폴워스가 스트라이크에게, 너는 꼭 디디코이 같다는 말을 하게 된 것이다. 디디코이는 집시를 뜻하는 콘월 사투리였다.

스트라이크는 지하철에서 내리자마자 전화를 했고 두 사람은 20분 후 그가 사무실에 들어설 때까지도 통화를 하고 있었다. 로빈은 고개를 들어 뭐라고 말하려 하다가 스트라이크가 전화를 받고 있다는 걸 알고는 그저 미소만 머금고 다시 모니터를 들여다보았다.

"크리스마스 때 고향에 내려와?" 폴워스가 안쪽 사무실로 들어와 문을 닫는 스트라이크에게 물었다.

"아마도." 스트라이크가 말했다.

"빅토리에서 몇 잔 걸칠까?" 폴워드가 그를 부추겼다. "귀니퍼 아스코트하고도 또 좀 자고?"

"난 절대로……." 스트라이크가 말했다. (이건 두 사람 사이에서 오래전부터 오가던 농담이었다.) "귀니퍼 아스코트하고 잔 적이 없어."

"뭐, 한 번만 더 해봐. 이번에는 금광을 찾을지 누가 알아. 그 여자도 누가 좀 따먹어줄 때가 됐어. 그리고 여자 얘기를 하자니 말인데 사실 우리 둘 다……."

대화의 수준은 더욱 낮아져, 폴워스는 세인트마위스에 두고 온 공통의 친구들의 별난 구석들에 대해 음탕하기 짝이 없고 배 찢어지게 웃긴 짤막한 일화들을 줄줄 풀어놓았다. 스트라이크는 미친 듯이 웃느라고 '대기 중 전화' 신호를 무시하고 발신자가 누군지 확인해보지도 않았다.

"너 밀레이디 베르세르코*하고 다시 사귀는 건 아니지, 응?" 데이브가 물었다. 이건 그가 대체로 샬럿을 말할 때 쓰는 별명이었다.

"그럴 일 없어." 스트라이크가 말했다. "어…… 나흘 뒤에 결혼한대." 그가 계산해보고 말했다.

"그래, 뭐, 그래도 눈 똑바로 뜨고 조심해, 디디. 지평선을 넘어 말 타고 다시 돌아올 징조가 보일지도 모르니까. 그 전에 뛴다고 해

---

* 난폭한 아씨 정도로 해석될 수 있는 별명.

도 놀랍지도 않을 거야. 진짜 잘되면 안도의 한숨을 쉬라고, 친구."

"그래." 스트라이크가 말했다. "맞아."

"그럼 그러기로 한 거다, 맞지?" 폴워스가 말했다. "크리스마스엔 고향에 내려오고? 빅토리에서 맥주?"

"그래, 좋지." 스트라이크가 말했다.

몇 마디 더 음담패설이 오가고 난 후 데이브는 다시 하던 일로 돌아갔고 여전히 씩 웃고 있던 스트라이크는 전화기를 확인하고는 부재중 전화가 리어노라 퀸이었다는 걸 깨달았다.

그는 다시 바깥 사무실로 나가면서 음성메시지함 번호를 눌렀다.

"저 마이클 팬코트의 다큐멘터리를 다시 봤는데요," 로빈이 흥분해서 말했다. "이제 알았어요. 그때 왜—."

스트라이크가 한 손을 들어 조용히 해달라고 일렀다. 그러자 리어노라의 메마른 평상시 목소리가 귓전에 들려왔다. 동요하고 당황한 기색이 역력했다.

"코모란, 젠장 저 체포됐어요. 이유는 몰라요. 아무도 말을 해주지 않아요. 지금 서에 잡혀 있어요. 변호사나 뭐 그런 사람이 오기를 기다리나 봐요. 어떻게 해야 할지 모르겠어요. 올랜도는 에드나하고 같이 있고, 나는— 아무튼, 그게 내가 있는 데니까……."

몇 초간 정적이 흐르고 메시지는 끝이 났다.

"제기랄!" 스트라이크가 하도 크게 외치는 바람에 로빈이 화들짝 놀라 일어났다. "씨발!"

"무슨 일이에요?"

"리어노라가 체포됐대요. 왜 나한테 전화를 걸지, 일사가 아니고? 씨발……."

그는 일사 허버트의 번호를 누르고 기다렸다.

"안녕 콤—."

"경찰이 리어노라 퀸을 체포했어."

"뭐라고?" 일사가 외쳤다. "왜? 그 창고에서 나온 피 묻은 헝겊 때문은 아니지?"

"뭐 다른 걸 갖고 있을 수도 있어."

(캐스한테 증거가 있어…….)

"그 여자 지금 어디 있어, 콤?"

"경찰서에. 킬번 서일 거야. 제일 가까우니까."

"이런 맙소사, 왜 나한테 전화하지 않았지?"

"씨발, 누가 알겠어. 경찰이 변호사를 찾아준다 어쩐다 그런 소리를 하더라고—."

"아무도 나한테 연락이 없었어. 하느님 맙소사, 대체 생각이 있기나 한 여자야? 왜 그 사람들한테 내 이름을 대지 않았지? 지금 갈게, 콤. 하던 일은 딴 사람한테 넘겨야겠다. 빚진 거야……."

쿵쾅거리는 소리, 먼 데서 들리는 말소리들, 일사의 잰 발걸음 소리가 들렸다.

"어떻게 돼가고 있는 건지 알게 되면 전화해." 그가 말했다.

"좀 걸릴지도 몰라."

"상관없어. 전화해."

그녀가 전화를 끊었다. 스트라이크는 돌아서서 경악한 표정을 하고 있는 로빈을 보았다.

"아, 저런." 그녀가 밭은 숨으로 말했다.

"안스티스한테 전화해야겠어요." 스트라이크는 다시 전화기를 쿡쿡 쑤시며 말했다.

그러나 옛 친구는 호의를 주고받을 기분이 전혀 아니었다.

"내가 경고했잖아, 밥. 이런 일이 있을 거라고 미리 경고했잖아. 그 여자가 저지른 일이라고."

"갖고 있는 게 뭐야?" 스트라이크가 따져 물었다.

"그건 말 못 해주겠네, 밥. 미안해."

"캐스린 켄트한테서 얻은 건가?"

"말 못 한다니까, 친구."

안스티스의 관습적인 인사에 대답을 하는 둥 마는 둥 하고 스트라이크는 전화를 끊어버렸다.

"머저리!" 그는 말했다. "빌어먹을 머저리 같으니!"

리어노라는 이제 그의 손이 닿을 수 없는 곳에 있었다. 스트라이크는 그녀의 투덜거리는 태도와 경찰에 대한 적의가 취조관들에게 어떻게 보일까 걱정스러웠다. 올랜도가 혼자 있다고 투덜거리고, 언제 집에 돌아가서 딸을 만날 수 있느냐고 따져 묻고, 경찰이 안 그래도 힘들어 죽겠는데 자기 일상을 엉망으로 만들었다고 화를 내는 그녀 목소리가 귓전에 선했다. 자기방어능력이라는 게 아예 없는 사람이라 겁이 났다. 일사가 거기 있어주면 좋겠다고 생각했다. 어서, 빨리, 일사가 가주길 바랐다. 리어노라가 순진하게 남편이 전반적으로 자기를 소홀히 대했다는 둥 다른 여자 친구들이 많았다는 둥 자기한테 불리한 말들을 내뱉기 전에, 제대로 표지가 달리기 전까지는 남편의 책에 대해서 아무것도 모른다는 둥 믿기도 힘들고 수상쩍기도 한 진술을 반복하기 전에, 남편의 유해가 몇 주일 동안이나 썩어가고 있던 그 두 번째 집을 소유하

고 있다는 사실을 어째서 잠시 잊고 있었는지 괜히 설명하기 전에
말이다.

오후 5시가 되도록 일사에게서는 아무 소식이 없었다. 어두워
지는 하늘과 내리는 눈을 내다보며 스트라이크는 로빈에게 집에
가라고 종용했다.

"소식을 들으면 전화해줄 거죠?" 그녀는 코트를 입고 두꺼운
울 스카프를 목에 두르며 애원하다시피 말했다.

"그럼요, 당연하죠." 스트라이크가 말했다.

일사가 전화한 건 6시 반이 넘어서였다.

"최악이야." 그녀가 처음 꺼낸 말이 그랬다. 지치고 스트레스를
받은 목소리였다. "물건을 구매한 증거가 있어. 퀸의 공동 명의
신용카드로 방호용 작업복, 웰링턴 부츠, 장갑과 로프를 구입했
어. 온라인으로 샀고, 그들 명의의 비자카드로 대금을 지불했어.
아—그리고 부르카도."

"제기랄, 설마 농담이지?"

"아니야. 네가 리어노라한테 죄가 없다고 생각하는 건 나도 아
는데—."

"그래, 난 그렇게 생각해." 스트라이크의 말투는 감히 다른 쪽
으로 설득하려 들지 말라는 명백한 경고를 전달했다.

"좋아." 일사가 다 귀찮다는 말투로 말했다. "네 마음대로 생각
해. 하지만 이 말은 해줄게. 그 여자 자체가 도움이 안 돼. 말도 못
하게 공격적으로 나오면서, 퀸이 직접 그 물건들을 산 게 틀림없
다고 우기고 있어. 아니, 세상에 부르카를……. 카드로 구매한 로
프는 발견된 시체를 묶은 것과 동일해. 경찰에서 퀸이 부르카나

화학물질이 튀는 걸 막아주는 강력한 비닐 방호복 같은 걸 어디 쓰려고 했겠느냐고 물었지만, 대답은 '씨발 그걸 내가 어떻게 알아요, 네?' 이것뿐이었어. 문장 하나 끝마칠 때마다 계속 언제 집에 가서 딸을 볼 수 있겠냐고 묻기만 하고. 도대체 이해를 못 하나 봐. 그 물건들은 6개월 전에 구입한 거고 탤거스 로드로 배송됐어. 누가 봐도 오래전부터 계획한 범죄처럼 보인다고. 그 여자 손바닥에 계획을 써놓은 것보다 더 빼도 박도 못하게 그렇게 보여. 자기는 퀸이 책을 어떻게 끝맺을지 전혀 아는 바가 없었다고 하는데, 당신 친구 안스티스가—."

"거기 가 있는 거지, 안 그래?"

"그래, 취조를 맡고 있어. 안스티스가 퀸이 집필하는 작품에 대해 절대 말하지 않는다는 얘기를 자기가 믿을 거 같으냐고 계속 몰아붙였거든. 그랬더니 '별로 신경을 안 써서요' 그러는 거야. '그러면 플롯에 대해 말하긴 했다는 겁니까?' 이런 식으로 계속 들들 볶으니까 결국 그 여자가 말하더라고. '뭐, 누에를 삶고 어쩌고 그런 소리를 하긴 했어요.' 안스티스는 그 말 한마디로 충분했지. 여자가 그간 내내 거짓말을 했고 플롯 전체를 알고 있다고 믿어버린 거야. 아, 그리고 뒷마당에서 흙을 파헤친 흔적을 발견했다고 하고."

"그래봤자 미스터품이라는 이름의 죽은 고양이나 발견할 거라는 데 돈을 걸겠다." 스트라이크가 신랄하게 말했다.

"그래도 안스티스를 막지는 못할 거야." 일사가 예측했다. "그 여자라고 철저히 확신하고 있어, 콤. 내일 오전 11시까지는 서에 감금해둘 권리가 있으니까, 아마 그때 기소할 거야."

"아직 증거가 충분치 않아." 스트라이크가 사납게 덤볐다. "DNA 증거는 어디 있어? 목격자는 어디 있냐고?"

"그게 문제야, 콤. 하나도 없지만, 그 신용카드 구매내역이 상당히 치명적이야. 이봐, 나는 네 편이야." 일사가 참을성 있게 말했다. "내 솔직한 의견을 말해줄까? 안스티스는 적중하길 바라면서 일단 도박을 걸어보는 거야. 언론의 관심 때문에 사방에서 압력을 느끼고 있거든. 그리고 솔직히 말하자면, 네가 사건 주위를 어슬렁거리고 있는 게 불안하니까 주도권을 쥐고 싶어 하는 거지."

스트라이크는 절로 신음이 나왔다.

"여섯 달이나 지난 카드 영수증을 대체 어디서 구했지? 퀸의 서재에서 압수한 물건들을 조사하는 데 이렇게 오래 걸렸단 말이야?"

"아니." 일사가 말했다. "오언의 딸이 그린 그림 뒷면에 있었대. 몇 달 전에 딸이 오언의 친구한테 그걸 줬는데, 이 친구가 오늘 아침 일찍 그걸 경찰에 갖고 왔대. 이제야 그림 뒷면을 봤는데 거기 뭐가 있는지 알았다면서. 방금 뭐라고 했어?"

"아무 말도 안 했어." 스트라이크가 한숨을 쉬었다.

"'타슈켄트' 비슷하게 들렸는데."

"그렇게 엉뚱한 소리는 아니야. 이제 놓아줄게, 일사. 전부 다 고마워."

스트라이크는 좌절해 아무 말도 못 하고 몇 초쯤 앉아 있었다.

"순 헛소리." 그는 어두운 사무실을 향해 나직하게 말했다.

어떻게 이렇게 된 건지 그는 알고 있었다. 편집증과 히스테리에 휩싸인 피파 미질리는 리어노라가 살인을 다른 사람한테 뒤집어

씌우기 위해 스트라이크를 고용했다고 생각했다. 그래서 사무실에서 뛰쳐나가 곧장 캐스린 켄트를 찾아간 것이다. 피파는《봄빅스 모리》를 한 번도 읽지 않았다는 캐스린의 핑계를 자기가 날려 버렸다고 솔직하게 털어놓고 리어노라에게 불리한 증거를 쓰라고 부추겼다. 그래서 캐스린 켄트는 애인의 딸 그림을 홱 잡아채 들고서 (스트라이크는 그 그림이 자석으로 냉장고에 붙여져 있었을 거라 상상했다) 서둘러 경찰서로 달려간 것이다.

"개소리라고." 그는 되풀이해 말했다. 이번에는 더 큰 소리로. 그리고 로빈의 번호를 눌렀다.

39

나는 절망과 너무나 친숙한 나머지 희망하는 법을 모른다……
－토머스 데커와 토머스 미들턴, 《정직한 창녀》

    담당 변호사의 예상대로 리어노라 퀸은 다음 날 오전 11시에 남편을 살해한 죄로 기소되었다. 전화 알람을 맞춰놓았던 스트라이크와 로빈은 온라인으로 퍼지는 뉴스를 실시간으로 지켜보았다. 이야기는 번식하는 박테리아처럼 무섭게 증폭되어 나갔다. 11시 30분경이 되자 《더 선》에서는 "정육점에서 훈련받은 로즈 웨스트*의 닮은꼴"이라는 헤드라인으로 리어노라에 대한 기사가 나갔다.

    기자들은 분주하게 퀸이 남편으로서 남긴 빈약한 전력에 대해 증거를 모으고 있었다. 빈번한 가출은 다른 여자들과의 내밀한 관계와 연루되었고, 작품의 성적인 테마들은 낱낱이 해부당하고 화려한 수식이 붙었다. 캐스린 켄트는 시시각각 위치가 알려지고 문간에 기자들이 따라붙었으며, 사진이 찍히고 "퀸의 육감적인

* 악명 높은 연쇄살인범.

170

빨강 머리 애인, 에로틱 소설 작가"라는 범주로 분류되었다.

정오가 되기 직전 일사가 스트라이크에게 다시 전화를 걸어주었다.

"내일 법정에 출두할 거야."

"어디?"

"우드그린, 11시. 거기서 곧장 홀로웨이로 가게 될 거 같아."

스트라이크는 한때 어머니와 루시랑 함께, 북부 런던 지역을 관할하는 폐쇄 여성 교도소에서 불과 3분 거리에 있는 집에서 살았다.

"만나고 싶어."

"시도는 해볼 수 있는데, 경찰이 네가 그 여자 근처에 오는 걸 달가워할 거 같지가 않아. 그리고 그 여자 변호사로서 이 말은 해줘야겠는데, 콤, 아무래도 모양새가—."

"일사, 지금 그 여자가 갖고 있는 유일한 패가 나야."

"그렇게 말해주니 참 고맙네." 건조한 말투였다.

"내 말뜻은 알잖아."

일사의 한숨소리가 들려왔다.

"나도 네 생각은 하고 있어. 너 정말로 그렇게 경찰 등을—."

"여자는 어때?" 스트라이크가 말허리를 잘랐다.

"별로 좋지 않아." 일사가 말했다. "올랜도하고 헤어져 있게 돼서 죽겠나 봐."

그날 오후는 이따금씩 기자들과 퀸의 지인들에게서 걸려오는 전화들로 방점이 찍히곤 했다. 두 그룹 모두 똑같이 내부 정보에 절실하게 목말라 있었다. 엘리자베스 태슬의 목소리는 전화로 들으니 너무 깊고 걸어서 로빈이 남자인 줄 착각할 정도였다.

"올랜도는 어디 있어요?" 에이전트는 전화를 넘겨받은 스트라이크에게 다짜고짜 물었다. 그가 무슨 퀸 가족 성원 모두를 대표하는 사람이라도 되는 것처럼. "누가 데리고 있어요?"

"이웃과 함께 있는 거 같더군요." 그는 전화선 너머로 씩씩거리는 숨소리를 들으며 말했다.

"세상에, 이게 웬 난리야." 에이전트가 쇠 긁는 목소리로 말했다. "리어노라…… 그 벌레가 그 오랜 세월을 참고 있다 이제야 꿈틀거리네. 믿을 수가 없어……."

니나 라셀스의 반응은 숨기려 해도 숨겨지지 않는 안도감이었고, 스트라이크로서는 별로 놀랍지 않았다. 살인은 어느새 뒤로 물러나 흐릿한 개연성의 언저리라는 원래의 자기 자리를 다시 찾은 것이다. 살인의 그늘은 더 이상 그녀에게 닿지 않았다. 살인자는 그녀가 아는 사람이 아니었으니까.

"그 사람 아내는 진짜 좀 로즈 웨스트랑 닮은 거 같더라고요, 안 그래요?" 통화 중에 그녀가 묻기에 스트라이크는 그녀가 《더 선》의 웹사이트를 보고 있다는 걸 알 수 있었다. "긴 머리만 빼고요."

니나는 또한 스트라이크를 가엾게 여기는 눈치였다. 사건을 해결하지 못했으니까. 경찰이 그를 한발 앞서버렸다.

"이봐요, 금요일에 우리 집에 몇 사람 놀러 오는데 혹시 올래요?"

"못 가요, 미안해요." 스트라이크가 말했다. "남동생하고 저녁을 먹어야 해서."

그는 니나가 거짓말이라고 생각한다는 걸 알 수 있었다. "남동생"이라고 말하기 전에 알아채기 힘들 정도로 미세한 망설임이 있었다. 잔머리를 굴리기 위해 잠시 말을 끊은 거라고 오해할 수 있었다. 스트라이크는 알을 남동생이라고 불러본 기억이 나지 않았다. 아버지 쪽의 이복동생들 얘기는 거의 꺼내는 일조차 없었다.

그날 저녁 퇴근하기 전 로빈은, 책상 앞에서 퀸 파일을 파고 있는 스트라이크 앞에 홍차를 놓아주었다. 스트라이크는 전력을 다해 숨기려 하고 있었지만 로빈은 그의 분노를 온몸으로 느낄 수 있을 것 같았다. 로빈은 그 분노가 안스티스보다는 오히려 그 자신을 향한 것이리라 짐작했다.

"끝나지 않았어요." 그녀는 나갈 채비를 하고 스카프를 목에 두르며 말했다. "그 여자가 아니라는 걸 우리가 증명할 거예요."

로빈은 예전에 딱 한 번 스스로에 대한 스트라이크의 믿음이 땅에 떨어졌을 때 복수대명사 '우리'를 쓴 적이 있었다. 그런 사기진작의 노력을 고맙게 생각하긴 했지만, 스트라이크는 현재 무력감 때문에 사고 과정이 늪에 빠진 것처럼 질척하게 발목 잡혀 있었다. 스트라이크는 사건 언저리에서 참방거리고 있는 게 답답해 죽을 지경이었다. 단서와 실마리와 정보를 찾아 자맥질하는 사람들을 구경만 하고 앉아 있을 수밖에 없었다.

그날 밤 스트라이크는 늦게까지 깨어 퀸 파일을 붙잡고 있었다. 인터뷰를 하고 나서 작성한 노트를 되짚어보고 휴대전화로 찍어 인쇄한 사진들을 다시 살펴보았다. 오언 퀸의 훼손된 사체는 시체들이 자주 그러하듯 침묵 속에서 그에게 신호를 보내는 것처럼 보였다. 정의와 연민을 달라고 말없이 호소하면서. 가끔 살인의 피해자는 그 뻣뻣한 죽은 손에 억지로 표지판을 쥐어준 것처럼 킬러의 메시지를 전달하는 경우가 있다. 스트라이크는 불에 타고

뻥 뚫린 흉강과 발목과 손목을 단단하게 둘러 묶은 로프, 칠면조처럼 내장이 발라진 사체를 오랫동안 뚫어져라 노려보았다. 하지만 아무리 노력해도 그 사진으로부터 이미 알고 있는 이상의 무언가를 찾아낼 수가 없었다. 결국 그는 불을 다 끄고 위층의 침대로 올라갔다.

목요일 오전 시간은 링컨스 인 필즈로 가서 갈색 머리 여자 고객이 고용한 턱없이 몸값 비싼 이혼 변호사들의 사무실에서 보내야 한다는 사실이 달콤 씁쓸한 안도감을 주었다. 스트라이크는 퀸의 살인 사건을 수사하는 데 쓸 수 없는 시간을 뭐라도 하면서 때울 수 있게 되어 기뻤지만, 속아서 회의에 나오게 된 것 같다는 느낌을 지울 수가 없었다. 추파를 심하게 던지는 이혼녀가 한 얘기는 변호사들이 남편의 이중행각에 대한 그 풍부한 증거들을 어떻게 수집했는지 스트라이크 본인에게서 직접 듣기를 원한다는 것이었다. 스트라이크가 12인용 회의실에서 반들반들하게 광을 낸 마호가니 테이블의 그녀 옆자리에 앉아 있는 동안, 그녀는 끊임없이 "코모란이 결국 찾아낸 것"이라든가 "코모란이 목격했잖아요, 그렇죠?" 같은 소리를 해대며 그의 손목을 만지곤 했다. 말쑥한 변호사들이 짜증을 굳이 숨기려 하지 않아서, 스트라이크의 참석을 요구한 건 그들이 아니라는 걸 깨닫는 데까지는 오랜 시간이 걸리지 않았다. 그럼에도 불구하고, 쉽게 짐작할 수 있듯이, 시간당 수임료가 500파운드를 훌쩍 넘어가는 마당에 굳이 서둘러 이야기를 마무리 지을 생각은 없어 보였다.

화장실에 다녀오면서 스트라이크는 휴대전화를 확인하고 아주 작은 썸네일 사진으로 리어노라가 우드그린 크라운 법원으로 인도되어 들어갔다가 나오는 사진을 보았다. 그녀는 기소되었기 때문에 경찰차로 이송되었다. 언론에서 나온 기자들은 많이 있었지만 그녀의 피를 요구하며 울부짖는 일반 군중은 보이지 않았다. 대중이 크게 관심을 가질 만한 사람을 살해했다고 간주하지 않는 모양이었다.

회의실에 막 들어서려는데 로빈의 문자가 도착했다.

오늘 저녁 6시에 리어노라를 만날 수 있으세요?

'좋아요'라고 그는 답 문자를 보냈다.

"생각해봤는데……" 수작을 거는 여자 고객은 스트라이크가 다시 자리에 앉자마자 말했다. "코모란이 목격자 증언대에 서면 굉장히 인상적일 것 같아요."

스트라이크는 이미 변호사에게 그가 수집한 꼼꼼한 메모 기록과 사진들을 보여준 터였다. 버넷 씨의 은밀한 거래내역, 아파트 매매 시도, 에메랄드 목걸이를 슬쩍한 것까지 낱낱이 상세하게 기록된 자료였다. 버넷 부인은 당연히 실망했지만, 두 남자 모두 기록의 품질을 감안할 때 굳이 스트라이크가 법정에 서야 할 이유가 없다는 데 합의했다. 사실 변호사는 고객이 탐정에게 이토록 심하게 의존한다는 사실 자체에 짜증난 듯한 기색이 역력했다. 이 부유한 이혼녀의 은근한 애무의 손길이나 파닥거리는 속눈썹이 자기를 향했다면 훨씬 좋았을 거라 생각하는 게 분명했다. 절름발이 격투기 선수 같은 남자가 아니라 맞춤 핀스트라이프 정장에 품위 있는 반백의 머리칼을 한 자신을 향해야 마땅하다고.

화석처럼 굳은 분위기에서 탈출해 한숨 돌린 스트라이크는 전철을 타고 사무실로 돌아가서 양복을 벗어던질 생각에 들떠 있었다. 이제 곧 이 사건은 해치워버리고 사건을 맡은 유일한 이유인 두툼한 현금 봉투를 받아 들게 된다고 생각하니 신이 났다. 이제 그는 전철을 타고 오는 길에 집어 든 《이브닝 스탠다드》지 2면에서 "작가의 조용한 아내는 도축용 칼의 전문가"라고 떠벌이고 있는, 홀로웨이 교도소의 야윈 회색머리 50대 여자에만 홀가분하게 집중할 수 있었다.

"그 여자 변호사가 좋아하던가요?" 다시 사무실에 나타난 그를 보고 로빈이 물었다.

"그럭저럭요." 스트라이크는 로빈의 작은 책상에 놓여 있는 장식용 미니어처 크리스마스트리를 쳐다보며 말했다. 아주 작은 싸구려 장식품들과 LED 조명으로 장식되어 있었다.

"왜요?" 그는 간결하게 물었다.

"크리스마스니까요." 로빈은 희미한 웃음을 머금었지만 아무런 변명도 하지 않았다. "어제 설치하려고 했는데 리어노라가 기소되는 바람에 별로 신나는 기분이 들지 않더라고요. 아무튼 오늘 6시에 리어노라와 만날 약속을 잡아놨어요. 사진이 있는 신분증을 가져가셔야 하고요—."

"잘했어요, 고마워요."

"그리고 샌드위치 좀 드시라고 사왔고, 이것도 보면 좋을 거 같아요." 그녀가 말했다. "마이클 팬코트가 퀸에 대해서 인터뷰를 했어요."

그녀는 치즈 피클 샌드위치와 딱 봐야 할 지면이 나오도록 접어 놓은 《타임스》를 건네주었다. 스트라이크는 방귀 뀌는 가죽 소파에 주저앉아서 반으로 나뉜 사진이 게재된 기사를 읽으면서 샌드위치를 먹었다. 왼편에는 엘리자베스 조의 컨트리하우스 앞에 서 있는 팬코트의 사진이 실려 있었다. 아래쪽에서 찍은 사진이라 머리가 보통 때처럼 비정상적으로 커 보이지 않았다. 오른쪽 지면에는 털 달린 중절모를 쓴 괴벽스럽고 광적인 눈빛을 한 퀸이 작은 차양이 쳐진 천막에서 몇 안 되는 청중을 향해 말하고 있는 사진이 있었다.

이 기사의 필자는 팬코트와 퀸이 한때 서로 잘 아는 사이였으며 심지어 동등한 재능의 소유자로 간주되었음을 대단히 강조하고 있었다.

퀸의 전기적 작품 《호바트의 죄》를 지금까지 기억하는 사람들은 거의 없지만, 팬코트는 소위 퀸의 마술적 야수주의를 훌륭하게 구현한 사례로서 여전히 높이 평가하고 있다. 팬코트는 원한을 품으면 잊지 않는 사람으로 악명이 높지만, 퀸의 작품에 대한 논의에서는 놀랄 만한 관용을 보여주었다.

"언제 봐도 흥미롭고 종종 과소평가되죠." 그는 말한다. "동시대보다는 미래의 비평가들에게서 훨씬 더 친절한 평을 듣게 될 거라 생각합니다."

이 뜻밖의 너그러움은 25년 전 팬코트의 첫 번째 아내 엘스페스 커가 데뷔작에 대한 잔인한 패러디를 읽고 자살했다는 사실을 생각해볼 때 더욱 놀랍다. 그 패러디의 필자가 팬코트의

절친한 친구이자 문학적 반항아였던 고 오언 퀸이라는 것이
중론이기 때문이다.
"사람은 자기도 모르는 사이 물러지는 법이죠. 나이의 보상
이랄까? 분노는 기운이 빠지니까요. 제 마지막 소설에서 엘
리의 죽음에 대한 숱한 감정들을 풀어놓고 내려놓았습니다.
하지만 그렇다고 자전적인 소설로 읽어서는 안 됩니다……."

스트라이크는 팬코트의 차기작을 홍보하는 다음의 두 단락을
건너뛰고 "폭력"이라는 단어가 불쑥 눈에 띄는 지점부터 다시 읽
기 시작했다.

지금 필자 앞에 앉아 있는 트위드 재킷 차림의 팬코트가 한때
문학적 펑크를 자처하며 초기작에 나타난 창의적이고도 불필
요하리만큼 잔혹한 폭력성으로 찬탄과 비난을 한몸에 받았던
장본인이라는 사실은 보면서도 여전히 믿기가 힘들다.
비평가 하비 버드는 팬코트의 첫 소설에 대해 이렇게 쓴 바
있다. "작가는 심장에 얼음 조각이 박혀 있어야만 한다는 그
레이엄 그린의 말이 옳다면, 마이클 팬코트는 확실히 작가의
자질을 넘치도록 갖고 있다. 《벨라프론트》의 강간 장면을 읽
으면서 독자는 이 젊은이의 창자가 얼음으로 가득 차 있을 거
라는 상상을 하게 된다. 의심의 여지 없이 뛰어나고 독창적인
작품인 《벨라프론트》를 읽는 방법에는 사실 두 가지가 있다.
첫 번째 가능성은 팬코트 씨가 비범하게 성숙한 데뷔작을 써
냈고, 자기 자신을 (안티) 영웅적 역할에 삽입해 넣는 초심자

의 충동을 억눌렀다는 것이다. 우리는 그 엽기성이나 윤리에 움찔할 수 있지만 아무도 산문의 힘이나 기교를 부정할 수는 없다. 두 번째로 좀 더 불편한 가능성은, 팬코트 씨가 얼음 조각을 넣을 만한 내장조차 별로 없는 사람이고, 따라서 그의 범상치 않게 비인간적인 이야기는 삭막한 내면 풍경에 조응한다는 것이다. 시간—그리고 더 많은 작품들—만이 알려줄 수 있으리라."

팬코트는 원래 슬라우 출신으로서 미혼 간호사의 외아들이다. 모친은 여전히 그가 성장한 집에 살고 있다.

"그곳에서 행복하세요." 그는 말한다. "익숙한 걸 즐거워하시는 부러운 성격의 소유자시죠."

그의 자택은 슬라우 지역의 테라스 딸린 주택과는 거리가 멀다. 우리의 대화는 마이센 도자기 장식품들과 오뷔송 융단이 빽빽하게 들어찬 긴 응접실에서 이루어졌다. 거실 창문은 널찍한 엔저코트의 영지를 내려다보고 있었다.

"이건 모두 제 아내가 고른 겁니다." 팬코트는 아무것도 아니라는 듯 말한다. "제 미술 취향은 아주 다르고 이 대지에 국한되어 있지요." 건물 한쪽으로 커다란 호가 파여 있는데, 복수의 여신 티시포네를 구현한 녹슨 금속 조각상을 지지할 콘크리트 토대를 세우기 위한 기초공사였다. 그는 웃음을 터뜨리며 말했다. "충동구매였죠…… 살인의 복수자 아닙니까. 굉장히 강렬한 작품이지요. 아내가 끔찍하게 싫어합니다."

그러다 우리는 다시 인터뷰가 처음 시작한 지점으로 돌아가게 되었다. 오언 퀸의 섬뜩한 운명에 대한 이야기였다.

"아직 오언의 피살이 잘 실감 나지 않습니다." 팬코트는 조용히 말했다. "대부분의 작가들이 그렇겠지만 저도 어떤 화두에 대해 느끼는 바를 글을 쓰면서 알아냅니다. 그게 우리가 세계를 해석하고 파악하는 방법입니다."

그 말은 퀸의 살해에 대한 허구적인 해명을 기대해도 좋다는 뜻일까?

"벌써 악취미라든가 착취 같은 비난의 목소리가 귀에 선하게 들리네요." 팬코트가 미소를 지었다. "감히 말하지만 잃어버린 우정이라든가 마지막으로 대화를 나누고 해명하고 보상할 기회 같은 테마들은 이미 허구적으로 다루어지고 있다고 봅니다, 그 자신에 의해서요."

그는 살인의 청사진을 구성한 것으로 보여 악명이 높은 그 원고를 실제로 읽은 소수의 사람들 중 하나다.

"퀸의 사체가 발견된 그날 원고를 읽었습니다. 우리 출판사에서는 내가 꼭 봤으면 하더군요. 나도 그 속에 등장하고 있으니까요." 그 초상이 얼마나 모욕적인지는 몰라도 그는 진심으로 자기가 거기 나온다는 사실 자체에 무관심해 보였다. "변호사들을 끌어들일 생각은 전혀 없었어요. 저는 검열을 개탄하는 사람입니다."

문학적인 관점에서 그 책을 어떻게 봤을까?

"그건 소위 나보코프가 말한 광인의 걸작입니다." 그는 미소를 띠고 답한다. "절차를 밟아 출간하게 될지도 모르지요. 누가 알겠습니까?"

설마, 진심인 건 아니겠지?

"하지만 출간되지 못할 이유는 뭐가 있죠?" 팬코트는 물었다.

"예술은 원래 도발하는 겁니다. 그 기준으로 보면 《봄빅스 모리》는 그 목적을 다하고도 남았어요. 네, 안 될 건 또 뭡니까?" 엘리자베스조의 장원에 은닉한 문학적 펑크는 묻는다.

"마이클 팬코트의 서문을 달고 말입니까?" 나는 제안해본다.

"그보다 이상한 일들도 많이 일어났어요." 마이클 팬코트는 씩 웃으며 답한다. "훨씬 더 이상한 일들 말입니다."

"이런 맙소사." 스트라이크는 《타임스》를 다시 로빈의 책상에 던져 하마터면 크리스마스트리를 쓰러뜨릴 뻔했다.

"사체를 발견한 당일이 되어서야 《봄빅스 모리》를 읽었다고 주장하는 거 봤어요?"

"네." 스트라이크가 말했다.

"거짓말을 하고 있어요."

"우리가 거짓말이라고 생각하는 거죠." 스트라이크가 그녀의 말을 고쳤다.

여전히 눈이 내리고 있었지만, 더 이상 택시비로 돈을 낭비하지 말자는 결심을 굳게 지킬 생각이었던 스트라이크는 어스름이 깔리고 있는 오후에 29번 버스를 탔다. 북쪽으로 올라가는 버스 노선이라 최근 다시 포장한 도로를 20분 정도 가면 되었다. 햄스테드 로드에서 초췌한 여인이 작고 더러운 남자아이를 데리고 올라탔다. 스트라이크는 육감적으로 그 둘과 같은 방향으로 가고 있다는 걸 알았고, 아니나 다를까, 그와 여자는 홀로웨이 왕립교도소의 삭막한 측면을 따라 이어진 캠든 로드에서 내리려고 함께 서 있었다.

"엄마를 만나게 될 거야." 그녀는 데리고 있는 아이에게 말했다. 여자는 나이가 마흔 줄 정도로밖에 보이지 않았지만 스트라이크는 그 아이가 손자일 거라고 추측했다.

가지가 앙상한 나무들과 두껍게 눈이 쌓인 풀밭으로 에워싸인 감옥은 관급품 특유의 청색과 백색으로 쓰인 권위주의적 표지판들과 감옥 이송 차량들이 통과할 수 있도록 5미터 높이로 문이 나 있는 벽들만 아니라면 붉은 벽돌로 지은 대학 건물이라 해도 믿을 정도였다. 스트라이크는 뜨문뜨문 들어가는 방문객들과 합류했다. 그중엔 아이들이 여럿이었는데 하나같이 진입로 옆으로 쌓인 발 닿지 않은 눈밭에 발자국을 찍고 싶어 안달이었다. 줄을 선 사람들은 시멘트로 격자세공된 테라코타 벽을 지나, 매섭게 추운 12월의 공기 속에 매달려 눈덩어리가 되어버린 꽃바구니들을 지나서 다 같이 느릿느릿 나아갔다. 방문객 대다수는 여자들이었다. 스트라이크는 남자들 사이에서 유독 눈에 띄었는데, 거구 때문이기도 했지만 삶의 맹타에 시달리다 못해 무활동의 마비 상태로 전락한 느낌이 없는 탓이기도 했다. 그의 앞에서 걷고 있는 축 늘어진 청바지를 입은 문신 많은 한 젊은이는 한 발 한 발 옮길 때마다 약간씩 휘청거렸다. 스트라이크는 셀리오크 병원에서도 신경학적 손상을 본 적이 있지만, 이런 부류는 박격포 집중포화를 받아도 생기기 어려운 수준이라고 짐작했다.

신분증 검사를 맡은 땅딸막한 여자 간수가 그의 운전면허증을 보더니 고개를 들어 그를 빤히 쳐다보았다.

"당신 누군지 알아요." 그녀는 꿰찌르는 듯한 눈길로 말했다.

스트라이크는 그가 리어노라를 만나러 오면 알려달라고 안스티스가 미리 부탁했나 생각했다. 그럴 가능성도 높아 보였다.

그는 일부러 제시간보다 일찍 도착했다. 그래야 할당된 면담 시간을 1분도 낭비하지 않을 수 있기 때문이다. 이런 혜안 덕분에 그는 어린이 자선사업으로 운영되는 방문객 센터에서 커피 한 잔을 마실 수 있었다. 실내는 밝고 심지어 명랑한 분위기가 감돌았다. 그리고 수많은 아이들이 트럭이며 테디베어를 오랜 친구처럼 반겨 맞았다. 버스에서부터 스트라이크와 같이 온 초췌한 동행은 소년이 스트라이크를 거대한 조각상(티시포네, 살인의 복수자……) 취급하면서 그의 커다란 발 주위에서 액션맨을 가지고 노는 사이 퀭하고 무표정하게 지켜보고 있었다.

그의 이름은 정각 6시에 방문객 대기실을 통해 불렸다. 반짝이는 마룻바닥에 발걸음 소리가 반사되어 메아리쳤다. 콘크리트 블록 벽이었지만 수인들이 칠한 환한 벽화들이 철컹거리는 금속과 열쇠 소리, 그리고 중얼거리는 대화 소리가 윙윙 울려 퍼지는 이 동굴 같은 공간의 분위기를 누그러뜨리려 최선을 다하고 있었다. 플라스틱 의자들이 작고 나지막한 중간 테이블에 고정되어 있었다. 테이블도 마찬가지로 움직일 수 없게 되어 있었는데, 이는 수인과 방문객의 접촉을 최소화해 금지된 물건을 밀반입하지 못하게 하기 위해서였다. 감시인들이 벽을 따라 둘러서서 지켜보고 있었다. 남자 죄수들만 다루어본 스트라이크는 이 장소에 대한 자신의 혐오감이 자기답지 않다고 생각했다. 수척한 어머니들을 물끄러미 바라보는 아이들, 이빨로 깨문 손가락들을 가만 두지 못하고 만지작거리고 씰룩거리는 행동으로 드러나는 정신병의

미묘한 증세, 약에 취해 졸고 있는 여자들이 플라스틱 의자에 몸을 동그랗게 말고 앉아 있는 모습들은 그에게 익숙한 남성 교도 시설과 전혀 달랐다.

리어노라는 앉아서 기다리고 있었다. 왜소하고 연약한 모습이었고, 그를 보고는 딱하리만큼 반가워했다. 그녀는 아직 사복 차림이었다. 헐렁한 티셔츠와 바지를 걸치고 있어서 사람이 줄어든 것처럼 초라했다.

"올랜도가 왔었어요." 그녀의 두 눈은 새빨갛게 물들어 있었다. 오랫동안 울고 있었다는 걸 보자마자 알 수 있었다. "나를 여기 두고 가기 싫어했어요. 그 사람들이 애를 질질 끌고 나갔어요. 내가 달래주지도 못하게 하고."

예전 같으면 반항과 분노를 표출했을 텐데, 지금은 수감자의 절망이 싹트고 있는 말투였다. 불과 48시간 만에 그녀는 자신이 가진 통제력과 힘을 모두 잃어버렸다는 사실을 배운 것이다.

"리어노라, 우리 그 신용카드 구매내역에 대해 얘기해야 해요."

"그 카드는 내가 가져본 적이 없어요." 그녀의 하얀 입술이 달달 떨렸다. "항상 오언이 갖고 있었어요. 가끔 슈퍼마켓에 갈 때를 제외하면 한 번도 내 수중에 없었어요. 늘 오언은 나한테 현금을 줬어요."

스트라이크는 그녀가 처음 자기를 찾아온 것도 생활비가 다 떨어져갔기 때문이었음을 기억했다.

"돈 관리는 전부 오언에게 맡겼어요. 그래야 좋아하니까. 하지만 그 사람은 부주의해서 절대 고지서나 은행 잔고를 확인하는 법이 없었어요. 그냥 사무실에 휙 던져놓곤 했죠. 그래서 제가 입버릇처럼 말했어요. '저거 확인하는 게 좋을 거예요. 누가 당신 돈을 갈취하고 있을지도 모르잖아요.' 하지만 그이는 신경도 쓰지 않았어요. 그이는 올랜도가 그림을 그린다고 하면 아무거나 줬으니까, 그래서 그 그림 뒷면에—."

"그림은 신경 쓰지 말아요. 당신이나 오언 말고 누가 그 신용카드에 손을 댔어요. 그러니까 몇 사람 되짚어볼게요, 괜찮겠어요?"

"좋아요." 그녀는 잔뜩 겁을 집어먹고 중얼거렸다.

"엘리자베스 태슬이 탤거스 로드의 집 공사를 주관했죠? 그 비용은 어떻게 지불했나요? 그 여자가 신용카드 사본을 갖고 있었나요?"

"아니요." 리어노라가 말했다.

"확실해요?"

"네, 확실해요. 그 여자한테 준다고 했더니 그냥 오언의 다음번 인세에서 제하는 게 편하다고 했어요. 어차피 들어올 때가 가까웠거든요. 핀란드에서는 그이 책이 잘 팔린대요. 이유는 모르지만 그쪽 사람들은 그이가—."

"엘리자베스 태슬이 그때 말고 언제든 집 공사를 하고 비자카드를 가져갔던 적이 있나요?"

"아니요." 그녀가 고개를 흔들며 말했다. "한 번도."

"좋아요." 스트라이크가 말했다. "혹시 그러면 오언이 로퍼차드에서 자기 신용카드로 무슨 돈을 지불했던 적이 있는지—천천히 생각하세요—기억나는 거 있나요?"

그러자 놀랍게도 그녀가 말했다. "정확히 로퍼차드에서는 아니지만, 네, 있어요."

"다들 거기 있었어요. 저도 거기 있었어요. 그게…… 잘 모르겠네요. 2년 전쯤? 아마 그보다 덜 됐을지도 모르는데…… 출판인들을 위한 대규모 만찬이었어요, 도체스터에서 열린. 그들은 나하고 오언을 다른 신진 작가들하고 같은 테이블에 앉혔죠. 대니얼 차드와 제리 월드그레이브는 우리 근처에 얼씬도 하지 않았어요. 아무튼 침묵 경매가 열렸는데, 있잖아요, 경매액을 써서 제출하는—."

"네, 어떤 건지 알고 있어요." 스트라이크가 조바심을 감추려고 애쓰며 말했다.

"무슨 작가 자선 단체를 위한 경매였는데, 왜 감옥에 갇힌 작가들을 빼내주려고 하는 그런 거 있잖아요. 그래서 오언이 컨트리하우스 호텔에서의 주말여행에 입찰을 걸었고 그걸 따서 만찬에서 신용카드의 세부정보를 적어 냈어요. 출판사들에서 온 젊은 여자애들 몇 명이 거기서 천박하게 차려입고 대금 지불을 처리했죠. 그 여자애한테 카드를 줬어요. 그이가 화를 냈기 때문에 기억이 나요." 예전의 부루퉁한 모습을 슬쩍 드리우며 그녀가 말했다. "그리고 800파운드를 냈죠. 잘난 척하느라고. 다른 사람들처럼 돈을 잘 버는 것처럼 보이려고 말이에요."

"출판사에서 나온 여자한테 신용카드를 건네줬다 이거죠." 스트라이크가 반복해 말했다. "그 세부정보는 테이블에서 가져갔습니까, 아니면—."

"그 작은 기계를 조작하지 못하는 거예요." 리어노라가 말했다. "그래서 갖고 갔다가 다시 가져왔어요."

"거기 얼굴을 아는 다른 사람은 없던가요?"

"마이클 팬코트가 자기네 출판사 사람과 같이 와 있더군요. 방 반대편 끝에. 그때는 로퍼차드로 옮기기 전이었어요."

"마이클과 오언이 얘기를 나누었나요?"

"그랬을 거 같지 않은데요."

"좋아요, 그럼 혹시―." 그는 말을 꺼내다가 망설였다. 그들은 캐스린 켄트의 존재를 인정하고 얘기를 한 적이 없었다.

"오언의 애인도 언제든 갖고 갈 수 있었죠, 안 그렇겠어요?" 리어노라가 스트라이크의 마음을 읽은 것처럼 말했다.

"그 여자에 대해 알고 있었어요?" 그는 담담하게 물었다.

"경찰이 얘기를 좀 해주더군요." 리어노라가 대답했다. 표정이 삭막했다. "언제나 다른 여자가 있었어요. 원래 그런 사람이었죠. 글쓰기 강좌에서 골라서 사귀었어요. 예전에는 당연히 나무라고 책망하기도 했어요. 경찰이 그이가, 그이가 묶여 있었다는 얘기를 했을 때―."

그녀는 다시 울기 시작했다.

"그런 짓을 한 게 여자라는 걸 알았어요. 그이는 그걸 좋아했어요. 그러면 흥분했죠."

"경찰한테 듣기 전에는 캐스린 켄트에 대해서 몰랐어요?"

"휴대전화 문자에서 이름을 본 적이 한 번 있어요. 하지만 그이는 아무것도 아니라고 했죠. 그냥 학생이라고 했어요. 항상 그렇게 말했거든요. 그리고 우리를, 나하고 올랜도를 절대 떠나지 않을 거라고 했어요."

그녀는 여위고 떨리는 손등으로 유행에 뒤떨어진 안경 아래 눈가를 훔쳤다.

"하지만 캐스린 켄트가 문 앞에 찾아와서 언니가 죽었다고 말하기 전까지는 얼굴을 본 적도 없는 거죠?"

"그게 그 여자였어요?" 리어노라가 물었다. 그녀는 훌쩍거리며 옷소매로 눈가를 훔치고 있었다. "뚱뚱하죠, 맞죠? 그 여자가 신용카드 정보를 얼마든지 가져갈 수 있었잖아요, 네? 그이가 자는 동안 지갑에서 빼낼 수도 있고."

캐스린 켄트를 찾아서 물어보는 건 어려운 일이었다. 스트라이크는 잘 알고 있었다. 틀림없이 언론의 관심을 피하기 위해 아파트를 비우고 도망갔을 것이다.

"살인자가 카드로 샀던 물건들 말이에요." 스트라이크는 전략을 바꿨다. "온라인으로 샀더라고요. 집에 컴퓨터 없으시죠?"

"오언이 워낙 컴퓨터를 좋아하지 않아요. 오래된 타자기를—."

"인터넷으로 쇼핑해본 적 있으세요?"

"네." 그녀의 대답에 스트라이크의 심장이 살짝 내려앉았다. 그녀는 리어노라가 이젠 거의 신화적 존재가 된 짐승이기를, 즉 컴퓨터에 손도 못 대본 까막눈이길 바랐던 것이다.

"어디서 해보셨어요?"

"에드나네 집에서요. 자기 컴퓨터를 내주면서 올랜도에게 생일 선물로 줄 미술도구 세트를 사게 해줬어요. 안 그러면 시내까지 가야 하니까요." 리어노라가 말했다.

보나마나 경찰이 조만간 친절한 에드나의 컴퓨터를 압수해서 해체할 테지.

머리를 박박 깎고 입술에 문신을 한 여자가 옆 테이블에서 간수를 향해 소리를 지르기 시작하자 간수가 자기 자리를 지키라고 경고했다. 리어노라는 겁에 질려 외설적인 욕설을 화산처럼 분출하기 시작한 여자 죄수에게서 고개를 돌렸고 간수가 다가왔다.

"리어노라, 마지막 한 가지예요." 옆 테이블의 고함 소리가 크레센도로 증폭되는 바람에 스트라이크도 큰 소리로 외쳤다. "오언이 5일에 가출하기 전에 어디 멀리 간다든가, 휴가를 간다든가, 그런 말 한 적 없어요?"

"없어요." 그녀가 말했다. "그럴 리가 없죠."

옆 테이블의 죄수는 간수의 설득에 조용해졌다. 면회 온 사람은 비슷한 문신을 하고 약간 덜 공격적으로 생긴 여자였는데 멀어지는 감시관에게 손가락을 치켜들어 보였다.

"한참 멀리 떠날 계획이 있다든지 그런 암시를 담은 얘기나 행동을 오언이 한 거 전혀 생각나지 않아요?" 스트라이크는 불안한 올빼미 같은 눈으로 옆자리 사람들을 쳐다보는 리어노라를 끈질기게 다그쳤다.

"뭐라고요?" 그녀는 정신이 딴 데 팔려서 말했다. "아뇨, 그런 얘기 절대 안 해요, 나한테는……. 항상 그냥 가버려요. 자기가 가버릴 줄 알았으면 왜 작별인사를 하지 않았겠어요?"

그녀는 울기 시작했다. 깡마른 손으로 입을 막고.

"내가 계속 감옥에 갇혀 있으면 도도는 어떻게 될까요?" 그녀는 흐느껴 울다가 그에게 물었다. "에드나가 영원히 데리고 있을 수는 없잖아요. 걔를 다룰 수가 없을 거예요. 나갔다가 치키몽키를 두고 와서 도도가 나한테 그림을 몇 장 그려줬어요." 그리고 잠시 혼란스러웠지만 스트라이크는 그 집에 찾아갔을 때 올랜도가 껴안고 있던 벨벳 오랑우탄 인형을 말하는 게 틀림없다는 결론을 내렸다. "날 여기 계속 붙잡아두면 —."

"내가 꺼내줄게요." 스트라이크는 실제로 느끼는 것보다 훨씬 강한 자신감을 담아 말했다. 하지만 그녀에게 뭔가 붙잡을 거리, 앞으로 24시간을 견딜 만한 희망을 준다고 해가 될 건 뭐란 말인가?

그들의 면회시간이 끝났다. 그는 뒤도 돌아보지 않고 홀을 나왔다. 뇌손상을 입은 딸과 희망이 없는 삶을 떠안은 쉰 살의 리어노라가, 이 시들고 심통맞은 여자의 어떤 부분이 그의 마음속에 이렇게 맹렬한 결의를, 이토록 격한 분노를 자극하는지 자문했지만…… 단순명쾌한 답이 돌아왔다.

'그녀가 한 짓이 아니기 때문이야. 결백하기 때문이야.'

지난 8개월간 유수의 고객들이 그의 이름이 새겨진 유리문을 밀고 들어왔지만 그들이 그를 찾아온 이유는 이상하리만큼 유사했다. 스파이 또는 무기가 필요해서, 자기 쪽에 유리하게 균형을 맞출 수단이 필요해서, 아니면 불필요한 인맥을 끊기 위해서 그들은 그를 찾아왔다. 우월한 고지를 모색하고 있기 때문에, 보복이나 보상을 원했기 때문에 그를 찾아왔다. 압도적으로 많은 사람들이, 더 많은 돈을 원해서 그를 찾아왔다.

그러나 리어노라는 그저 남편이 집에 돌아오기를 원했기에 그를 찾아왔다. 피로감과 사랑에서 나온 소박한 소망이었다. 편력하는 퀸을 위해서가 아니라면 적어도 그를 그리워하는 딸을 위하는 마음에서 그를 찾아왔다. 그녀가 품은 소망의 순수함 때문에, 스트라이크는 어쩐지 그녀에게만큼은 자기가 할 수 있는 최선의 노력을 바쳐야만 한다는 느낌이 들었다.

교도소 밖의 싸늘한 공기는 맛이 달랐다. 스트라이크는 명령에 따르는 것을 일상적 삶의 중추로 놓는 환경이 참으로 오랜만이었다. 힘겹게 지팡이에 기대어 다시 버스 정류장으로 걸어가는 길에서 자유를 실감할 수 있었다.

버스 뒷자리에서 사슴뿔이 튀어나온 머리띠를 한 술 취한 청년 셋이 노래를 부르고 있었다.

They say it's unrealistic,

But I believe in you Saint Nick······ *

'빌어먹을 크리스마스.' 스트라이크는 조카들과 대자들에게 사줘야 할 선물 생각에 짜증이 났다. 아이들 나이를 도무지 기억할 수가 없었다.

버스는 앓는 소리를 내며 질척거리는 진창과 눈을 헤치고 꾸역꾸역 나아갔다. 색색의 조명등이 김 서린 버스 차창을 통해 스트라이크를 향해 흐릿하게 번득거렸다. 온 정신을 불의와 살인에 쏟느라 험상궂게 인상을 찌푸린 스트라이크는 그 옆자리에 앉을까 생각하던 사람들을 힘들이지 않고 말 한마디 없이 모조리 쫓아낼 수 있었다.

* 현실이 아니라고 다들 말하지만, 난 당신을 믿어요 성 니콜라스······

40

이름이 없음을 다행으로 생각하라
이름이란 소유할 가치가 없으니
- 프랜시스 보몬트와 존 플레처, 《그릇된 자》

그다음 날에는 진눈깨비와 비와 눈이 교대로 사무실 유리창을
때렸다. 브로클허스트 양의 상사가 정오경에 사무실에 나타나 불
충실의 확증을 보고 갔다. 스트라이크가 그에게 작별인사를 하고
나서 얼마 후 캐럴라인 잉글스가 찾아왔다. 학교로 아이들을 데
리러 가는 길이라 마음이 바빠 보였지만, 남편의 지갑에서 발견
했다면서 새로 개장한 '골든 레이스 젠틀맨스 클럽 앤 바'의 명함
을 스트라이크에게 반드시 주겠다는 결심은 확고해 보였다. 랩댄
서, 콜걸, 스트리퍼들을 멀리하겠다는 잉글스 씨의 약속이 두 사
람 화해의 요구조건이었다. 스트라이크는 잉글스 씨가 또 유혹에
굴복했는지 알아보기 위해 '골든 레이스'에서 잠복하고 지켜보겠
다고 말해주었다. 캐럴라인 잉글스를 보내고 스트라이크는 로빈
의 책상 위에서 기다리고 있던 샌드위치를 단숨에 먹어치울 준비
가 되고도 남은 상태였는데, 기껏해야 한 입 베어 물었을 때 또 전

화벨이 울렸다.

직업적 관계가 끝나가고 있다는 사실을 잘 알고 있던 갈색 머리의 여자 고객은 경계심 따위는 바람에 날려버리고 스트라이크를 저녁식사에 초대했다. 스트라이크는 결연하게 모니터만 들여다보면서 샌드위치를 먹고 있는 로빈이 웃는 게 눈에 보이는 듯했다. 정중하게 거절하려고 애쓰던 그는, 처음에 업무량이 너무 많다고 둘러대다가 결국은 사귀는 여자가 있다고 해버렸다.

"그런 말은 하지 않았잖아요." 여자는 갑자기 말투가 싸늘해졌다.

"공과 사는 구분하는 쪽을 선호합니다." 그가 말했다.

여자는 정중한 그의 인사말 중간에 전화를 뚝 끊어버렸다.

"차라리 데이트를 하러 나갈 걸 그랬나 봐요." 로빈이 순진하게 말했다. "그래야 청구내역을 확실히 지불하죠."

"젠장, 돈은 낼 거예요." 스트라이크는 투덜거리면서, 샌드위치 반 개를 한입에 쑤셔 넣고 잃어버린 시간을 보충했다. 휴대전화가 진동했다. 그는 꿍 소리를 내며 문자를 보낸 사람이 누군지 확인했다.

위장이 쥐어드는 느낌이었다.

"리어노라예요?" 그의 안색이 무섭게 변하는 걸 본 로빈이 물었다.

스트라이크는 입안에 샌드위치를 가득 문 채로 고개를 저었다.

메시지는 딱 세 마디였다.

그건 당신 애였어.

샬럿과 헤어지고 나서도 그는 전화번호를 바꾸지 않았다. 오만 가지 일과 관련된 연락처들이 저장되어 있는 마당에 너무 번잡한 일이었다. 8개월 만에 처음으로 그녀가 연락해온 것이다.

스트라이크는 데이브 폴워스의 경고를 기억했다.

'그래, 뭐, 그래도 눈 똑바로 뜨고 조심해, 디디. 지평선을 넘어 말 타고 다시 돌아올 징조가 보일지도 모르니까. 그 전에 튄다고 해도 놀랍지도 않을 거야.'

오늘은 3일이다, 그는 스스로에게 상기시켰다. 샬럿은 내일 결혼하게 되어 있었다.

휴대전화를 사고 처음으로 발신자의 정보를 추적하는 기능이 있으면 좋겠다는 생각이 들었다. 빌어먹을 크로이의 성에서 보낸 문자일까? 카나페와 예배당을 장식할 꽃을 확인하다가 막간을 이용해서? 아니면 넨마크 스트리트 교자로에 서서 피파 미질리처럼 그의 사무실을 지켜보고 있는 걸까? 이렇게 대대적으로 홍보한 화려한 결혼식에서 도망치는 건 샬럿 인생 최고의 과업이 될 터였다. 무차별적인 폭력과 난동으로 점철된 그녀의 전력에서도 정점을 찍게 될 것이다.

스트라이크는 휴대전화를 다시 호주머니에 넣고 두 번째 샌드위치를 먹기 시작했다. 스트라이크의 표정이 돌처럼 굳어버린 이유를 알아낼 수는 없겠다고 짐작한 로빈은 텅 빈 감자 칩 봉지를 뭉쳐서 쓰레기통에 버리고 말했다.

"오늘 밤에 동생분을 만난다고 하셨죠?"

"뭐라고요?"

"동생을 만난다고—."

"아, 네." 스트라이크가 말했다. "네."

"리버 카페에서요?"

"네."

'그건 당신 애였어.'

"왜 그러세요?" 로빈이 물었다.

'내 아이라. 웃기고 있네. 존재하기나 했는지 몰라.'

"뭐라고 했어요?" 스트라이크는 막연하게 로빈이 그에게 뭔가 물었다는 것만 알았다.

"괜찮으세요?"

"네, 멀쩡해요." 그는 정신을 가다듬으며 말했다. "나한테 뭐 물어봤어요?"

"리버 카페에 왜 가시느냐고요."

"아, 뭐." 스트라이크는 자기 몫의 감자 칩 봉지에 손을 뻗으며 말했다. "가능성은 희박해도 일단 던져보는 건데, 퀸과 태슬의 말다툼을 목격한 사람하고 얘기를 좀 해보고 싶어서요. 오언이 자기의 실종을 내내 계획하고 있었는지, 그때 그 말다툼은 연극이었는지 실마리를 좀 잡고 싶어서 그러는 거예요."

"그날 밤에 거기 있었던 직원을 찾을 수 있기를 바라는 거예요?" 로빈은 영 반신반의하는 눈치였다.

"그래서 알을 데려가는 거예요." 스트라이크가 말했다. "런던의 고급 레스토랑 웨이터 중에 모르는 사람이 없거든요. 우리 아버지 자식들은 다 그렇죠."

점심을 다 먹은 그는 커피를 사무실로 가지고 들어가서 문을 닫았다. 진눈깨비가 또 유리창에 튀고 있었다. 그는 얼어붙은 거리를 슬쩍 내려다보고 싶은 유혹을 떨칠 수가 없었다. 거기 서 있는 그녀를 보게 되기를 반쯤 기대하는(바라는?) 마음으로. 새하얗고 완벽한 얼굴에 길고 검은 머리카락을 흩날리며, 그를 빤히 쳐다 보면서, 점점이 얼룩진 녹갈색 눈으로 애원하듯 그를 바라보는 그녀가 거기…… 그러나 거리에는 무자비한 날씨에 온몸을 꽁꽁 싸매고 나선 낯선 사람들 말고는 아무도 없었다.

어느 모로 보나 그가 미친 거다. 그녀는 스코틀랜드에 있고 그 편이 훨씬, 훨씬 나았다.

한참 뒤, 로빈이 집에 가고 나서, 스트라이크는 1년 전 바로 그 식당에서 그의 서른다섯 살 생일을 축하하며 샬럿이 사준 이탈리 아제 정장을 입었다. 오버코트를 걸치고 나와서 아파트 문을 잠근 뒤 여전히 지팡이에 의지하며 영하의 날씨를 헤치고 지하철역 으로 출발했다.

지나치는 창문 너머에서 어김없이 크리스마스가 그를 습격했 다. 반짝이 조명, 장난감과 기기들, 온갖 새로운 물건들이 쌓인 선물 더미, 유리에 붙은 가짜 눈, 각양각색 크리스마스 전야의 세일 안내문들이 바닥 모를 불황 속에서 서글픈 분위기를 더하고 있었 다. 금요일 밤 지하철에는 크리스마스 시즌을 즐기는 흥에 겨운 취객들이 더 많았다. 터무니없이 짧은 반짝이 드레스를 걸친 소녀들은 남자아이들과의 하룻밤을 위해 저체온증을 무릅쓰고 있었다. 스트라이크는 피로하고 우울했다.

해머스미스에서 걸어가는 길은 기억했던 것보다 더 멀었다. 풀햄팰리스 로드를 따라 내려가면서 그는 엘리자베스 태슬의 집이 얼마나 가까이 있는지 새삼 깨달았다. 래드브로크 그로브에 있는 퀸네 집과는 멀리 떨어진 이 레스토랑은 엘리자베스 태슬이 제안했을 거라 추정되었다. 정확히 그녀에게 편리하다는 바로 그 이유를 들어서.

10분 후 스트라이크는 오른쪽으로 돌았고 어둠을 헤치고 템스 부두로 다가갔다. 텅텅 비어 메아리가 울리는 길거리를 지나면서, 숨결이 탁한 구름이 되어 뭉게뭉게 피어올랐다. 여름철이었다면 하얀 천을 덧씌운 의자에 앉은 식사 손님들로 가득 찼을 강변의 정원은 두툼한 눈 속에 파묻혀 있었다. 허연 카펫 같은 눈밭 너머로 템스 강이 강철처럼 싸늘하고 험악하게 희번덕거리고 있었다. 스트라이크는 개조된 벽돌 창고 건물로 돌아 들어갔고, 순식간에 빛과 온기와 소음에 휩싸였다.

문 바로 안쪽에 알이 있었다. 팔꿈치를 빛나는 스틸 표면에 괴고 바에 앉아서 웨이터와 화기애애하게 대화를 나누느라 정신이 없었다.

알은 175센티미터를 약간 상회하는 키였는데, 로커비의 자식들 중에서는 작은 편이었고 체중이 좀 많이 나갔다. 회갈색 머리카락은 말끔하게 뒤로 넘겨 붙이고 있었다. 어머니를 닮아 턱이 갸름했지만, 로커비의 핸섬한 얼굴에 생경한 매력을 더했던 약한 사시를 물려받아 빼도 박도 못하게 로커비의 아들 티가 났다.

스트라이크의 모습을 본 알은 환영의 감탄사를 내질렀고 펄쩍 펄쩍 뛰어와 그를 껴안았다. 스트라이크는 지팡이와 벗으려다 만 코트 때문에 제대로 응대할 수가 없었다. 알은 민망해하면서 물러났다.

"형, 잘 지냈어?"

말투는 희극적일 정도로 영국식이었지만 희한하게 미국식 억양이 섞여 있어 유럽과 미국에서 오랜 시간을 보낸 티가 역력했다.

"꽤 잘 지냈어." 스트라이크가 말했다. "너는?"

"응, 나도 꽤 잘 지내." 알이 형의 말을 되풀이했다. "나쁘지 않아. 이 정도면 괜찮지."

그는 프랑스인처럼 과장되게 어깨를 으쓱해 보였다. 알은 스위스에 있는 국제 기숙학교인 르 로지에서 교육을 받았기 때문에 보디랭귀지에는 거기서 접한 대륙의 매너가 흔적으로 남아 있었다. 그러나 그 반응의 저변에는 또 다른 게 깔려 있기도 했다. 두 사람이 만날 때마다 스트라이크가 항상 느꼈던 것, 바로 알의 죄책감, 자기 방어, 형에 비해 안락하고 수월한 삶을 살았다는 책망을 언제든 들을 준비가 되어 있는 태도였다.

"뭐 먹을래?" 알이 물었다. "맥주? 페로니* 한잔 괜찮아?"

그들은 빼곡하게 사람들이 들어찬 바에 나란히 앉아 술병들이 진열된 유리 선반을 마주 보며 테이블이 준비되기를 기다렸다. 세련된 물결 모양의 산업용 강철 천장, 하늘색 카펫, 그리고 끝 쪽에 있는 거대한 벌집 같은 장작 오븐까지, 만석의 긴 레스토랑을 내려다보던 스트라이크는 저명한 조각가, 유명한 여류 건축가와 적어도 한 사람 이상의 이름이 알려진 배우를 포착했다.

"형하고 샬럿 얘기는 들었어." 알이 말했다. "유감이야."

스트라이크는 알이 샬럿의 지인을 아는지 궁금했다. 그가 어울려 다니는 제트족** 인맥이라면 장래의 크로이 자작까지 이어지고도 남았다.

"아, 뭐." 스트라이크는 어깨를 으쓱했다. "잘된 거지."

(그와 샬럿은 이 근사한 강변의 레스토랑에 앉아서 그들이 함께한 마지막 행복한 저녁을 만끽했었다. 그리고 불과 4개월 만에 두 사람의 관계는 너덜너덜해지고 안에서부터 파열되었다. 서로에 대한 공격과 참담한 불행으로 점철된 4개월이었다. '그건 당신 아이였어.')

알이 이름을 부르며 인사를 한 젊은 미녀가 그들을 테이블로 안내했다. 그리고 마찬가지로 잘생긴 청년이 메뉴판을 건네주었다. 스트라이크는 알이 와인을 주문하고 직원이 떠날 때까지 기다렸다가 왜 거기서 만났는지 이유를 말해주었다.

"4주 전 금요일 밤에 오언 퀸이라는 작가가 여기서 에이전트와 언쟁을 벌였어. 말을 들어보면 식당 사람들이 다 본 게 틀림없어. 그는 화를 내며 뛰쳐나갔고 바로 얼마 후에—십중팔구 며칠 이내에, 아니 심지어 그날 밤에—."

"살해당한 거지." 입을 헤벌리고 스트라이크의 이야기를 듣던 알이 말했다. "신문에서 봤어. 형이 시체를 발견했잖아."

상세한 뒷얘기를 듣고 싶어 목말라하는 말투였지만 스트라이크는 그냥 못 들은 척하기로 했다.

"여기서 찾아낼 게 없을지도 모르지만 나는—."

"하지만 그 사람 아내가 한 짓이잖아." 알이 어리둥절해하며 말했다. "경찰에서 잡았잖아."

"아내가 한 짓이 아니야." 스트라이크가 메뉴판으로 눈길을 돌리며 말했다. 아버지와 가족에 대한 무수한 부정확한 기사들에 둘러싸여 자라난 알인데도, 그 밖의 다른 화제에 대해서는 영국

---

* 고급 이탈리아 맥주.
** 제트기로 여행을 많이 다니는 부자들.

언론에 대한 건전한 불신감을 전혀 갖지 않는다는 걸 스트라이크
는 이전부터 눈치채고 있었다.

(알의 학교는 캠퍼스가 두 군데 있었다. 여름 학기에는 레이크 제네바
에서 레슨을 받고 겨울에는 그슈타드로 가서 스키와 스케이트로 오후 수
업시간을 보냈다. 알은 다른 저명인사들의 아이들과 편안히 어울려 놀면
서 보호를 받았고, 눈이 돌아가게 값비싼 산 공기를 마시고 자랐다. 아득
하게 먼 데서 타블로이드가 물고 뜯어봤자 그의 인생에서는 그저 배경음
에 불과했다. 적어도 이것이, 동생 알이 그에게 해준 성장기의 이야기로
스트라이크가 미루어 짐작한 바였다.)

"아내가 한 짓이 아니라고?" 스트라이크가 다시 고개를 들었
을 때 알이 물었다.

"아니야."

"우와. 그럼 또 룰라 랜드리 사건처럼 형이 해결하려고?" 알이
살짝 비뚤어진 사시에 매력을 더하는 환한 웃음을 지으며 말했다.

"생각은 그렇지." 스트라이크가 말했다.

"그럼 내가 직원들을 좀 떠볼까?" 알이 물었다.

"바로 그거야."

스트라이크는 알이 자기한테 도움을 줄 기회가 생겼다고 무척이
나 기뻐하는 모습을 보고, 좀 우습기도 하고 감동을 받기도 했다.

"문제없지. 그럼, 누구 괜찮은 애하고 얘기를 하게 해줘야겠다.
룰루가 어디 갔지? 걔가 야무지고 똑똑한데."

주문을 하고 나서 알은 야무진 룰루를 찾아볼 겸 어슬렁어슬렁
걸으며 화장실로 갔다. 스트라이크는 혼자 앉아서 알이 주문한
티그나넬로를 마시며 오픈 키친에서 일하는 하얀 가운 차림의 셰

프들을 구경했다. 그들은 젊고 노련하고 효율적이었다. 여기저기 불길이 치솟고 식칼이 번득이고 묵직한 쇠 냄비들이 움직였다.

'저 녀석은 멍청한 게 아니야.' 스트라이크는 하얀 앞치마를 걸친 가무스름한 여자를 데리고 유유자적하게 테이블로 돌아오는 알을 보며 생각했다. '쟤는 그냥⋯⋯.'

"여기는 룰루야." 알이 다시 자리에 앉으며 말했다. "그날 밤에 여기 있었대."

"그 말다툼 기억나세요?" 스트라이크는 너무 바빠서 앉지는 못하고 막연히 그를 보고 미소만 짓고 있는 처녀에게 곧바로 집중했다.

"아, 그럼요." 그녀가 말했다. "진짜 시끄러웠어요. 온 식당이 얼어붙었다니까요."

"남자가 어떻게 생겼는지 기억해요?" 스트라이크는 그녀가 본 게 바로 그 언쟁이었는지 확인하려고 물었다.

"모자를 쓴 뚱뚱한 남자였어요, 네." 그녀가 말했다. "회색 머리 여자한테 고래고래 소리를 질렀죠. 네, 진짜 대판 싸웠어요. 죄송해요, 저 잠시 가봐야 해서—."

그리고 그녀는 다른 테이블의 주문을 받으러 갔다.

"돌아오는 길에 또 붙잡고 얘기하면 돼." 알이 스트라이크를 안심시켰다. "그건 그렇고 에디가 안부 전해달래. 같이 만나지 못해서 아쉽다고."

"잘 지낸대?" 스트라이크는 관심이 있는 척 물었다. 알은 진심으로 형과 친해지고 싶어 애썼지만 손아래 동생 에디는 전혀 관심이 없는 눈치였다. 에디는 스물네 살이고 밴드의 리드싱어였다. 스트라이크는 그 밴드 음악을 한 번도 들어본 적이 없었다.

"아주 잘 지내." 알이 말했다.

두 사람 사이에 침묵이 흘렀다. 스타터가 도착하자 두 사람은 말없이 먹었다. 스트라이크는 알이 국제 바칼로레아*에서 특출한 점수를 받았다는 걸 알고 있었다. 어느 날 저녁 아프가니스탄의 군용 천막에 있던 스트라이크는 온라인에서 크림색 상의 포켓에 깃털을 꽂은 열여덟 살짜리 알의 사진을 보았다. 한쪽으로 쓸어 넘긴 장발은 환한 제네바의 햇살을 받아 황금빛으로 빛나고 있었다. 로커비가 한 팔을 알의 어깨에 두르고 뿌듯한 아버지의 미소를 짓고 있었다. 그 사진이 뉴스를 탄 이유는, 그 전에는 로커비가 한 번도 양복에 넥타이를 맨 모습으로 사진에 찍힌 적이 없기 때문이었다.

"안녕하세요, 알." 친숙한 목소리가 말했다.

그리고 놀랍게도 대니얼 차드가 목발을 짚고 서 있었다. 그의 대머리에 머리 위의 산업용 강철 물결에서 반짝이는 미묘한 빛의 얼룩들이 반사되고 있었다. 짙은 빨간색 오픈넥 셔츠와 회색 양복 차림의 출판사 사장은 상당히 보헤미안적인 손님들 사이에서 몹시 세련되어 보였다.

"아." 알이 말했고, 스트라이크는 동생이 차드가 누군지 기억해 내려 애쓰고 있다는 걸 눈치챘다. "어— 안녕하세요."

"댄 차드입니다." 출판인이 말했다. "자서전 때문에 아버님과 말씀을 나눌 때 뵌 적이 있죠?"

"아— 아, 그렇군요!" 알이 일어나서 악수를 했다. "여기는 제

---

* 프랑스의 논술형 대입자격시험.

형 코모란입니다."

스트라이크도 알한테 인사하는 차드를 보고 놀랐지만, 스트라이크를 본 차드의 대경실색한 표정에 비하면 아무것도 아니었다.

"어, 혀 — 형님요?"

"이복형입니다." 스트라이크는 차드의 감추지 못한 당혹감에 내심 고소한 기분이 들었다. 돈이면 뭐든 하는 사립탐정이 플레이보이 왕자님과 가족 관계일 줄 어떻게 알았으랴?

잠재적인 돈줄의 아들한테 잘 보여두려던 차드의 노력은 이미 사그라져 세 명 사이에 감도는 어색한 침묵이 도저히 깨질 줄 몰랐다.

"다리 좀 괜찮으세요?" 스트라이크가 물었다.

"아, 네." 차드가 말했다. "훨씬요. 어, 저는……. 두, 두 분이 식사 계속하시도록 이만 가보겠습니다."

그는 테이블 사이를 민첩하게 흔들거리며 멀어져갔고, 스트라이크의 시선이 닿지 않는 곳에 자리를 다시 잡고 앉았다. 스트라이크와 알도 다시 테이블에 앉았다. 스트라이크는 일단 일정 고도에 올라가기만 하면 런던이 얼마나 좁은 동네인지 새삼스럽게 실감하고 있었다. 최고의 레스토랑과 클럽에 쉽사리 테이블을 확보할 수 없는 사람들을 제치고 올라가기만 하면 말이다.

"누군지 기억이 나야 말이지." 알은 민망한 듯 웃음 지으며 말했다.

"자서전을 쓰실 생각인가 보지?" 스트라이크가 물었다.

그는 절대로 로커비를 아버지라고 부르지 않았지만 알 앞에서는 로커비라고 부르지 않으려고 의식적으로 애쓰고 있었다.

"그래." 알이 말했다. "그쪽에서 큰돈을 부르나 봐. 저 사람하고 할지 또 다른 쪽하고 할지는 모르겠어. 십중팔구 대필 작가가 붙겠지."

스트라이크는 순간적으로 로커비가 우연찮은 큰아들의 임신과 논란이 많은 출산을 그런 책에서 어떻게 다룰지 궁금해졌다. 아마도 로커비는 아예 한마디 언급도 없이 넘어갈 것이다. 그쪽이 스트라이크로서도 훨씬 좋았다.

"그래도 아직 형을 만나고 싶어 하셔." 알이 그 한마디를 간신히 쥐어짜내듯 말했다. "정말로 자랑스러워 하셨거든. 랜드리 사건에 대한 기사를 빠짐없이 다 읽으셨어."

"그래?" 스트라이크는 식당 안을 두리번거리며 퀸을 기억하는 웨이트리스 룰루를 찾았다.

"그래." 알이 말했다.

"그래서 출판사들 면접이라도 본 거야?" 스트라이크가 물었다. 그는 캐스린 켄트와 퀸을 생각하고 있었다. 출판사를 찾을 수 없는 작가와 출판사에서 내쳐진 작가. 그런데 다 늙은 록스타는 아무 데나 고를 수 있다니.

"그래, 비슷해." 알이 말했다. "진짜 책을 낼지 안 낼지는 모르겠어. 저 차드라는 사람이 추천을 받은 거 같더라."

"누구한테?"

"마이클 팬코트." 알이 빵조각으로 리조토 접시를 깨끗이 훑으며 말했다.

"로커비가 팬코트를 알아?" 스트라이크는 아까의 결심을 깜박 잊고 말했다.

"그래." 알이 살짝 얼굴을 찌푸리며 말했다. 그리고 덧붙였다.

"솔직히, 아버지가 모르는 사람이 어딨어."

그 말에 스트라이크는 엘리자베스 태슬이 자기가 더 이상 팬코트를 맡지 않는 이유를 "모르는 사람이 없는 줄 알았다"고 했던 기억을 떠올렸다. 그러나 거기에는 차이가 있었다. 알에게 "모든 사람"은 "중요한 사람들"을 의미했다. 부유하고, 유명하고, 영향력이 있는 사람들. 자기 아버지의 음악을 사 듣는 불쌍한 얼간이들은 사람 축에도 끼지 못했다. 스트라이크가 살인자를 잡아 급작스럽게 유명세를 타기 전까지는 사람 축에도 끼지 못했던 것처럼.

"팬코트가 로퍼차드를 언제 추천했는데? 차드를 언제 추천했느냐고." 스트라이크가 물었다.

"몰라, 몇 달 전쯤?" 알이 막연하게 말했다. "아버지한테 자기도 방금 그리로 옮겼다고 말했어. 50만 파운드를 선금으로 받고."

"잘했네." 스트라이크가 말했다.

"아버지한테 뉴스를 잘 보라고, 자기가 옮기고 나면 출판사에 대한 얘기가 시끌벅적할 거라고 하더라고."

웨이트리스 룰루가 다시 시야로 들어왔다. 알이 다시 그녀를 불렀다. 그녀는 정신없는 표정으로 다가왔다.

"10분만 주세요." 그녀가 말했다. "그다음엔 얘기를 좀 할 수 있을 거 같아요. 딱 10분만요."

스트라이크가 돼지고기를 다 먹는 동안 알은 일 얘기를 물었다. 스트라이크는 알의 관심이 진심이라는 사실에 놀랐다.

"군대가 그리워?" 알이 물었다.

"가끔." 스트라이크가 시인했다. "넌 요즘은 뭐 해?"

그는 일찌감치 묻지 않은 데 죄책감을 느꼈다. 생각해보니 그는 알이 뭘 해서 벌어먹고 사는지, 아니 벌어먹기나 하는지 확실히 잘 몰랐다.

"친구하고 사업을 시작하게 될지도 몰라." 알이 말했다.

'그러면 일은 하지 않고 있는 거군.' 스트라이크는 생각했다.

"맞춤 서비스…… 여가 기회…… 그런 거." 알이 중얼거렸다.

"멋지네." 스트라이크가 말했다.

"뭐가 되기나 하면 그렇겠지." 알이 말했다.

잠시 침묵. 스트라이크는 룰루를 찾아 주변을 둘러보았다. 여기 앉아 있는 이유가 그녀였으니까. 그러나 그녀는 일이 바빠 보이지 않았다. 알은 아마 평생 한 번도 그렇게 바빠본 적이 없었을 텐데.

"그래도 형은 체면이 서잖아." 알이 말했다.

"으응?" 스트라이크가 말했다.

"자수성가했잖아, 안 그래?" 알이 말했다.

"뭐?"

스트라이크는 테이블에서 일방적인 갈등이 진행중이라는 걸 깨달았다. 알이 반항심과 질투가 뒤섞인 표정으로 그를 바라보고 있었다.

"아, 뭐." 스트라이크는 커다란 어깨를 으쓱해 보였다.

그 이상의 의미를 담은 대답을 하면서 우월감이나 불쾌감을 드러내지 않을 길이 없었다. 그렇다고 이제까지 해본 중 가장 사적인 대화를 시도하려 드는 알을 부추기고 싶지도 않았다.

"우리 중에 그걸 이용하지 않는 건 형밖에 없어." 알이 말했다. "어쨌든 군대에서는 별 도움도 안 됐겠지만, 그렇지?"

'그게' 무엇인지 모르는 척해봤자 소용도 없었다.

"그랬겠지." 스트라이크는 말했다. (그리고 실제로도, 흔치 않게 그의 족보가 동료 군인들의 관심을 끌게 되는 일이 생긴다 해도 도저히 믿을 수 없다는 반응만 돌아왔다. 특히 그가 로커비와 전혀 닮은 데가 없어서 더욱 그랬다.)

그러나 그는 짓궂게도 이 춥디추운 겨울밤 그의 아파트를 떠올렸다. 비좁은 방 두 칸 반과 아귀가 들어맞지 않는 유리창. 알은 오늘 밤 하인이 딸린 아버지의 저택 메이페어에서 묵을 것이다. 동생이 자립을 지나치게 낭만화하기 전에 현실을 알려주는 편이 이로울 것 같았다.

"빌어먹을 자기연민에 빠져 징징거리는 소리로 들리지?" 알이 물었다.

스트라이크가 알의 졸업사진을 온라인으로 본 건, 사고로 친구의 가슴과 목을 기관단총으로 쏘아 죽이고 누구도 위로할 수 없는 슬픔에 빠진 열아홉 살짜리 일병과 면담을 하고 돌아온 지 한 시간도 못 되어서였다.

"사람은 누구나 징징거릴 권리가 있지." 스트라이크가 말했다.

알은 기분 나쁘게 받아들일까 말까 하는 표정이었지만, 곧 얼굴을 풀고 내키지 않는 웃음을 지어 보였다.

룰루가 어느새 그들 곁에 와서 서 있었다. 한 손에 물 잔을 들고 다른 한 손으로는 민첩하게 앞치마를 벗은 후 그들 옆자리에 앉았다.

"좋아요, 저 5분 낼 수 있어요." 그녀는 서론 없이 곧장 스트라이크에게 말했다. "알 말로는 그 병신 같은 작가에 대해서 알고 싶으시다고요?"

"네." 스트라이크가 즉시 집중하며 말했다. "그런데 어째서 병신이라고 하는 겁니까?"

"신이 났더라고요." 그녀는 물을 홀짝이며 말했다.

"신이 났다니?"

"난동을 피우는 거요. 고함을 치고 욕설을 퍼붓고 있었는데, 다 남들 보라고 하는 짓이었어요. 딱 티가 나더라고요. 다른 사람들한테 다 들리기를 바랐어요. 관객을 원한 거죠. 별로 훌륭한 배우는 아니던데요."

"무슨 말을 했는지 기억할 수 있어요?" 스트라이크가 공책을 꺼내며 물었다. 알은 흥분한 얼굴로 지켜보고 있었다.

"워낙 엄청 많은 말을 해서요. 그 여자한테 암캐년이라고 했고, 자기한테 거짓말을 했다고, 직접 책을 내서 엿을 먹여주겠다고 했어요. 하지만 완전히 신이 나 있던걸요." 그녀가 말했다. "분노는 가짜였어요."

"엘리자—. 그 여자는 어떻던가요?"

"오, 머리끝까지 화가 나서 죽으려고 하던데요." 룰루가 명랑하게 말했다. "그 여자는 시늉이 아니었어요. 그놈이 팔을 휘두르고 소리를 지르면서 돌아다닐수록 여자 얼굴이 시뻘겋게 달아올랐어요. 분통이 터져서 온몸을 덜덜 떨고, 가까스로 정신을 붙잡고 있었죠. '그 뒤지게 멍청한 여자를 꼬신다'든가 뭐 그런 소리를 했고, 아마 그때쯤 그 남자가 벌컥 뛰쳐나간 거 같아요. 계산서는 여자한테 두고 말이죠, 다들 빤히 쳐다보고 있는데. 여자는 정말 창피해서 죽을 맛인 얼굴이었어요. 진짜 안됐다는 생각이 들더라고요."

"여자가 뒤쫓아 가려고 하던가요?"

"아뇨, 돈을 내고 잠깐 화장실에 들어갔어요. 울고 있나 싶더라고요. 그러더니 갔어요."

"굉장히 도움이 됐습니다." 스트라이크가 말했다. "서로 오간 말 중에 생각나는 게 있으신가요?"

"네." 룰루가 차분하게 말했다. "그 남자가 고래고래 악을 쓰면서 말했어요. '이게 다 팬코트와 씨발 그 새끼의 시들시들한 좆 때문이란 말이지'라고 했어요."

스트라이크와 알이 그녀를 쳐다보았다.

" '이게 다 팬코트와 씨발 그 새끼의 시들시들한 좆 때문'이라고요?" 스트라이크가 반문했다.

"네." 룰루가 말했다. "그 부분에서 레스토랑이 조용해졌죠."

"왜 그랬는지는 알겠네." 알이 킬킬 웃으며 말했다.

"여자가 소리를 지르며 목소리를 낮추라고 했어요. 완전히 노발대발하고 있었지만 남자는 전혀 말을 듣지 않았죠. 쏟아지는 관심을 오히려 즐기고 있었어요, 온몸으로." 그녀는 일어나서 다시 에이프런을 묶었다. "저 가봐야 해요. 미안해요. 나중에 또 봐요, 알."

그녀는 스트라이크의 이름을 몰랐지만 분주하게 다시 멀어져 가면서 그를 보고 미소 지었다.

대니얼 차드가 일어나고 있었다. 그의 대머리가 사람들 위로 다시 나타났다. 비슷한 나이의 우아한 사람들과 동행하고 있었다. 모두 다 같이 걸어가며, 이야기를 나누며, 서로를 보고 고개를 끄덕거리고 있었다. 스트라이크는 그들을 보고 있었지만 마음은 딴 데 가 있었다. 그는 자기 앞의 빈 접시를 치우는 기척도 느끼지 못했다.

'이게 다 팬코트와 씨발 그 새끼의 시들시들한 좆 때문이다······.'

이상하다.

'오언이 스스로 했다는 이런 빌어먹을 생각을 떨쳐버릴 수가 없어요. 그가 배후에서 조종했다는······.'

"괜찮은 거야, 형?" 알이 물었다.

키스가 담긴 메모: '우리 두 사람을 위한 복수의 시간······.'

"그래." 스트라이크가 말했다.

'낭자한 유혈에 불가해한 상징주의······. 그 친구 허영심을 건드려주면, 원하는 건 뭐든지 시킬 수 있었어요······. 양성인간이 둘, 피묻은 자루가 둘······. 아름다운 길 잃은 영혼, 내게 그렇게 말했어요······. 누에가 좋은 글을 쓰려면 고난을 겪어야 하는 작가에 대한 은유······.'

돌아가던 뚜껑이 제자리를 찾아 아물리듯이, 연결되지 않았던 수많은 사실들이 스트라이크의 마음속에서 빙글빙글 돌다가 어느 순간 문득 제자리를 찾아 스르륵 미끄러져 들어갔다. 논박의 여지 없이 정확했고, 공박할 길 없이 옳았다. 그는 그의 가설을 이리 돌려보고 저리 돌려보았다. 완벽했다. 딱 맞아떨어졌고, 견고했다.

문제는 어떻게 그 가설을 입증해야 할지 그가 아직 모른다는 사실이었다.

41

당신은 내 생각들이 사랑의 광기라고 보십니까?
아니요, 플루토의 불가마에서 달궈 찍어낸 화인(火印)이랍니다……
－로버트 그린, 《광란의 올랜도》

스트라이크는 다음 날 아침 일찍 일어났다. 지치고 답답하고 신경이 예민해져서 밤새 잠을 설쳤다. 샤워를 하기 전과 옷을 차려입은 후에 메시지가 왔는지 전화를 확인했고, 그다음에 아래층의 텅 빈 사무실로 내려갔다. 토요일이라 로빈이 없다는 사실에 짜증이 났고, 비합리적이게도 그 부재가 직장에 대한 충성심이 없는 흔적이라는 느낌이 들어 서운했다. 오늘 아침에는 이론을 타진해볼 훌륭하고 유용한 말상대가 되어주었을 텐데. 그날 저녁 새롭게 발견한 사실을 놓고 같이 얘기할 수 없어 아쉬웠다. 전화를 걸어볼까 생각도 했지만, 전화로 얘기하는 것보다는 얼굴을 마주 보고 말해주는 쪽이 비교도 할 수 없이 만족스러울 터였다. 특히나 매튜가 옆에서 엿듣고 있다면 더더욱 그랬다.

스트라이크는 홍차를 끓여놓고는 정신없이 퀸 파일을 들여다보고 생각에 잠겨 있다가 그만 차갑게 식어가게 두고 말았다.

자기가 할 수 있는 게 아무것도 없다는 느낌이 풍선처럼 침묵 속에 떠다녔다. 그는 계속해서 휴대전화를 확인했다.

그는 뭔가 하고 싶었지만 공식적인 권위가 없다는 사실에 완전히 발목이 잡혀 있었다. 사유지를 수색할 권리도 없고 강제로 목격자에게 협조를 요구할 수도 없었다. 월요일로 잡혀 있는 마이클 팬코트와의 면담까지 할 수 있는 일이 하나도 없었다. 다만……. 안스티스에게 전화를 걸어 그의 가설을 설명해줘야 할까? 스트라이크는 두툼한 손가락으로 숱 많은 머리카락을 쓸며 안스티스의 생색내는 반응을 상상하고 얼굴을 찌푸렸다. 말 그대로 실오라기 하나도 증거가 없었다. 모든 게 추측이었다. '그렇지만 내가 옳아.' 스트라이크는 자연스러운 오만으로 생각했다. '그리고 그 자식은 망했어.' 안스티스에게는 이 살인의 이상한 점을 전부 해명해주는 이론을 감사히 받아들일 위트도 상상력도 없었다. 리어노라의 유죄를 입증하지만 모순과 풀리지 않는 의문으로 구멍이 숭숭 뚫려 있는 그의 쉬운 해답과 스트라이크의 이론은 비교도 되지 않는데도 말이다.

'해명을 해봐.' 스트라이크는 상상 속의 안스티스를 추궁했다. '어째서 흔적도 남기지 않고 장기를 적출할 만큼 똑똑한 여자가 자기 명의의 신용카드로 로프와 부르카를 주문하는 멍청이 짓을 한 건지. 친척도 하나 없고 인생에서 매달리는 거라곤 딸의 행복뿐인 어머니가 어째서 종신형의 위험을 무릅쓴 건지 설명을 해보라고. 가족을 지키려고 그 오랜 세월 동안 퀸의 부정과 성도착을 다 참아준 여자가 갑자기 그를 죽이겠다는 결심을 왜 했는지, 어디 설명을 해보란 말이야.'

그러나 마지막 질문에 대해서 안스티스는 그럴싸한 대답을 내놓을지도 모른다. 퀸이 아내를 버리고 캐스린 켄트에게 가기 직전이었다는 사실. 작가는 넉넉한 생명보험을 들어두고 있었다. 아마 리어노라는 미망인으로서 금전적 안정을 확보하는 편이 무책임한 전남편이 두 번째 아내에게 돈을 펑펑 쓰는 사이 불안하게 하루하루 생계를 유지하는 것보다 낫다는 결론을 내렸을 수도 있다. 배심원은 그런 정황에 설득당할 것이다. 특히나 캐스린 켄트가 증언대에 서서 퀸이 결혼을 약속했다고 증언한다면 말이다.

스트라이크는 그렇게 불쑥 그 집 앞에 나타나서 캐스린 켄트와의 기회를 날려버린 게 아닐까 걱정스러웠다. 돌이켜 생각해보면 서투르고 무능한 행동이었다. 발코니의 어둠 속에서 그렇게 불쑥 거구를 드러내는 바람에 피파 미질리가 자기를 리어노라의 기분 나쁜 들러리로 묘사할 수 있도록 나서서 거들어준 셈이었다. 노련하게 차근차근 진행해서, 파커 경의 비서한테 그랬듯 자연스럽게 믿음을 샀어야 했다. 집행관처럼 강압적으로 문 앞에 나타날 게 아니라 근심 섞인 공감의 힘을 발휘해 술술 속내를 털어놓도록 유도했어야 했다.

그는 다시 휴대전화를 확인했다. 메시지는 없었다. 시계를 슬쩍 보았다. 9시 반도 채 못 된 시각이었다. 의지에 반하여, 그의 온 신경은 그가 원하고 또 필요한 곳—퀸의 살인범과 체포 영장을 확보하기 위해 해야 하는 일들—을 떠나 크로이의 성에 있는 17세기풍 예배당으로 자꾸만 달려가려 안간힘을 쓰고 있었다.

그녀는 치장을 마쳤을 테고, 웨딩드레스는 당연히 수천 파운드를 호가할 것이다. 거울 앞에 나신으로 서서 얼굴에 화장을 하고 있는 그녀 모습을 상상할 수 있었다. 그런 그녀의 모습을 수백 번도 더 보았다. 화장대 거울 앞에서, 호텔 거울 앞에서 메이크업 브러시를 휘두르는 모습을. 자기가 얼마나 매력적인지 너무나 잘 알고 있다 못해 자의식조차 없어진 무아지경에 가까운 모습이었다.

일분일초가 흘러가는데, 이제 단상까지 걸어가야 할 짧은 길을 코앞에 남겨두고 있는데, 그 길이 바다로 빠지는 널빤지를 걷는 것처럼 느껴질 텐데, 샬럿은 전화를 확인하고 있을까? 어제 보낸 세 단어의 메시지에 대한 답을 아직도 기다리고, 바라고 있을까?

그리고 지금 답을 한다면…… 뭘 어떻게 해야 그녀로 하여금 웨딩드레스를 등지고(방 안 한구석에 유령처럼 걸려 있는 웨딩드레스의 모습이 눈에 선했다), 청바지를 입고 큰 가방에 소지품을 몇 개 챙겨 넣어 뒷문으로 슬쩍 빠져나오게 만들 수 있을까? 남쪽으로 차를 달려서, 늘 도피를 의미했던 남자에게로 오도록…….

"씨발, 좆같군." 스트라이크가 중얼거렸다.

그는 일어서서 휴대전화를 호주머니에 쑤셔 넣은 뒤 차갑게 식은 홍차를 한 입에 털어 넣고 오버코트를 걸쳤다. 바쁘게 움직이는 게 유일한 해답이었다. 액션은 그가 가장 선호하는 진통제였다.

언론에 노출된 캐스린 켄트가 이미 친구 집으로 도망갔을 거라 확신하면서도, 또 미리 연락도 없이 집 앞에 불쑥 나타났던 일을 후회하고 있음에도 불구하고 그가 클렘애틀리 코트를 다시 찾은 건 오로지 의혹을 실제로 확인하고 싶어서였다. 아무도 문을 열지 않았고, 불 꺼진 집 안에는 정적만 깔려 있는 듯했다.

얼음처럼 시린 바람이 벽돌 발코니를 따라 불었다. 스트라이크가 돌아서서 가려는데 화가 잔뜩 난 옆집 여자가 모습을 드러냈다. 이번엔 이야기를 하고 싶어 안달이 난 눈치였다.

"그 여자는 없다우. 당신 기자요?"

"네." 스트라이크가 그렇게 답한 건, 그 이웃여자가 언론에 흥분해 있다는 눈치를 챘고, 또 켄트한테 자기가 다시 돌아왔다는 사실을 알리기도 싫었기 때문이다.

"참, 당신네 기자들이 쓰는 것들이란." 그녀는 도저히 숨겨지지 않는 희열을 드러내며 말했다. "당신네들이 저 여자에 대해서 쓴 것들이라니! 아니, 그 여자는 어디 가고 없어요."

"언제 돌아올지 혹시 아세요?"

"모른다우." 이웃이 아쉬운 말투로 말했다. 숱이 없고 꼬불꼬불한 파마를 한 회색 머리카락 사이로 분홍빛 두피가 다 보였다. "전화는 해줄 수 있어요." 그녀가 제안을 했다. "다시 나타나면 말이에요."

"그러면 정말 큰 도움이 되겠습니다." 스트라이크가 말했다.

명함을 주자니 언론에 그의 이름이 오르내린 게 너무 최근의 일이었다. 그는 공책 한 장을 찢어 번호를 적은 뒤 20파운드짜리 지폐와 함께 건넸다.

"고마워요." 그녀가 사무적으로 말했다. "또 봅시다."

다시 계단을 내려오는 길에 고양이 한 마리를 지나쳤다. 캐스린 켄트가 발로 찼던 바로 그 고양이가 틀림없었다. 고양이는 경계심 넘치면서도 도도한 눈길로 지나치는 그를 바라보았다. 그때 본 한 무리의 젊은 애들은 사라지고 없었다. 가진 옷 중 그나마 제일 따뜻한 게 스웨트셔츠인 애들에게는 오늘 날씨가 너무 추웠다.

미끄러운 잿빛 눈을 헤치고 절름거리며 걷는 건 육체적으로 퍽

고된 일이라 번잡한 마음을 딴 데로 돌리는 데 도움이 되었다. 그리고 지금 이렇게 용의자들을 하나씩 찾아다니는 게 리어노라를 위해선지 아니면 샬럿 때문인지 하는 의문을 잠재워주었다. 후자는 자기가 선택한 감옥으로 걸어가게 그냥 내버려두자. 전화도 하지 않고 문자도 보내지 않을 작정이었다.

지하철역에 도착한 그는 제리 월드그레이브에게 전화를 걸었다. 스트라이크는 자기가 원하는 정보를 그 편집자가 갖고 있다고 확신하고 있었다. 리버 카페에서 충격적인 깨달음을 얻게 되기 전에는 필요한 줄도 모르던 정보를. 제리 월드그레이브는 전화를 받지 않았지만, 스트라이크는 그 사실에 놀라지 않았다. 월드그레이브는 실패로 치닫는 결혼생활, 빈사 상태인 경력, 그리고 걱정해야 할 딸이 있었다. 그런데 뭐하러 탐정의 전화까지 받아주겠는가? 굳이 복잡해지지 않아도 되는데, 이 문제만큼은 자기가 선택권을 쥐고 있는데, 뭐하러 삶을 더 복잡하게 만들겠는가?

추위, 받지 않는 전화의 신호음, 문이 잠긴 고요한 아파트. 오늘은 그 밖에 달리 아무것도 할 수 없었다. 스트라이크는 신문을 사서 토트넘으로 가서 빅토리아 시대의 무대 세트 디자이너가 그린 얇은 천을 두르고 꽃놀이를 하는 관능적인 여자들 아래 자리를 잡고 앉았다. 오늘 스트라이크는 이상하게 대기실에 앉아 별수 없이 시간을 때우고 있는 기분이 들었다. 영원히 가슴에 박힌 날카로운 파편 같은 추억들, 결국 찾아온 파국으로 오염돼버린 기억들……. 결코 사그라지지 않을 헌신과 사랑을 약속했던 말들, 숭고한 행복으로 점철된 시절, 거짓말에 거짓말에 또 겹친 거짓말……. 생각은 자꾸만 미끄러져 읽고 있는 기사로부터 점점 더 멀어졌다.

여동생 루시가 언젠가 분통을 터뜨리며 그에게 말한 적이 있다. "오빠는 대체 왜 그걸 다 참아주는 거야? 왜? 그 여자가 아름답다는 이유 하나만으로?"

그래서 그는 그렇게 대답했었다. "그것도 도움이 되지."

루시는 물론 오빠가 "아니"라고 대답하길 바랐다. 아름다워지고자 그토록 오랜 시간 공을 들이면서도, 여자들은 미모가 정말로 중요하다는 사실을 누가 면전에서 인정하면 싫어한다. 샬럿은 정말 아름다웠다. 이제까지 그가 본 그 어떤 여자들보다 더 아름다웠다. 그래서 그는 그녀의 미모를 볼 때마다 경이로운 찬탄을 도저히 금할 수가 없었다. 그리고 언제나 그 아름다움에 감사했으며 그녀와의 관계에 뿌듯한 자긍심을 느꼈다.

'사랑은, 망상이다.' 마이클 팬코트가 그런 말을 했었다.

스트라이크는 부루퉁한 재무장관의 얼굴이 실려 있는 페이지를 보지도 않고 넘겼다. 샬럿에게 애초부터 존재하지도 않았던 걸 그가 상상해서 읽어낸 걸까? 그녀 대신 미덕을 꾸며내고, 넋을 잃고 휘청거리도록 아름다운 그녀의 외모에 반들반들한 윤기를 덧붙인 걸까? 처음 만났을 때 그는 열아홉 살이었다. 최소한 12킬로그램 이상의 과체중에 한쪽 다리도 없어진 지금 이 펍에 앉아 있는 스트라이크에게는, 그 나이가 도저히 믿기지 않을 정도로 젊게 느껴졌다.

어쩌면 혼이 쏙 빠져 바보가 되어버린 그의 마음속 말고는 그 어디에도 존재하지 않던 샬럿의 이미지는 그가 창조해낸 건지도 모른다. 하지만 그게 뭐가 어떻단 말이지? 그는 진짜 샬럿 역시 사랑했었다. 그의 눈앞에서 벌거벗은 자기 자아를 모두 드러내

보인 여자, 이런 짓을 해도, 이런 고백을 해도, 이런 푸대접을 해도 여전히 날 사랑할 수 있겠느냐고 그에게 묻던 여자……. 그러다 결국 그의 한계에 맞닥뜨려 미모로도 분노로도 눈물로도 그를 붙잡을 수 없게 되자 다른 남자의 품으로 달려가버린 그 여자 역시 사랑했었다.

'그리고 어쩌면 그게 사랑이지.' 그는 마음속으로 마이클 팬코트의 편을 들며, 보이지 않게 비난하는 로빈에게 맞섰다. 어쩐 일인지 둠바 맥주를 들이켜며 사상 최악의 겨울 날씨 기사를 읽는 척하고 앉아 있는 그를 로빈이 어디선가 보며 평가하고 있는 느낌이 들었던 것이다. '당신하고 매튜…….' 로빈은 보지 못해도 스트라이크는 훤히 볼 수 있었다. 매튜와 함께 있다는 건 로빈이 자기 자신이기를 포기한다는 의미였다.

서로를 똑똑히 바라보는 커플은 대체 어디 있단 말인가? 루시와 그렉의 결혼처럼, 교외의 획일적 삶을 끝도 없이 과시하는 것에? 끝도 없이 강물처럼 고객들이 탐정사무소 문간으로 흘러들게 만드는 배신과 환멸의 지루한 변조에? 리어노라 퀸처럼 "작가라는 이유만으로" 모든 잘못을 눈감아주는 그 의지적이고 맹목적인 충성심에? 칠면조처럼 꽁꽁 묶여 내장이 적출된 그 똑같은 바보한테 캐스린 켄트와 피파 미질리가 바친 영웅 숭배에?

스트라이크는 일부러 우울함을 찾고 있었다. 그는 석 잔째 맥주를 반쯤 비운 참이었다. 네 번째 잔을 마실까 말까 고민하고 있는데, 테이블에 엎어서 놓아두었던 그의 휴대전화가 울렸다.

그가 천천히 맥주를 마시는 사이 펍에 사람들이 들어와 주위의 좌석들이 찼다. 그는 전화를 보면서 혼자 내기를 걸었다. '채플

밖에서 내게 결혼을 말릴 마지막 기회를 주려는 걸까? 아니면 벌써 해치우고 내게 알려주는 걸까?'

그는 맥주를 끝까지 비우고 휴대전화를 뒤집었다.

축하해줘. 자고 로스 부인.

스트라이크는 몇 초간 물끄러미 문자를 바라보고 있다가 휴대전화를 주머니에 넣고 일어나서 신문을 말아 겨드랑이에 끼고 집으로 향했다.

지팡이에 의지해 덴마크 스트리트로 걸어가는 길에 그는 가장 아끼는 책에 나온 구절을 떠올렸다. 층계참의 짐 상자 밑바닥에 처박혀 아주 오랫동안 읽지 않은 책……

……*difficile est longum subito deponere amoren,*
difficile est, uerum hoc qua lubet efficias……
……오랫동안 쌓아올린 사랑을 던져버리기는 어렵다.
어렵지만, 어떻게든 해내야만 한다……

하루 종일 그를 괴롭히던 초조한 불안은 이제 사라졌다. 허기가 졌고 어디 가서 푹 쉬고 싶었다. 아스널이 3시에 풀햄과 경기를 치를 예정이었다. 늦은 점심을 요리해 먹으면 딱 경기 시작 시간에 맞출 수 있었다.

그리고 그다음에는 니나 라셀스를 만나러 갈지도 모르겠다. 오늘 밤만큼은 어쩐지 혼자 보낼 기분이 나지 않았다.

42

마테오: ……이상한 장난감이군.
길리아노: 그래, 원숭이를 놀리기 위한 거지.
─벤 존슨, 《십인십색》

월요일 아침에 출근한 로빈은 피곤했고 뭔가 전투를 치른 사람처럼 막연하게 나른했지만, 스스로가 대견했다.

주말 동안 그녀는 매튜와 직장 얘기를 논하며 보냈다. 어떤 면에서 (9년이나 사귄 마당에 좀 이상하긴 하지만) 두 사람이 나눈 가장 심오하고 진지한 대화였다. 어째서 그녀는 탐정 일에 대한 은밀한 관심이 코모란 스트라이크를 만나기 오래전부터 비롯되었다는 사실을 일찌감치 인정하지 않았던 걸까? 10대 초반부터 어떤 형태로든 범죄 수사와 관련된 일을 하고 싶은 꿈이 있었다고 털어놓았더니 매튜는 정말로 놀란 눈치였다.

"난 당신이 그랬다는 건 정말 꿈에도 생각하지……." 매튜가 중얼거리다 말꼬리를 흐리긴 했지만 은근히 그녀가 대학에서 중퇴한 이유를 말하고 있다는 걸 로빈은 알았다.

"그저 자기한테 어떻게 말해야 할지 몰랐을 뿐이야." 그녀가 말했다. "자기가 웃을 줄 알았어. 그러니까 내가 남은 건 코모란 때문도 아니고, 어, 한 인간으로서 그의 어떤 면모와도 아무 관련이 없어."(로빈은 하마터면 '남자로서'라고 말할 뻔했지만, 가까스로 때맞춰 참사를 면했다.) "내가 문제야. 그게 내가 하고 싶은 일이야. 내가 그 일을 좋아해. 그런데 이제 그 사람이 수습훈련을 시켜준다잖아, 맷. 그건 내가 항상 원하던 일이란 말이야."

논의는 일요일 내내 계속되었고, 허를 찔린 매튜는 바윗돌처럼 서서히 움직이기 시작했다.

"주말에 일을 얼마나 해야 한다고?" 그는 의심스러운 말투로 물었다.

"몰라. 필요할 때 하면 돼. 맷, 나 이 일이 정말 좋아. 모르겠어? 더 이상 아닌 척하기 싫어. 그냥 꼭 하고 싶어, 그러니까 자기가 나를 응원해주면 좋겠어."

결국 매튜는 그녀를 품에 껴안고 알았다고 했다. 로빈은 매튜의 모친이 최근에 돌아가신 사실을 다행으로 여기지 않으려고 애썼다. 그 덕분에 매튜의 마음이 약해져서 보통 때보다 훨씬 자신의 설득에 우호적인 태도를 보였다는 느낌을 지울 수가 없었던 탓이다.

로빈은 한시라도 빨리 스트라이크에게 이런 관계의 성숙한 진전에 대해 말해주고 싶었지만 출근해보니 그는 자리에 없었다. 작은 반짝이 크리스마스트리 옆 책상 위에는 그의 남다른, 읽기 힘든 필체로 쓰인 짧은 메모가 놓여 있었다.

우유가 없어서 아침 먹으러 나가요. 그리고 햄리스*에 들렀다 올게요. 인파가 몰리기 전에 갔다 오려고요. 추신: 누가 퀸을 죽였는지 알아요.

로빈은 헉 하고 숨을 몰아쉬었다. 휴대전화를 부여잡고 스트라이크의 번호를 눌렀지만 들려오는 건 통화중 신호뿐이었다.

햄리스는 10시나 되어야 문을 열 텐데 로빈은 도저히 그때까지 기다리기가 힘들었다. 우편물을 뜯어 정리하면서도 거듭 재다이얼 버튼을 눌러댔지만 스트라이크는 여전히 다른 전화를 받고 있었다. 그녀는 이메일을 열어보면서도 휴대전화는 어깨에 끼고 한쪽 귀에 대고 있었다. 반시간, 또 한 시간이 지났지만 여전히 스트라이크의 전화에서는 통화중 신호음만 울렸다. 그녀는 짜증이 나기 시작했고, 혹시 그녀를 일부러 서스펜스에 빠뜨리려는 계략이 아닐까 의심하기까지 했다.

로빈은 여전히 통화중 신호음을 들으면서 자동적으로 컴퓨터 화면을 클릭하고 있었다. 커다란 흑백사진이 부풀어 올라 그녀의 컴퓨터 모니터를 가득 채웠다.

배경은 삭막했다. 구름이 드리운 하늘과 낡은 석조건물의 외부였다. 사진에 찍힌 사람들 모두 초점이 나가 있었지만 돌아서서 카메라를 똑바로 바라본 신부만은 또렷했다. 그녀는 길고 소박하고 슬림한 핏의 하얀 드레스를 입고 군데군데 다이아몬드로 고정된 바닥까지 끌리는 베일을 쓰고 있었다. 검은 머리카락은 심한 강풍을 맞아 겹겹이 겹친 얇은 망사 천처럼 휘날리고 있었다. 한 손으로는 활짝 웃고 있는 것처럼 보이는 모닝 슈트 차림의 흐릿하

* 런던의 대형 장난감가게.

222

게 번진 사람의 형체를 꼭 잡고 있었지만, 그녀의 표정은 로빈이 이제까지 본 그 어떤 신부와도 닮은 데가 없었다. 절망하고 상심하고 회한에 시달리는 얼굴이었다. 그녀의 눈이 똑바로 로빈을 쳐다보고 있었다. 마치 친구라고는 둘뿐인 것처럼, 마치 로빈만이 이해해줄 것처럼.

로빈은 귀에 대고 경청하던 휴대전화를 내려놓고 사진을 응시했다. 그 비범하게 아름다운 얼굴은 전에도 본 적이 있었다. 한번은 전화 통화를 한 적도 있었다. 나지막하고 매력적인 허스키 보이스를 기억했다. 이 여자는 샬럿이었다. 스트라이크의 전 약혼녀, 바로 이 건물에서 뛰쳐나가던 모습을 보았던 그 여자였다.

그녀는 '너무나도' 아름다웠다. 로빈은 이 여자의 미모 앞에서 이상하게 겸손해지는 기분이었고, 그 깊이를 모를 슬픔에 어쩐지 외경심을 느꼈다. 16년간 스트라이크와 사귀다 헤어지다를 반복한 여자, 음모 같은 머리칼, 권투선수 같은 옆얼굴, 그리고 다리가 하나밖에 없는 스트라이크와……. '그런 것들이 중요하다는 게 아니야.' 로빈은 스스로에게 말했다, 이 비길 데 없이 아름다운, 정말 혼이 쑥 빠지도록 아름답고 슬픈 신부를 주문에라도 걸린 듯 꼼짝도 못하고 응시하면서…….

문이 열렸다. 스트라이크가 갑자기 그녀 곁에 서 있었다. 손에는 커다란 봉투 두 개에 가득 든 장난감을 안고서. 그가 계단을 올라오는 소리를 듣지 못했던 로빈은 사무소의 공금을 횡령하다 들키기라도 한 것처럼 소스라쳤다.

"좋은 아침." 그가 인사를 했다.

그녀는 황급히 컴퓨터 마우스를 잡고서 그가 보기 전에 사진을 끄려 했지만, 보고 있던 걸 숨기려고 허둥대는 태도 때문에 오히려 그의 눈길을 끌고 말았다. 로빈은 부끄러운 얼굴로 그 자리에 얼어붙어버렸다.

"몇 분 전에 이걸 보내왔어요. 열어볼 때는 그게 뭔지 몰랐어요. 저…… 죄송합니다."

스트라이크는 몇 초쯤 사진을 노려보다가 돌아서서 장난감이 든 봉투들을 그녀의 책상 옆 마룻바닥에 내려놓았다.

로빈은 망설이다가 파일을 닫고 이메일을 삭제한 후 휴지통 폴더까지 청소했다.

"굉장한데." 그는 허리를 펴며 말했다. 그의 태도는 앞으로 샬럿의 결혼식 사진에 대한 얘기는 입에 올리지 않겠다는 걸 명시하고 있었다. "내 휴대전화에 30통이나 부재중 전화가 와 있는데요."

"아니, 그럼 안 그럴 줄 아셨어요?" 로빈이 기운차게 말했다. "메모에— 그런 말을—."

"우리 숙모 전화를 받아야 했어요." 스트라이크가 말했다. "한시간 10분 동안 세인트마위스 주민 전원의 의학적 불평불만을 들어야 했다니까요. 난 그저 크리스마스에 집에 내려가겠다고 했을 뿐인데."

그는 로빈의 얼굴에 차마 억누를 수 없는 실망감이 떠오르자 웃음을 터뜨렸다.

"좋아요, 하지만 빨리 합시다. 방금 깨달았는데 팬코트를 만나기 전 오늘 아침에 우리가 할 수 있는 일이 있어요."

그는 코트를 벗을 새도 없이 가죽소파에 앉아서 그의 가설을 족히 10분 동안 상세하게 설명했다.

그가 말을 마치자 오랜 침묵이 이어졌다. 거의 철저한 불신으로 스트라이크를 빤히 쳐다보는 로빈의 마음속에 왠지 동네 교회에 있는 몽롱하고 신비주의적인 소년 천사의 이미지가 표표히 흘러들어왔다.

"어느 부분이 그렇게 문제를 야기하는 겁니까?" 스트라이크가 친절하게 말했다.

"어······." 로빈이 말했다.

"우리는 이미 퀸의 실종이 즉흥적인 게 아니었을 가능성에 대해 얘기했어요, 그렇죠?" 스트라이크가 물었다. "탤거스 로드의 매트리스하고(25년 동안 쓰지도 않은 집에 참 편리하게도 놓여 있었잖아요), 실종되기 일주일 전 퀸이 그 서점 사람한테 어디 멀리 간다면서 읽을거리를 샀다는 사실을 합쳐보면 말이에요. 그리고 리버 카페의 웨이트리스 말대로 퀸이 태슬에게 소리를 질러댈 때 실제로 화가 난 게 아니라 한껏 즐기고 있었다면, 연출된 실종이라는 가설을 세워볼 수 있을 거라 생각되는데요."

"좋아요." 그녀는 말했다. 스트라이크의 이론에서 그나마 이 부분이 가장 덜 황당하게 느껴졌다. 나머지 부분이 얼마나 턱도 없이 말이 안 되는지 어디서부터 어떻게 말하기 시작해야 할지 도저히 감도 잡히지 않았다. 그러나 일단 구멍을 지적하고 싶은 충동이 들어 말했다. "그렇다면 리어노라한테 자기가 무슨 계획을 세우고 있는지 말하지 않았을까요?"

"그럴 리가 없죠. 자기 목숨을 구하기 위한 연기도 못 하는 사람인걸요. 퀸은 리어노라가 걱정하기를 바랐어요. 그래야 그가 실종되었다고 사방에 말하고 다닐 때 그럴싸하게 보일 테니까.

아마 경찰까지 끌어들일 거라 생각했겠죠. 출판사에서 난동도 피우고. 패닉에 발동을 거는 거죠."

"하지만 그런 작전은 성공한 적이 없잖아요." 로빈이 말했다. "그는 종종 훌쩍 떠나곤 했는데 아무도 신경 쓰지 않았어요. 도망가서 옛날 집에 숨는다고 대단한 홍보가 되진 않을 거라는 사실을 이젠 깨달았을 텐데요."

"아, 하지만 이번에는 런던 문학계를 휘두를 화두가 될 만한 책을 남겨두고 떠나는 거였죠, 안 그런가요? 손님이 꽉 찬 레스토랑 한가운데에서 에이전트와 언쟁을 하면서 공공연히 자비 출판을 하겠다고 협박했으니 할 수 있는 한 최고로 관심을 끈 겁니다. 그는 집에 돌아가서 리어노라 앞에서 거창하게 퇴장한 후 슬쩍 탤거스 로드로 숨어든 거죠. 그날 저녁 늦게 그는 별 생각 없이 공모자에게 다 털어놓습니다. 같은 편이라고 착각한 거죠."

한참 아무 말도 없다가 로빈이 용감하게 말했다(스트라이크의 결론에 도전하는 데 익숙지 않았기 때문에 용기가 필요했다. 틀리는 걸 본적이 한 번도 없었으니까).

"하지만 공모자가 있었다는 증거가 하나도 없잖아요. 그렇지만…… 제 말은…… 이게 다…… 그냥 의견일 뿐 아닌가요."

그가 이미 설명했던 논점들을 하나하나 되짚기 시작했지만, 그녀가 손을 치켜들어 말을 막았다.

"그 얘기는 처음에 다 들었어요. 하지만…… 사람들이 했던 말들을 근거로 한 추정일 뿐이잖아요. 그러니까— 실체적인 증거는 하나도 없잖아요."

"당연히 있죠." 스트라이크가 말했다. "《봄빅스 모리》."

"그건—."

"그게 우리가 유일하게 갖고 있는 커다란 증거예요."

"늘 저한테 말씀하셨잖아요." 로빈이 말했다. "'수단과 기회'라고. 항상 저한테 동기만으로는—."

"동기에 대해서는 단 한마디도 하지 않았어요." 스트라이크가 상기시켰다. "사실 지금은 동기가 뭔지 확실히 모르겠어요. 몇 가지 아이디어들이 없는 건 아니지만요. 그리고 더 실체적인 증거를 원한다면, 지금 당장 확보할 수 있도록 날 도와주면 되죠."

그녀는 의심스러운 눈으로 그를 바라보았다. 지금까지 일을 해오면서 그는 한 번도 실체적 증거를 수집하는 일을 그녀에게 맡긴 적이 없었다.

"같이 가서 올랜도 퀸과 애기할 때 좀 도와주면 좋겠어요." 그가 소파에서 다시 힘겹게 몸을 일으키며 말했다. "혼자 하고 싶지가 않아요. 그 애는…… 그러니까, 까다롭거든요. 내 머리카락을 좋아하지 않더라고요. 지금 래드브로크 그로브에 옆집 사람하고 같이 있으니까, 아무래도 빨리 움직이는 게 좋겠죠."

"이 사람이 학습장애가 있는 그 딸이에요?" 로빈이 어리둥절해서 물었다.

"네." 스트라이크가 말했다. "그 애가 원숭이 봉제인형을 갖고 있거든요. 목에 감고 다녀요. 방금 햄리스에서 산더미처럼 쌓여 있는 걸 보고 왔어요. 사실 알고 보니 잠옷 케이스더라고요. 치키 몽키라고 하던데."

로빈은 이 사람이 제정신인가 걱정하는 눈빛으로 그를 쳐다보았다.

"올랜도를 만났을 때 목에 그 인형을 두르고서 계속 어디선가 뜬금없이 온갖 물건들을 꺼내더라고요. 그림이며 크레용이며 부엌 식탁에서 슬쩍한 카드며. 방금 그걸 다 잠옷 케이스에서 꺼냈다는 걸 깨달았어요. 그 애는 사람들한테서 물건을 슬쩍해요." 스트라이크는 말을 이었다. "그런데 아버지 생전에 서재를 계속 들락날락했잖아요. 그리고 아버지가 그림을 그리라고 종이를 주곤 했고요."

"잠옷 케이스에 아버지를 살인한 사람을 찾을 단서를 넣어 갖고 다니기를 바라는 거예요?"

"아니요. 하지만 퀸의 서재를 몰래 들락거리면서 《봄빅스 모리》의 일부를 슬쩍했을 가능성은 충분히 있다고 생각합니다. 아니면 초고 뒷면에 그림을 그리라고 퀸이 직접 줬든가요. 내가 찾는 건 뒤에 메모를 끼적거린 종잇조각이나 버려진 두서너 단락의 글이나, 아무거나 뭐든 좋아요. 이봐요, 나도 이게 승산이 적다는 건 알아요." 스트라이크는 로빈의 표정을 정확하게 읽어냈다. "하지만 우리는 퀸의 서재에 들어갈 수가 없어요. 경찰이 이미 그 안의 모든 걸 훑었는데 아무것도 찾지 못했고요. 그러니까 나는 퀸이 가져간 공책이며 초고들이 이미 폐기됐다는 데 내기를 걸겠어요. 나한테는 마지막으로 생각나는 찾아볼 데가 그 치키몽키란 말입니다. 그리고……." 그는 시계를 확인했다. "래드브로크 그로브에 갔다가 팬코트를 만나기 전까지 돌아오려면 시간이 별로 없어요. 그리고 보니 생각나는 게 있는데……."

그는 사무실에서 나갔다. 로빈은 처음에는 위층으로 올라가는 그의 발소리로 미루어 아파트로 갔나 보다 짐작했지만, 이윽고 물건을 마구잡이로 헤집는 소리가 들려오는 바람에 그가 층계참의 짐 상자들을 뒤지고 있다는 걸 깨달았다. 다시 돌아온 스트라이크의 손에는 SIB와 영영 작별인사를 하고 헤어지기 전에 슬쩍한 게 분명한 라텍스 장갑 한 상자와 항공사에서 세면도구를 넣으라고 주는 봉투와 크기가 똑같은 증거 수집용 비닐 봉투가 들려 있었다.

"내가 꼭 얻어내고 싶은 결정적인 실체적 증거가 하나 더 있는데요." 그는 장갑 한 켤레를 꺼내 전혀 이해를 못 하고 있는 로빈에게 건네주며 말했다. "오늘 오후에 내가 팬코트와 얘기하고 있는 도중에 한번 찾아봐주면 좋겠어요."

간결한 몇 마디 말로 그는 로빈이 찾아주길 바라는 물건과 그 이유를 설명했다.

지시를 들은 로빈은 너무 놀라 할 말을 잃고 멍하니 서 있었지만 스트라이크는 담담했다.

"설마, 농담이죠?" 로빈이 희미하게 말했다.

"아니요."

그녀는 무의식적으로 한 손을 들어 입을 막았다.

"위험하지 않을 거예요." 스트라이크가 그녀를 안심시켰다.

"내가 걱정하는 건 그런 게 아니에요. 코모란, 그건 ─ 그건 너무 끔찍해요. 설마 진심으로 하는 말이에요?"

"지난주에 홀로웨이에서 리어노라 퀸을 봤다면, 그런 질문은 하지 않을 거예요." 스트라이크가 어두운 얼굴로 말했다. "그 여자를 거기서 꺼내 오려면 우리가 뒤지게 똑똑하게 굴어야 해요."

'똑똑하게?' 로빈은 여전히 풀죽은 채 손에서 축 늘어져 힘없이 덜렁거리는 장갑을 쥐고 서 있었다. 스트라이크가 제안한 일은 미친 짓거리였고, 엽기적이었으며, 마지막 일의 경우에는 역겹기 짝이 없었다.

"이봐요." 스트라이크가 돌연 정색을 하고 말했다. "느낌이 온다는 것밖에는 내가 해줄 말이 없어요. 냄새가 난다고요, 로빈. 머리가 완전히 돌았고 끔찍하게 위험하지만 대단히 효율적인 누군가가 이 모든 사건의 배후에 있어요. 그들은 멍청한 퀸의 나르시시즘을 갖고 놀아서 정확히 자기네들이 원하는 곳으로 몰아갔죠. 그리고 이렇게 생각하는 사람이 나 하나뿐인 것도 아니에요."

스트라이크가 로빈에게 코트를 던져주자 그녀는 옷을 입었다. 그는 증거 수집용 봉투를 안주머니에 넣었다.

"사람들이 계속 내게 누구 다른 사람이 연루되어 있다고 말했어요. 차드는 월드그레이브라고 했고, 월드그레이브는 태슬이라고 했고, 피파 미질리는 너무 멍청해서 코앞에서 자기 얼굴을 똑바로 바라보고 있는 사실을 해석할 능력이 없었고, 크리스천 피셔는— 뭐, 그 인간은 자기가 책에 나오지 않으니까 좀 더 객관적으로 바라볼 수 있었죠." 스트라이크가 말했다. "자기도 모르게 정확히 짚은 겁니다."

로빈은 스트라이크의 사고 과정을 따라잡으려 애쓰면서도 이해할 수 없는 대목들에서는 회의를 떨칠 수가 없었지만, 그를 따라 철제 계단을 내려가 바깥의 추위 속으로 들어섰다.

"이 살인은……" 스트라이크는 함께 덴마크 스트리트를 걸으며 담배에 불을 붙였다. "몇 년, 아니 적어도 몇 달 전부터 계획된 겁니다. 생각해보면 천재의 작품이지요. 지나치게 화려해서 그게 타락의 계기가 되겠지만. 살인은 소설처럼 플롯을 짤 수가 없거든 요. 항상 현실에서는 미처 묶지 못한 이야기의 가닥이 생기니까."

스트라이크는 로빈이 납득하지 못하고 있다는 걸 알 수 있었지 만, 걱정은 하지 않았다. 예전에도 자기를 믿지 못하는 부하들을 데리고 일해본 적이 있었으니까. 두 사람은 함께 지하철역으로 내려가서 센트럴 라인 열차를 탔다.

"조카들 선물로 뭘 사셨어요?" 로빈은 한참 침묵을 지키다가 물었다.

"위장용품하고 가짜 총요." 스트라이크가 말했다. 그의 선택은 순전히 처남의 분통을 터뜨리고자 하는 목적에서 발동된 것이었 다. "그리고 티모시 안스티스한테는 빌어먹을 대형 드럼을 사줬 죠. 크리스마스 새벽 5시에 다들 아주 좋아할 겁니다."

이런저런 생각에 마음이 심란하던 로빈도 그 말에 그만 코웃음 이 터져 나오고 말았다.

오언 퀸이 한 달 전 도망친 조용한 주택가는 런던의 나머지 지 역과 마찬가지로 눈으로 뒤덮여 있었다. 지붕은 하얗고 깨끗했지 만 발밑은 지저분한 잿빛이었다. 겨울 거리를 지배하는 신이라도 된 것처럼 펍 간판에서 행복한 이누이트족이 그 밑을 지나치는 두 사람을 보고 미소를 지었다.

퀸의 집 밖에는 이제 다른 경관이 서 있었고, 문을 활짝 열어둔 하얀 밴이 도로 연석에 주차되어 있었다.

"내장을 찾는다고 정원을 파헤치고 있군요." 스트라이크는 가 까이 다가가서 밴 바닥에 놓여 있는 삽들을 보고 중얼거렸다. "머 킹마시즈에서도 운이 없었지만 리어노라의 화단에서도 아마 행운을 찾을 수는 없을 겁니다."

"그야 '그쪽' 말씀이시고요." 로빈은 노려보는 경찰관에 약간 겁을 집어먹고 목소리를 낮춰 소곤소곤 말했다. 경관은 상당히 핸섬했다.

"그러니까 오늘 오후에 '그쪽'이 내 말을 증명할 수 있게 좀 도와달라고요." 스트라이크가 속삭였다. "안녕하세요." 그가 보초를 서고 있는 순경에게 인사를 건넸지만 반응은 돌아오지 않았다.

스트라이크는 정신 나간 가설 때문에 기운이 펄펄 나는 모양이었지만, 혹시나 만에 하나라도 그가 옳다면, 로빈이 보기에 이 살인에는 도려내진 시체를 훌쩍 뛰어넘는 엽기적인 구석이 있었다.

퀸의 옆집 현관으로 이어지는 길을 따라 걷다 보니 그들은 감시하는 경관과 1미터도 안 되는 거리에 서게 되었다. 스트라이크가 초인종을 눌렀고, 잠시 기다린 후 문이 열리자 실내복을 걸치고 양털을 댄 슬리퍼를 신은 60대 초반의 키 작은 여자가 불안해 보이는 모습으로 나타났다.

"에드나 씨 되시죠?" 스트라이크가 물었다.

"네." 그녀가 방문객을 올려다보며 소심하게 대답했다.

스트라이크가 자신과 로빈을 소개하자 에드나는 잔뜩 찌푸린 눈살을 풀고 안타까우리만큼 안심하는 표정을 떠올렸다.

"아, 그분이시군요. 말씀 정말 많이 들었어요. 리어노라를 돕고 계시죠. 리어노라를 빼내주실 거죠, 네?"

로빈은 1미터도 채 되지 않는 거리에서 이 모든 말들을 듣고 있는 핸섬한 경관을 끔찍이도 의식하고 있었다.

"들어와요, 들어와." 에드나가 길을 비켜주며 열렬한 손짓으로 그들을 집 안으로 안내했다.

"부인, 죄송합니다, 제가 성이 어떻게 되시는지 잘 몰라서." 스트라이크가 도어매트에 발을 비벼 닦으며 말머리를 꺼냈다. (전체적인 구조는 동일했지만 에드나의 집은 따뜻하고 깔끔했으며 퀸의 집보다 훨씬 더 아늑했다.)

"에드나라고 부르세요." 그녀는 그를 보고 환히 웃으며 말했다.

"에드나, 감사합니다. 아시다시피, 누굴 집 안에 들일 때는 꼭 신분증을 보여달라고 하셔야 합니다."

"아, 하지만……." 에드나는 당황스러워하며 말했다. "리어노라한테 얘기를 다 들은걸요."

하지만 그래도 스트라이크는 부득부득 운전면허증을 꺼내 보여주고 나서야 그녀를 따라 복도를 지나서 리어노라네보다 훨씬 밝고 환한, 청색과 백색이 어우러진 부엌으로 들어섰다.

"아이는 위층에 있어요." 스트라이크가 올랜도를 보러 왔다고 설명하자 에드나가 말했다. "오늘 기분이 별로 좋지 않아요. 커피 드시겠어요?"

분주하게 돌아다니며 컵을 꺼내는 사이 그녀는 스트레스를 받고 외로운 사람들 특유의 기진맥진한 말투로 쉴 새 없이 말을 했다.

"오해는 하지 마세요. 당분간 아이를 데리고 있는 건 괜찮아요. 불쌍한 어린양이죠. 하지만……." 그녀는 절망적인 눈빛으로 스트라이크와 로빈을 번갈아 보더니 불쑥 내뱉었다. "하지만 얼마나 오래 데리고 있어야 하느냐고요. 가족도 없는 사람들이잖아요. 어제 사회복지사가 애를 본다고 다녀갔어요. 내가 데리고 있지 못하면 어디 고아원이나 그런 데 가야 한대요. 그래서 말했죠,

올랜도한테 그럴 수는 없다고, 애하고 엄마하고 둘이 헤어져본 적이 없다고. 안 돼요. 내가 데리고 있을 수는 있지만…….”

에드나가 천장을 흘끗 쳐다보았다.

“걔는 지금 굉장히 불안해하고 있어요. 몹시 성이 나 있고. 그 저 엄마가 집에 왔으면 한다는데 내가 뭘 어떻게 할 말이 있어야 죠. 진실을 말해줄 수는 없잖아요? 그리고 경찰이 옆집에서 정원 을 다 파헤치고 있고, 파다가 미스터폼을 찾았다는데…….”

“죽은 고양이예요.” 스트라이크가 로빈에게 소곤소곤 말해주 는데 에드나의 안경 너머로 눈물이 그렁그렁 차오르더니 동그란 뺨을 타고 또르르 떨어졌다.

“불쌍한 어린양…….” 그녀가 다시 말했다.

스트라이크와 로빈에게 커피를 갖다 준 에드나는 위층으로 올 랜도를 데리러 갔다. 그녀를 설득해서 데리고 내려오는 데는 족 히 10분이 걸렸다. 스트라이크는 지저분한 운동복을 입고 부루퉁 한 얼굴을 한 소녀가 팔 밑에 치키몽키를 꼭 끼고 나타나자 오늘 따라 정말 기뻤다.

“저 아저씨 이름이 거인하고 같아.” 그녀는 스트라이크를 보더 니 부엌 전체를 향해 큰 소리로 말했다.

“맞아.” 스트라이크가 고개를 끄덕이며 말했다. “기억 잘하고 있구나.”

올랜도는 오랑우탄을 품에 꼭 껴안고 에드나가 빼준 의자에 미 끄러지듯 앉았다.

“내 이름은 로빈이야.” 로빈이 그녀를 보고 웃으며 말했다.

“새 이름 같다.” 올랜도가 곧장 말했다. “도도는 새야.”

"엄마와 아빠가 아이를 그렇게 불렀대요." 에드나가 설명했다.

"우리는 둘 다 새네." 로빈이 말했다.

올랜도는 그녀를 빤히 바라보더니 일어나서 아무 말도 없이 부엌에서 나가버렸다.

에드나는 깊이 한숨을 쉬었다.

"별일 아닌데도 굉장히 기분 나빠 해요. 대체 왜 그러는지 알 수가ㅡ."

하지만 올랜도는 크레용과 나선형 용수철로 제본된 스케치북을 가지고 다시 돌아왔다. 스트라이크는 올랜도의 비위를 맞추기 위해 에드나가 사준 것들일 거라 확신했다. 올랜도는 부엌 식탁에 앉아 로빈을 향해 미소 지었다. 달콤하고 티 없는 그 미소를 보고 로빈은 뭐라 설명할 수 없는 슬픔에 빠졌다.

"내가 로빈새 그려줄게." 올랜도가 선언했다.

"그러면 정말 좋지." 로빈이 말했다.

올랜도는 이빨 사이로 혀를 내밀고 집중하기 시작했다. 로빈은 아무 말도 하지 않고 그림의 진척을 지켜보았다. 스트라이크는 벌써 로빈이 이제껏 자기가 간신히 쌓은 것보다 훨씬 더 훌륭한 신뢰 관계를 형성한 걸 보고 에드나가 준 초콜릿 비스킷을 먹으며 눈에 대한 한담만 나누고 있었다.

올랜도는 마침내 그림을 완성하고 스케치북에서 찢어내어 로빈 쪽으로 밀어주었다.

"아름답다." 로빈이 환하게 웃어주며 말했다. "나도 도도를 그리고 싶은데, 그림을 못 그려." 스트라이크는 이 말이 거짓이라는 걸 알고 있었다. 로빈은 그림을 아주 잘 그렸다. 그는 그녀의 낙서를 본 적이 있었다. "하지만 나도 너한테 뭔가 꼭 줘야겠어."

그녀는 흥분에 달떠 지켜보는 올랜도의 눈길을 받으며 가방 안을 샅샅이 뒤지다가 결국 뒷면이 어여쁜 분홍색 새 문양으로 장식된 조그맣고 동그란 화장거울을 꺼냈다.

"자." 로빈이 말했다. "봐, 이건 플라밍고야. 이것도 새야. 가져도 돼."

올랜도는 입술을 벌리고 뚫어져라 쳐다보며 선물을 받았다.

"고맙다고 해." 에드나가 재촉했다.

"고마워." 올랜도는 인사를 하고 잠옷 케이스에 거울을 슬며시 넣었다.

"그게 가방이야?" 로빈이 반짝반짝 관심을 보이며 물었다.

"내 원숭이." 올랜도가 오랑우탄을 꼭 움켜쥐고 껴안으며 말했다. "아빠가 나한테 줬다. 아빠는 죽었다."

"유감이구나." 로빈은 조용히 말했다. 몸통이 잠옷 케이스처럼 텅 빈 퀸의 시체 모습이 그 즉시 그녀의 마음속으로 흘러 들어왔다.

스트라이크는 은근슬쩍 시계를 확인했다. 팬코트와의 약속 시간이 점점 더 가까워지고 있었다. 로빈이 커피를 홀짝이다가 물었다.

"원숭이 속에 물건을 넣어두니?"

"나 그 머리카락 좋아." 올랜도가 말했다. "반짝거리고 노란색이야."

"고마워." 로빈이 말했다. "그 안에 다른 그림 있니?"

올랜도가 고개를 끄덕였다.

"나 비스킷 먹어도 돼?" 올랜도가 에드나에게 물었다.

"다른 그림들 좀 봐도 될까?" 우물거리고 먹는 올랜도에게 로빈이 물었다.

그리고 잠시 말없이 생각을 해보더니 올랜도가 오랑우탄을 열었다.

꾸깃꾸깃한 그림들이 한 꾸러미 나왔다. 크기와 색깔이 각양각색인 종이들에 그린 그림들이었다. 스트라이크도 로빈도 처음에는 그림을 뒤집어보지 않고, 올랜도가 테이블에 펼쳐놓는 걸 보며 찬탄의 말만 늘어놓았다. 로빈은 올랜도가 크레용과 마커로 그린 밝은 불가사리와 춤추는 천사들에 대해 이것저것 물어보았다. 쏟아지는 찬사에 신이 난 올랜도는 잠옷 케이스를 더 깊이 파들어가 작업 재료들을 꺼냈다. 다 쓴 타자기 카트리지가 나왔는데, 잿빛의 타원형 카트리지에는 찍어낸 글자들이 역상으로 찍혀 있는 얇은 테이프가 들어 있었다. 스트라이크는 색연필이 들어 있는 양철통과 민트 상자 아래로 사라지는 카트리지를 보면서 몰래 슬쩍하고 싶은 충동을 꾹 참았다. 대신 올랜도가 쫙 펼친 나비 그림 뒤로 지저분한 어른의 글씨 흔적이 비쳐 보여서 눈을 떼지 않고 지켜보았다.

로빈의 격려를 받아 올랜도는 이제 더 많은 걸 꺼내놓기 시작했다. 스티커 한 장, 멘딥 힐스의 엽서, "조심하세요! 당신이 내 소설에 나오게 될지도 모르니까!"라고 쓰인 동그란 냉장고 자석. 마지막으로 그녀는 훨씬 질이 좋은 종이에 인쇄된 세 개의 이미지를 보여주었다. 두 개는 책에 들어가는 삽화의 교정쇄였고 한 장은 책표지 시안이었다.

"우리 아빠가 직장에서 나한테 줬다." 올랜도가 말했다. "갖고 싶다고 했더니 단눌차가 날 만졌다." 그는 밝은 원색의 그림을 가리키며 말했다. 스트라이크는 그 그림을 알아보았다. 《통통 뛰기를 좋아하는 캥거루 카일라》였다. 올랜도는 카일라에게 모자와 핸드백을 더 그려 넣고 개구리에게 말하고 있는 공주 그림에 형광펜으로 색을 칠했다.

재잘재잘 수다를 떠는 올랜도를 보고 신이 난 에드나가 커피를 더 끓여 왔다. 시간을 의식하면서도 괜한 시비를 걸거나 자기 보물을 보호하겠다고 움켜쥐는 사태는 절대 피해야 한다는 사실을 잘 알고 있는 로빈과 스트라이크는 계속 수다를 떨면서 테이블 위에 놓인 종이를 한 장 한 장 들고 살펴보았다. 뭔가 도움이 될 거라는 생각이 들면 로빈은 옆에 앉은 스트라이크에게 슬쩍 건네주곤 했다.

나비 그림 뒷면에는 일련의 이름들이 끼적여 있었다.

샘 브레빌. 에디 보인? 에드워드 배스킨빌? 스티븐 브룩?

멘딥 힐스 엽서는 7월에 보낸 것이었고 짤막한 메시지가 적혀 있었다.

날씨 좋음, 호텔 실망스러움, 책이 잘 진행되고 있길 바람!
V xx

그 외에는 손으로 쓴 글씨의 흔적이 전혀 없었다. 올랜도의 그림들 중 몇 장은 지난번에 왔을 때 스트라이크가 이미 본 것들이

었다. 한 장은 어린이용 식당 메뉴 뒷면에 그려져 있었고, 또 하나
는 퀸의 가스 청구서 뒷장에 그려져 있었다.

"자, 저희는 이만 가봐야 할 것 같습니다." 스트라이크는 예의
바르게 아쉬움을 표하며 말했다. 멍하니 딴 데 정신을 팔린 듯이
그는 도커스 펜젤리의 《위키드 록스 위에서》의 표지 이미지를 계
속 쥐고 놓지 않았다. 온몸이 지저분하게 더럽혀진 여자가 가파
른 절벽으로 에워싸인 작은 만의 돌 많은 모래사장에 반듯이 누워
있었고 그녀의 배 위로 남자의 그림자가 드리워져 있는 그림이었
다. 올랜도는 소용돌이치는 푸른 물에 두꺼운 윤곽선으로 검은
물고기를 그려놓았다. 다 쓴 타자기의 리본 카트리지가 그 이미
지 밑에 숨겨져 있었다. 스트라이크가 미리 그 자리에 슬쩍 밀어
넣어 두었던 것이다.

"안 가면 좋겠어." 올랜도는 갑자기 긴장하더니 눈물이 글썽글
썽해서는 로빈에게 말했다.

"정말 좋았지?" 로빈이 말했다. "꼭 다시 보게 될 거야. 플라밍고
거울 잘 갖고 있어야 해. 나는 로빈 그림을 잘 가지고 있을게―."

그러나 올랜도는 이미 통곡을 하며 발을 구르고 있었다. 또 한
번 작별인사를 하고 싶지는 않았다. 생떼가 갈수록 도를 더해가
는 틈을 타서 스트라이크는 타자기 리본 카트리지를 유유히 《위
키드 록스 위에서》의 표지 삽화로 싸서 지문을 묻히지 않은 상태
로 호주머니에 슬쩍 넣었다.

두 사람은 5분 후 길거리로 나왔고, 로빈은 복도로 나올 때 올
랜도가 악을 쓰며 울어대고 붙잡는 바람에 약간 마음이 심란해져
있었다. 에드나는 올랜도가 두 사람을 따라가지 못하도록 완력으

로 막아야 했다.

"불쌍한 아이." 로빈은 노려보는 경관이 듣지 못하도록 목소리를 낮춰 속삭였다. "아, 세상에, 정말 끔찍했어요."

"그래도 수확은 있었죠." 스트라이크가 말했다.

"타자기 리본은 확보했어요?"

"넵." 스트라이크는 어깨 너머로 경관이 시야 밖으로 물러선 걸 흘끗 보고 확인한 후에야 리본 카트리지를 꺼냈다. 그리고 도커스의 책 표지로 여전히 잘 싸여 있는 그 물건을 증거품용 비닐 봉투에 슬쩍 넣었다. "그리고 또다른 것도 약간."

"그랬어요?" 로빈이 놀라 물었다.

"어쩌면 단서일지도 모르죠." 스트라이크가 말했다. "아무것도 아닐 수도 있고."

그는 다시 시계를 흘끗 보더니 속도를 냈다. 무릎이 심하게 저항하며 쿡쿡 쑤셔올 때마다 그는 몸을 움찔했다.

"팬코트와 만나기로 한 시간에 늦지 않으려면 서둘러야겠는데요."

20분 후, 센트럴런던으로 다시 그들을 데려다줄 번잡한 지하철 객차 좌석에 앉아서 스트라이크가 말했다.

"오늘 오후에 해야 할 일 똑똑하게 숙지하고 있죠?"

"확실히 알고 있어요." 로빈이 내키지 않는 말투로 말했다.

"재미있는 일이 아닌 건 알아요—."

"그래서 심란한 게 아니에요."

"그리고 내가 말했지만 위험할 리도 없어요." 그는 열차가 토트넘코트로드 역에 진입하자 일어설 채비를 했다. "그렇지만……."

240

무엇 때문인지 그는 다시 생각해보았다. 숱 많은 눈썹 사이로 미간에 살짝 주름이 팼다.

"당신 머리." 그가 말했다.

"머리가 왜요?" 로빈이 손을 의식적으로 치켜들며 말했다.

"기억에 남아요." 스트라이크가 말했다. "모자 없죠?"

"하— 하나 사면 되죠." 로빈은 이상하게 당혹스러운 기분이 되어 말했다.

"비용 처리 해요." 그가 말했다. "조심해서 나쁠 거 없어요."

43

오호라, 이쪽으로 엄청난 허영의 파도가 밀어닥치는구나!
— 윌리엄 셰익스피어, 《아테네의 티몬》

스트라이크는 인파로 복작복작한 옥스퍼드 스트리트를 따라
걸었다. 녹음된 캐럴과 계절 타는 팝송이 한바탕 쏟아지고 있는
거리를 지나 왼쪽으로 접어드니 훨씬 조용하고 좁은 딘 스트리트
가 나왔다. 여기에는 상점들이 없고 전혀 다른 얼굴을 지닌 블록
같은 건물들이 빽빽하게 모여 있을 뿐이었다. 하얀색, 빨간색, 암
갈색 건물들엔 사무실, 바, 펍이나 비스트로 타입의 레스토랑 들
이 들어서 있었다. 스트라이크는 잠시 멈춰 서서 배달 차에서 내
려져 식자재 출입구로 들어가는 와인 상자들에 길을 비켜주었다.
예술인과 광고인, 출판인 들이 한데 모이는 이곳 소호에서는 크
리스마스가 좀 더 은은하고 세련된 행사였고 특히 그루초 클럽은
그 정점에 있었다.
검은 창틀에 작은 토피어리들이 놓인 회색 건물은 심플하게 볼
록 튀어나온 난간주 뒤에 자리 잡고 있어 거의 눈에 띄지 않았다.

이곳의 우월함은 외관이 아니라 창작예술계 인사들을 위한 회원제 클럽으로 상대적으로 소수 인원만 입장을 허용한다는 사실에 있었다. 절뚝거리며 문지방을 넘은 스트라이크는 작은 로비로 들어섰고 카운터 뒤의 소녀가 상냥하게 말했다.

"무엇을 도와드릴까요, 손님?"

"마이클 팬코트를 만나러 왔습니다."

"아, 네―. 스트라이크 씨 되십니까?"

"맞습니다." 스트라이크가 말했다.

그는 안내받은 대로 가죽 의자가 줄지어 놓여 있는 긴 바를 지나 2층으로 올라갔는데, 점심시간부터 낮술을 먹는 사람들로 만원이었다. 층계를 올라가던 스트라이크는 예전에도 했던 생각을 새삼스럽게 또 곱씹었다. 특수수사대에서 훈련받을 때는 공식적인 강제력이나 권위 없이 인터뷰를 진행한다는 걸 상상도 하지 못했다. 그러나 지금은 용의자의 홈그라운드에서 면담을 진행하고 용의자가 아무 이유나 사과 없이도 마음대로 면담을 끝내버릴 수 있었다. 특수수사대에서는 장교들에게 '사람' '장소' '사물'⋯⋯ 이렇게 정해진 틀 속에서 심문을 진행하라고 요구했다. 스트라이크는 이처럼 효율적이고 엄격한 방법론을 항시 명심하고 염두에 두고 있었지만 요즘에는 자신이 머릿속 상자 속에 사실관계를 수집하고 있다는 사실을 반드시 위장할 필요가 있었다. 자기가 호의를 베풀어주고 있다고 믿는 사람들을 인터뷰할 때는 전혀 다른 테크닉이 요구되었다.

원목마루가 깔린 두 번째 바로 들어서자 바로 목표물이 보였다. 벽을 따라 걸린 현대 화가들의 회화 밑으로 원색 소파들이 놓여 있었고, 팬코트는 선홍색 소파 위에 비스듬히 앉아 있었다. 한 팔은 의자 등에 걸치고 한쪽 다리를 살짝 올려 과장되게 편안한 자세를 강조한 듯했다. 데미안 허스트의 반점 그림이 지나치게 큰 그의 머리 바로 뒤에 걸려 있어 형광을 발하는 후광처럼 보였다.

작가는 숱이 빽빽한 희끗희끗한 검은 머리였고, 육중한 몸에 넉넉한 입매 주변으로 깊은 주름이 파여 있었다. 그는 다가오는 스트라이크를 보고 미소를 지었다. 동등한 상대라 여긴 누군가에게 보여주었을 미소는 아니었고(의도적으로 취한 느긋한 자세와 습관적인 듯한 뚱한 표정으로 미루어, 이런 관점에서 바라보지 않을 수가 없는 태도였다) 인심을 써서 잘해주고 싶은 상대에게 보이는 몸짓이었다.

"스트라이크 씨."

아마 그는 일어나서 악수를 할 생각이었을 것이다. 그러나 키작은 사람들은 의자에서 일어나려다가도 스트라이크의 키와 덩치를 보고 생각을 고쳐먹는 경우가 흔했다. 두 사람은 작은 원목 테이블을 사이에 두고 악수를 했다. 내키지는 않았지만, 팬코트와 함께 소파에 나란히 앉는 것 말고는 대안이 없어서—그건 지나치게 단란한 상황을 연출했다. 더구나 작가의 팔이 의자 등을 다 차지하고 있는 상황에서는—스트라이크는 어쩔 수 없이 딱딱하고 둥근 푸프*에 앉아야 했는데, 그의 체구에 맞지 않았고 쑤시는 무릎에도 좋을 게 없었다.

그들 옆으로 최근 BBC 드라마에서 병사 역할을 하느라 머리를 바짝 깎은 과거의 막장 드라마 전문 스타가 있었는데, 그는 다른

---

* 사람이 앉거나 발을 올려놓는 데 쓰는 크고 두꺼운 쿠션.

두 사람을 앞에 놓고 큰 소리로 자화자찬을 하고 있었다. 팬코트와 스트라이크는 술을 시키고 메뉴판은 사양했다. 스트라이크는 팬코트가 배고프지 않아서 다행이라고 생각했다. 또 누구한테 점심을 살 만한 여유가 없었던 것이다.

"이곳 회원이 되신 지 얼마나 되셨습니까?" 웨이터가 가고 나서 그가 팬코트에게 물었다.

"개장할 때부터요. 제가 초기 투자자였거든요." 팬코트가 말했다. "이제까지 나한테 다른 클럽은 필요도 없었어요. 필요하면 여기서 자고 가기도 하지요. 위층에 객실들도 있거든요."

팬코트는 의식적으로 강렬한 눈길을 스트라이크에게 고정시켰다.

"꼭 만나 뵙고 싶었습니다. 제 다음 소설의 주인공이 소위 테러와의 전쟁과 그 후 군대의 후유증을 겪은 참전용사거든요. 우리가 오언 퀸 문제를 처리하고 나면 스트라이크 씨의 두뇌를 좀 파헤쳐보고 싶군요."

스트라이크는 어쩌다 보니 사람의 마음을 들었다 났다 하고 싶을 때 유명한 사람들이 쓸 수 있는 수단에 대해 잘 알게 되었다. 루시의 기타리스트 아버지인 릭은 스트라이크의 아버지나 팬코트보다 덜 유명했지만, 그래도 세인트마위스에서 아이스크림을 사려고 줄 서 있는 모습을 보면 중년 여자들이 헉 소리를 내며 바들바들 떨게 만들 정도의 유명세는 있었다. "어머, 세상에, 여기서 뭐 하고 계시는 거예요?" 릭은 언젠가 아직 청소년이던 스트라이크에게, 여자를 확실히 침대로 끌어들이려면 그녀에 대한 노래를 쓰고 있다고 말해주면 된다고 털어놓았다. 차기작에서 스트라이크의 일면을 포착하고 싶다는 마이클 팬코트의 발언은 비슷한 주제의 변주로 느껴졌다. 팬코트는 활자로 묘사된 자신의 모습을 보는 게 스트라이크에게 처음도 아니거니와 또 그가 평생 한 번도 추구해본 적이 없는 목표라는 사실을 전혀 모르는 게 틀림없었다. 팬코트의 청탁에 열없이 고개를 끄덕여주고 나서, 스트라이크는 공책을 꺼내 들었다.

"제가 이걸 좀 써도 괜찮을까요? 여쭤보고 싶은 질문들을 기억하는 데 도움이 되어서요."

"얼마든지요." 팬코트는 이것 봐라 하는 표정으로 재미있어했다. 그는 읽고 있던 《가디언》지를 한쪽으로 던져 치웠다. 스트라이크는 그 신문에서 몹시 야위었음에도 기품 있는 외모를 한 노인의 사진을 발견했는데, 거꾸로 보아도 어쩐지 낯이 익었다. '90세의 핀켈먼'이라고 캡션이 달려 있었다.

"사람 좋은 핀크스 영감." 팬코트는 스트라이크의 눈길이 따라가는 방향을 눈치채고 말했다. "우리가 다음 주에 첼시아트클럽에서 작은 파티를 열어주기로 했어요."

"네?" 스트라이크가 펜을 찾아 헤매며 말했다.

"우리 삼촌과 친하셨거든요. 군 복무를 함께 하셨죠." 팬코트가 말했다. "제 첫 소설 《벨라프론트》를 썼을 때—옥스퍼드를 갓 졸업했을 땐데—우리 불쌍한 삼촌이 뭐라도 도움이 되어주고 싶으신 마음에 한 부를 핀켈먼에게 보냈었죠. 삼촌이 만나본 유일한 작가였으니까요."

그는 보이지 않는 제3자가 속기로 한 단어 한 단어를 받아 적고 있는 것처럼 세심하게 계산된 표현을 써서 말했다. 그 이야기는 미리 리허설이라도 한 것처럼, 이전에 여러 번 해본 이야기처럼 들렸고, 아마 실제로 그랬을지도 모른다. 워낙 인터뷰를 자주 하는 사람이었으니까.

"핀켈먼은—그 당시 획기적인 《번티의 대모험》 시리즈를 썼던 작가였는데—내가 쓴 소설을 단 한마디도 이해하지 못했어요." 팬코트가 말을 이었다. "그렇지만 우리 삼촌의 기분을 맞춰주려고 그걸 차드북스에 전달해줬습니다. 거기서 그 원고가 딱 다다른 곳이, 정말 우연찮게도, 하필이면 그 출판사 전체에서 유일하게 그 원고를 이해한 사람의 책상이었죠."

"대단한 행운이었군요." 스트라이크가 말했다.

웨이터가 팬코트가 주문한 와인과 스트라이크를 위한 냉수 한 잔을 가지고 돌아왔다.

"그러니까……" 탐정이 말했다. "핀켈먼을 선생님의 에이전트에게 소개시켜주신 건 그때의 은혜를 갚기 위해서였습니까?"

"그랬죠." 팬코트가 말했고, 그가 고개를 끄덕이는 모습에는 학생이 주의 깊게 강의를 듣고 있을 때 보람을 느끼는 교사의 뿌듯한 생색이 배어 나왔다. "그 시절에 핀크스와 같이 일하던 에이전트는 계속 '깜박 잊고' 인세를 지급하지 않던 사람이었어요. 엘리자베스 태슬에 대해 숱한 말이 돌아다니지만, 그 사람은 정직합니다. 사업적인 측면에서 정직하다는 거죠." 팬코트는 와인을 마시며 표현을 고쳤다.

"태슬도 핀켈먼의 파티에 오겠죠, 안 그렇습니까?" 스트라이크가 팬코트의 반응을 주시하며 물었다. "아직도 그분 에이전트 아닌가요?"

"리즈가 오건 말건 저는 상관없습니다. 아직도 내가 자기를 향해 악의를 불태우고 있다고 상상하나 보죠?" 팬코트가 특유의 떨떠름한 미소를 지으며 말했다. "전 사실 리즈 태슬 생각을 1년에 한 번도 잘 하지 않는데 말입니다."

"선생님께서 퀸을 내치라고 청했을 때 왜 태슬이 거절한 겁니까?" 스트라이크가 물었다.

스트라이크로서는 만난 지 불과 몇 초 만에 숨겨진 저의가 있음을 공표한 남자한테 대놓고 공격을 가하지 않을 이유가 없었다.

"퀸을 내치라 마라는 애초에 내가 결정할 문제가 아니었죠." 팬코트가 말했다. 여전히 보이지 않는 속기사를 위해 잘 정리된 문구를 읊고 있었다. "퀸이 계속 있는 한 나는 그녀의 에이전시에 남아 있을 수 없다고 해명했고, 그래서 나온 겁니다."

"알겠습니다." 스트라이크는 사소한 꼬투리를 잡고 늘어지는 궤변에는 이골이 나 있었다. "어째서 태슬은 선생님이 떠나게 됐을까요? 선생님이 훨씬 거물이시잖습니까, 안 그런가요?"

"퀸이 가시고기라면 나는 창꼬치 정도 됐다고 해도 과언은 아니죠." 팬코트는 잘난 체하는 웃음을 머금고 말했다. "하지만 리즈와 퀸은 동침을 하고 있었습니다."

"정말입니까? 그건 몰랐는데요." 스트라이크가 볼펜 심을 찰칵 눌러 꺼내며 말했다.

"리즈가 옥스퍼드에 왔을 때," 팬코트가 말했다. "이 팔팔한 여장부 아가씨는 부친을 도와서 북부의 농장 여기저기에서 황소 거세하는 일을 했어요. 그녀는 남자와 자고 싶어 안달이 나 있었는데, 다들 그녀의 직업을 꺼림칙하게 여겼죠. 그때 리즈가 나를 꼍장히 좋아했어요. 엄청나게 반해 있었지요. 우리는 개별지도수업 때 파트너였거든요. 여자를 후리기 위해 고안된 제임스 시대 연극의 쏠쏠한 계책을 공부했지요. 그렇지만 솔직히 전 그녀의 처녀 딱지를 떼어줄 만큼 이타적인 사람은 못 되었거든요. 우리는 친구로 남았죠." 팬코트가 말했다. "그리고 리즈가 에이전시 사업을 시작했을 때, 내가 퀸을 소개시켜줬어요. 퀸은 정말이지 취향이 바닥을 파고드는 걸로 악명이 높았거든요, 그러니까 성적으로 말입니다. 따라서 불가피한 일이 벌어진 겁니다."

"굉장히 흥미로운데요." 스트라이크가 말했다. "이건 사람들이 다 아는 사실입니까?"

"그렇지는 않을걸요. 퀸은 벌써 그— 뭐, 그 살인마 여자하고 결혼한 상태였어요. 이제는 그렇게 불러야 하는 거죠, 안 그런가요?" 그는 잠시 생각했다가 말했다. "보다 긴밀한 관계를 따지자면 '아내'보다는 '살인범' 쪽이 압승이지 않습니까? 그리고 퀸이 보통 때처럼 그녀의 온갖 별스러운 침대에서의 습관을 분별없이 떠들고 다니지 못하게 리즈가 무섭게 협박을 했을 겁니다. 가능성은 희박하지만 그래도 혹시 나를 설득해서 침대로 끌어들일 수 없을까 생각했을 테니까요."

이건 눈 먼 허영심일까 사실일까, 아니면 두 가지의 혼합일까?

"리즈는 그 커다란 소 같은 눈으로 나를 바라보며 희망을 품고 기다리고 있었죠." 팬코트는 입꼬리를 잔인하게 일그러뜨리며 말했다. "엘리가 죽은 후 리즈는 내가 끔찍한 비탄 속에서도 절대 넘어오지 않을 거라는 사실을 깨달았어요. 향후 수십 년 동안 독신으로 산다는 생각을 참을 수 없었을 테고, 그래서 자기 남자 편을 들기로 했을 겁니다."

"에이전시를 떠난 후 퀸과 대화한 적이 단 한 번도 없습니까?"

"엘리가 죽고 처음 몇 년 동안은 내가 바에 들어가면 그놈이 꽁무니를 빼곤 했죠." 팬코트가 말했다. "하지만 결국 배짱이 늘어서 같은 레스토랑에서 끝까지 버티면서 나한테 불안한 눈길을 던지게 되었습니다. 네, 그러고 보니 다시는 서로 말을 섞지 않았던 것 같군요." 팬코트가 그 문제에는 별 관심 없다는 듯 말했다. "아프가니스탄에서 부상을 당하셨다고요?"

"네." 스트라이크가 말했다.

저 계산된 강렬한 눈빛이 여자들한테는 잘 먹힐지도 모르겠다고, 스트라이크는 생각했다. 아마 오언 퀸 역시 똑같이 굶주린 흡혈귀 같은 시선으로 캐스린 켄트와 피파 미질리를 뚫어져라 쳐다보며 그들을 《봄빅스 모리》에 등장시키겠다고 말했을 것이다. 그리고 그들은 자신의 일부가, 자신의 삶이 영원히 작가의 산문이라는 호박(琥珀) 속에 고이 보관되리라 믿고 설레었으리라……

"어쩌다 그렇게 되셨습니까?" 팬코트가 스트라이크의 다리를 바라보고 있었다.

"IED(Improvised Explosive Device, 급조폭발물)요." 스트라이크가 말했다. "탤거스 로드는요? 선생님과 퀸이 그 집의 공동소유자셨죠. 그 집 때문에 서로 연락할 일은 없었습니까? 거기서 우연히 마주친 적은요?"

"전혀 없었습니다."

"들러서 살펴본 적도 없으십니까? 소유주시잖아요. 얼마나—."

"20년, 25년, 뭐 그쯤 됩니다." 팬코트가 무심하게 말했다. "아

250

뇨, 조가 죽은 후로는 그 집 안에 들어가본 적도 없어요."

"11월 8일에 그 집 밖에서 선생님을 봤다고 생각하는 여자에 대해서 경찰의 질의를 받으셨을 텐데요."

"네." 팬코트가 짤막하게 대답했다. "잘못 안 겁니다."

옆자리의 배우는 여전히 시끄럽게 청산유수로 떠들어대고 있었다. "……그래서 더는 못 해먹겠더라고. 씨발 어디로 뛰어야 할지도 모르겠고, 빌어먹을 눈에 모래만 들어가고……."

"그러니까 86년 이후로 그 집 안에 들어가본 적이 없으시군요."

"없습니다." 팬코트가 성마르게 말했다. "오언도 나도 애초에 그 집을 원하지 않았어요."

"어째서죠?"

"왜냐하면 우리 친구 조가 거기서 보기 드물게 누추하고 추레한 환경에서 죽었으니까요. 조는 병원을 지독하게 싫어했고 투약도 거부했습니다. 그가 혼수상태에 빠졌을 무렵에는 집 안 상태가 역겨웠고, 아폴로의 현신이었던 그 친구도 껍데기만 붙어 있는 해골 꼴로 전락해 있었죠. 살갗이…… 소름끼치는 파국이었어요." 팬코트가 말했다. "설상가상 대니얼 차―."

팬코트의 표정이 굳었다. 말 그대로 하지 못한 말을 곱씹듯이 이상하게 우물거리는 동작을 했다. 스트라이크는 기다렸다.

"재밌는 사람이죠, 댄 차드." 팬코트는 자기 스스로 자초한 막다른 골목에서 후진해 나오려고 안간힘을 쓰는 기색이 역력했다. "《봄빅스 모리》에서 오언이 그를 다룬 부분이, 정말 엄청나게 아까운 기회를 놓친 거라고 생각합니다. 미래의 학자들이 《봄빅스 모리》를 읽으면서 정교한 인물 묘사를 찾지는 않을 테지만 말이지요, 안 그렇겠습니까?" 그는 짤막한 웃음을 터뜨려 마무리했다.

"선생님이라면 대니얼 차드를 어떻게 그리셨을까요?" 스트라이크가 묻자 팬코트는 놀란 눈치였다. 잠시 생각하더니 그가 대답했다.

"댄은 내가 만난 사람 중에 최악의 욕구불만입니다. 자기 분야에선 유능하지만 불행하지요. 젊은 남자들의 육체를 갈구하면서도 그림을 그리는 이상은 하지 못해요. 금제와 자기혐오로 충만한 인간인데, 자기를 묘사한 오언의 캐리커처에 그렇게 현명하지 못하고 히스테리컬하게 반응한 것도 그런 식으로 설명할 수 있을 겁니다. 댄은 괴물 같은 사교계의 거물 어머니한테 지배당했어요. 그 여자는 병적으로 수줍은 아들이 가업을 물려받기를 원했지요. 제 생각에는……" 팬코트가 말했다. "저라면 그 모든 걸 가지고 뭔가 만들어낼 수 있었을 겁니다."

"차드는 왜 노스의 책을 거절했습니까?" 스트라이크가 물었다.

팬코트는 또 그 우물거리는 동작을 하더니 대답했다.

"난 대니얼 차드를 좋아하는 사람입니다만."

"어느 시점에서는 원망도 있었다는 인상을 받았습니다." 스트라이크가 말했다.

"어째서 그런 생각을 하셨지요?"

"선생님께서 기념 파티에서 다시 로퍼차드로 '돌아오게 될 거라 예상치는 못했'고 하셔서 그랬습니다."

"거기 있었다고요?" 팬코트가 날카롭게 묻자 스트라이크는 고개를 끄덕였고, 팬코트가 다시 말했다. "이유는?"

"퀸을 찾고 있었습니다." 스트라이크가 말했다. "퀸의 아내가 남편을 찾아달라고 저를 고용했거든요."

"하지만 지금 우리가 알다시피 그녀는 그가 어디 있는지 정확히 알고 있었잖습니까."

"아니요." 스트라이크가 말했다. "그녀는 몰랐다고 생각합니다."

"진심으로 그 말을 믿는 겁니까?" 팬코트는 커다란 머리를 모로 꼬았다.

"네, 그렇습니다." 스트라이크가 말했다.

팬코트는 눈썹을 치켜세우고, 스트라이크를 캐비닛에 모셔둔 골동품을 감상하듯 뚫어져라 쳐다보았다.

"그러니까 노스의 책을 거절한 일로 차드를 원망하지는 않았다는 거군요?" 스트라이크는 본론으로 돌아와 물었다.

잠시 말이 없던 팬코트가 답했다.

"글쎄요. 그렇죠, 원망을 했습니다. 정확히 어째서 차드가 원고를 출판하지 않기로 마음을 바꾸었는지 그건 댄 자신밖에 말해줄 사람이 없겠지만, 저는 그게 조의 병세를 둘러싼 언론의 포화 때문이었다고 생각합니다. 언론은 조가 출판하려 하는, 전혀 회개할 생각 없는 뻔뻔스러운 책에 대한 영국 중산층의 혐오를 선동하고 있었죠. 댄은 그때서야 조가 완연한 에이즈 환자라는 걸 깨닫고 크게 당황한 겁니다. 게이 목욕탕이나 에이즈와 연루되고 싶지 않아서 조에게 아예 책을 거절하겠다고 말한 거죠. 지독하게 비겁한 행동이었고 오언과 나는—."

또 짧은 침묵. 팬코트가 자신과 퀸을 우호적인 관계로 하나의 괄호 안에 묶어 말한 게 대체 얼마 만이었을까?

"오언과 나는 그게 조를 죽였다고 생각했습니다. 조는 펜을 들기운도 없었고 시력도 봉사나 다름없었지만 죽기 전에 필사적으로 그 책을 끝내려고 애쓰고 있었어요. 우리는 오로지 그걸로 생명줄을 붙들고 있다고 생각했지요. 그런데 계약을 취소한다는 차드의 편지가 도착한 겁니다. 조는 일을 놓았고 48시간도 못 돼 죽어버렸죠."

"비슷한 점이 있군요." 스트라이크가 말했다. "선생님의 첫 번째 부인께 일어난 일과 말입니다."

"전혀 그렇지 않습니다." 팬코트가 딱 잘라 말했다.

"어째서죠?"

"조의 작품이 비교도 할 수 없으리만큼 훌륭했으니까요."

또 침묵. 이번에는 훨씬 더 길게 이어졌다.

"그건 이 문제를⋯⋯" 팬코트가 말했다. "순전히 문학적인 관점에서 본 겁니다. 당연히 다른 식으로 볼 가능성들이 있겠지요."

그는 잔에 든 와인을 다 마시고 손을 치켜들어 바텐더에게 한 잔 더 달라는 의사를 전했다. 옆자리의 배우는 거의 숨도 쉬지 않고 여전히 떠들어대고 있었다.

"⋯⋯그래서 말했지. '진정성 따위는 집어치워요. 나보고 뭘 하라는 겁니까, 빌어먹을 내 한쪽 팔을 잘라낼까요?'"

"선생님께는 굉장히 힘든 시간이었겠습니다." 스트라이크가 말했다.

"그래요." 팬코트가 비꼬듯 말했다. "암요, 힘들다고 말할 수 있다고 생각합니다."

"좋은 친구와 아내를 불과—얼마죠?—몇 달 사이에 잃으신 거군요."

"몇 달이죠, 그렇습니다."

"그 시기에 계속 글을 쓰고 계셨습니까?"

"그래요." 팬코트는 깔보는 듯한 성난 웃음을 터뜨리며 말했다. "그 시기에도 내내 계속해서 글을 썼어요. 그게 내 직업입니다. 당신더러 사적인 곤란을 겪는 동안 여전히 군대에서 복무했느냐고 묻는 사람이 있을까요?"

"없겠지요." 스트라이크는 적의 없이 말했다. "무슨 작품을 쓰고 계셨습니까?"

"결국 출판되지 못했어요. 작업하던 책을 포기하고 조의 소설을 마무리했거든요."

웨이터가 팬코트 앞에 두 번째 술잔을 놓고 떠났다.

"노스의 책은 품이 많이 들던가요?"

"거의 들지 않았습니다." 팬코트가 말했다. "그 친구는 기막힌 재능을 지닌 작가였어요. 몇 군데 거친 곳을 깔끔하게 정리하고 엔딩을 손봤을 뿐입니다. 어떻게 끝내고 싶다는 메모를 남겼거든요. 그다음에 원고를 제리 월드그레이브한테 갖다 줬죠. 당시 로퍼에 있었습니다."

스트라이크는 팬코트가 월드그레이브의 아내와 지나치게 친밀한 관계라고 했던 차드의 말을 기억하고 상당히 조심스럽게 말을 이었다.

"월드그레이브와 전에도 함께 일해본 적이 있으셨습니까?"

"내 원고를 가지고 일한 적은 없는데, 재능 있는 편집자라는 평판은 들어 알고 있었고 그 사람이 조를 좋아했던 것도 알았죠. 우리는 《표적을 향하여》에서 협업을 했습니다."

"아주 훌륭하게 잘했군요, 그렇죠?"

팬코트가 순간순간 드러내 보이던 성깔은 이제 사라졌다. 오히려 그는 스트라이크가 선택한 질의의 노선이 재미있는 눈치였다.

"그래요." 그는 와인을 한 모금 마셨다. "아주 잘했어요."

"그렇지만 직접 로퍼차드로 옮기신 지금은 그 사람과 일하고 싶지 않으셨나요?"

"꼭 끌리지는 않았죠." 팬코트는 여전히 미소를 띠고 있었다. "요즘 그 친구가 워낙 술을 마셔서요."

"퀸이 어째서 《봄빅스 모리》에 월드그레이브를 넣었을까요?"

"그걸 대체 내가 어떻게 알겠습니까?"

"월드그레이브는 퀸에게 잘해줬던 걸로 보이는데요. 어째서 퀸이 그를 공격할 필요를 느꼈는지 파악하기가 어렵습니다."

"그래요?" 팬코트가 스트라이크를 찬찬히 훑어보며 말했다.

"제가 이야기를 나눠본 분들은 전부 《봄빅스 모리》의 커터 캐릭터에 대해서 다른 시각을 갖고 계시더군요."

"정말로요?"

"대다수 사람들은 퀸이 월드그레이브를 공격했다는 사실 자체에 분노하는 것 같았습니다. 월드그레이브가 그런 대접을 받을 이유가 없다는 겁니다. 대니얼 차드는 커터 캐릭터가 퀸에게 공저자가 있었다는 걸 보여준다고 하더군요." 스트라이크가 말했다.

"대체 어떤 인간이 《봄빅스 모리》를 퀸하고 같이 썼을 거라고 생각한답디까?" 팬코트가 짤막하게 웃음을 터뜨리며 말했다.

"이런저런 아이디어는 있더군요." 스트라이크가 말했다. "반면 월드그레이브는 커터가 사실 선생님에 대한 공격이라고 생각하더라고요."

"하지만 난 베인글로리어스예요." 팬코트가 미소를 띠고 말했다. "그걸 모르는 사람도 있나요."

"그럼 월드그레이브는 왜 커터가 선생님 얘기라고 생각할까요?"

"그건 제리 월드그레이브한테 물어보셔야 할 것 같습니다만." 팬코트는 여전히 미소를 띠고 있었다. "그런데 어쩐지 이미 알고 계시는 것 같다는 이상한 느낌이 드는데요, 스트라이크 씨. 그리고 이 말은 할 수 있습니다. 퀸은 아주, 아주 틀렸어요. 사실 자기도 알았어야 했던 건데."

막다른 골목.

"그러니까 그 오랜 세월이 지나도록 탤거스 로드를 매각하지 못하셨던 거죠?"

"조의 유언장에 명기된 조건에 맞는 구매자를 찾는 게 굉장히 어려웠습니다. 조가 돈키호테 같은 짓을 한 거죠. 그 친구는 낭만주의자이자 이상주의자였어요. 이 모든 일에 대한 제 감정—유산, 부담, 유증에 서린 슬픔—은 모두 《할로우의 저택》에 썼습니다." 팬코트는 참조할 만한 독서 목록을 권유하는 강사처럼 말했다. "오언도 할 말은 다 했죠. 그 따위로 하긴 했지만." 팬코트는 유령처럼 나타났다 사라지는 비웃음을 머금었다. "《발자크 형제들》에서."

"《발자크 형제들》이 탤거스 로드의 저택에 대한 이야기였다고요?" 초반 50페이지를 읽었지만 전혀 그런 인상을 받지 못한 스트라이크가 물었다.

"그곳이 배경이었어요. 사실 그 책은 우리, 우리 셋의 관계에 대한 이야기였습니다." 팬코트가 말했다. "조는 한쪽 구석에 죽어 있고 오언과 나는 그의 발걸음을 따라가며 그 죽음을 이해하려는 거죠. 그 책의 배경인 스튜디오가 아마 제 생각에—제가 읽은 기사에 따르면—퀸의 사체를 찾으신 곳이죠?"

스트라이크는 아무 말도 없이 계속해서 공책에 메모를 했다.

"하비 버드라는 비평가가 《발자크 형제들》을 '소스라치게, 입이 떡 벌어지게, 괄약근이 꽉 조이도록 형편없는 책'이라고 했었죠."

"저는 그저 불알을 엄청 많이 만지작거리던 것만 기억납니다." 스트라이크가 말하자, 팬코트가 갑자기 자기도 모르게 여자아이처럼 킥킥대고 웃었다.

"읽으셨군요? 아, 그래요, 오언은 자기 불알에 몹시 집착했죠."

옆자리의 배우가 드디어 말을 끊고 숨을 돌렸다. 팬코트의 말이 그 잠깐의 정적 속에서 울려 퍼졌다. 그 배우와 함께 식사하던 두 사람이 빤히 쳐다보자 팬코트가 떨떠름한 미소로 응대하는 걸 보고 스트라이크는 씩 웃었다. 세 남자는 다시 황급하게 수다를 재개했다.

"그 친구는 진짜 대단한 고정관념이 있었어요." 팬코트가 다시 스트라이크를 보며 말했다. "피카소적이라고 해야 하나? 그 고환이 창조력의 근원이었어요. 자기 인생과 작품 양면에 있어서 남성성, 정력, 다산에 강박적으로 집착했지요. 묶여서 여자한테 지배당하는 걸 즐기는 남자치고는 이상한 도착이라고 하는 사람들도 있는데, 제가 보기에는 자연스러운 귀결이에요. 퀸의 성적 페르소나의 음과 양이죠. 그 책에서 우리한테 붙인 이름들도 보셨겠죠?"

"바스(Vas, 도관[導管])와 바리코셀(varicocele, 정맥류)." 스트라이크가 말했다. 그는 팬코트가 스트라이크처럼 생긴 사람이 책을 읽고, 그 내용에 주의를 기울인다는 사실을 살짝 놀랍게 여긴다는 점에 한 번 더 주목했다.

"바스, 그러니까 퀸은 정자를 불알에서 페니스로 운송하는 도관이지요. 건강하고 강력하고 창조적인 기운이에요. 바리코셀, 정맥류는 고환의 혈관이 고통스럽게 확장된 것으로, 가끔은 불임을 유발합니다. 전형적으로 조잡한 퀸다운 인용이에요. 조가 죽고 나서 얼마 후 내가 이하선염에 걸려서 장례식에도 가지 못할 정도로 몸이 좋지 못했다는 사실을 그렇게 쓴 겁니다. 하지만 또한—아까 말씀하셨듯이—그 당시 제가 힘든 상황에서 글을 쓰고 있었다는 사실을 말하고 있기도 했죠."

"그 시점에서도 여전히 두 분은 친구셨죠?" 스트라이크는 확실히 해두고 싶었다.

"오언이 집필에 착수했을 때는 여전히—이론적으로는—친구였지요." 팬코트는 음산한 미소를 지으며 말했다. "그러나 작가들은 야만적인 종족입니다, 스트라이크 씨. 평생 갈 우정과 자기희생적인 동료애를 원한다면 군에 입대해서 살인하는 법을 배워야겠죠. 평생 동안 내가 저지르는 실수 하나하나에 즐거워할 동료들과 한시적으로 연대를 맺으며 살아가고 싶다면 소설을 쓰면 됩니다."

스트라이크는 미소를 지었다. 팬코트는 냉정한 쾌감을 드러내며 말했다.

"《발자크 형제들》은 제가 읽어본 중 최악의 악평을 받았습니다."

"선생님께서도 서평을 쓰셨나요?"

"아니요." 팬코트가 말했다.

"이때 첫 번째 부인과 결혼한 상태셨지요?" 스트라이크가 물었다.

"그렇습니다." 팬코트가 말했다. 얼굴에 스친 찰나의 표정은, 마치 동물들이 제 옆구리에 파리가 앉았을 때 살짝 부르르 떠는 모습 같았다.

"저는 그저 사건의 발생 순서를 맞춰보고 싶을 뿐입니다. 노스가 죽고 나서 금세 부인을 잃으셨나요?"

"죽음을 에둘러 말하는 표현들은 참 흥미롭지요, 안 그렇습니까?" 팬코트가 가볍게 말했다. "저는 그녀를 '잃은' 게 아닙니다. 반대로, 어둠 속에서 그녀에게 걸려 넘어졌죠. 머리를 오븐에 처박고 우리 집 부엌에서 죽어 있더군요."

"유감입니다." 스트라이크가 형식적으로 말했다.

"네, 뭐……."

팬코트는 또 술을 한 잔 더 주문했다. 스트라이크는 미묘한 순간이 도래했다는 걸 직감했다. 수도꼭지를 튼 것처럼 정보가 술술 흘러나오든지 영원히 메말라버리든지 둘 중 하나였다.

"아내의 자살을 초래한 패러디에 대해서 퀸과 얘기를 나눠본 적이 있으신가요?"

"이미 말했잖아요. 엘리가 죽고 나서는 그 어떤 일로도 말을 섞은 적이 없다고." 팬코트가 차분하게 말했다. "그러니까 그런 적 없습니다."

"하지만 퀸이 썼다고 확신하셨지요?"

"의심의 여지 없이. 별 할 말이 없는 숱한 작가들이 그렇듯 퀸도 사실 문학적인 모방 실력은 상당히 훌륭했어요. 그가 조의 작품 일부를 갖고 장난친 기억이 있는데 실제로 꽤 웃겼습니다. 당연히 공공연히 조를 놀려먹지는 않았겠지만요. 우리 두 사람과 어울려 노는 걸로 퀸은 엄청난 득을 보고 있었으니까."

"출간되기 전에 그 패러디를 봤다는 사람은 없었습니까?"

"아무도 나한테 감히 그런 말은 못 했을 겁니다. 하지만 그랬다면 놀라운 일이었겠죠? 결과를 생각해보면 말입니다. 리즈 태슬은 오언이 자기한테 그런 글을 보여준 적이 없다고 내 면전에서 부정했어요. 하지만 다른 경로로 들은 얘기로는 출간 전에 읽었다고 하더군요. 틀림없이 리즈가 출판하라고 부추겼을 겁니다. 리즈는 엘리를 미칠 듯이 질투했으니까."

잠시 아무 말도 없던 팬코트가 짐짓 경쾌한 말투로 말했다.

"요즘은 작품이 난도질당하는 걸 보려면 먹물로 인쇄된 서평이 나올 때까지 기다려야 하던 시절이 언젠지 기억도 나지 않아요. 인터넷이 발명되고 나서는 제대로 읽고 쓰지도 못하는 위인들도 얼마든지 미치코 카쿠타니* 노릇을 할 수 있단 말입니다."

"퀸은 끝까지 그 글을 썼다는 걸 부인했습니다, 그렇지 않나요?" 스트라이크가 물었다.

"그래요, 그랬죠, 배짱도 없는 개새끼였으니까." 팬코트는 무의식직으로 악취미를 발산하며 말했다. "자칭 독불장군들이 그런 경우가 많은데, 퀸도 질투에 절어 구제불능의 경쟁의식으로 똘똘 뭉쳐서는 찬사에 목말라 있었어요. 엘리가 죽고 나자 문단에서

---

* 《뉴욕타임즈》 에디터이자, 퓰리처상을 받은 문학 비평가.

추방당할까 봐 완전히 겁에 질린 거죠, 물론." 팬코트는 명명백백
한 쾌감을 드러내며 말했다. "어쨌든 그렇게 됐고요. 오언은 조와
나와 3인 동맹을 맺음으로써 반사적인 영광을 많이 누렸고 그 덕
을 봤거든요. 조가 죽고 내가 인연을 끊자 그는 원래의 자기 모습
그대로 노출되었습니다. 더러운 상상력과 흥미로운 문체를 가졌
고, 포르노그래피가 아닌 아이디어라고는 거의 하나도 없는 사내
로. 어떤 작가들은 말입니다," 팬코트가 말했다. "좋은 책을 딱 하
나밖에 못 써요. 그게 오언이었죠. 그는 《호바트의 죄》로 가장 큰
화살을 쏜 셈입니다. 이 표현은 퀸도 좋아했을 겁니다. 그 뒤로는
전부 무의미한 재탕에 불과했어요."

"《봄빅스 모리》는 '광인의 걸작'이라고 생각한다고 하셨잖아요?"

"그 인터뷰도 읽으셨군요?" 팬코트는 막연하게 으쓱해진 기분
에 놀라움을 표했다. "뭐, 그렇죠, 문학적으로 진짜 괴상한 작품
이에요. 오언이 글을 잘 쓴다는 사실은 단 한 번도 부정한 적이 없
습니다. 그저 뭔가 심오하거나 흥미로운 글감을 도통 발굴하지
못했던 게 문제죠. 그건 놀랄 정도로 흔한 현상입니다. 그러나
《봄빅스 모리》에서 그는 마침내 자기 주제를 찾았어요, 안 그런가
요? 모두가 나를 미워하고, 모두가 나를 증오하고, 나는 천재인데
아무도 그걸 모른다. 그 결과는 그로테스크하면서도 코믹한 데다
원한과 자기 연민의 냄새가 나지만, 독자를 사로잡는 매혹은 부
인할 수가 없어요. 그리고 그 언어가……" 팬코트는 이제까지 이
어진 논의에서 가장 열을 올리며 말했다. "감복할 만해요. 어떤
대목은 그가 이제까지 쓴 작품을 통틀어 최고였어요."

"전부 다 몹시 유용한 정보군요." 스트라이크가 말했다.

팬코트는 재미있다는 듯 쳐다보았다.

"어떻게요?"

"제 느낌으로는 《봄빅스 모리》가 이 사건의 핵심에 있거든요."

"사건?" 팬코트가 미소를 지으며 물었다. 그리고 잠시 침묵이 흘렀다. "지금 오언 퀸의 살인자가 아직도 자유롭게 배회하고 있다고 생각한다는 얘기를 진지하게 나한테 하고 있는 겁니까?"

"네, 그렇게 생각합니다." 스트라이크가 말했다.

"그렇다면⋯⋯" 팬코트가 더 환한 웃음을 지으며 말했다. "희생자보다는 살인자의 글을 분석하는 게 더 유용하지 않을까요?"

"어쩌면요." 스트라이크가 말했다. "그렇지만 우리는 살인자가 글을 쓰는지 여부는 모릅니다."

"아, 요즘은 거의 모든 사람들이 글을 쓰지요." 팬코트가 말했다. "전 세계가 소설을 쓰고 있어요. 하지만 아무도 읽지 않지요."

"사람들이 《봄빅스 모리》는 틀림없이 읽을 겁니다. 특히나 선생님께서 서문을 쓰시면요." 스트라이크가 말했다.

"그 말씀은 아마 맞을 겁니다." 팬코트가 더 활짝 웃었다.

"그 책을 정확히 언제 처음 읽으셨습니까?"

"아마⋯⋯ 어디 보자⋯⋯."

팬코트는 머릿속에서 계산을 하는 눈치였다.

"어, 퀸이 원고를 갖다 주고 난 다음 주 주중에야 읽었을 겁니다." 팬코트가 말했다. "댄 차드가 전화를 걸어서 퀸이 엘리 책의 패러디를 쓴 건 나라고 암시하려 애썼다고 하더군요. 그리고 힘을 합쳐서 퀸에게 법적인 대처를 하자고 했습니다. 저는 거절했습니다."

"차드가 책의 내용을 읽어줬나요?"

"아니요." 팬코트가 또 미소를 지으며 말했다. "힘들게 얻은 스타 작가를 잃어버릴까 봐 겁에 질려 있었거든요. 그러진 않고 그냥 퀸의 주장을 대충 말해주고 자기네 변호사들이 맡아서 처리해줄 거라고 하더군요."

"이 전화 통화가 언제였습니까?"

"그러니까…… 7일…… 저녁이었을 겁니다." 팬코트가 말했다. "일요일 밤이지요."

"새 소설에 대한 인터뷰를 녹화한 바로 그날이군요."

"아주 잘 알고 오셨군요." 팬코트의 눈이 가늘어졌다.

"그 프로그램을 봤습니다."

"그렇군요." 팬코트가 바늘로 찌르는 듯한 악의를 품고 말했다. "예술 프로그램을 즐길 사람처럼 보이지 않으셔서요."

"즐긴다고 한 적은 없습니다." 스트라이크는 자신의 대답을 즐기는 듯한 팬코트의 반응에 놀라지 않았다. "하지만 촬영 중에 첫번째 부인의 이름을 잘못 말씀하셨다는 건 알아챘습니다."

팬코트는 아무 말도 하지 않고 와인 잔 너머로 스트라이크를 쳐다보기만 했다.

"'에프'라고 하셨다가 '엘리'라고 다시 말씀하셨죠." 스트라이크가 말했다.

"네, 말씀대로 잘못 말했습니다. 아무리 똑똑하고 말 잘하는 사람이라도 그럴 수 있죠."

"《봄빅스 모리》에서 돌아가신 아내의 이름이—."

"'에피지'였습니다."

"우연의 일치로군요." 스트라이크가 말했다.

"물론이죠." 팬코트가 말했다.

"7일이면 퀸이 '에피지'라는 이름을 붙였다는 것도 모르셨을 때니까요."

"당연히 몰랐죠."

"퀸의 애인이 그가 실종된 직후에 우편함으로 들어온 원고 한 부를 받았습니다." 스트라이크가 말했다. "혹시 일찌감치 초고를 받아 보셨던 건 아니지요?"

그 후에 이어진 정적은 좀 지나치다 싶게 길었다. 스트라이크는 두 사람 사이에서 그가 자아낸 가느다란 실이 뚝 끊어지는 걸 느꼈다. 아무 상관 없었다. 그는 이 질문을 마지막으로 아껴두고 있었으니까.

"아니요." 팬코트가 말했다. "그런 적 없습니다."

그는 지갑을 꺼냈다. 다음 소설에서는 스트라이크의 두뇌를 파헤쳐보고 싶다고 공언했던 의도는 까맣게 잊은 모양이었지만, 스트라이크로서는 아쉬울 게 하나도 없었다. 스트라이크가 현금을 좀 꺼냈지만 팬코트가 한 손을 치켜들며 뚜렷하게 공격적인 태도로 말했다.

"아니, 아니, 내가 내게 해주십시오. 기사에서 읽어보니 예전에는 사정이 훨씬 나았다는 사실을 굉장히 강조하던데. 사실, 어쩐지 벤 존슨의 한 구절 같은 기분이 든단 말입니다. '나는 가난한 신사이자 병사요. 내 운이 더 창창했을 때는, 이토록 초라한 은신처를 경멸했었지요.'"

"정말이십니까?" 스트라이크는 유쾌하게 말하며 돈을 호주머니에 다시 집어넣었다. "사실 지금 제 기분은 이쪽에 가깝습니다."

sicine subrepsiti mi, atque intestina pururens

ei misero eripuisti omnia nostra bona?

Eripuisti, eheu, nostrae crudele uenenum

Uitae, eheu nostrae pestis amicitiae.

그는 경악한 팬코트의 얼굴을 웃음기 없이 바라보았다. 작가가
재빨리 응수했다.

"오비디우스?"

"카툴루스*입니다." 스트라이크는 탁자의 도움을 받아 낮은 푸프
에서 힘겹게 몸을 일으키며 말했다. "대충 해석하면 이렇게 되죠."

그러니까 그런 식으로 너는 나를 잠식했지, 내 창자를
갉아먹는 산처럼, 내게 가장 사랑하는 모든 걸 빼앗아갔단
말인가?
아아, 그래, 훔쳐갔다. 내 피 속의 음침한 독
우리가 한때 누렸던 우정이라는, 아, 전염병.

"뭐, 아무래도 또 뵙게 될 것 같습니다." 스트라이크는 기분 좋
게 말했다. 절뚝이며 계단 쪽으로 걸어가는 그의 뒷모습에 팬코
트의 시선이 꽂혔다.

* 로마 시대의 서정시인.

44

그의 모든 동맹과 친구들이
분노하는 격류처럼 몰려와 부대를 형성했다.
─토머스 데커, 《고귀한 스페인 병사》

스트라이크는 그날 밤 오랫동안 주방 겸 거실의 소파에 앉아 있
었다. 채링크로스 로드를 지나는 자동차 소리며 간헐적으로 들리
는 때 이른 크리스마스 파티 인파의 아득한 외침 소리도 잘 들리
지 않았다. 의족을 빼두고 사각팬티 차림으로 앉아 있으니 편했
다. 부상당한 다리의 절단면은 압력으로부터 자유로웠고, 쿡쿡
쑤시는 무릎의 통증은 두 배 용량의 진통제 덕에 둔하게 가라앉아
있었다. 다 먹지 못한 파스타 접시가 그의 옆자리 소파 위에서 엉
겨 굳고 있었고, 작은 창문 너머 하늘은 진짜 밤처럼 짙은 파란색
벨벳 같은 심도를 띠고 있었으며, 스트라이크는 또랑또랑한 맨정
신이었지만 꼼짝도 하지 않았다.

웨딩드레스 차림의 샬럿 사진을 본 뒤로 아주 오랜 시간이 지난
느낌이었다. 그 후로 하루 종일 그녀 생각은 한 번도 하지 않았다.
이것이 진정한 치유의 시작일까? 그녀는 자고 로스와 결혼했고

그는 혼자 앉아서 싸늘한 다락방 아파트의 침침한 불빛 아래 정교한 살인의 복잡한 가닥들을 숙고하고 있었다. 어쩌면 두 사람은 각자, 마침내 정말로 있어야 할 자리를 찾았는지 모른다.

그의 앞 탁자에 놓인 투명한 비닐 증거봉투 속에는 아까 그가 올랜도에게서 슬쩍해 온, 여전히《위키드 록스 위에서》의 표지 사본에 반쯤 싸여 있는 진회색 타자기 리본 카트리지가 놓여 있었다. 그가 그걸 노려보고 있은 지 반시간은 족히 넘은 느낌이었다. 기분이 크리스마스 아침에 신비스럽고 유혹적인 선물 꾸러미, 그것도 트리 밑에서 제일 큰 꾸러미를 맞닥뜨린 어린아이 같았다. 하지만 테이프에서 과학수사를 위한 어떤 증거가 검출되더라도 중간에 개입해서는 안 되기에, 절대 보거나 만지면 안 되었다. 혹시라도 조작 의혹에 연루되면…….

그는 시계를 확인했다. 9시 반이 되기 전에는 전화를 걸지 않기로 스스로 약속했었다. 아이들과 씨름을 해서 재워야 했고, 직장에서 긴 하루를 보내고 돌아와 어르고 달래야 할 아내도 있었다. 스트라이크는 충분히 설명할 시간을 원했다.

그러나 인내심에도 한계가 있었다. 약간 힘들게 일어나서 그는 열쇠를 들고 사무실로 가서 부지런히 아래층으로 내려갔다. 손으로 난간을 꼭 잡고 한 발로 팔짝팔짝 뛰어 내려가다 중간에 주저앉기도 했다. 10분 후 다시 아파트로 들어와서 아직 온기가 식지 않은 소파 자리로 돌아와 앉은 그는 펜나이프를 들고 아까 로빈한테 줬던 것과 동일한 라텍스 장갑을 꼈다.

그는 타자기 리본 카트리지와 구겨진 표지 일러스트레이션을 들어 올려서 조심스럽게 증거봉투에서 꺼내 여전히 종이에 쌓여

있는 리본 카트리지를 위태롭게 까닥거리는 포마이카 식탁 위에
내려놓았다. 숨도 거의 쉬지 않고 나이프에서 이쑤시개 도구를
꺼내 4, 5센티미터가량 노출되어 있는 연약한 테이프 뒤에 세심
하게 집어넣었다. 조심스럽게 조작해서 그는 테이프를 아주 약간
더 꺼내는 데 성공했다. 역상의 단어들이 나타났다. 말들이 거꾸
로 뒤집혀 있었다.

YOB EIDDE WENK I THGUOHT DAH I DN

돌연 분출된 아드레날린은 오로지 스트라이크가 내쉰 고요한
만족의 한숨으로만 표현되었다. 그는 나이프의 스크루드라이버
기구로 카트리지 위에 달린 바퀴를 민첩하게 돌려 테이프를 팽팽
하게 당겼다. 그동안에는 손을 전혀 대지 않고 있다가 여전히 라
텍스 장갑을 낀 손으로 증거물 봉투에 다시 슬쩍 집어넣었다. 그
는 다시 시계를 확인했다. 도저히 더 기다릴 수가 없어서 그는 휴
대전화를 들고 데이브 폴워스에게 전화를 걸었다.

"때가 안 좋아?" 그는 옛 친구가 전화를 받자 물었다.

"아니." 폴워스는 호기심이 동한 말투였다. "무슨 일인데, 디디?"

"부탁할 일이 있어서, 친구. 큰 부탁이야."

160킬로미터 떨어진 브리스톨의 거실에 앉아 있던 엔지니어는
어떤 일을 해주기를 바라는지 탐정이 상세히 설명하는 내내 중간
에 말을 끊지 않고 경청했다. 마침내 이야기가 끝나자 침묵이 이
어졌다.

"큰 부탁이라는 건 알아." 스트라이크가 치직거리는 전화선 소
리에 초조하게 귀 기울이며 말했다. "이런 날씨에 가능하기나 한
지도 모르겠다."

"당연히 가능하지." 폴워스가 말했다. "하지만 언제 할 수 있을지 좀 봐야겠어, 디디. 이틀 휴가가 곧 있어서…… 페니가 그렇게 달가워할지 모르겠어."

"그래. 그게 문제가 될 거 같더라." 스트라이크가 말했다. "위험하리라는 건 잘 알아."

"지금 나 무시하냐. 이것보다 더 열악한 것도 해봤어." 폴워스가 말했다. "아니, 페니는 내가 자기하고 어머니를 모시고 크리스마스 쇼핑을 하길 바라. 하지만 뭐 그러라지. 디디, 그런데 방금 생사가 달린 문제라고 한 거야?"

"비슷해." 스트라이크가 눈을 감고 씩 웃으며 말했다. "삶이냐 자유냐지."

"그러면 크리스마스 쇼핑은 물 건너갔네. 친구한테 그 정도야 당연하고. 되는 걸로 생각해. 뭔가 나오면 내가 전화할게, 알았지?"

"몸조심해."

"꺼져."

스트라이크는 휴대전화를 옆자리 소파에 던지고 손으로 얼굴을 비볐지만 웃음기는 사라지지 않았다. 그는 방금 폴워스에게 지나가는 상어를 손으로 붙잡는 것보다 더 무의미하고 더 정신 나간 짓을 하라고 시켰는지도 모른다. 그러나 폴워스는 위험을 사랑하는 사내였고, 이제는 극약처방을 쓸 때가 왔다.

스트라이크가 불을 끄기 전 마지막으로 한 일은 팬코트와 대화 나눈 자리에서 작성한 메모를 다시 읽고 밑줄을 치는 것이었다. 한 단어에 줄을 어찌나 박박 그었는지 종이가 뚫릴 정도였다. 그 단어는 바로 '커터'였다.

45

그대는 누에의 장난을 보지 못했는가?

-존 웹스터,《하얀 악마》

과학수사의 증거를 찾아 가족의 집과 탤거스 로드 모두 철저한 수색이 진행되고 있었다. 리어노라는 계속 홀로웨이에 갇혀 있었다. 이제는 기다림의 게임이 되었다.

스트라이크는 몇 시간 동안 추위 속에 서서 불 꺼진 창문을 바라보고 얼굴 없는 이방인들을 미행하는 일에 익숙했다. 받지 않는 전화와 대답 없는 문, 무표정한 얼굴, 영문을 모르고 서 있는 구경꾼, 강제로 부과된 속 터지게 답답한 활동의 휴지기에도 익숙했다. 그러나 이번 경우가 좀 다르고 더 정신 사나운 건 무슨 일을 해도 그 뒤에 배경음으로 조그맣게 칭얼거리는 불안감이 깔려 있는 탓이었다.

이 일은 냉정하게 거리를 유지해야 하지만 언제나 마음을 동하게 하는 사람들이며 쓰라린 불의는 있기 마련이다. 감옥에 갇혀 하얗게 질린 얼굴로 흐느껴 울고 있는 리어노라, 부모를 모두 잃고 혼란에 빠진 마음 여린 딸. 로빈이 올랜도의 그림을 책상 앞에 핀으로 꽂아두어, 배가 빨간 즐거운 새는 다른 사건들을 처리하느라 분주하게 일하는 탐정과 비서를 내려다보며 래드브로크 그로브의 고수머리 소녀가 아직도 엄마가 집에 돌아오기만 기다리고 있다는 사실을 상기시켜주고 있었다.

로빈은 마침내 의미 있는 일을 맡았지만 스트라이크를 실망시키고 있다는 생각이 들었다. 이틀 연달아 노력의 대가 하나 없이 텅 빈 증거봉투만 들고 사무실로 돌아왔던 것이다. 탐정은 신중에 만전을 기해야 한다고, 그녀의 얼굴을 누가 알아보거나 기억한다는 표시가 조금이라도 있으면 후퇴하라고 주의를 주었다. 하지만 자신이 그녀가 얼마나 눈에 띄게 아름답다고 생각하는지 명확하게 말하고 싶지는 않았다. 붉은 금발을 모자 속에 아무리 쑤셔 넣어도, 그녀는 여전히 아주 뛰어난 미모의 소유자였다.

"그렇게까지 조심해야 하는지 잘 모르겠어요." 그녀는 지시를 정확하게 이행하고 나서 말했다.

"우리가 지금 어떤 상대를 다루고 있는지 기억해요, 로빈." 쌀쌀맞다시피 대꾸하는 그의 마음속에서 여전히 불안감이 칭얼거리고 있었다. "퀸은 자기 손으로 배를 가른 게 아니에요."

두려움의 일부는 이상하리만큼 형체가 없었다. 물론 킬러가 빠져나갈까 봐 걱정이 되기도 했다. 지금 그가 재구성하고 있는 사건은 대체로 상상력에 근거하고 있어 거미줄처럼 유약했고 중간에 커다란 구멍들이 뻥뻥 뚫려 있었기에, 물적 증거로 든든히 닻을 내리지 않으면 경찰과 피고의 변호사가 싹 다 날려버리기 십상이었다. 그러나 그에게는 다른 걱정이 있었다.

안스티스가 엮어준 '신비한 밥'이라는 딱지를 진저리나게 싫어하긴 했지만, 스트라이크는 지금 위험이 임박했다는 걸 감지하고 있었다. 심지어 근처에서 바이킹이 폭발했던 그때의 느낌에 버금갈 정도로 강력한 예감이었다. 사람들은 그걸 육감이라고 부르지만, 스트라이크는 이것이 미묘한 신호들을 읽어낸 결과이자 따로 떨어진 점들을 잇는 무의식적인 연상작용임을 알고 있었다. 선명한 살인자의 초상이 산더미처럼 쌓인 절연된 증거들로부터 떠오르고 있었고, 그 이미지는 적나라하고 소름끼치게 무서웠다. 이 사건은 강박과 격렬한 분노, 계산적이고 천재적이지만 심오하게 병적인 정신의 소산이었다.

스트라이크가 놓치지 않겠다고 버티며 주위를 어슬렁거릴수록, 그가 그려가는 동심원이 죄어들수록, 심문이 더 명확한 표적을 향하게 될수록, 그가 제기하는 위협에 살인자가 눈을 뜰 가능성은 더 높아졌다. 스트라이크는 공격을 감지하고 방어하는 스스로의 능력에 자신감을 갖고 있었지만, 엽기적인 잔혹성을 좋아하는 성향을 대놓고 드러낸 병적인 심리가 어떤 해결책들을 고안해낼지 생각하면 마음의 평정을 유지하기가 쉽지 않았다.

폴워스의 휴가는 하루하루 지나갔지만 손에 잡히는 결과는 나오지 않았다.

"지금 포기하지는 마, 디디." 그는 전화로 스트라이크를 달랬다. 폴워스의 성격상, 노력의 대가가 쉽게 나오지 않는다는 사실에 낙심하기는커녕 오히려 오기가 나는 모양이었다. "월요일에 병가를 좀 내야겠어. 한 번 더 시도해볼게."

"그런 부탁은 차마 못 하겠다." 스트라이크가 속상해하며 말했다. "운전을 그렇게 ─."

"내가 지금 해준다잖아, 이 배은망덕한 외다리 개새끼야."

"페니한테 죽을걸. 크리스마스 쇼핑은 어떻게 하고?"

"런던 경찰청 코를 납작하게 눌러버릴 기회는 그럼 어떡하냐?" 수도(首都)와 그 주민들을 싫어하는 걸 오랫동안 원칙으로 고수해온 폴워스가 말했다.

"넌 진짜 친구야, 첨." 스트라이크가 말했다.

전화를 끊은 그는 로빈의 미소를 보았다.

"뭐가 웃겨요?"

"'첨'요." 그 말은 너무나 사립학교 학생 같았고 스트라이크답지가 않았다.

"그런 거 아니에요." 스트라이크가 상어와 연관된 데이브 폴워스의 사연을 한참 얘기하고 있는데 휴대전화가 또 울렸다. 모르는 번호였다. 그는 전화를 받았다.

"어, 캐머론…… 스트라이크씨?"

"말씀하세요."

"저 주드 그레이엄이라고 해요. 캐스 켄트의 이웃요. 그 여자가 돌아왔어요." 여자가 행복한 목소리로 말했다.

"좋은 소식인데요." 스트라이크는 로빈에게 엄지를 척 치켜들어 보이며 말했다.

"네, 오늘 아침에 돌아왔어요. 친구를 데리고 와서 같이 재우고 있어요. 어디 갔다 왔느냐고 물었는데 대답을 안 하네요." 이웃이 말했다.

스트라이크는 주드 그레이엄이 자기를 기자라고 생각했다는 걸 기억했다.

"그 친구분이 여자인가요, 남자인가요?"

"여자요." 아쉽다는 말투였다. "키가 크고 깡마른 검은 머리 여자애예요. 항상 캐스랑 붙어다녀요."

"도움이 아주 많이 됐습니다, 그레이엄 부인." 스트라이크가 말했다. "어— 제가 나중에 수고비를 문틈으로 좀 넣어드릴게요."

"좋아요." 이웃이 만족스럽게 말했다. "안녕히 계세요."

그러더니 전화가 끊겼다.

"캐스 켄트가 집에 돌아왔어요." 스트라이크가 로빈에게 말했다. "피파 미질리를 데리고 와서 같이 지내는 모양인데요."

"아." 로빈이 웃지 않으려 애쓰면서 말했다. "어, 지금쯤은 걔한테 헤드락을 건 걸 좀 후회하고 계시겠네요?"

스트라이크는 씁쓸하게 웃었다.

"나한테 입을 열 리가 없겠죠."

"그럼요." 로빈이 동의했다. "절대 말하지 않을 거 같네요."

"그쪽 입장에서는 리어노라가 감옥에 간 것도 잘된 일이고."

"전체 이론을 말해주면 협조해줄 수도 있어요." 로빈이 말했다.

스트라이크는 턱을 긁으면서 로빈을 보고 멍한 표정을 지었다.

"난 안 되겠어요." 그가 결국 말했다. "내가 그쪽 나무를 쿵쿵거리고 다닌다는 얘기가 새어 나가면, 어두운 밤에 등에 칼침이나 안 맞으면 다행이에요."

"지금 진심으로 하는 말이에요?"

"로빈." 스트라이크가 좀 답답해하면서 말했다. "퀸은 묶여서 내장이 적출됐다고요."

그는 소파 팔걸이에 걸터앉았다. 쿠션만큼 요란하진 않았지만 여전히 그의 체중을 감당 못 하고 삐걱거렸다.

"피파 미질리가 당신은 좋아했어요."

"제가 할게요." 로빈이 말이 떨어지기 무섭게 답했다.

"혼자서는 안 돼요." 그가 말했다. "나를 좀 들여보내주면 좋겠는데? 오늘 밤 괜찮아요?"

"당연하죠!" 로빈은 들떠서 말했다.

매튜와 새로운 규칙을 세우지 않았던가? 이번이 처음 그를 시험해보는 기회가 될 터라서 그녀는 자신만만하게 전화기로 갔다. 그날 밤 언제 집에 들어갈지 모르겠다는 전화를 받은 매튜의 반응은 열광적이라고 말하기 힘들었지만, 적어도 이의 제기는 없이 순순히 소식을 받아들였다.

그래서 그날 저녁 7시, 장시간에 걸쳐 그들이 취할 전략을 논의한 후 스트라이크와 로빈은 각자 따로 얼음처럼 차가운 밤을 헤쳐 나아가기 시작했다. 로빈이 앞서고 10분 간격을 두고 스트라이크가 뒤따라 스태포드 크립스 하우스로 향했다.

이번에도 청년들 한 패거리가 그 블록의 콘크리트 앞마당에 서 있었는데, 그들은 두 주 전 스트라이크에게 보여줬던 경계심 섞인 존경을 로빈에게는 전혀 보이지 않고 오히려 길을 막아섰다. 로빈이 안쪽 층계로 다가가려 하자 그녀 앞에서 한 녀석이 뒤로 댄스 스텝을 밟으며 파티에 오라고 초대를 하고 아름답다고 말하더니, 그녀가 아무런 대꾸도 하지 않자 가소롭다는 듯 웃음을 터뜨렸다. 그러는 사이 친구들은 그녀의 등 뒤에서 야유를 보내며 그녀의 뒤태에 대해 이러쿵저러쿵 서로 논하기 시작했다. 콘크리트 계단통에 들어서자 그들의 놀림과 야유가 이상한 메아리가 되어 공명했다. 그녀는 소년들의 나이가 기껏해야 열일곱 살쯤 됐을 거라 생각했다.

"위층으로 올라가야 해요." 그녀는 친구들을 웃기려고 계단통을 가로질러 축 누워 있는 소년을 보고 말했다. 두피로 식은땀이 빠작빠작 배어 나왔다. '어린애에 불과해.' 그녀는 스스로에게 말했다. '그리고 스트라이크가 바로 뒤에 따라오고 있어.' 그 생각을 하자 용기가 났다. "부탁인데 비켜주시죠."

소년은 주저하더니, 그녀의 몸매에 대해 야유하듯 한마디 하고 비켰다. 지나치면서도 로빈은 소년이 자기를 덜컥 잡을 것만 같은 생각이 들었다. 하지만 그는 느릿느릿 친구들에게로 걸어갔고, 패거리는 다 같이 계단을 오르는 그녀의 등 뒤에 대고 더러운 욕을 퍼부었다. 따라오는 기척이 없자 안심한 로빈은 캐스 켄트의 아파트로 이어지는 복도로 나섰다.

불이 켜져 있었다. 로빈은 잠시 걸음을 멈추고 마음을 가다듬은 후 초인종을 눌렀다.

몇 초 후, 문이 조심스럽게 한 뼘쯤 열렸고, 그 안에 헝클어진 긴 빨강 머리의 중년 여자가 서 있었다.

"캐스린?"

"네?" 여자가 수상쩍다는 듯이 대꾸했다.

"알려드릴 굉장히 중요한 정보가 있어서 왔어요." 로빈이 말했다. "제 말을 꼭 들으셔야 해요."

("'말씀을 좀 드리고 싶은데요'라든가 '여쭤볼 게 있어서요'라고 말하지 말아요." 스트라이크가 그녀를 코치했었다. "그쪽에 득이 되는 것처

럼 틀을 짜서 말해야 해요. 당신 정체를 말해주지 말고 최대한 밀어붙여요. 다급한 일처럼 들리게 하고, 당신을 놓치면 뭔가 중요한 걸 놓치게 될까 봐 걱정하게 만들어야 해요. 제대로 생각을 정리하기 전에 안에 들어가는 게 좋아요. 성 말고 이름을 불러요. 사적으로 관계를 맺어요. 쉬지 않고 말을 하고.")

"뭔데요?" 캐스린 켄트가 따져물었다.

"좀 들어가도 될까요?" 로빈이 물었다. "바깥이 너무 춥네요."

"당신 누구예요?"

"캐스린, 이 말을 꼭 들으셔야 해요."

"누구……."

"캐스?" 그녀 뒤에서 누군가 말했다.

"당신 기자예요?"

"저는 친구예요." 로빈은 발을 문지방에 놓고 즉흥적으로 둘러댔다. "도움을 드리고 싶어요, 캐스린."

"이봐요—."

익히 알고 있는 길고 하얀 얼굴과 커다란 갈색 눈이 캐스의 얼굴 옆에 나타났다.

"내가 말했던 그 여자예요!" 피파가 말했다. "그 사람하고 같이 일하는—."

"피파." 로빈이 훤칠한 소녀와 눈을 똑바로 맞추며 말했다. "내가 피파의 편인 거 알죠? 두 사람에게 해줘야 할 말이 있어요. 급히—."

그녀의 발이 문지방을 3분의 2가량 넘어가고 있었다. 로빈은 당황한 피파의 눈을 똑바로 보면서 그녀가 끌어낼 수 있는 진지한 설득력의 최대치를 얼굴 표정에 다 담았다.

"피파, 정말 중요한 일이 아니라고 생각했다면 오지도 않았을 거예요."

"들여보내 줘요." 피파가 캐스린에게 말했다. 겁을 집어먹은 얼굴이었다.

복도는 비좁았고 걸려 있는 코트들만으로도 꽉 찬 느낌이었다. 캐스린은 벽에 소박한 목련이 그려져 있고 스탠드 불빛으로 밝혀진 작은 거실로 로빈을 안내했다. 창문에는 갈색 커튼이 처져 있었는데, 천이 너무 얇아서 맞은편 건물의 불빛과 멀리서 지나치는 자동차 라이트가 비쳐 보였다. 약간 지저분한 오렌지색 담요가 낡은 소파를 덮고 있었고, 그 밑에는 소용돌이치는 추상적 패턴의 깔개가 깔려 있었으며 중국집 배달 음식의 잔해가 싸구려 소나무 커피 테이블 위에 널려 있었다. 한구석에 있는 허술한 컴퓨터 테이블 위에 노트북 컴퓨터 한 대가 놓여 있었다. 두 여자가 함께 작은 인조 크리스마스트리를 장식하고 있었다는 걸 깨달은 로빈은 어쩐지 양심의 가책 같은 감정이 밀려와 가슴이 찌릿하게 아팠다. 바닥에는 줄에 달린 장식 조명이 있었고 하나밖에 없는 팔걸이의자 위에는 장식들이 여러 개 놓여 있었다. 하나는 '미래의 유명한 작가!'라고 쓰여 있는 원형 도자기 장식이었다.

"원하는 게 뭐예요?" 캐스린 켄트가 팔짱을 끼고 말했다. 그녀는 작은 눈을 사납게 치뜨고 로빈을 노려보고 있었다.

"앉아도 될까요?" 로빈은 캐스린 켄트의 대답을 기다리지도 않고 자리에 앉았다. ("무례하지 않은 선에서 최대한 편안하게 자리를 잡고, 그쪽이 쫓아내기 힘들게 만들어요." 스트라이크가 그렇게 말했었다.)

"뭘 원하느냐고요?" 캐스린 켄트가 되풀이해 말했다.

피파는 창문 앞에 서서 로빈을 빤히 보았고, 로빈은 피파가 트리 장식품을 만지작거리고 있다는 걸 눈여겨보았다. 산타 옷을 입은 쥐였다.

"리어노라 퀸이 살인죄로 체포되었다는 건 아세요?" 로빈이 말했다.

"당연히 알죠. 내가 바로……." 캐스린은 풍만한 자기 가슴을 가리키며 말했다. "로프와 부르카와 작업복을 산 카드 영수증을 발견한 사람인데."

"그래요." 로빈이 말했다. "저도 알아요."

"로프와 부르카라니!" 캐스린 켄트가 탄식했다. "죄과 치곤 가혹하지 않아요? 그 오랜 세월 동안 그 여자가 그저 그런 촌스러운…… 지루한…… 촌년인 줄 알았는데 그 사람한테 무슨 짓을 했는지!"

"그래요." 로빈이 말했다. "그렇게 보이죠."

"무슨 뜻이죠, 그렇게 보인다니—."

"캐스린, 저는 경고해주러 왔어요. 그들은 그녀 짓이라고 생각하지 않아요."

("구체적인 표현은 쓰지 말아요. 피할 수 있다면 경찰을 명시적으로 언급하지 말아요. 절대 확인해볼 수 있는 이야기를 장담하지 말고, 막연하게 둘러대요." 스트라이크가 해준 말이다.)

"무슨 뜻이에요?" 캐스린이 날카롭게 물었다. "경찰이 무슨—."

"그리고 캐스린 당신도 그 사람 카드에 접근할 수 있었잖아요. 사실 복사할 기회도 더 많았고."

캐스린은 황망하게 로빈과 피파를 번갈아 보았다. 피파는 하얗게 질린 얼굴로 산타 쥐를 꼭 움켜쥐고 있었다.

"하지만 스트라이크는 당신 짓이라고 생각하지 않아요." 로빈이 말했다.

"누구요?" 캐스린이 말했다. 그녀는 너무 혼란스럽고 겁에 질리고 당황해서 제대로 생각조차 하지 못하는 것 같았다.

"저 여자의 상사요." 피파가 다 들리도록 속삭였다.

"그 사람!" 캐스린이 빙글 돌아 다시 로빈을 보았다. "그 사람은 리어노라를 위해서 일하잖아요!"

"그는 당신 짓이라고 생각하지 않아요." 로빈은 다시 한 번 말했다. "신용카드 영수증을 보고도, 심지어 당신이 갖고 있었다는 사실에도 불구하고 말이에요. 내 말은, 이상하게 보이지만, 그래도 당신이 가지고 있었던 건 우연이라고—."

"걔가 나한테 줬어!" 캐스린 켄트가 미친 듯이 손짓 발짓을 하며 허우적거렸다. "그 사람 딸이, 걔가 나한테 줬다고요. 심지어 몇 주일 동안 그 뒤는 보지도 않았어요. 볼 생각도 안 했다고요. 난 친절하게 굴려던 거예요. 그 애의 그 거지 같은 빌어먹을 그림을 받아다가 좋은 그림이라도 받은 것처럼…… 그냥 잘해주려고 그런 거라고요!"

"저는 이해해요." 로빈이 말했다. "우리는 당신을 믿어요, 캐스린. 약속해도 좋아요. 스트라이크는 진짜 살인자를 찾기 원해요. 그 사람은 경찰과 다르다고요." ("암시만 하고 절대 명시적으로 단언하지는 말아요.") "그 사람은 그냥 퀸이 그랬을 만한 다음 여자를 붙잡는 데엔 관심이 없다고요. 아시잖아요—."

'자기를 묶도록 허락할 여자'라는 단어들은 입 밖으로 나오지 않고 허공에 걸려만 있었다.

피파는 캐스린보다 얼굴을 읽기가 쉬웠다. 잘 속고 쉽게 당황하는 피파는 노발대발하는 캐스린을 바라보았다.

"난 사실 누가 그 사람을 죽였든 별 관심 없는지도 몰라!" 캐스린이 이를 악물고 으르렁거렸다.

"하지만 설마 체포되고 싶지는 않으시—."

"그 사람들이 나한테 관심이 있다는 증거가 어딨어요, 당신 말뿐이잖아! 뉴스에도 아무것도 나오지 않았다고요!"

"글쎄요…… 당연히 그렇지 않을까요?" 로빈이 부드럽게 말했다. "경찰이 기자회견에 대고 자기네들이 사람을 잘못 잡아—."

"누가 그 신용카드를 갖고 있었죠? 그 여자잖아."

"퀸은 보통 자기가 소지하고 다녔어요." 로빈이 말했다. "그리고 그 카드에 접근할 수 있었던 사람은 아내뿐이 아니에요."

"경찰의 의중을 당신이 어떻게 나보다 더 잘 안다는 거예요?"

"스트라이크는 런던 경찰청에 훌륭한 연락책이 있어요." 로빈이 차분하게 말했다. "수사 담당 형사 리처드 안스티스와 아프가니스탄에서 같이 있었거든요."

그녀를 심문했던 남자의 이름이 캐스린에게는 막중한 부담이 되는 모양이었다. 그녀는 다시 피파를 흘긋 보았다.

"어째서 나한테 이런 얘기를 해주는 거죠?" 캐스린이 따졌다.

"왜냐하면 또 한 명의 죄 없는 여자가 체포되는 걸 원치 않기 때문이죠." 로빈이 말했다. "왜냐하면 경찰이 잘못된 사람들을 들쑤시고 다니면서 시간을 낭비하고 있기 때문이에요. 그리고……"

("일단 미끼를 물면 약간의 이기적인 동기를 던져줘요. 그래야 그럴싸하게 보이거든요.") "당연히……" 로빈은 약간 민망한 듯 말했다. "코모란이 진짜 살인범을 잡게 되면 상당한 득을 보게 되거든요. 이번에도 한 번 더 말이에요." 그녀가 덧붙여 말했다.

"그렇겠네요." 캐스린은 열렬히 고개를 끄덕였다. "그거군요, 그렇죠? 그 사람이 홍보를 원하는 거군요."

오언 퀸과 2년간 살았던 여자라면, 홍보가 무조건적으로 떨어지는 축복이라고 믿을 리 없었다.

"이봐요, 우린 그저 그들 생각을 알려주고 싶었을 뿐이에요." 로빈이 말했다. "그리고 도움을 청하려고요. 하지만 물론 원치 않으신다면……."

로빈은 버틸 각오를 했다.

("일단 덫을 놓은 다음에는 하거나 말거나 마음대로 하라는 태도를 취해요. 그쪽에서 안달이 나서 쫓아올 때까지 기다리는 거예요.")

"제가 아는 건 경찰에 다 말했어요." 캐스린은 자기보다 키가 훌쩍 큰 로빈이 다시 일어서자 정신이 산란해진 눈치였다. "더 이상 할 말도 없는걸요."

"글쎄요, 우리는 경찰이 적당한 질문을 잘 던졌는지 확신이 없어서요." 로빈이 다시 소파에 주저앉으며 말했다. "작가시잖아요." 그녀는 컴퓨터를 주시하며 갑자기 스트라이크가 준비해둔 궤도에서 방향을 틀었다. "관찰력이 뛰어나시죠. 그 사람과 그의 작품을 다른 누구보다 잘 이해했고요."

이처럼 뜻밖에 칭찬으로 선회하는 바람에, 캐스린이 로빈에게 던지려 했던 분노의 말들이 뭔지는 몰라도 (독설을 내뱉으려고 입이 이미 다 벌어진 참이었다) 목구멍 속에서 잦아들고 말았다.

"그래서요?" 캐스린이 말했다. 그녀의 공격성은 이미 약간 가짜처럼 느껴졌다. "뭘 알고 싶은데요?"

"스트라이크가 와서 얘기를 좀 들어도 될까요? 싫다고 하시면 오지 않을 거예요." 로빈이 그녀를 안심시켰다. (상사의 재가를 받지 않은 제안이었다.) "스트라이크는 당신이 거절할 권리를 존중해요." (스트라이크는 그런 말을 한 적이 없었다.) "하지만 직접 당신 얘기를 들을 수 있다면 기뻐할 거예요."

"내 말이 무슨 쓸모가 있을지 모르겠네요." 캐스린은 다시 팔짱을 끼며 말했지만 허영심이 충족되어 흡족한 기색을 숨길 수는 없었다.

"큰 부탁이라는 건 잘 알아요." 로빈이 말했다. "하지만 우리가 진짜 살인자를 잡을 수 있게 도와주시면, '제대로 된' 이유들로 신문에 이름이 나게 될 거예요, 캐스린."

그 약속이 거실에 부드럽게 깔렸다. 열렬한, 이제는 존경의 눈빛으로 쳐다보는 기자들과 인터뷰를 하는 캐스린, 기자들은 아마 그녀의 작품에 대해 물을 것이다. '《멜리나의 희생》 얘기를 좀 해 주세요'라고…….

캐스린이 곁눈질로 피파를 슬쩍 바라보자 피파가 말했다.

"그 개새끼가 나를 납치했다고요!"

"네가 그 사람을 공격하려 했잖니, 피파." 캐스린이 말했다. 그녀는 약간 초조하게 로빈을 돌아보았다. "저는 한 번도 그러라고 말한 적 없어요. 피파는, 그 사람이 책에 쓴 내용을 같이 보고 나서 우리는 둘 다……. 그리고 우리 생각에 당신네 보스, 그 사람은 우리를 모함하려고 고용된 사람인 줄 알았어요."

"이해해요." 로빈은 거짓말을 했다. 솔직히 그들의 논리는 뒤틀리고 편집증적이라고 생각했지만, 어쩌면 오언 퀸과 함께 살다 보면 사람이 그렇게 되는지도 모르겠다는 생각이 들었다.

"애가 흥분을 해서 생각 없이 일을 저질렀어요." 캐스린이 애정과 책망이 뒤섞인 표정으로 자신이 거둔 아이를 보며 말했다. "핍은 분노조절에 문제가 있거든요."

"이해할 수 있어요." 로빈은 위선적으로 말했다. "코모란에게, 그러니까 스트라이크에게 전화를 해도 될까요? 여기 와서 함께 만나자고?"

그녀는 벌써 주머니에서 휴대전화를 슬쩍 꺼내서 내려다보고 있었다. 스트라이크에게서 문자가 와 있었다.

복도에 있어요. 추워 죽겠네.

그녀가 답 문자를 보냈다.

5분만 기다려요.

사실 그녀에게 필요한 시간은 딱 3분이었다. 로빈의 열의와 이해심에 마음이 누그러진 데다 겁 많은 피파가 어서 스트라이크를 불러서 최악의 상황을 알아보자고 부추기는 바람에, 스트라이크가 마침내 노크했을 때는 캐스린이 심지어 선선한 호의로 현관문 앞에 나와 그를 맞아주었다.

그가 도착하자 방 안이 훨씬 비좁아 보였다. 캐스린 옆에 서니 스트라이크는 어마어마한 거구에 불필요할 정도로 남성적으로 보였다. 크리스마스 장식품들을 싹 치운 후에야 그는 하나밖에 없는 팔걸이의자에 난쟁이 나라의 거인처럼 간신히 앉았다. 피파는 소파 한끝으로 물러나 팔걸이에 걸터앉아서, 스트라이크에게 반항심과 공포가 뒤섞인 눈빛을 쏘아대고 있었다.

"뭐 마실 거 좀 드시겠어요?" 캐스린이 무거운 오버코트를 걸치고 14 사이즈의 커다란 발을 탄탄하게 소용돌이치는 깔개 위에 올려놓은 스트라이크를 보고 불쑥 물었다.

"홍차 한 잔 주시면 고맙겠습니다." 그가 말했다.

그녀는 작은 부엌으로 나갔다. 자기만 스트라이크와 로빈과 함께 남게 되자 피파는 당황해서 어쩔 줄 모르더니 그녀의 뒤를 황급히 뒤쫓아 나갔다.

"정말 뒤지게 잘한 모양인데요." 스트라이크가 로빈에게 속삭였다. "저 사람들이 홍차를 주겠다고 하는 걸 보니까."

"캐스린은 작가라는 자긍심이 대단해요." 로빈이 속삭여 답했다. "그 말은 곧 다른 사람들과 전혀 다른 시각으로 그를 이해—."

피파가 싸구려 비스킷 상자를 들고 돌아오자 스트라이크와 로빈은 즉시 조용해졌다. 피파는 소파 끄트머리 자리를 다시 차지하고 겁에 질려 스트라이크를 곁눈질로 흘끔거렸는데, 탐정 사무실에서 풀이 죽어 있었을 때 그랬듯 그 시선에서는 연극을 즐기는 것 같은 쾌감이 살짝 느껴졌다.

"친절에 정말 감사합니다, 캐스린." 캐스린이 테이블에 홍차 쟁반을 놓자 스트라이크가 말했다. 머그 하나에 "Keep Clam and

Proofread"*라고 쓰여 있는 걸 로빈은 놓치지 않았다.

"두고 봐야 알죠." 켄트가 대꾸했다. 그녀는 팔짱을 끼고 서서 험악하게 스트라이크를 내려다보고 있었다.

"캐스, 앉아요." 피파가 달래자 캐스린은 내키지 않는 태도로 피파와 로빈 사이의 소파에 앉았다.

스트라이크의 최우선 순위는 로빈이 만들어놓은 빈약한 신뢰 관계를 강화하는 것이었다. 지금 상황에서 직접적인 공격은 쓸모가 없었다. 그래서 그는 로빈이 말했던 내용을 반복하며 공권력 쪽에서 리어노라의 체포에 대해 재고하고 있다, 현재의 증거를 재검토하고 있다는 얘기를 에둘러 말하기 시작했다. 경찰을 직접적으로 언급하는 건 최대한 회피하면서도 한마디 한마디에 런던 시경이 이제 캐스린 켄트 쪽으로 관심을 돌리고 있다는 암시를 담았다. 그가 말하고 있는 도중에 멀리서 사이렌이 울렸다. 스트라이크는 개인적으로는 캐스린 켄트에게는 혐의가 전혀 없다고 본다는 장담을 덧붙이고, 오히려 경찰에서 제대로 파악하지 못해서 활용하지도 못한 유용한 자원으로 여긴다고 주장했다.

"그래요, 뭐, 그 말은 맞을지 모르겠네요." 그녀가 말했다. 아직은 구슬리고 어르는 스트라이크의 말들에 활짝 꽃을 피웠다기보다는 살짝 틈새를 벌린 정도였다. 'Keep Clam' 머그를 집어 든 그녀는 경멸을 드러내며 말했다. "그들이 알고 싶어 했던 건 우리 성생활밖에 없었죠."

안스티스의 어조가 스트라이크는 기억이 났다. 캐스린은 부당

* Keep calm and proofread, '흥분하지 말고 교정을 보자'는 슬로건 패러디 문구에서 철자를 일부러 틀리게 쓴 것.

한 압력을 가하지 않았는데도 자발적으로 그 주제에 대해 엄청나게 많은 정보를 제공했다고.

"성생활에는 관심이 없습니다." 스트라이크가 말했다. "퀸은—단도직입적으로 말해서—원하는 걸 집에서는 얻지 못하고 있었던 게 확실했으니까요."

"몇 년 동안 아내와 같이 자지도 않았어요." 캐스린이 말했다. 리어노라의 침실에서 퀸이 묶여 있던 사진들이 기억난 로빈은 홍차 표면으로 시선을 떨어뜨렸다. "그들은 공통점이 전혀 없었어요. 작품 얘기도 할 수가 없었죠. 여자가 관심이 없었거든요. 개통만큼도 개의치 않았죠. 우리한테 그랬지?" 그녀는 자기 옆의 소파에 걸터앉은 피파를 보았다. "그 여자가 자기 책들을 제대로 읽은 적이 한 번도 없다고 했어요. 그런 차원에서 마음을 나눌 사람이 필요했던 거죠. 문학에 대해서는 나와 얼마든지 대화를 나눌 수 있었어요."

"그리고 저도요." 피파가 금세 장광설을 늘어놓기 시작했다. "퀸은 그 왜 있잖아요, 정체성 정치학에 관심이 있어서 몇 시간 동안이나 날 붙잡고 나처럼, 기본적으로 잘못된 성으로 태어난 게 어떤 건지 말해줬어요—."

"네, 자기 작품을 실제로 이해하는 사람하고 얘기를 나눌 수 있다는 게 얼마나 마음 편한지 모르겠다고 했죠." 캐스린이 큰 소리로 말하는 바람에 피파의 말소리가 묻혔다.

"저도 그렇게 생각했어요." 스트라이크가 고개를 끄덕이며 말했다. "그런데 경찰은 이런 질문들을 전혀 하지 않았군요?"

"뭐, 우리가 어디서 만났는지 묻기에 그 대답을 해줬어요. 그이의 문예창작 강의에서 만났다고……." 캐스린이 말했다. "그냥 점차적으로 발전된 거였어요. 그가 내 글에 흥미를 가졌고……."

"……우리 글요……." 피파가 조용히 정정했다.

캐스린이 길게 이야기를 늘어놓는 동안 스트라이크는 교사와 학생 관계가 훨씬 더 뜨거운 관계로 점차적으로 진전하는 과정의 한마디 한마디에 관심이 있다는 듯 고개를 열심히 끄덕였다. 피파는 계속 추임새를 넣었고, 결국 퀸과 캐스린은 침실 문간에 도달했다.

"저는 반전이 있는 판타지를 써요." 캐스린이 말했고 스트라이크는 그녀의 말투가 어느새 팬코트를 닮아 있다는 사실에 놀라고 또 은근히 재미있다는 생각도 했다. 미리 연습한 것 같은 표현들, 음절 단위로 분절된 화법. 소설을 끼적이며 몇 시간 동안 혼자 앉아 있는 사람들 중에서 과연 몇 명이나 커피 한 잔 마시고 쉬면서 자기 작품에 대해 말하는 연습을 할까 스트라이크는 잠시 궁금했다. 그리고 월드그레이브가 퀸에 대해 했던 말, 볼펜으로 인터뷰 역할놀이를 한다고 거침없이 시인했다는 얘기도 기억났다. "사실 판타지이자 에로티카이긴 하지만 굉장히 문학적이거든요. 그리고 전통적인 출판이라는 게 그래요, 그런 거 있잖아요, 이제까지 본 적이 없는 것에 모험을 하고 싶지 않은 거죠. 전부 자기네 판매 범주에 맞아떨어져야 하고요. 그리고 몇 가지 장르들을 뒤섞거나 전적으로 새로운 뭔가를 창조하면, 두려워서 시도도 해보지 못하는 거예요. 제가 아는 것만 해도, 리즈 태슬이……." 캐스린은 그 이름을 마치 의학적 병명처럼 발음했다. "오언에게 내 책이 지나치게 틈새시장용이라고 말했다더라고요. 하지만 독립 출판의 멋진 점이 그런 거죠, 그 자유란—."

"맞아요." 어떻게든 자기 의견을 끼워 넣고 싶어 안달이 난 피파가 말했다. "정말 그래요. 장르 소설은 앞으로 독립 출판이 갈 길이에요—."

"하지만 난 진짜 장르는 아니야." 캐스린이 살짝 얼굴을 찌푸리며 말했다. "그게 내 논점이라니까—."

"하지만 오언은 나보고 회고록을 쓸 때는 좀 더 전통적인 루트로 가는 게 좋을 거 같다고 했어요." 피파가 말했다. "그러니까 오언은요, 정말로 성 정체성에 관심이 있었고 내가 겪은 일에 매혹을 느꼈거든요. 제가 오언한테 다른 트랜스젠더들을 몇 명 소개시켜주기도 했고 자기 편집자한테 내 얘기를 해주겠다고도 했어요. 왜냐하면 왜 있잖아요, 홍보만 제대로 하면, 또 한 번도 아무도 제대로 하지 않은 이야기를 갖고—."

"오언은 《멜리나의 희생》을 정말 좋아해서 다음을 읽고 싶어 안달이 났었죠. 한 챕터를 끝낼 때마다 내 손에서 말 그대로 찢어내듯이 빼앗아서 읽었어요." 캐스린이 언성을 높였다. "그리고 또 나한테—."

그녀는 한참 말을 하다가 중간에 불쑥 입을 다물었다. 말허리를 끊긴 피파의 명백한 짜증도 얼굴에서 우스꽝스럽게 희미해지며 사라졌다. 두 사람 다, 갑자기 기억해냈다는 걸 로빈은 알았다. 퀸이 그들에게 격려를 퍼붓고 흥미를 보이고 찬사를 쏟았던 그 시간 내내, 하피와 에피코이네의 캐릭터들이 그들의 달뜬 시선을 피해 숨겨진 낡은 전동 타자기에서 음탕한 형체를 갖춰가고 있었다는 사실을.

"그러니까 자기 작품 얘기를 오언이 했다는 얘기죠?" 스트라이크가 물었다.

"약간요." 캐스린 켄트가 감정 없는 목소리로 말했다.

"《봄빅스 모리》 작업을 얼마나 오래 했나요, 혹시 아세요?"

"내가 그를 알고 지냈던 대부분의 시간 동안 했어요." 그녀가 말했다.

"그 작품에 대해 뭐라고 했나요?"

잠시 침묵이 흘렀다. 캐스린과 피파는 서로 눈을 마주쳤다.

"이미 내가 말했어요." 피파가 캐스린에게 말하면서, 의미심장한 눈길을 스트라이크 쪽으로 던졌다. "좀 다른 작품이 될 거라는 얘기는 우리한테 했다고."

"그래요." 캐스린은 무겁게 말했다. 그리고 팔짱을 꼈다. "그렇게 될 거라고는 말해주지 않았지만요."

'그렇게…….' 스트라이크는 하피의 젖가슴에서 새어나온 갈색의 점성 물질을 기억했다. 그에게는, 그게 그 책에서 가장 역겨운 이미지 중 하나였다. 캐스린의 언니가 유방암으로 죽었다는 사실이 떠올랐다.

"어떤 작품이 될 거라고 말했나요?" 스트라이크가 물었다.

"거짓말을 했죠." 캐스린이 꾸밈없이 말했다. "작가의 여정이나 뭐 그런 게 될 거라고 했지만 그건 둘러댄 소리였어요. 그는 우리한테……."

"우리가 아름다운 길 잃은 영혼들이 될 거라고 했죠." 피파에게는 그 구절이 절로 마음에 깊은 인상을 남겼던 모양이었다.

"그래요." 캐스린이 무거운 목소리로 말했다.

"작품을 조금이라도 읽어준 적이 있나요, 캐스린?"

"아니요." 그녀가 말했다. "그는 그게 어 — 어 — ."

"아, 캐스." 피파가 비극적으로 말했다. 캐스린은 두 손에 얼굴을 묻었다.

"여기요." 로빈이 티슈를 찾아 핸드백을 헤집으며 친절하게 말했다.

"아니에요." 캐스린은 거칠게 말하며, 소파에서 몸을 일으켜 부엌으로 사라졌다. 그리고 키친타월을 하나 들고 들어왔다.

"그이는 말하기를⋯⋯." 그녀가 다시 말했다. "깜짝 놀라게 해주고 싶다고 했어요. 개새끼." 그녀는 다시 앉으며 말했다. "나쁜 개새끼."

그녀는 눈을 훔치고 고개를 흔들었다. 갈기 같은 긴 빨강 머리가 흔들렸고, 피파는 그녀의 등을 문질러주었다.

"피파가 말해줬어요." 스트라이크가 말했다. "퀸이 원고 한 부를 문 밑으로 밀어 넣었다고."

"그래요." 캐스린이 말했다.

피파가 이런 무분별한 짓을 했다고 일찌감치 실토한 게 틀림없었다.

"옆집의 주드가 그 사람이 그러는 걸 봤대요. 진짜 오지랖 넓은 여자예요. 항상 내가 뭐 하나 감시하고."

스트라이크로서는 방금 캐스린의 행적을 알려준 데 대한 감사의 표시로 그 오지랖 넓은 이웃의 우편함에 20파운드 지폐를 더 밀어 넣고 온 참이었다.

"그게 언제죠?"

"6일 꼭두새벽요." 캐스린이 말했다.

스트라이크는 로빈의 긴장과 흥분이 몸으로 느껴지는 것만 같았다.

"그때는 현관문 밖의 조명이 멀쩡했나요?"

"그것들요? 벌써 몇 달째 들어오지 않았는걸요."

"그 이웃이 퀸한테 말을 걸었나요?"

"아니요, 그냥 창밖으로 내다봤대요. 새벽 2시인가 그랬다는데, 잠옷 차림으로 밖에 나가지는 않거든요. 그녀는 오언의 모습을 알고 있었어요." 캐스린이 흐느끼며 말했다. "그 머— 멍청한 망토와 모자를 쓰고 다녔으니."

"피파 말로는 쪽지도 한 장 있었다면서요." 스트라이크가 말했다.

"네. '우리 둘을 위한 복수의 시간'이라고." 캐스린이 말했다.

"아직도 갖고 계세요?"

"태워버렸어요." 캐스린이 말했다.

"수신자가 그쪽으로 되어 있던가요? '캐스린에게' 이렇게?"

"아니요." 그녀가 말했다. "그냥 메시지하고 빌어먹을 키스뿐이었어요. 개새끼!" 그녀가 흐느껴 울었다.

"가서 진짜 술을 좀 가져올까요?" 놀랍게도 로빈이 자발적으로 나섰다.

"부엌에 좀 있어요." 캐스린의 대답이 얼굴과 뺨에 갖다 댄 키친타월에 먹혀서 잘 들리지 않았다. "핍, 가서 좀 가져와."

"그 쪽지가 퀸에게서 온 거라고 확신하세요?" 피파가 알코올을 찾아 달려 나가는 사이 스트라이크가 물었다.

"네, 그 사람 글씨였어요. 어디서 봐도 알아볼 수 있어요." 캐스린이 말했다.

"그게 무슨 뜻이라고 생각했나요?"

"모르겠어요." 캐스린은 눈물이 펑펑 흘러내리는 눈가를 닦으며 힘없이 말했다. "나를 위한 복수였을까요? 아내를 공격했으니까. 그리고 나를 포함한 모든 사람에 대한 그이의 복수? 배짱도 없는* 개새끼 같으니라고." 그녀는 무의식적으로 마이클 팬코트의 말을 되읊었다. "차라리 나한테 말을 해줬을 수도 있는데…… 끝내고 싶었으면…… 왜 그런 짓을 하죠? 왜요? 게다가 저뿐만이 아니라 핍까지…… 걱정해주는 척, 저 아이 인생에 대해 얘기를 하고…… 정말 저 애는 끔찍한 시간들을 겪었다고요. 내 말은, 회고록이 무슨 훌륭한 문학이나 그런 건 아니지만—."

피파가 쩔렁거리는 유리잔들과 브랜디 한 병을 들고 들어오자 캐스린은 과묵해졌다.

"크리스마스 푸딩을 만들려고 아껴뒀던 거예요." 피파가 코냑의 코르크를 능숙하게 따면서 말했다. "자, 좀 마셔요, 캐스."

캐스린이 큼지막한 브랜디 잔을 받아서 단숨에 꿀꺽 삼켰다. 원하던 효과가 나는 것 같았다. 코를 훌쩍이며 그녀가 등을 반듯하게 폈다. 로빈도 작은 잔을 받았다. 스트라이크는 사양했다.

"원고를 언제 읽으셨나요?" 그는 캐스린에게 물었다. 그녀는 벌써 브랜디를 더 따라 마시고 있었다.

"그걸 발견한 당일, 9일에요. 옷가지를 좀 더 챙겨 가려고 집에 들렀던 날이죠. 호스피스 병원에서 앤절라 언니하고 같이 지냈거

* 영어로 배짱을 뜻하는 'guts'는 '창자'라는 뜻이기도 하다.

든요. 그이는 본파이어 나이트 이후로 내 전화를 한 통도 받지 않았어요, 단 한 통도. 그런데 제가 앤절라가 정말로 위독하다고 말하고 갔거든요. 메시지도 남겼고요. 그리고 집에 와봤는데 마룻바닥에 온통 원고가 널려 있는 거예요. 그래서 생각했죠, 이래서 전화를 받지 않는 건가, 이것부터 먼저 읽어보길 바라는 걸까? 그래서 원고를 가지고 호스피스 병원으로 돌아가서 앤절라 옆에 앉아서 그걸 읽었어요."

로빈은 죽어가는 언니의 침상 옆에서 연인이 자기를 묘사한 내용을 읽는다는 게 어떤 기분일까 그저 상상만 할 수 있었다.

"그래서 핍한테 전화를 했어요. 그랬지?" 캐스린이 말했다. 피파가 고개를 끄덕였다. "그리고 그가 한 짓을 말해줬어요. 오언한테 계속 전화를 했는데 여전히 받지를 않더라고요. 뭐, 앤절라가 죽고 나서 나는 생각했죠. 다 집어치우라 그래. 내가 가서 당신을 찾을 거야." 브랜디가 캐스린의 야윈 뺨에 혈색을 찾아주었다. "그 부부 집에 가서 그 여자를─아내를─만났는데 진실을 말하고 있다는 걸 알 수 있었어요. 오언은 거기 없었죠. 그래서 앤절라가 죽었다고 말 좀 전해달라고 부탁했죠. 그는 앤절라를 만난 적이 있거든요." 캐스린의 얼굴이 또 구겨졌다. 피파가 잔을 내려놓고 캐스린의 들썩이는 어깨를 한 팔로 감쌌다. "적어도 자기가 나한테 무슨 짓을 했는지는 깨닫기를 바랐어요. 그것도 내가 언니와 사별…… 언니를 잃었다는……."

1분도 넘게 방 안에는 캐스린의 흐느낌과 저 아래 앞마당에서 들리는 10대들의 아득한 고함 소리 말고는 아무 소리도 나지 않았다.

"유감입니다." 스트라이크가 형식적으로 말했다.

"정말 끔찍한 일이셨겠어요." 로빈이 말했다.

자칫하면 부서질, 아슬아슬한 동지애가 네 사람을 한데 묶고 있었다. 적어도 단 한 가지 사실에 대해서는 한마음이었다. 오언 퀸의 행동이 정말 나빴다는 것.

"사실 제가 여기 온 목적은 캐스린이 지닌 텍스트 분석 능력 때문이었어요." 스트라이크는 이제 퉁퉁 부어 얼굴에 그어진 실금이 되어버린 눈을 다시 훔치는 캐스린을 보며 말했다.

"퀸이 《봄빅스 모리》에서 쓴 내용이 좀 이해가 되지 않아서요."

"그리 어렵지 않아요." 그녀가 말했다. 그리고 곧 덧붙인 그녀의 말은 그녀 자신도 모르게 또 팬코트의 말을 따라했다. "상징과 비유로 퓰리처상을 탈 만한 작품은 아니잖아요, 안 그래요?"

"모르겠어요." 스트라이크가 말했다. "굉장히 알쏭달쏭하고 흥미로운 캐릭터가 하나 있어서요."

"베인글로리어스?" 그녀가 말했다.

'자연스럽게 저런 결론으로 비약하는군.' 그는 생각했다. '팬코트가 유명하니까.'

"저는 커터를 생각하고 있어요."

"그 얘기는 하고 싶지 않아요." 그녀의 날카로운 말투에 로빈은 화들짝 놀랐다. 캐스린은 피파를 슬쩍 쳐다보았고 로빈은 두 사람 사이에 공유한 비밀이 얄팍한 위장에 제대로 가려지지도 못하고 번득이는 걸 보았다.

"그이는 그 정도로 저열한 인간은 아닌 척했어요." 캐스린이 말했다. "신성한 것들이 있기는 한 것처럼 굴었단 말이에요. 그러더니 가서……."

"아무도 내게 커터 캐릭터를 해석해주고 싶어 하지 않는 눈치였어요." 스트라이크가 말했다.

"그건 세상에 도리를 아는 사람들도 있기 때문이죠." 캐스린이 말했다.

스트라이크는 로빈의 눈을 바라보았다. 그녀더러 상황을 주도하라는 눈짓이었다.

"제리 월드그레이브가 벌써 코모란에게 자기가 커터라고 말해줬어요." 그녀는 조심스럽게 일단 말을 던졌다.

"나는 제리 월드그레이브를 좋아해요." 캐스린이 도전적으로 말했다.

"만났어요?" 로빈이 말했다.

"오언이 나를 데리고 어떤 파티에 갔어요. 재작년 크리스마스에." 그녀가 말했다. "월드그레이브가 거기 있었어요. 다정한 사람이에요. 그런데 약간……." 그녀가 말했다.

"그때도 술을 마시고 있었군요, 그렇죠?" 스트라이크가 끼어들었다.

실수였다. 로빈이 덜 무섭게 보이기 때문에 나서기를 바랐던 건데, 그가 끼어드는 바람에 캐스린이 입을 조개처럼 닫아버렸다.

"그 파티에 누구 또 흥미로운 사람이 있었나요?" 로빈이 브랜디를 홀짝이며 말했다.

"마이클 팬코트가 왔어요." 캐스린이 곧장 말했다. "사람들은 그가 오만하다고 하는데, 제가 보기엔 매력적이던걸요."

"아, 얘기를 나누었나요?"

"오언이 근처에도 못 가게 했어요." 그녀가 말했다. "하지만 화장실에 갔다가 오는 길에 만나서 《할로우의 저택》을 얼마나 좋아하는지 모른다고 말했죠. 오언이 알았으면 좋아하지 않았을 거예요." 그녀는 안쓰럽도록 만족해하며 말했다. "날마다 팬코트가 얼마나 과대평가됐는지 모른다고 입버릇처럼 말했거든요. 하지만 저는 그가 진짜 근사한 작가라고 생각해요. 아무튼 한참 얘기를 나눴는데 그때 누가 또 와서 데리고 갔어요. 하지만," 그녀는 그 방 안에 오언 퀸의 유령이라도 있어 라이벌을 칭찬하는 그녀의 말을 듣고 있는 것처럼 당돌하게 말했다. "나한테는 정말 상냥하게 잘해주었어요. 창작 작업에 행운을 빈다고 말해주었죠." 그녀는 브랜디를 조금씩 마시며 말했다.

"오언의 여자친구라고 말했나요?" 로빈이 물었다.

"네." 캐스린이 일그러진 미소를 지으며 말했다. "그러니까 그가 웃음을 터뜨리며 말했어요. '고생하십니다.' 그 사람은 개의치 않았어요. 오언에 대해서는 아무 신경도 쓰지 않는다는 걸 알 수 있었어요. 네, 전 그 사람이 좋은 사람이고 기막힌 작가라고 생각해요. 사람들이 질투하는 거죠, 그렇지 않아요? 성공을 거둔 사람한테."

그녀는 혼자 브랜디를 더 따랐다. 놀랄 만큼 술기운에 잘 버티고 있었다. 얼굴에 올라온 홍조를 제외하면 취했다는 걸 거의 알아볼 수 없었다.

"그런데 제리 월드그레이브를 좋아하셨다고요." 로빈이 거의 딴 데 정신이 팔린 듯한 말투로 무심하게 말했다.

"아, 그 사람은 정말 좋아요." 이제 본격적으로 분위기를 탄 캐스린은 오언이 공격했을 만한 사람들 모두를 열렬히 두둔하고 나섰다. "좋은 사람이에요. 하지만 아주, 아주 취해 있었어요. 그가 곁방에 있었는데 사람들이 아무도 근처에 가지 않았거든요. 왜 있잖아요, 그 못된 태슬년이 우리한테 그냥 혼자 두라고 말했고, 그는 횡설수설 알아들을 수도 없는 소리를 지껄이고 있었어요."

"어째서 태슬을 못된 년이라고 하시는 거예요?" 로빈이 물었다.

"속물 할망구예요." 캐스린이 말했다. "나한테 쓰는 말투도 그렇고, 다른 사람들한테도 다 그랬어요. 하지만 전 왜 그러는지 알았어요. 마이클 팬코트가 와 있어서 신경이 거슬린 거예요. 내가 말했거든요. 오언은 제리가 괜찮은지 보려고 가서 자리에 없었어요. 고약한 할망구가 뭐라고 잔소리를 해도 의자에 의식을 잃고 쓰러져 있는 채로 둘 수는 없었던 거죠. 그래서 내가 그 여자한테 말했죠. '방금 팬코트와 얘기를 나눴는데 정말 멋진 분이던데요.' 그랬더니 자기는 생각이 다르대요." 캐스린이 만족스러워하며 말했다. "자기를 싫어하는 팬코트가 나한테 잘해줬다는 생각 자체가 싫었던 거죠. 오언이 말해줬는데 그 여자가 옛날에 팬코트를 사랑했는데 그쪽은 아예 생각도 없었다더라고요."

아무리 해묵은 가십이라도 그녀에게는 즐겁기 짝이 없었다. 적어도 그날 밤에는, 그녀가 내부자가 되어 있었으니까.

"내가 그 말을 한 뒤 얼마 되지 않아 그 여자는 가버렸어요." 캐스린은 몹시 기분이 좋았다. "끔찍한 여자예요."

"마이클 팬코트가 해준 얘긴데……." 스트라이크가 말을 꺼내자 캐스린과 피파의 눈길이 즉시 그에게 고정되었다. 대체 그 유명한 작가가 무슨 말을 해줬을까. "오언 퀸과 엘리자베스 태슬이 한때 애인 관계였다더군요."

한순간 경악에 찬 정적이 흐르더니 캐스린 켄트가 폭소를 터뜨렸다. 의심할 바 없는, 진심에서 우러나온 주체 못 할 웃음이었다. 요란스럽고 거의 희열에 차다시피 한 새된 비명이 방 안을 가득 채웠다.

"오언과 엘리자베스 태슬이요?"

"그렇게 말하더군요."

피파는 캐스린 켄트의 희열에 들뜬, 뜻밖의 기쁨을 접하고 환한 미소를 지었다. 캐스린은 소파에 등을 대고 구르며 숨을 고르려 애썼다. 겉보기에는 진심으로 재미있어 어쩔 줄 모르는 듯한 그녀가 온몸을 흔들자 브랜디가 그녀의 바지로 흘렀다. 피파도 캐스린의 히스테리에 감염되어 웃기 시작했다.

"설마……." 캐스린이 헐떡거렸다. "설마…… 말도 안 돼……."

"아마 오래전 얘기일 겁니다." 스트라이크의 말에는 아랑곳없이 여전히 꾸밈없는 폭소로 울부짖는 캐스린의 빨간 갈기 같은 머리가 마구 흩날렸다.

"오언과 리즈라니……. 절대…… 설마…… 당신은 몰라요." 그녀는 이제 웃다 못해 눈물까지 나서 눈가를 훔치고 있었다. "오언은 그 여자를 끔찍하다고 생각했어요. 그랬다면 아마 나한테 말했을 거예요. 오언은 자기가 잔 여자들에 대해 다 얘기해요. 신사가 아니었다고요. 안 그러니, 핍? 내가 알았을 거예요. 만일 두 사람이 진짜……. 마이클 팬코트가 그런 소리를 어디서 들었는지 모르겠네요. 절대 아니에요." 캐스린 켄트는 신이 나서 어쩔 줄 몰라 하며 완벽한 확신을 품고 말했다.

그렇게 웃고 나니 마음이 조금 풀린 눈치였다.

"그렇지만 커터가 정말로 무슨 뜻인지 모르세요?" 로빈이 이제 곧 떠나려는 손님의 단호함을 담아 텅 빈 브랜디 잔을 소나무 커피 테이블에 내려놓으며 물었다.

"모른다고는 말한 적 없어요." 캐스린은 하도 오래 웃어서 여전히 밭은 숨을 내쉬고 있었다. "당연히 알죠. 그냥 너무 지독한 일이라, 제리한테 그런 짓을 하다니 말이에요. 진짜 빌어먹을 위선자 같으니……. 오언은 나한테 아무한테도 발설하면 안 된다고 해놓고 글쎄 자기는 《봄빅스 모리》에다가 넣어버렸잖아요."

로빈은 스트라이크가 눈짓을 주지 않아도 아무 말 하지 않고 브랜디로 인한 캐스린의 거나한 기분과 한 몸에 쏟아지는 그들의 관심과 문단 사람들에 대한 예민한 비밀을 알고 있다는 반사후광이 알아서 제 역할을 하도록 내버려두었다.

"좋아요." 그녀가 말했다. "좋아요, 내가 말해줄게요."

"파티에서 같이 나올 때 오언이 해준 얘기예요. 제리는 그날 밤 굉장히 취해 있었는데, 아시다시피 그 사람 결혼이 위태위태했잖아요. 사실 그렇게 된 지 수년 됐죠. 그와 페넬라는 파티 전날 밤 진짜로 끔찍한 부부싸움을 했대요. 그리고 여자가 말한 거죠, 딸이 제리의 자식이 아닐 수도 있다고. 어쩌면……."

스트라이크는 무슨 얘기가 나올지 이미 알고 있었다.

"팬코트의 아이일 수도 있다고." 캐스린이 적당히 극적으로 말을 잠시 끊었다가 말했다. "커다란 머리를 가진 난쟁이, 누구의 자식인지 몰라서 유산을 고려했던 아기, 아시겠어요? 오쟁이 진 남편의 뿔을 가진 커터……. 그리고 오언은 나한테 절대 발설하지 말라고 했어요. '웃기는 얘기가 아니야.' 그렇게 말했죠. '제리 는 딸을 사랑해, 자기 인생에서 유일하게 좋은 거니까.' 하지만 그 는 집에 가는 길 내내 그 얘기를 했어요. 팬코트가 어쩌고저쩌고 자기 딸이 있다는 걸 알면 얼마나 진저리를 치며 싫어할까 그런 거. 왜냐하면 팬코트는 자식을 원치 않았대요. 제리를 보호하고 어쩌고 하는 그게 다 헛소리였죠! 마이클 팬코트한테 복수하려고 무슨 짓이든 한 거예요. 무슨 짓이든지."

46

리앤더는 분투했다. 그를 에워싼 파도가 그를 끌고 내려갔다.
땅에 진주가 흩뿌려져 있는 바닥으로……
-크리스토퍼 말로, 《히어로와 리앤더》

싸구려 브랜디의 효과와 명석함과 온기를 결합한 로빈 특유의
매력, 그 두 가지에 큰 도움을 받은 스트라이크는 30분 후 고맙다
는 인사를 되풀이하며 그녀와 헤어졌다. 보람과 흥분으로 환해진
로빈은 매튜가 있는 집으로 돌아가는 길에 오언 퀸의 살인자에 대
한 스트라이크의 이론을 전보다 훨씬 호의적인 눈으로 보게 되었
다. 부분적으로는 캐스린 켄트의 진술에 그 가설에 반하는 내용이
전혀 없기 때문이기도 했지만, 대체로는 공동으로 심문을 진행하
고 나니 상사에 대해 유달리 따뜻한 호의를 품게 된 탓이었다.
　다락방으로 돌아가는 스트라이크의 기분은 그렇게 한껏 고양
되어 있지 못했다. 그는 홍차밖에 마시지 않았고, 그 어느 때보다
자신의 가설에 대해 강한 확신을 갖게 되었지만 제공할 수 있는
증거라고는 딱 한 개의 타자기 리본 카트리지뿐이었다. 그것만으
로는 리어노라에 대한 경찰 측 주장을 뒤집기에 역부족이었다.

토요일과 일요일은 밤새 단단한 서리가 내렸지만, 낮 시간에는 은은한 햇빛이 담요 같은 구름을 꿰뚫고 비추곤 했다. 비가 내려 하수구에 쌓인 눈이 줄줄 미끄러지는 살얼음으로 변해 있었다. 스트라이크는 방과 사무실을 왔다 갔다 하며 혼자 깊은 생각에 잠겨 니나 라셀스의 전화를 모른 척하고 닉과 일사네 집에서 저녁을 먹자는 초대를 거절했다. 서류 작업이 많다는 핑계를 대긴 했지만 사실은 퀸 사건을 논해야 하는 부담 없이 혼자 있는 쪽이 더 좋았기 때문이다.

그는 자기가 특별수사대를 떠나는 순간 더 이상 적용이 불가능해진 직업적 규준을 준수하는 것처럼 굴고 있다는 걸 알고 있었다. 법적으로는 자신의 의혹에 대해 누구든 만나 뒷얘기를 떠들어대도 되건만 그는 그런 생각들이 마치 기밀사항이나 되는 것처럼 다루고 있었다. 이건 부분적으로는 오랜 습관이기도 했지만, (다른 사람들이 들으면 비웃을지도 모르지만) 자기가 무슨 생각을 하고 무슨 행동을 하는지 살인자가 듣게 될 가능성을 진지하게 고려하고 있다는 이유가 가장 컸다. 그런 기밀 정보가 새나가지 않게 지키는 가장 안전한 방법은 아무에게도 말하지 않는 거라는 게 스트라이크의 견해였다.

월요일에는 바람을 피운 브로클허스트 양의 상사 겸 남자친구가 또 찾아왔다. 그의 피학적 성향은 이제 심지어 어디 세 번째 애인을 숨겨둔 건 아닌지 알고 싶다는—그는 이미 강하게 확신하고 있었다—욕구로까지 이어졌다. 스트라이크는 얘기를 들으면서도 마음이 절반은 데이브 폴워스의 작업에 가 있었다. 이제는 그가 마지막 남은 희망처럼 느껴지기 시작했던 것이다. 그가 찾아달라고 부탁한 증거를 쫓느라 여러 시간을 고생하고 있는 로빈의 수고도 여전히 이렇다 할 성과를 거두지 못했다.

그날 저녁 6시 반, 주말쯤 극지의 추위가 다시 몰려온다는 일기예보를 보면서 아파트에 앉아 있는데 그의 전화가 울렸다.

"어떻게 됐게, 디디?" 폴워스가 치직거리는 전화선 너머에서 말했다.

"설마 농담이지." 스트라이크의 가슴이 갑자기 기대감으로 콱 죄어들었다.

"그거 확보했어, 친구."

"이런 씨발." 스트라이크가 속삭였다.

자신이 세운 가설이었지만 폴워스가 아무런 도움 없이 해냈다는 사실이 경이롭게 느껴졌다.

"여기 봉투에 잘 담아서, 너만 기다리고 있어."

"내일 아침 일어나자마자 사람을 보낼게—."

"그리고 난 이제 집에 가서 기분 좋게 목욕이나 해야겠군." 폴워스가 말했다.

"친구, 자네 진짜 뒤지게—."

"나도 나 잘난 거 알아. 내가 얼마나 잘났는지 그 얘기는 나중에 하자고. 씨발 얼어 죽을 거 같다고, 디디. 나 이제 집에 간다."

스트라이크는 로빈에게 전화를 걸어 소식을 전했다. 그녀의 흥분도 그에 못지않았다.

"좋았어요, 내일!" 그녀는 결의에 차서 말했다. "저도 내일 찾아낼 거예요, 확실히—."

"그러다 부주의하면 안 돼요." 스트라이크가 그녀의 말을 덮었다. "이건 경쟁이 아니라고요."

그는 그날 밤 거의 잠을 이루지 못했다.

로빈은 오후 1시까지 사무실에 나타나지 않았지만, 유리문이 쾅 하고 열리고 그를 부르는 소리가 들리는 순간 그는 알았다.

"설마?"

"네." 그녀는 헐떡거리며 말했다.

순간 그녀는 그가 자기를 포옹하려는 줄 알았다. 그건 예전에는 근처에도 가지 않던 선을 훌쩍 넘는 행동이었다. 하지만 그가 덤벼든 건 로빈 생각처럼 그녀를 안으려는 게 아니라 사실 책상의 휴대전화를 덥석 잡기 위함이었다.

"안스티스에게 전화를 걸 거예요. 우리가 해냈어요, 로빈."

"코모란, 내 생각에는—." 로빈은 말을 하려 했지만 그의 귀에는 들리지도 않았다. 그는 황급히 자기 사무실로 들어가서 문을 닫았다.

로빈은 편치 않은 마음으로 컴퓨터 의자에 털썩 주저앉았다. 스트라이크의 말소리가 문 뒤에서 한껏 올라갔다 내려갔다. 그녀는 초조하게 일어나 화장실로 가서 손을 씻고 세면대 위에 걸려 있는 금 가고 얼룩진 거울을 들여다보며 불편하게 밝은 황금빛으로 빛나는 자신의 머리카락을 바라보았다. 그녀는 사무실로 돌아와서 자리에 다시 앉았지만 도무지 무슨 일에도 마음이 잡히지 않았다. 그러다 갑자기 크리스마스트리에 불을 켜지 않았다는 걸 깨닫고는 불을 켠 후 멍하니 손톱만 물어뜯으며 기다렸다. 몇 년 동안 하지 않은 짓이었는데.

20분 후, 이를 악물고 흉한 표정을 한 스트라이크가 사무실에서 나왔다.

"씨발 병신 같은 머저리!" 그가 내뱉은 첫 마디였다.

"설마!" 로빈이 숨을 헉 몰아쉬었다.

"말도 안 된다고, 하나도 못 믿겠대요." 스트라이크는 분통이 터져서 앉지도 못하고 절뚝거리며 그 꽉 막힌 공간을 계속 서성거렸다. "그 창고에 있는 피 묻은 헝겊을 분석해봤더니 퀸의 피가 묻어 있더랍니다. 거참 대단한 일 났죠, 몇 달 전에 어디 베었을 수도 있는데. 자기 그 잘난 가설에 완전히 취해서—."

"말해보셨어요? 영장만 얻으면—."

"**돌대가리 새끼!**" 스트라이크가 철제 파일 캐비닛을 주먹으로 치는 바람에 부르르 공명음이 울렸고 로빈이 소스라쳤다.

"하지만 부정할 수가 없잖아요. 일단 과학수사팀이 조사를 마치면—."

"그게 빌어먹을 핵심이라고요, 로빈!" 그녀 쪽으로 돌아서며 그가 말했다. "과학수사 결과가 나오기 전에 수색을 하지 않으면, 찾아낼 게 아무것도 없을지도 모른단 말입니다!"

"그렇지만 타자기 얘기도 하셨어요?"

"거기 떡하니 있다는 그 단순한 사실을 보고도 그 새끼는 꿈쩍도 안 한다니까요."

그녀는 더 이상 뭐라 제안을 할 수도 없어 미간을 험상궂게 찌푸리고 방 안을 서성대는 그를 가만히 지켜보기만 했다. 지금은 너무 겁이 나서 그녀가 걱정하는 게 뭔지 말할 수도 없었다.

"씨발." 스트라이크가 여섯 번째로 그녀 책상 쪽으로 걸어와서 말했다. "충격과 경이. 선택의 여지가 없어. 알," 그는 다시 휴대전화를 꺼내며 중얼거렸다. "그리고 닉."

"닉이 누구예요?" 로빈은 필사적으로 상황을 파악하려 애쓰며 물었다.

"리어노라의 변호사인 일사의 남편이에요." 스트라이크는 휴대전화의 버튼을 꾹꾹 누르며 말했다. "오래된 친구예요. 소화기 내과 의사고요."

그는 다시 사무실로 들어가서 문을 쾅 닫아버렸다.

더 이상 할 일이 없어서 로빈은 주전자에 물을 채워 두 사람 몫의 홍차를 끓였다. 가슴이 쿵쾅쿵쾅 무섭게 두방망이질 쳤다. 그녀가 기다리는 사이 손도 대지 않은 머그들이 차갑게 식어갔다.

15분이 지난 후 나온 스트라이크는 아까보다 차분해 보였다.

"좋아요." 그는 자기 홍차를 들고 꿀꺽 한 모금 삼키며 말했다. "계획이 하나 있는데 도움이 필요해요. 괜찮겠어요?"

"당연하죠!" 로빈이 말했다.

그는 자기가 원하는 일의 윤곽을 정확하게 설명해주었다. 야심만만한 계획이었고, 상당한 행운이 요구될 터였다.

"어때요?" 스트라이크가 마지막으로 그녀에게 물었다.

"문제없어요." 로빈이 말했다.

"로빈은 필요 없을 수도 있어요."

"네." 로빈이 말했다.

"하지만 반대로 당신이 핵심적인 열쇠가 될 수도 있고요."

"네." 로빈이 말했다.

"정말 괜찮겠어요?" 스트라이크는 그녀를 찬찬히 바라보며 말했다.

"전혀 문제없어요." 로빈이 말했다. "하고 싶어요, 정말로 하고 싶어요. 그저……" 그녀가 주저했다. "제 생각에는 그 사람이……."

"뭐요?" 스트라이크가 날카롭게 물었다.

"연습을 좀 하는 게 좋겠어요." 로빈이 말했다.

"아." 스트라이크가 그녀를 눈으로 살피며 말했다. "그래요, 그렇죠. 내 생각엔, 목요일까지는 시간이 있어요. 날짜를 좀 확인해 볼게요."

그는 세 번째로 안쪽의 자기 사무실로 사라졌다. 로빈은 컴퓨터 의자에 다시 앉았다.

오언 퀸의 살인자를 잡는 일에서 제 역할을 다하고 싶은 마음이 굴뚝같았지만, 내뱉으려다가 스트라이크의 날카로운 반응에 지레 겁을 먹고 삼킨 말은 "그 사람이 날 봤을 수도 있어요"였다.

47

하, 하, 하, 그대는 누에처럼
스스로 자아낸 실로 몸을 칭칭 동여매는구나.
-존 웹스터, 《하얀 악마》

구식 가로등 불빛 아래서 보니 첼시아트클럽의 전면을 뒤덮은 만화 같은 벽화들이 이상하리만큼 섬뜩했다. 줄지어 늘어서 있는 평범한 하얀 집들을 하나로 합쳐놓은 야트막하고 기다긴 담벼락에는 무지갯빛 바탕에 서커스 괴물들이 그려져 있었다. 다리가 네 개 달린 금발 소녀, 조련사를 먹고 있는 코끼리, 죄수복 같은 줄무늬 옷을 입은 곡예사는 몸을 구부리다 못해 머리를 자기 항문 속에 처넣은 것처럼 보였다. 클럽은 녹음이 우거지고 조용한, 고상한 거리에 자리하고 있었다. 보란 듯이 작정하고 돌아온 폭설이 정신없이 쏟아져 지붕과 인도를 뒤덮고 있어 정적에 휩싸인 거리는 극지의 겨울로 잠시 휴가를 온 것 같았다. 목요일 내내 눈보라가 점점 더 심해졌고, 이제는 불빛을 받아 물결치는 아린 눈송이들의 커튼 사이로 보는 오래된 클럽은 새로 칠한 파스텔 빛깔 덕분에 이상하게 비현실적이어서 마치 널빤지로 만든 무대 풍경,

트롱프뢰유*로 장식한 서커스 천막처럼 보였다.

스트라이크는 올드처치 스트리트에서 들어가는 그늘진 골목에 서서, 작은 파티를 위해 도착하는 사람들을 하나씩 지켜보고 있었다. 연로한 핀켈먼이 돌같이 굳은 얼굴을 한 제리 월드그레이브의 부축을 받아 택시에서 내리는 사이 모피 모자를 쓴 대니얼 차드가 목발을 짚고 어색한 환영의 인사를 나누며 고개를 끄덕이고 미소 짓는 모습이 보였다. 엘리자베스 태슬은 혼자 택시를 타고 도착해, 추위에 떨며 택시 값을 찾을 주머니를 뒤지고 있었다. 마지막으로 운전사가 딸린 차를 타고 마이클 팬코트가 왔다. 그는 천천히 여유롭게 차에서 내려 현관문으로 향하는 계단을 오르기 전에 코트 매무새를 반듯하게 고쳤다.

탐정의 숱 많은 곱슬머리에 눈이 두툼하게 쌓이고 있었다. 그는 휴대전화를 꺼내 이복동생에게 전화를 걸었다.

"어이." 알이 들뜬 목소리로 전화를 받았다. "다들 식당에 있어."

"몇 명이나 돼?"

"대충 열 명 좀 넘는 거 같아."

"지금 들어갈게."

스트라이크는 지팡이의 힘을 빌려 절뚝거리며 길을 건넜다. 이름을 대고 덩컨 길페더의 손님으로 왔다고 하자 당장 들여보내 주었다.

스트라이크와는 초면인 저명한 사진작가 길페더는 알과 함께 입구에서 얼마 떨어지지 않은 곳에 서 있었다. 길페더는 스트라

* 실물로 착각할 정도로 정밀하고 생생하게 묘사한 그림.

이크가 누구인지도 몰랐고, 또 이 별나고 매혹적인 클럽의 회원으로서 지인인 알로부터 자기는 알지도 못하는 손님을 초대해달라는 부탁을 받은 연유도 알지 못하고 있었다.

"제 형입니다." 알이 그들을 소개시켜주었다. 자랑스러운 말투였다.

"아." 길페더가 무표정한 얼굴로 말했다. 그는 크리스천 피셔와 똑같은 모양의 안경을 쓰고 있었고 길고 부드러운 머리카락이 어깨선까지 흐트러진 단발 머리였다. "동생이 있는 줄 알았는데."

"그건 에디고요." 알이 말했다. "여기는 코모란 형이에요. 전직 군인이고, 지금은 탐정입니다."

"오." 길페더가 아까보다 더 영문을 모르겠다는 얼굴로 말했다.

"이번 일은 감사합니다." 스트라이크가 두 사람 모두를 향해 말했다. "술 한 잔 더 갖다드릴까요?"

클럽은 너무나 시끄럽고 사람이 많아서 푹신한 소파들이며 타닥타닥 타는 모닥불이 슬쩍슬쩍 눈에 띌 뿐, 뭐가 잘 보이지 않았다. 천장이 낮은 바의 벽들은 프린트와 회화와 사진들로 도배되어 있었다. 아늑하고 약간 추레한 것이, 컨트리하우스 같은 느낌이 들었다. 방 안에서 키가 제일 컸던 스트라이크는 군중들 머리 너머로 클럽 뒤쪽에 나 있는 창문을 볼 수 있었다. 창밖으로 보이는 널따란 정원은 외부 조명으로 밝혀져 있어서 군데군데가 환했다. 두툼하게 쌓인 순백의 눈이 케이크에 뿌려진 아이싱처럼 순수하고 매끄러운 층을 형성해 상록의 관목과 우거진 나무 그늘 밑에 숨어 있는 석조 조각상들을 뒤덮고 있었다.

스트라이크는 바로 가서 동행들이 마실 와인을 주문하며 식당

안을 슬쩍 둘러보았다.

식사를 하는 사람들이 긴 나무 테이블들 여럿을 꽉 채우고 있었다. 로퍼차드 일행도 두 쪽짜리 유리문을 곁에 두고 거기 앉아 있었다. 유리 너머로 보이는 정원이 얼음처럼 새하얗고 유령 같았다. 식탁머리에 앉은 아흔 살이 된 핀켈먼을 기리기 위해 모인 열명가량의 인원 중에는 스트라이크가 알아볼 수 없는 얼굴도 있었다. 자리 배치를 누가 했는지 모르지만, 엘리자베스 태슬과 마이클 팬코트를 멀찌감치 떨어뜨려놓았다는 게 스트라이크의 눈에 들어왔다. 팬코트는 핀켈먼의 귀에 대고 큰 소리로 말하고 있었고, 차드는 그 맞은편에 앉아 있었다. 엘리자베스 태슬은 제리 월드그레이브 옆자리에 앉아 있었다. 둘 다 상대에게 말을 걸지 않았다.

스트라이크는 와인 잔을 알과 길페더에게 가져다주고 바로 돌아와 자기가 마실 위스키를 주문했고, 의도적으로 로퍼차드 일행이 잘 보이는 자리를 잡았다.

"아니 어떻게……." 종처럼 낭랑하지만 좀 낮은 데서 들리는 목소리가 말했다. "당신이 여기 있어요?"

니나 라셀스가 그의 팔꿈치쯤 오는 데서 그의 생일 파티 때 입고 왔던 것과 똑같은 블랙 스트랩 드레스를 입고 서 있었다. 웃음기를 섞어가며 애교를 떨던 예전의 태도는 사라져 흔적도 찾을 수 없었다. 말투는 오히려 비난조였다.

"안녕하세요." 놀란 스트라이크가 말했다. "여기서 만날 줄은 몰랐는데요."

"저야말로." 그녀가 말했다.

그녀의 전화를 한 통도 받지 않고 부재중 전화에 답을 하지도 않은 지 일주일이 넘었다. 샬럿의 결혼식 날 잡념을 잊으려고 그녀와 동침한 후로 단 한 번도.

"그러니까 당신도 핀켈먼을 아는군요." 스트라이크는 빤하게 드러나는 적의를 앞에 두고 한담을 나눠보려 애썼다.

"제리가 그만두니까 그가 담당하던 작가들을 인수인계하고 있어요. 핀크스가 그중 한 사람이고요."

"축하합니다." 스트라이크가 말했다. 여전히 니나는 웃지 않았다. "월드그레이브는 그래도 파티에 오긴 했죠?"

"핀크스가 제리를 좋아하죠. 그런데 당신은," 그녀가 질문을 되풀이했다. "왜 여기 있어요?"

"돈을 받고 해야 하는 일을 하러 온 거죠." 스트라이크가 말했다. "오언 퀸을 누가 죽였는지를 찾고 있습니다."

니나가 눈을 굴렸다. 그가 농담의 선을 넘어 인내심의 한계를 시험하고 있다고 느끼는 게 분명했다.

"여기는 대체 어떻게 들어왔어요? 회원만 입장할 수 있는데."

"인맥이 있죠." 스트라이크가 말했다.

"그럼 날 다시 활용할 생각은 하지 않았군요?" 그녀가 물었다.

생쥐 같은 그 커다란 눈망울에 비친 자기 모습이 스트라이크는 영 마음에 들지 않았다. 한 번도 아니고 거듭 그녀를 이용했다는 사실을 부정할 길이 없었다. 싸구려에 치욕적인 관계로 전락해버렸는데, 그녀는 그런 대접을 받을 이유가 전혀 없는 사람이었다.

"좀 낡은 수법이 되고 있는 것 같아서요." 스트라이크가 말했다.

"그래요." 니나가 말했다. "잘 생각했어요."

그녀는 그에게서 등을 돌리고 테이블로 돌아가서 남아 있던 마지막 좌석을 채웠다. 그가 모르는 출판사 직원 두 사람 사이의 자리였다.

스트라이크는 제리 월드그레이브의 시선을 똑바로 받는 자리에 서 있었다. 월드그레이브가 그를 보았고, 그 순간 스트라이크는 뿔테 안경 너머로 편집자의 눈이 휘둥그레지는 걸 보았다. 월드그레이브가 뚫어져라 무언가를 응시하자 걱정이 되었는지 차드가 자리에서 몸을 돌렸고, 그 역시 스트라이크를 뚜렷하게 알아보았다.

"어떻게 돼가고 있어?" 알이 흥분에 들떠 스트라이크의 팔꿈치께에 와서 물었다.

"아주 좋아." 스트라이크가 말했다. "그 길 어쩌고 하는 사람은 어디로 갔어?"

"단숨에 술을 마시더니 갔어. 우리가 대체 무슨 꿍꿍이인지 전혀 감도 못 잡고." 알이 말했다.

알 역시 그들이 왜 여기 와 있는지 알지 못했다. 스트라이크는 그날 밤 첼시아트클럽에 들어가야 하고 또 차편이 필요할 것 같다는 말만 했다. 알의 선홍색 로메오 스파이더가 길가에 주차되어 있었다. 그 천장이 낮은 차에 타고 내리는 건 스트라이크의 무릎에 아주 몹쓸 고역이었다.

의도했던 대로 로퍼차드 테이블에 앉은 사람 절반은 이제 그의 존재를 날카롭게 의식하고 있었다. 스트라이크는 어두운 두 쪽짜리 유리문에 비치는 그들의 상을 또렷하게 볼 수 있는 자리를 잡고 앉아 있었다. 두 명의 엘리자베스 태슬이 메뉴판 너머로 그를 무섭게 노려보고 있었고, 두 명의 니나가 결연하게 그를 무시하고 있었으며, 정수리가 반들거리는 두 명의 차드가 각자 웨이터를 불러서 귓가에 대고 뭐라고 속삭였다.

"저 대머리 친구, 리버 카페에서 만나지 않았어?" 알이 물었다.

"그래." 스트라이크는 현실의 웨이터가 반사된 차드에게서 멀어져 그들을 향해 걸어오는 걸 보고 씩 웃었다. "내 생각에는, 우리가 여기 있을 권리가 있는지 저 친구가 물어볼 거 같은데."

"정말 죄송합니다, 선생님." 웨이터가 스트라이크에게 와서 불쑥 뱉었다. "하지만 여쭤볼 게 있는데—."

"알 로커비요. 우리 형과 나는 덩컨 길페더의 동행입니다." 스트라이크가 뭐라 대답하기 전에 알이 유쾌한 말투로 말했다. 알의 어조에는 누가 감히 자기한테 그런 도전을 하느냐는 놀라움이 섞여 있었다. 그는 매력적인 특권층의 젊은이였고 어디를 가나 환영을 받았다. 완전무결한 위상을 지닌 알이 아무렇지도 않게 스트라이크를 가족의 우리 안에 넣어주니 그 역시 자연스럽게 똑같은 특권을 지닌 것처럼 보였다. 알의 좁은 얼굴에서 조니 로커비의 눈이 쳐다보고 있었다. 웨이터는 황급히 사과의 말을 주워섬기더니 물러갔다.

"그냥 저 사람들을 초조하게 만들려고 그러는 거야?" 알이 출판사의 테이블 쪽을 바라보며 말했다.

"그래서 나쁠 거 없지." 스트라이크는 미소를 지으며 말하고, 위스키를 홀짝홀짝 마시면서 대니얼 차드가 핀켈먼을 기리는 과장된 연설을 하는 모습을 지켜보았다. 카드와 선물이 테이블 밑에서 나왔다. 노작가에게 눈길을 한 번 보내고 미소를 지어 보일 때마다, 바에서 그들을 빤히 응시하고 있는 시커멓고 덩치 큰 사내에게도 불안한 눈빛이 오갔다. 오로지 마이클 팬코트만이 주위를 두리번거리지 않았다. 탐정의 존재를 모르거나 알고도 심리적으로 동요하지 않는 모양이었다.

전채요리가 그들 모두의 앞에 차려지자 제리 월드그레이브가 테이블에서 벌떡 일어나 바 쪽으로 걸어왔다. 니나와 엘리자베스의 눈길이 그 뒤를 좇았다. 월드그레이브는 스트라이크를 보고 그저 고개를 까딱하고 화장실로 들어가더니, 돌아오는 길에는 걸음을 멈추고 섰다.

"여기서 뵙게 되다니 놀랐습니다."

"그런가요?" 스트라이크가 말했다.

"네." 월드그레이브가 말했다. "그러니까…… 당신 때문에 사람들이 불안해하고 있어요."

"그렇다고 제가 뭐 어쩌겠습니까?" 스트라이크가 말했다.

"그렇게 빤히 쳐다보지 않도록 좀 애써보실 수도 있죠."

"여기는 제 동생 알입니다." 스트라이크는 청을 묵살하고 말했다.

알이 환히 웃으면서 한 손을 내밀었고, 월드그레이브는 도무지 영문을 모르겠다는 표정으로 그 손을 잡고 흔들었다.

"당신이 대니얼의 짜증을 돋우고 있어요." 월드그레이브가 탐정의 눈을 똑바로 바라보며 말했다.

"안타까운 일이군요." 스트라이크가 말했다.

편집자는 지저분한 머리를 손으로 흩뜨렸다.

"글쎄요, 그런 태도를 보이신다면야."

"대니얼 차드의 기분에 그렇게 신경을 쓰시다니 놀랍습니다."

"특별히 신경을 쓰는 건 아닙니다." 월드그레이브가 말했다. "하지만 저 친구는 자기 기분이 나쁘면 다른 사람들의 인생을 불쾌하게 만들 수가 있어서요. 오늘 밤은 핀켈먼을 위해서 순조롭게 지나갔으면 합니다. 어째서 당신이 여기 와 있는지 이해가 되지 않는군요."

"배달할 게 있어서요." 스트라이크가 말했다.

그는 안주머니에서 아무것도 쓰여 있지 않은 하얀 봉투를 꺼냈다.

"이게 뭡니까?"

"당신 겁니다." 스트라이크가 말했다.

월드그레이브는 너무나 혼란스러운 얼굴로 봉투를 받았다.

"생각해보셔야 할 게 들어 있습니다." 스트라이크는 시끄러운 바에서 어리둥절해 있는 편집자에게로 바짝 다가갔다. "팬코트는 아시다시피 아내가 죽기 전에 이하선염에 걸렸었지요."

"뭐라고요?" 월드그레이브는 갈피를 잡지 못하고 있었다.

"자식을 가진 적이 없습니다. 틀림없이 불임일 겁니다. 관심이 있으실 거라고 생각했지요."

월드그레이브는 입을 벌리고 그를 물끄러미 바라보다 할 말을 찾지 못하고 돌아서서 가버렸다. 여전히 하얀 봉투를 꽉 움켜쥐고서.

"그게 뭐였어?" 알이 흥분해서 어쩔 줄 모르며 물었다.

"플랜 A." 스트라이크가 말했다. "이제 두고 봐야지."

월드그레이브는 다시 로퍼차드의 테이블에 앉았다. 검은 창유리에 비친 모습을 통해 스트라이크가 준 봉투를 열어보는 그의 모습이 보였다. 그는 당혹스러워하면서 두 번째 봉투를 꺼냈다. 그

봉투에는 손으로 끼적거린 이름이 쓰여 있었다.

편집자는 스트라이크를 올려다보았고, 그는 답으로 눈썹을 치켜세웠다.

제리 월드그레이브는 망설이다가 엘리자베스 태슬에게 그 봉투를 건네주었다. 그녀는 잔뜩 찌푸린 채 봉투에 쓰인 글을 읽었다. 그녀의 눈길이 번개같이 스트라이크에게 날아왔다. 그는 미소를 지으며 유리잔을 들어 건배했다.

그녀는 잠시 뭘 어떻게 해야 할지 확신을 갖지 못하는 눈치였으나, 결국 자기 옆에 있는 여자를 쿡쿡 찌르더니 봉투를 전해주었다.

그 봉투는 테이블을 빙 돌아 맞은편까지 가서, 결국 마이클 팬코트의 손에 들어갔다.

"자, 됐다." 스트라이크가 말했다. "난 정원에 가서 담배 한 대 피우고 올게. 전화기 켜놓고 여기 있어."

"휴대전화는 금지—."

그러나 알은 스트라이크의 표정을 보고 서둘러 정정했다.

"알았어."

48

누에가 그 노란 노고를 그대에게까지 베풀어주었는가?
그대를 위해 누에는 스스로를 파멸시켰는가?
─토머스 미들턴, 《복수자의 비극》

정원은 인기척이 없었고 쓰라리게 추웠다. 발목까지 눈에 푹푹
빠졌지만, 스트라이크는 오른쪽 바지를 타고 올라오는 냉기는 느
낄 수가 없었다. 보통 때라면 이 반지르르한 잔디밭에 모여들었
을 흡연자들은 대신 길거리를 선택했다. 그는 하얗게 얼어붙은
눈 사이로 단 한 줄의 참호를 팠다. 소리 없는 아름다움에 에워싸
여, 두꺼운 회색 얼음 원반으로 변해버린 작고 둥근 연못 옆에서
발을 멈췄다. 토실토실한 황동 큐피드가 큼지막한 조개껍데기 한
가운데 앉아 있었다. 눈으로 가발을 만들어 쓴 큐피드는 활과 화
살 끝을 도저히 사람을 쏠 수 있을 만한 방향이 아니라 어두운 하
늘로 겨냥하고 있었다.
스트라이크는 담배에 불을 붙이고 돌아서서 클럽의 불타는 유리
창들을 바라보았다. 식사를 하는 사람들도 웨이터들도 모두 조명
을 받은 스크린을 배경으로 움직이는, 오려낸 종이 인형 같았다.

스트라이크가 아는 그 남자라면 반드시 올 것이다. 이것이야말로 작가에게, 강박적으로 경험을 언어의 실로 자아내는 자에게, 음산하고 생경한 것을 사랑하는 자에게 불가항력적으로 매력적인 상황이 아니던가?

그리고 아니나 다를까, 몇 분이 지난 후 스트라이크는 문이 열리는 소리를 들었다. 잠시 사람들의 대화와 음악 소리가 들리더니 황급히 소거되고, 가만가만한 발소리가 이어졌다.

"스트라이크 씨?"

팬코트의 머리는 어둠속에서 보니 유달리 커 보였다.

"길거리로 나가는 게 더 쉽지 않겠습니까?"

"저는 정원에서 했으면 합니다." 스트라이크가 말했다.

"알겠습니다."

팬코트의 말투에서 일단은 스트라이크의 비위를 맞추기로 작정한 사람처럼 막연하게 신나 하는 느낌이 배어 나왔다. 탐정은 불안한 사람들로 가득 찬 테이블에서, 그들을 그토록 불안하게 만드는 장본인과 얘기를 할 사람으로 뽑혀 소환되었다는 사실이 작가의 연극적 감각에 호소하는 데가 있었으리라 추측했다.

"무슨 일입니까?" 팬코트가 물었다.

"선생님의 의견을 존중하는 겁니다." 스트라이크가 말했다. "《봄빅스 모리》의 비평적 분석에 의문이 있어서요."

"또요?" 팬코트가 말했다.

선선하던 그의 태도는 발과 함께 식어가고 있었다. 그는 코트를 바짝 당기며 말했다. 눈이 짙게 퍼붓고 있었다.

"그 책에 대해서는 하고 싶은 말을 다 했소이다만."

"제가 《봄빅스 모리》에 대해서 처음 들은 애기 중 하나는," 스트라이크가 말을 꺼냈다. "그 작품이 선생님의 초기작을 연상시킨다는 것이었습니다. '낭자한 유혈과 불가해한 상징주의'라는 표현이 쓰였지요."

"그래서요?" 팬코트가 손을 호주머니에 찔러 넣고 말했다.

"그래서, 퀸을 알았던 사람들과 이야기를 나눠볼수록 모든 사람이 읽은 그 책이 퀸 자신이 쓰고 있다고 주장했던 책과 아주 희미하게 닮았을 뿐이라는 사실이 점점 분명해지더라 이겁니다."

팬코트의 숨결이 얼굴 앞에서 연기가 되어 솟아오르고 있어, 그 묵직한 생김새에서 그나마 보이는 부분까지 다 가리고 있었다.

"최종 원고에 나오지도 않는 소설의 일부를 퀸으로부터 들었다는 여자아이도 만나봤습니다."

"작가들은 잘라내요." 팬코트는 발을 동동거리며, 어깨를 귀에 닿도록 움츠리고 말했다. "오언은 그보다 훨씬 더 많이 잘라냈어도 됐을 거예요. 소설 몇 권이 나왔을 겁니다, 사실."

"또한 초기작에서 그대로 복제한 부분들도 굉장히 많았어요." 스트라이크가 말했다. "두 명의 양성애자. 두 개의 피 묻은 자루. 쓸데없이 아무 때나 나오는 섹스."

"그 인간은 한계가 뚜렷한 상상력의 소유자였어요, 스트라이크 씨."

"그는 손 글씨로 끼적거린 메모를 남겼는데, 가능한 캐릭터 이름들처럼 보이는 게 잔뜩 쓰여 있었습니다. 그 이름 중 하나가 경찰이 폐쇄하기 전에 서재에서 나왔는데, 최후의 원고에는 아무리 찾아봐도 없단 말이죠."

"그럼 마음을 바꿨나 보죠." 팬코트가 왈칵 짜증을 냈다.

"그건 일상적인 이름이었습니다. 탈고된 원고에서처럼 상징적이지도 않고 원형적이지도 않았어요." 스트라이크가 말했다.

눈이 어둠에 익숙해지고 있었다. 스트라이크는 팬코트의 묵직한 얼굴에 떠오르는 희미한 호기심을 읽었다.

"이건 제 생각이지만, 레스토랑에 한가득 들어찬 사람들이 퀸의 마지막 식사이자 최후의 공공연한 퍼포먼스를 목격했습니다." 스트라이크가 말을 이었다. "믿을 만한 목격자의 말로는 퀸이 식당 전체에 다 들리도록 외쳤다고 합니다. 엘리자베스 태슬이 비겁하게 자기 책을 출판하지 않는 이유 중 하나가 '팬코트의 시들 시들한 좆'이라고 했다는 겁니다."

그는 자기와 팬코트가 출판사의 테이블에 앉아 안달복달하고 있는 사람들 눈에 보일 거라 생각지 않았다. 두 사람의 모습은 나무들이며 조각상과 뒤섞일 테지만, 작정한 사람 내지 절박한 사람은 스트라이크의 빨간 담뱃불을 아주 작게 반짝이는 눈빛으로 삼아 두 사람의 위치를 알아낼 수 있을 것이다. 저격수의 가늠쇠처럼.

"문제는, 《봄빅스 모리》에는 선생님의 좆에 대한 얘기가 어디에도 나오지 않는다는 겁니다." 스트라이크가 계속해서 말했다. "퀸의 애인과 젊은 트랜스젠더 친구가 '아름다운 길 잃은 영혼'이라는 얘기도 전혀 나오지 않아요. 퀸이 그들에게 그렇게 묘사할 거라고 말했다는데 말이죠. 그리고 선생님은 누에들에게 산을 붓지 않습니다. 고치를 얻기 위해 물에 끓이죠."

"그래서요?" 팬코트가 다시 물었다.

"그래서 어쩔 수 없이 내린 결론입니다만." 스트라이크가 말했다. "모두가 읽은 《봄빅스 모리》는 오언 퀸이 쓴 《봄빅스 모리》와 다른 책이라는 겁니다."

팬코트는 동동거리던 발을 멈췄다. 잠시 얼어붙은 그는 스트라이크의 말을 진지하게 곱씹는 것처럼 보였다.

"나는―. 아니," 그는 마치 혼잣말처럼 말했다. "퀸이 그 소설을 썼어요. 그 친구 스타일이란 말입니다."

"그 말씀을 하시니까 재미있네요. 왜냐하면 퀸의 독특한 스타일을 꽤 잘 알아볼 만한 감식력이 있는 다른 사람들은 그 책에서 낯선 목소리를 감지하는 것처럼 보이거든요. 대니얼 차드는 그게 월드그레이브라고 생각했지요. 월드그레이브는 엘리자베스 태슬이라고 생각했습니다. 그리고 크리스천 피셔는 선생님의 목소리를 들었고요."

팬코트는 보통 때처럼 수월하게 흘러나오는 오만을 보이며 어깨를 으쓱했다.

"퀸은 더 좋은 작가를 모방하려 애쓰고 있었죠."

"퀸이 살아 있는 모델들을 다루는 방식도 이상하리만큼 고르지 못하다고 생각하지 않으십니까?"

스트라이크가 권한 담배와 불을 받아 든 팬코트는 이제 아무 말 없이 흥미롭게 경청하고 있었다.

"그는 자기 아내와 에이전트가 자기한테 붙어서 기생하고 있다고 말합니다." 스트라이크가 말했다. "불쾌하지만, 그런 류의 비난은 자기가 버는 돈으로 사는 사람들한테 뭐 누구든 할 수 있을 만한 거죠. 그는 자기 애인이 동물들을 좋아하고 쓰레기 같은 책들을 생산한다는 얘기를 연막 쳐서 언급하거나 유방암에 대한 굉장히 역겨운 인용 같은 걸 집어넣죠. 그녀의 트랜스젠더 친구는 성대 훈련 같은 걸로 조롱을 당합니다. 그것도 자기가 쓰고 있는 인생 회고록을 그에게 보여주고 가장 깊이 묻어두었던 비밀까지 다 털어놓은 다음에 말이지요. 그런가 하면 차드가 손도 안 대고 편리하게 조 노스를 죽였다고 비난하고 차드가 정말로 그에게 하고 싶었던 짓이 무엇이었는지 대단히 조잡하게 암시합니다. 그리고 선생님이야말로 첫 번째 아내의 죽음에 책임이 있다고 비난하죠. 그 모든 얘기들은 저작권이 없는 영역에 돌아다니는 것들이거나 공공연한 가십 내지는 쉽사리 던질 수 있는 비난입니다."

"그렇다고 해서 상처가 되지 않는 건 아닙니다." 팬코트가 조용히 말했다.

"동의합니다." 스트라이크가 말했다. "그래서 아주 숱한 사람들한테 분노할 이유를 주었죠. 그러나 그 책에서 정말로 새롭게 폭로된 사실은 당신이 조애나 월드그레이브의 친아버지라는 것뿐입니다."

"말씀드렸지 않습니까—아니 말씀드린 거나 마찬가지인데—지난번에 만났을 때……." 팬코트가 긴장으로 굳은 목소리로 말했다. "그런 비난은 허위일 뿐 아니라 불가능하다고요. 저는 불임입니다. 퀸도—."

"퀸도 알았겠지요." 스트라이크가 동의했다. "왜냐하면 당신이 이하선염에 걸렸을 때 퀸과 여전히 겉으로는 친구 사이를 유지하고 있었고, 그는 이미 《발자크 형제들》에서 그 사실을 놀림감으로 삼았으니까요. 그런 사실을 생각하면 커터에 내재된 비난이 더 이상하게 느껴지지 않습니까? 마치 선생께서 아이를 낳을 수 없다는 걸 모르는 사람이 쓴 것처럼 말입니다. 처음 책을 읽으실 때 이런 생각이 전혀 떠오르지 않았나요?"

두 남자의 머리칼 위로, 어깨 위로 두껍게 눈이 쌓였다.

"오언이 뭐가 사실이고 아닌지에 대해 그리 신경 쓴다고 생각하지 않았습니다." 팬코트가 연기를 내뿜으며 천천히 말했다. "험담을 들으면 사람들은 사실이건 아니건 믿기 마련입니다. 그래서 오언은 마구 던졌던 거죠. 그냥 최대한 말썽을 피우려고 작정했구나 생각했습니다."

"그래서 원고의 초고를 보냈던 거라고 생각하십니까?" 팬코트가 대답을 하지 않자 스트라이크가 계속 말했다. "쉽게 확인할 수 있습니다. 우편 서비스 기록이 남아 있을 테니까요. 저한테 말씀을 해주시는 편이 나을 겁니다."

기나긴 침묵.

"좋습니다." 팬코트가 마침내 말했다.

"언제 받으셨습니까?"

"6일 아침입니다."

"그걸 어떻게 하셨죠?"

"태워버렸습니다." 팬코트가 짤막하게 말했다. 캐스린 켄트의 말투와 똑같았다. "그가 무슨 짓을 하려는지 알 수 있었어요. 공공연한 언쟁을 촉발해서, 홍보를 최대화하려는 거였죠. 실패자가 최후로 선택한 수단이었습니다. 그 친구 장단에 놀아나기 싫었어요."

정원으로 나오는 문이 다시 열렸다 닫히면서 실내의 흥청망청하는 소리가 찰나의 순간 들려왔다. 불안한 발소리, 눈을 헤치고 다가온 커다란 그림자가 어둠 속에서 모습을 드러냈다.

"대체 여기서—." 엘리자베스 태슬이 쉰 목소리로 말했다. 그녀는 모피 깃을 댄 묵직한 코트로 온몸을 감싸고 있었다. "무슨 일이 벌어지고 있는 거죠?"

그녀 목소리를 듣자마자 팬코트는 안으로 들어가려고 움직였다. 스트라이크는 수백 명의 청중이 없는 상황에서 둘이 일대일로 마주친 게 과연 얼마 만일까 궁금했다.

"잠깐만 기다려주시겠습니까?" 스트라이크가 작가에게 부탁했다.

팬코트는 망설였다. 태슬이 거칠고 쉰 목소리로 스트라이크에게 말했다.

"핀크스가 마이클을 기다리고 있어요."

"다 아실 만한 일이에요." 스트라이크가 말했다.

눈이 잎사귀를 덮고 큐피드가 하늘을 향해 화살을 겨누고 앉아 있는 얼어붙은 연못 위로 속살거리듯 하염없이 내리고 있었다.

"선생님께서는 엘리자베스의 글이 '개탄스러우리만큼 독창적이지 못했다'고 말씀하셨는데, 맞습니까?" 스트라이크가 팬코트에게 물었다. "두 분 다 제임스 시대의 복수비극을 공부하셨는데, 그렇다면 두 분의 문체가 유사한 것도 설명이 되겠군요. 하지만 제 생각에 당신은 다른 사람들의 글쓰기를 모방하는 솜씨가 아주 훌륭하신 것 같습니다." 스트라이크가 태슬에게 말했다.

그는 팬코트를 따로 불러내면 그녀가 따라오리라는 걸 알고 있었다. 어둠속에서 스트라이크가 작가에게 무슨 말을 할까 두려움에 떨 거라는 것도 알고 있었다. 눈이 모피 깃에, 철회색 머리칼에 내려와 쌓이는데도 그녀는 미동도 없이 서 있었다. 스트라이크는 저 멀리 클럽 창문의 희미한 불빛으로 간신히 그녀 얼굴의 윤곽을 알아볼 수 있었다. 그 시선은 놀라우리만큼 강렬하고 또 공허했다. 그녀는 상어처럼, 무감각하고 텅 빈 눈을 갖고 있었다.

"예를 들어 당신은 엘스페스 팬코트의 문체를 완벽하게 차용했습니다."

팬코트의 입이 소리 없이 헤벌어졌다. 몇 초 동안 속삭이는 눈 이외에 들려오는 소리라고는 엘리자베스의 폐에서 새어 나오는 들릴락 말락 한 휘파람뿐이었다.

"처음부터 나는 당신이 퀸한테 뭔가 약점이 잡혔다고 생각했습니다." 스트라이크가 말했다. "자발적으로 사설 은행 겸 시중드는 하녀 노릇을 도맡아 해줄 그런 여자로 보이지는 않았거든요. 퀸을 붙잡고 팬코트를 내보낼 리가 없었죠. 표현의 자유 어쩌고 하는 그 말도 안 되는 헛소리들이라니. 당신이 엘스페스 팬코트의 책을 패러디한 글을 써서 그녀가 자살하게 만들었어요. 그 오랜 세월 동안 오언이 자기가 쓴 글을 보여줬다는 당신 말밖에 증거가 없었죠. 사실은 그 반대였던 겁니다."

사각사각 눈 위에 또 눈이 쌓이는 소리, 그리고 엘리자베스 태슬의 가슴에서 나는 희미하고 섬뜩한 숨소리 말고는 오로지 정적뿐이었다. 팬코트는 입을 벌린 채 에이전트와 탐정을 번갈아 바라보았다.

"경찰은 퀸이 당신을 협박하고 있을 거라 의심했지요." 스트라이크가 말했다. "그러나 당신은 올랜도의 병원비를 빌려준다는 감동적인 이야기로 그들을 속였어요. 사반세기가 넘는 세월 동안 오언한테 돈을 먹여 입을 막고 있었던 겁니다, 그렇죠?"

그는 그녀를 도발해서 입을 열고 장광설을 늘어놓게 만들려 하고 있었지만, 그녀는 아무 말도 하지 않고 못생기고 하얀 얼굴에 박힌 구멍 같은 검고 텅 빈 눈으로 그를 뚫어져라 바라보기만 할 뿐이었다.

"우리가 점심식사를 할 때 스스로를 어떻게 묘사하셨던가요?" 스트라이크가 그녀에게 물었다. "'결백한 노처녀의 정의 그 자체'? 하지만 욕구불만을 해소할 길을 찾으신 모양이죠, 엘리자베스?"

그 광기 서린 텅 빈 눈이 갑자기 휙 돌아가 팬코트를 향하자 그는 서 있던 자리에서 움찔했다.

"기분이 좋던가요, 엘리자베스? 아는 사람들 전부를 유린하고 죽이고 다니니까? 적개심과 음탕함이 아주 한바탕 대폭발을 일으켰던 겁니다. 온갖 사람들에게 복수를 하고, 자기 자신을 갈채받지 못하는 천재라고 미화하고, 더 성공적으로 사랑하며 살아가고, 더 만족스러운 삶을 누리는 사람들에게 옆차기를—."

부드러운 목소리가 어둠 속에서 말했고, 찰나의 순간 스트라이크는 그 소리가 어디서 나는지 알지 못했다. 낯설고 생경하고, 높은 음조에 병약한 목소리였다. 미친 여자가 결백을, 친절을 표현하기 위해 상상할 그런 목소리였다.

"아니요, 스트라이크 씨." 그녀는 졸린 어린아이에게 굳이 깨어 있지 말라고, 졸음과 싸우지 말라고 달래는 어머니처럼 속삭였다. "불쌍하고 어리석은 사람, 이 불쌍한 사람아."

그녀가 억지웃음을 터뜨리자 가슴이 들썩거리고 폐가 휘파람을 불었다.

"이 사람은 아프가니스탄에서 심한 부상을 입었어." 그녀는 그 섬뜩한, 노래하는 듯한 목소리로 팬코트에게 말했다. "아무래도 전쟁으로 심적 후유증이 심한가 봐. 꼬마 올랜도처럼 뇌에 손상을 입은 거야. 도움이 필요한 것 같아요, 불쌍한 스트라이크 씨."

호흡이 가빠지자 그녀의 폐가 씩씩 바람 소리를 냈다.

"가면을 하나 샀어야 했어요, 엘리자베스. 안 그래요?" 스트라이크가 물었다.

그 눈이 새카맣게 변했다가 커다랗게 확장되는 걸 그는 보았다고 생각했다. 아드레날린이 흘러넘쳐 동공이 확장된 것이다. 커다랗고 남자 같은 손이 오므라져 발톱으로 변했다.

"전부 완벽하게 돌아가게 계획했다고 생각했을 겁니다, 그렇죠? 로프, 위장, 산으로부터 몸을 보호하기 위한 방호복. 하지만 증기를 들이마시기만 해도 조직 손상을 입을 수 있다는 건 몰랐겠지요."

차가운 공기가 헐떡이는 그녀의 호흡을 악화시켰다. 패닉에 빠진 그녀는 성적으로 흥분한 것 같은 소리를 냈다.

"내 생각에는," 스트라이크가 말했다. 치밀하게 계산된 잔인한 말투였다. "그래서 말 그대로 당신이 미쳐버린 것 같은데, 엘리자베스. 안 그런가요? 아무튼 배심원이 그걸 믿어주길 바라는 게 좋을 테죠? 인생을 참 지독하게도 낭비했군요. 사업은 쓰레기통에 처박고 남자도 없고 자식도 없고……. 어디 한번 얘기해보시죠. 두 분이 짝짓기를 해보려다 실패한 적이 있으신가요?" 스트라이크는 두 사람의 옆얼굴을 쳐다보며 단도직입적으로 물었다. "이 '시들시들한 좆' 문제 말인데…… 내가 듣기에는 퀸이 진짜《봄빅스 모리》에서 허구화했을 만한 주제 같아서 그럽니다."

그들은 빛을 등지고 있어 얼굴 표정이 보이지 않았지만, 몸짓이 답을 주었다. 즉각적으로 서로에게서 몸을 돌려 그를 바라보는 움직임이 유령만 남은 연대전선을 표현했던 것이다.

"그게 언제 일이었죠?" 스트라이크가 엘리자베스의 어두운 윤곽선을 주시하며 물었다. "엘스페스가 죽고 나서? 하지만 그다음에 곧 페넬라 월드그레이브에게로 옮겨가셨죠, 마이클? 거기서는 세우는 데 아무 문제가 없으셨나 봐요?"

엘리자베스가 작은 숨을 헉 뱉었다. 마치 그가 그녀를 때리기라도 한 것처럼.

"아, 진짜 제발……." 팬코트가 투덜거렸다. 그는 이제 스트라이크에게 화가 나 있었다. 스트라이크는 암묵적인 비난을 묵살했다. 아직도 엘리자베스를 부추기는 일에 몰두해 있었다. 그녀의 휘파람 부는 허파는 내리는 눈 속에서 산소를 찾아 고군분투하고 있었다.

"퀸이 너무 들뜬 나머지 이성을 잃고 진짜 《봄빅스 모리》의 내용을 리버 카페에서 불기 시작했을 때 정말로 화가 났죠, 안 그런가요, 엘리자베스? 내용에 대해서는 한마디도 발설하지 말라고 그렇게 주의를 줬는데도?"

"미쳤어, 당신은 미쳤어." 그녀는 속삭이더니, 상어의 눈 뒤로 억지로 미소를 지었다. 커다랗고 누런 이빨이 희번덕거렸다. "전쟁 때문에 단순히 불구가 된 게 아니고—."

"훌륭한데요." 스트라이크가 인정한다는 듯 말했다. "사람들이 다 당신은 남을 윽박지르는 못된 년이라고 했는데 정말—."

"당신은 신문에 이름 한번 나보려고 런던 전역을 절뚝거리며 돌아다니지." 그녀는 밭은 숨을 몰아쉬었다. "불쌍한 오언하고 똑같아, 아주 똑같다고. 신문을 얼마나 좋아했는지 알아? 그랬지, 마이클?" 그녀는 팬코트에게로 돌아서서 호소했다. "오언이 유명세를 정말 사랑하지 않았어? 어린아이처럼 도망쳐서 숨바꼭질이나 하고."

"당신이 오언을 부추겨서 탤거스 로드에 숨게 한 거잖아." 스트라이크가 말했다. "전부 당신 생각이었어."

"더 이상은 듣지 않을 거야." 그녀는 속삭였고, 겨울 공기를 마시며 언성을 높이자 허파가 쌕쌕 바람 소리를 냈다. "안 들려요, 스트라이크 씨. 안 듣고 있다고. 아무도 당신 말을 듣지 않아, 불쌍하고 어리석은 인간……."

"당신은 나한테 퀸이 게걸스럽게 찬사를 갈구한다고 했지." 스트라이크도 언성을 높여 자기 말들을 묻어버리려고 높은 음조로 외쳐대고 있는 그녀의 목소리를 뚫었다. "내 생각엔 몇 달 전에 그가 당신에게 앞으로 《봄빅스 모리》의 플롯을 어떻게 짤 건지 미리 얘기해줬을 거라고 봐. 그리고 여기 마이클도 그 안에 어떤 형태로든 나올 거야. 베인글로리어스처럼 조잡한 건 아니었겠지만, 세우지 못한다고 놀림감이 됐겠지, 아마도? '당신네 두 사람을 위한 복수의 시간', 어?"

그리고 예상한 대로 그녀는 그 말에 숨을 턱 멈추고 광적인 외침을 뚝 그쳤다.

"당신은 퀸에게 《봄빅스 모리》는 걸작이라고, 이제까지 썼던 작품 중에서 최고가 될 거라고, 어마어마한 성공을 거둘 거라고 말했지. 하지만 법적인 문제가 있을 수도 있고, 또 베일을 벗었을 때 훨씬 더 파장이 커질 수 있도록 해야 하니까 내용에 대해서는 아주 조용히 입을 다물고 있자고 했을 거야. 그리고 그동안 내내 당신은 당신 나름대로 계속 글을 쓰고 있었던 거야. 제대로 쓸 시간이 충분히 있었겠지, 안 그래, 엘리자베스? 26년간의 텅 빈 밤들, 첫 책을 옥스퍼드에서 썼으니 지금쯤이면 여러 권 쓰고도 남았을 텐데……. 하지만 뭐 쓸 거리가 있어야지? 솔직히 당신이 인생을 제대로 살아본 게 아니잖아, 안 그래?"

벌거벗은 분노가 그녀 얼굴에서 번득였다. 손가락이 구부러졌지만, 그녀는 스스로를 제어했다. 스트라이크는 그녀가 버티지 못하고 쩍 갈라지길 바랐다. 포기하기를 바랐다. 그러나 상어의 눈은 오히려 그가 약점을 드러내고, 그가 구멍을 보이길 기다리고 있는 것 같았다.

"당신은 살인 계획으로 소설을 세공했지. 창자를 적출하고 시신을 염산으로 뒤덮는 건 상징적인 게 아니라 과학수사 팀을 혼선에 빠뜨리기 위한 장치였지만, 다들 그걸 문학인 줄 알고 속아주었어. 그리고 그 멍청하고 이기적인 개새끼가 자기 자신의 죽음을 계획하는 데 공모하게 만든 거야. 홍보와 이윤을 극대화할 수 있는 멋진 아이디어가 떠올랐다고 말했지. 두 사람이 아주 공공연한 장소에서 가짜 말다툼을 하자고, 당신이 책이 너무 논란의 여지가 많아서 출판할 수 없다고 말하고 그는 종적을 감춰버리는 걸로. 당신이 책의 내용에 대한 루머를 퍼뜨리고, 마침내 퀸이 숨어 있다가 발견되면 아주 두둑하고 짭짤한 계약을 반드시 확보해주겠다고 했지."

고개를 흔드는 그녀에게서 고생스럽게 숨 쉬는 허파의 소리가 다 들릴 지경이었고, 죽은 눈은 그의 얼굴에 못 박혀 떠나지 않았다.

"그는 책을 보내왔어. 당신은 며칠 시간을 끌면서, 본파이어 나이트가 될 때까지 기다렸지. 몹시 정신 산란한 멋진 소음들이 사방에 확실히 깔려야 하니까. 그리고 가짜 《봄빅스》의 원고를 피셔에게 보낸 거야. 그 책이 많은 사람들의 입에 오르내릴수록 더 좋으니까. 월드그레이브에게도 보내고 여기 마이클에게도 보냈어. 가짜로 말다툼을 하는 연극을 한 다음에, 퀸을 따라 탤거스 로드로 갔지 ―."

"아니야." 팬코트가 자기도 모르게 말했다.

"맞습니다." 스트라이크는 거침없었다. "퀸은 엘리자베스를 두려워해야 할 이유가 없다고 생각했어요. 희대의 컴백을 함께 공모하고 있는 협조자인데 당연했죠. 그때쯤에는 자기가 당신한테 오랜 세월 동안 해온 짓이 공갈갈취라는 사실도 잊고 있었을 거야, 안 그래?" 그는 태슬에게 물었다. "그냥 돈을 내놓으라고 하면 받는 걸 습관처럼 해왔을 뿐이지. 그 패러디 얘기도 더 이상 하지 않았을 거야, 당신 삶을 망친 그 물건⋯⋯.

그리고 퀸이 당신을 집 안에 들이고 나서 무슨 일이 벌어졌다고 내가 생각하는지 알아, 엘리자베스?"

마음과 달리 스트라이크의 기억 속에 그 광경이 떠올랐다. 거대한 돔형의 창, 소름끼치는 정물처럼 한가운데 배치된 사체.

"그 딱하고 순진하고 이기적인 새끼한테 홍보용 사진을 찍을 테니 포즈를 취하라고 했을 거야. 무릎을 꿇고 있었나? 진짜 책의 주인공이 호소를 하거나 기도를 했던가? 아니면 '당신'이 쓴 봄빅스처럼 로프에 묶였나? 그것도 아주 좋아했을 거야, 안 그래? 퀸 말이야, 로프에 묶여 포즈를 취하는 거. 그러니 등 뒤로 돌아가서 철제 도어스톱으로 머리를 박살내기가 아주 쉬웠을 거야, 아냐? 이웃의 불꽃놀이를 연막 삼아 퀸을 내리쳐서 의식을 잃게 만들고 묶은 다음 배를 쩍 가르고—."

팬코트가 목이 졸린 듯한 공포의 신음소리를 냈지만, 태슬이 다시 입을 열어 위로를 모방한 졸렬한 패러디를 지저귀듯 쏟아내기 시작했다.

"진찰을 좀 받아봐야겠어요, 스트라이크 씨. 불쌍한 스트라이크 씨." 그러더니 놀랍게도 커다란 손을 내밀어 눈 덮인 그의 어깨에 놓는 것이었다. 그 손이 한 짓을 기억한 스트라이크는 본능적으로 뒤로 물러섰고 그녀의 팔은 자신의 옆구리로 무겁게 툭 떨어져서 축 늘어졌다. 손가락이 반사적으로 오그라들었다.

"오언의 창자와 진짜 원고를 여행가방에 잔뜩 쑤셔 넣었지." 탐정이 말했다. 그녀가 너무나 바짝 다가와 있어 향수와 절은 담배 냄새가 뒤섞여 풍겨왔다. "그리고 퀸의 망토와 모자를 쓰고 나갔어. 그리고 네 번째 가짜 《봄빅스 모리》를 캐스린 켄트의 우편함에 넣었지. 용의자들을 최대로 늘리고 자기가 갖지 못하는 것을 누리고 있던 다른 여자에게 죄를 덮어씌우기 위해서. 섹스. 배우자. 적어도 한 명의 친구."

그녀는 다시 폭소를 터뜨리는 시늉을 했지만 이번에는 미친 사람처럼 들렸다. 그녀의 손가락은 여전히 굽혀졌다 펴졌다 하고 있었다.

"당신은 오언하고 죽이 잘 맞았을 것 같아." 그녀가 속삭였다.

"안 그래, 마이클? 정말 오언하고 잘 어울렸을 거 같지? 병적인 망상가들……. 사람들이 다 비웃을 거예요, 스트라이크 씨." 그녀의 숨이 그 어느 때보다도 더 가빠졌고, 굳어버린 하얀 얼굴에서 생명을 잃은 텅 빈 눈이 밖을 내다보고 있었다. "불쌍한 병신이 유명한 아버지를 뒤쫓아 성공의 감각이라도 어떻게든 느껴보려고…….."

"이런 이야기에 증거가 있습니까?" 팬코트가 휘몰아치는 눈 속에서 따져 물었다. 믿기 싫다는 갈망 때문에 혹독해진 목소리였다. 이건 먹물과 종이로 새겨진 비극이 아니었다. 배우의 분장으로 그려진 죽음의 장면이 아니었다. 여기 그의 옆에 학창시절을 함께 보낸 살아 있는 친구가 서 있었다. 그리고 그 후의 삶을 살아가며 어떤 일들을 겪게 되었건, 그가 옥스퍼드에서 친하게 지냈던 덩치 크고 못생기고 자기한테 반해 정신을 못 차리던 소녀가 엽기적인 살인을 할 수 있는 여자로 변해버렸다는 생각은 견딜 수 없었다.

"그래요, 증거가 있습니다." 스트라이크가 조용히 말했다. "퀸이 쓰던 것과 정확히 동일한 모델인 제2의 전동 타자기가 검은 부르카와 염산으로 얼룩진 작업복에 싸인 채 돌멩이에 묶여 물 속에 던져진 꾸러미를 확보했습니다. 제가 우연히 알고 지내는 아마추어 다이버가 며칠 전 그걸 바다에서 건져냈습니다. 그위시언 지역의 악명 높은 절벽인 헬스마우스 밑에 가라앉아 있더군요. 도커스 펜젤리의 책 표지에 나온 장소죠. 당신이 찾아갔을 때 도커스가 그걸 보여줬겠지, 안 그래요, 엘리자베스? 휴대전화를 가지고 혼자 다시 거기로 가서, 전화가 잘 터지지 않는다고 말하지 않았습니까?"

그녀는 나지막하게 섬뜩한 신음 소리를 냈다, 주먹으로 배를 한 대 맞은 남자가 내뱉는 소리처럼. 한순간 아무도 움직이지 않았지만, 곧 태슬이 꼴사납게 돌아서더니 뛰기 시작했다. 허둥지둥 그들을 등지고 클럽 쪽으로 다시 달려갔다. 문이 열렸다 닫히자 사각형의 환한 노란색 빛이 파르르 떨며 나타났다 사라졌다.

"하지만……." 팬코트가 몇 걸음 가다가 정신이 나간 듯한 말투로 스트라이크를 돌아보며 외쳤다. "안 돼. 저 여자를 잡아야 해요!"

"하고 싶어도 못 잡아요." 스트라이크가 담배꽁초를 눈밭으로 던지며 말했다. "무릎이 거지 같아서."

"무슨 짓이든 할 수 있단 말입니다—."

"십중팔구 자살하러 갔겠죠." 스트라이크도 휴대전화를 꺼내며 동의했다.

작가가 그를 빤히 쳐다보았다.

"당신— 이 냉혈한 개새끼 같으니!"

"그런 소리를 한 게 선생님이 처음은 아닙니다." 스트라이크가 말하더니 전화기를 꺼내 번호를 눌렀다. "준비됐어?" 그가 전화에 대고 말했다. "우리 출발한다."

49

위험은, 별들처럼, 어두운 시도에서 가장 환히 빛난다.
－토머스 데커, 《고귀한 스페인 병사》

클럽 앞에 모여 있는 흡연자들을 지나 덩치 큰 여자가 밖으로 나왔다. 그녀는 앞도 보지 않고, 눈 위에서 약간씩 미끄러지며 어두운 거리를 따라 달렸고, 모피 옷깃을 댄 코트 자락이 펄럭거렸다.

'빈 차' 불이 들어온 택시 한 대가 옆길에서 슬쩍 미끄러져 나오자 여자는 미친 듯이 팔을 흔들어 불렀다. 택시가 스르르 정차했고, 두 개의 헤드라이트가 내뿜는 원뿔형의 빛줄기 두 개는 펑펑 내리는 눈에 막혀 궤적이 끊겼다.

"풀햄팰리스 로드." 흐느낌에 목이 멘 걸쭉하고 쉰 목소리가 말했다.

차는 서서히 도로 연석에서 떨어졌다. 낡은 택시의 유리 파티션은 다 긁혀 있었으며 소유주가 오랜 세월 동안 담배를 피워 약간 얼룩이 져 있었다. 엘리자베스 태슬의 모습이 백미러를 통해 보였다. 커다란 손에 얼굴을 묻고 소리 없이 흐느끼며 온몸을 들썩거리는 그녀의 모습 위로 가로등 불빛이 미끄러져 스쳐 갔다.

운전사는 왜 그러느냐고 묻지도 않고 미터기 너머로 보이는 거리만 바라보았다. 두 남자가 황급히 눈 덮인 길을 건너 빨간 스포츠카에 타는 모습이 작아지며 멀어져갔다.

택시는 길 끝에서 좌회전했고 여전히 엘리자베스 태슬은 얼굴을 손으로 감싸고 울고 있었다. 운전사는 두꺼운 양털모자 때문에 가려웠다. 기나긴 대기시간 동안 모자를 쓰고 있었던 게 다행이긴 했지만 말이다. 킹스 로드를 따라 택시는 속력을 내고 달렸다. 보송보송한 가루처럼 두툼하게 쌓인 눈이 짓뭉개어 진창으로 만들어버리려는 타이어들에 저항하고 있었고 눈보라가 무자비하게 휘몰아쳐 갈수록 도로가 치명적으로 위험해졌다.

"길을 잘못 들었어요."

"돌아가는 겁니다." 로빈이 거짓말을 했다. "눈 때문에요."

그녀는 거울로 엘리자베스의 눈길과 잠깐 마주쳤다. 에이전트는 어깨 너머로 뒤를 보았다. 빨간 알파로메오는 너무 멀어서 보이지 않았다. 그녀는 지나치는 건물들을 미친 듯이 두리번거리기 시작했다. 로빈은 그녀 가슴에서 새어 나오는 소름끼치는 바람소리를 들을 수 있었다.

"반대 방향으로 가고 있잖아요."

"금세 차를 돌릴 거예요." 로빈이 말했다.

엘리자베스 태슬이 문을 열려고 시도하는 소리가 들렸다. 문은 모두 잠겨 있었다.

"여기서 내려줘요." 그녀는 큰 소리로 말했다. "내려달라고!"

"이런 날씨에 다른 택시를 잡기는 힘들 겁니다." 로빈이 말했다.

그들은 태슬이 너무 넋을 놓고 있느라 한동안 어디로 가는지 모를 거라고 예상했었다. 택시는 슬로언 스퀘어까지도 채 가지 못한 상태였다. 새로 지은 런던 경찰청 청사까지는 1.5킬로미터도 넘게 남았다. 로빈의 눈은 번개같이 다시 백미러를 살폈다. 알파 로메오는 저 멀리 작은 빨간 점으로 보였다.

엘리자베스가 이미 안전벨트를 풀고 있었다.

"차 세워!" 그녀가 소리를 질렀다. "세우고 내려달라고!"

"여기서 정차할 수는 없습니다." 로빈이 말했다. 목소리는 차분했지만 마음은 전혀 그렇지 않았다. 에이전트는 이미 의자에서 일어나 커다란 손으로 파티션을 들쑤시고 있었던 것이다. "자리에 앉아주세요, 부인―."

스크린이 스르륵 열렸다. 엘리자베스의 손이 로빈의 모자와 머리카락 한 줌을 움켜쥐었다. 그녀의 머리가 로빈과 거의 나란히 놓였는데, 표정은 그악스럽기 그지없었다. 땀에 젖은 로빈의 머리카락이 가닥가닥 흐트러져 눈앞으로 쏟아져 내렸다.

"놔요!"

"너 누구야?" 태슬이 새된 비명을 지르며 손에 움켜쥔 머리채를 흔들었다. "랠프가 쓰레기통을 뒤지는 금발을 봤다고 했어. 너 누구야?"

"놔!" 소리 지르는 로빈의 목을 태슬의 다른 손이 움켜쥐었다.

200미터 후방에서 스트라이크가 알에게 외쳤다.

"씨발, 좀 더 밟아. 뭔가 잘못됐어, 저걸 보란―."

전방의 택시가 도로를 완전히 휘저으며 질주하고 있었다.

"얼음 위에서는 젬병이란 말이야." 알파가 약간 미끄러지자 알이 구시렁거렸고, 택시는 무서운 속도로 슬로언 스퀘어로 접어들어 시야에서 사라져버렸다.

이미 태슬은 택시 앞좌석으로 몸을 반쯤 들이밀고 찢어질 듯한 목소리로 비명을 질러대고 있었다. 로빈은 한 손으로 그녀를 때려 쫓아내며 다른 손으로 운전대를 잡고 있으려고 안간힘을 썼다. 머리카락과 눈 때문에 앞이 보이질 않았는데, 태슬이 양손으로 목을 잡고 조르기 시작했다. 로빈은 브레이크를 찾으려 했지만 택시가 앞으로 펄쩍 뛰는 바람에 자기가 액셀을 밟았다는 걸 깨달았다. 숨을 쉴 수가 없었다. 양손을 다 운전대에서 떼고 조여드는 에이전트의 손아귀를 떼어내려 했다. 보행자들의 비명 소리와 함께 차가 펄쩍 뛰는가 싶더니 유리가 박살나고 금속이 콘크리트에 충돌하면서 귀청을 찢는 굉음이 났다. 택시가 추돌하는 순간 안전벨트가 몸을 파고드는 통증이 느껴졌다. 하지만 그녀는 침잠하고 있었다, 모든 게 새카맣게—.

"씨발, 차는 버려, 저기 들어가야 해!" 스트라이크가 미친 듯 울어대는 상점의 경보음과 흩어진 구경꾼들의 비명 소리를 뚫고 알에게 고함을 쳤다. 알은 택시가 판유리창을 들이박은 곳에서 100미터가량 떨어진 곳 도로 한가운데에 알파를 끼이익 소리 나게 세웠다. 스트라이크가 일어서려 애쓰는 사이 알이 펄쩍 뛰어내렸다. 한 무리의 행인들 중에는 택시가 연석 위로 뛰어올라올 때 몸을 던져 피했던 정장 차림의 크리스마스 파티 참석자들도 있었다. 모두들 눈 위를 허둥지둥 미끄러져 가면서, 사고 현장으로 달려가는 알을 혼비백산한 표정으로 지켜보고 있었다.

택시 뒷문이 열렸다. 엘리자베스 태슬이 뒷좌석에서 뛰쳐나와 달리기 시작했다.

"알, 저 여자 잡아!" 스트라이크가 눈 속에서 힘겹게 움직이며 버럭버럭 고함을 쳤다. "그 여자를 잡으라고, 알!"

르 로지 기숙학교에는 훌륭한 럭비 팀이 있다. 알은 지시받는 데 익숙했다. 단거리를 전력 질주한 그는 완벽한 태클로 그녀를 쓰러뜨렸다. 지켜보던 수많은 여자들의 비명에 가까운 항의 속에서 알은 버둥거리며 욕을 하는 여자를 꼼짝 못 하게 찍어 누르는 동시에 희생자를 도우려 달려드는 수많은 남자들을 물리치고 있었다.

스트라이크는 이 모든 상황은 안중에도 없었다. 넘어지지 않으려고 애쓰며 불길하게 조용하고 기척이 없는 택시를 향해 휘청휘청 달려가는 동작이 마치 슬로모션처럼 느껴졌다. 알과 버둥거리며 욕을 퍼붓는 여자에게 정신이 팔린 사람들은 아무도 택시 운전사를 신경 쓸 겨를이 없었다.

"로빈……."

그녀는 여전히 벨트로 좌석에 고정된 채 한쪽으로 푹 쓰러져 있었다. 얼굴에는 피가 묻어 있었지만, 그가 그녀의 이름을 부르자 그녀는 뒤죽박죽 알아들을 수 없는 신음 소리를 냈다.

"아, 씨발, 고맙습니다. 고맙습니다……."

경찰 사이렌이 벌써 광장을 가득 채우고 있었다. 사이렌 소리는 상점 경보, 충격을 받은 런던 사람들의 점점 커져가는 항의 소리와 뒤섞였다. 스트라이크는 로빈의 안전벨트를 풀어주고, 밖으로 나오려는 그녀를 다시 택시 안으로 부드럽게 밀어 넣으며 말했다.

"그냥 거기 있어요."

"자기 집으로 가지 않는다는 걸 알았어요." 로빈이 중얼거렸다. "다른 길로 간다는 걸 금세 알아차렸어요."

"상관없어요." 스트라이크가 가쁜 숨을 몰아쉬며 말했다. "당신이 경찰청을 여기로 불러왔으니까."

다이아몬드처럼 현란한 조명들이 광장을 둘러싼 앙상한 나무들에서 반짝였다. 몰려드는 군중들 위로 눈이 펑펑 쏟아져 내렸다. 깨진 창유리에서 툭 튀어나온 택시와 도로 한중간에 엉망으로 주차해놓은 스포츠카 위로도 눈이 내렸다. 경찰차들이 달려와 급정거하자, 깜박이는 파란 경광등이 유리 파편들이 흩어져 있는 땅바닥에 반사되어 빛났고, 경찰 사이렌 소리는 상점들에서 울려대는 경보음과 뒤섞여 묻혔다.

이복동생이 자기가 왜 예순 살 먹은 할머니를 깔고 앉아 있는지 소리 질러가며 해명하려 애쓰는 와중에, 안도하고 기진맥진한 탐정은 택시 안 파트너 옆자리에 털썩 쓰러지듯 주저앉아 자기도 모르게 ― 의도와 달리, 그리고 악취미라는 걸 잘 알면서도 ― 소리 내어 웃음을 터뜨렸다.

일주일 후

50

신시아: 아니 어떻게, 엔디미온, 이 모든 게 사랑을 위해서라고 말
할 수 있나요?
엔디미온: 마담, 신들이 내게 여자의 증오를 내려주었다고 말하겠
습니다.
—존 라일리,《엔디미온 또는 달 속의 남자》

스트라이크는 이제껏 일링에 있는 로빈과 매튜의 아파트를 찾
은 적이 없었다. 한동안 출근하지 말고 경미한 뇌진탕과 교살 미
수에서 회복하라는 주장은 그리 잘 먹히지 않았다.

"로빈." 그는 참을성 있게 수화기에 대고 말했다. "안 그래도
사무실 문을 닫아야 했어요. 덴마크 스트리트 전체에 기자들이
쫙 깔렸거든요. 닉과 일사네 집에 묵을 거예요."

하지만 그녀를 만나지도 않고 콘월로 사라질 수는 없었다. 로빈
이 현관문을 열어줬을 때 스트라이크는 그녀의 목과 이마에 생긴
멍이 그새 희미한 노란색과 파란색으로 엷어진 걸 보고 기뻤다.

"기분이 어때요?" 그는 도어매트에 발을 닦으며 말했다.

"아주 좋아요!" 그녀가 말했다.

집은 작지만 분위기가 밝았고 그녀의 향수 향기가 났다. 이전에

는 그리 뚜렷하게 느끼지 못했었는데. 아마 그 향을 일주일 동안 맡지 못했더니 더 민감해진 모양이었다. 그녀는 그를 거실로 안내했다. 캐스린 켄트네 집처럼 목련 꽃이 그려진 거실에서 스트라이크의 흥미를 끈 것은 의자 위에 표지를 위로 하고 놓여 있는 《탐문 인터뷰: 심리와 실전》이었다. 자그마한 크리스마스트리가 한쪽 구석에 놓여 있었는데, 신문에 실린 택시 사고 기사의 사진들에서 배경을 이루고 있던 슬로언 스퀘어의 나무들처럼 흰색과 은빛 장식으로 꾸며져 있었다.

"매튜는 이제 좀 극복을 했나요?" 스트라이크가 소파에 앉으며 말했다.

"최고로 행복한 상태라고는 말하지 못하겠네요." 그녀는 씩 웃으며 말했다. "홍차요?"

그가 어떤 차를 좋아하는지 그녀는 알고 있었다. 진한 갈색 빛깔의 홍차.

"크리스마스 선물이에요." 쟁반을 들고 돌아온 그녀에게 그가 평범한 하얀 봉투를 건넸다. 로빈은 호기심에 차서 봉투를 뜯었고 스테이플러로 찍은 서류 한 다발을 꺼냈다.

"1월에 시작하는 감시 강좌예요." 스트라이크가 말했다. "그러니까 다음번에 쓰레기통에서 개똥이 든 봉지를 꺼낼 때는 아무한테도 들키지 않게 하라고요."

그녀는 진심으로 좋아하며 웃음을 터뜨렸다.

"고마워요. 고마워요!"

"대부분의 여자들은 꽃을 기대할 텐데."

"전 대부분의 여자가 아니라고요."

"네, 그건 이미 깨달았죠." 스트라이크는 초콜릿 비스킷을 하나 먹으며 말했다.

"그거 아직 분석 안 했대요?" 그녀가 물었다. "개똥요."

"했어요. 인간 창자로 가득하답니다. 조각조각 해동을 했던 것 같아요. 도베르만의 위장에서 흔적을 발견했고, 나머지는 그 여자네 냉동고에서 찾았어요."

"아, 맙소사." 로빈의 얼굴에서 웃음기가 스르륵 사라졌다.

"범죄의 천재죠." 스트라이크가 말했다. "퀸의 서재에 몰래 들어가서 자기가 쓰던 타자기 리본을 퀸의 책상 뒤에 심어놓았던 거예요. 안스티스가 이제야 생색을 내면서 테스트를 해봤답니다. 퀸의 DNA는 전혀 발견되지 않았어요. 아예 손도 대지 않은 거죠. 즉, 거기 쓴 글은 단 한 번도 타이핑하지 않은 겁니다."

"안스티스가 지금도 말을 섞어줘요?"

"간신히. 나를 내치기는 좀 힘들걸요. 생명의 은인이니까."

"그러니 더 사이가 어색하겠네요." 로빈이 동의했다. "그러니까 이젠 경찰도 그 가설을 믿어주는 건가요?"

"이제는 실질적으로 수사가 종료된 사건이 됐죠. 경찰도 자기네가 뭘 하는지 아니까. 그 여자는 거의 2년 전에 그 복제 타자기를 샀어요. 부르카와 로프를 퀸의 카드로 긋고 일꾼들이 있는 동안에 그 집으로 보냈죠. 수년에 걸쳐 카드에 손을 댈 기회는 어마어마하게 많았을 겁니다. 사무실에 왔다가 코트를 걸어두고 잠깐 화장실에 갔을 때라든가 그가 잠든 사이에, 아니면 파티 같은 데 갔다가 집에 데려다주는 길에 지갑을 슬쩍할 수도 있고요.

게다가 퀸을 속속들이 파악하고 있었기 때문에, 되는 대로 사는 그 인간이 영수증 같은 걸 제대로 확인할 리가 없다고 생각했죠. 탤거스 로드의 열쇠도 얼마든지 손에 넣을 수 있었을 겁니다. 복제하기도 쉬웠을 테고. 그 여자는 그 집 안을 낱낱이 살펴봤을 테고, 염산이 거기 있다는 것도 알았죠. 기가 막히게 똑똑하지만 지나치게 교묘했어요." 스트라이크는 짙은 갈색 홍차를 마시며 말했다. "지금은 자살하지 못하도록 감시를 받고 있다고 해요. 하지만 진짜 정신 나간 부분은 이제부터예요."

"더 있어요?" 로빈은 내심 두려웠다.

스트라이크를 만나게 되어 반갑고 설레긴 했지만, 일주일 전의 일 때문에 아직도 마음이 좀 약해져 있었다. 그녀는 허리를 반듯이 펴고 각오를 다진 후 그를 똑바로 쳐다보았다.

"그 빌어먹을 책을 버리지 않았어요."

로빈은 그를 보고 얼굴을 찌푸렸다.

"무슨⋯⋯."

"내장하고 같이 냉장고에 들어 있었어요. 가방에 창자와 같이 넣어서 들고 오는 바람에 피로 얼룩져 있었죠. 진짜 원고 말이에요. 퀸이 쓴《봄빅스 모리》."

"하지만 대체 왜?"

"하느님만 아시겠죠. 팬코트 말로는—."

"그 사람을 만났어요?"

"잠깐요. 엘리자베스의 짓이었다는 걸 내심 처음부터 알고 있었다는 결론을 내렸대요. 다음 소설의 소재가 무엇일지 내기라도 걸고 싶군요. 아무튼, 원래의 원고를 아마 도저히 폐기할 수 없었을 거랍니다."

"세상에, 작가는 얼마든지 처분해놓고서!"

"그래요. 하지만 이건 문학이잖아요, 로빈." 스트라이크가 씩 웃으며 말했다. "그리고 이것도 알아둬요. 로퍼차드는 그 진본을 출판하려고 혈안이 되어 있어요. 팬코트가 서문을 쓰게 될 거랍니다."

"설마 농담하는 거죠!"

"아니에요. 퀸이 드디어 베스트셀러를 내려나 봅니다. 그렇게 보지 말아요." 스트라이크는 도저히 못 믿겠다는 듯 고개를 절레절레 흔드는 로빈을 보며 기운차게 말했다. "축하할 일이 차고 넘친단 말입니다. 《봄빅스 모리》가 서점에 나오는 순간 리어노라와 올랜도는 돈방석에 구르게 될 겁니다. 아, 그 얘기를 하니까 또 줄게 있어요."

그는 소파 옆자리에 걸쳐져 있던 코트 안쪽 주머니에 손을 넣어 거기 안전하고 보관하고 있던 돌돌 만 그림 한 장을 전해주었다. 로빈은 펼쳐보고 미소를 지었다. 눈에 금세 눈물이 가득 차올랐다. 곱슬머리를 한 천사 둘이 함께 춤을 추고 있는 그림 위에 세심하게 연필로 쓴 제목이 쓰여 있었다. '로빈에게 도도가 사랑을 담아서.'

"어떻게들 지내요?"

"아주 잘 지내요." 스트라이크가 말했다.

그는 리어노라의 초대를 받아 서던 로의 집을 방문했었다. 리어노라와 올랜도가 손을 잡고 나와 그를 맞아주었다. 여느 때와 마찬가지로 치키몽키가 올랜도의 목에 둘러져 있었다.

"로빈은 어딨어?" 올랜도가 물었다. "로빈이 오길 바랐는데.

그림을 그렸다."

"그 여자분은 사고를 당하셨어." 리어노라가 딸에게 말하며, 뒤로 물러서서 스트라이크를 복도로 들여보내 주었다. 누군가 다시 둘을 갈라놓을까 봐 두려운 것처럼 올랜도의 손을 꼭 쥐고 있었다. "엄마가 말했잖니, 도도. 그 여자분은 아주 용감한 일을 하셨고 차 안에서 사고를 당하셨어."

"리즈 아줌마가 나빴다." 올랜도가 말했다. 복도를 따라 뒷걸음질을 치면서도 엄마의 손을 놓지 않았고, 계속해서 그 말간 초록색 눈으로 스트라이크를 빤히 바라보고 있었다. "우리 아빠를 죽게 만든 사람이다."

"그래, 내가— 어— 알아." 스트라이크가 대답했다. 올랜도가 언제나 불러일으키는, 어쩐지 뭔가 잘못하고 있는 것 같은 익숙한 느낌을 받으면서.

옆집의 에드나가 부엌의 식탁에 앉아 있었다.

"아, 당신 정말 똑똑해요." 그녀가 스트라이크에게 거듭 말했다. "하지만 정말 끔찍한 일 아니에요? 불쌍한 파트너는 어때요? 정말 무서운 일이죠?"

"아유, 저런." 그가 그때 일을 꽤나 상세하게 묘사해주자 로빈이 말했다. 그녀는 올랜도가 그려준 그림을 감시 강좌 안내문과 함께 커피테이블 위에 나란히 펼쳐놓고 뿌듯하게 바라봤다. "그리고 알은 어때요?"

"빌어먹을 흥분에 들떠서 제정신이 아니죠." 스트라이크가 우울하게 말했다. "우리가 그 친구한테 일해서 벌어먹고 사는 삶에 대해서 좀 그릇된 인상을 심어준 거 같아요."

"난 그분 좋던데요." 로빈이 웃으며 말했다.

"그래요, 뭐, 뇌진탕에 걸렸으니까." 스트라이크가 말했다. "그리고 폴워스는 경찰청에 본때를 보여줬다고 아주 신나서 난 리예요."

"굉장히 재미있는 친구분들을 두셨어요." 로빈이 말했다. "닉의 아버지 택시 수리비로는 얼마나 지불해야 하나요?"

"아직 청구서를 받지 못했어요." 그는 한숨을 쉬었다. "내 생각에는 말이죠," 그는 비스킷 몇 개를 더 먹고 나서, 로빈에게 자기가 준 선물을 바라보면서 덧붙여 말했다. "로빈이 교육을 받으러 다니게 되면 그사이에 임시직을 하나 더 뽑아야 되겠네요."

"네, 그러셔야 할 거 같아요." 로빈이 동의했다. 그러더니 잠시 망설이다가 한마디 덧붙였다. "그분이 일을 진짜 못했으면 좋겠네요."

스트라이크는 일어나서 코트를 집어 들면서 웃음을 터뜨렸다.

"그런 걱정은 하지 않아도 돼요. 같은 곳에 번개가 두 번 치지는 않으니까(Lightning doesn't strike twice)."

"그 수많은 별명들 중에서 누가 그런 별명은 안 붙여줬어요?" 그녀는 함께 다시 복도로 나가며 물었다.

"무슨 별명요?"

"번개 같은 스트라이크(Lightning Strike)?"

"그게 말이 되겠어요?" 그는 자기 다리를 가리켜 보이며 말했다. "자, 메리 크리스마스, 파트너."

잠깐 포옹을 할까 하는 생각이 두 사람 사이에 걸려 있었지만, 그녀가 짐짓 사내다운 척하며 손을 내밀자 스트라이크는 손을 마주 잡고 악수했다.

"콘월에서 재밌게 지내요."

"그리고 당신도 마샴에 잘 다녀와요."

그녀가 막 손을 빼려는데 그가 잡은 손을 재빨리 뒤집었다. 그리고 그녀가 미처 무슨 일인지 파악하기도 전에 손등에 키스했다. 그러더니 씩 웃으며 손을 흔들고 사라졌다.

옮긴이 **김선형**

1969년 서울에서 출생했다. 서울대학교 영어영문학과를 졸업하고 동 대학원에서 박사 학위를 받았다. 2010년 유영번역상을 수상했다. 옮긴 책으로 J.K. 롤링의 《쿠쿠스 콜링》 《캐주얼 베이컨시》, 아이작 아시모프의 《골드》, C.S. 루이스의 《스크루테이프의 편지》, 토니 모리슨의 《빌러비드》와 《재즈》, 마거릿 애트우드의 《시녀 이야기》, 실비아 플라스의 《실비아 플라스의 일기》, 더글러스 애덤스의 《은하수를 여행하는 히치하이커를 위한 안내서》 등이 있다. 현재 서울시립대학교 연구교수로 재직중이다.

실크웜 **2**

초 판 1쇄 인쇄 2014년 11월 20일
초 판 1쇄 발행 2014년 11월 27일

지은이 | 로버트 갤브레이스
옮긴이 | 김선형
발행인 | 강봉자 · 김은경

펴낸곳 | (주)문학수첩
주 소 | 경기도 파주시 회동길 192(문발동 513-10) 출판문화단지
전 화 | 031) 955 - 4445(마케팅부), 031) 955 - 4453(편집부)
팩 스 | 031) 955 - 4455
등 록 | 1991년 11월 27일 제16 - 482호

홈페이지 | www.moonhak.co.kr
블로그 | blog.naver.com/moonhak91
이메일 | moonhak@moonhak.co.kr

ISBN 978 - 89 - 8392 - 529 - 9 04840
     978 - 89 - 8392 - 530 - 5 (세트)

• 파본은 구매처에서 바꾸어 드립니다.
• 이 도서의 국립중앙도서관 출판예정도서목록(CIP)은 서지정보유통지원시스템 홈페이지(http://seoji.nl.go.kr)와 국가자료공동목록시스템(http://www.nl.go.kr/kolisnet)에서 이용하실 수 있습니다. (CIP제어번호: CIP2014031887)